Georg Süss-Fink

München 1972. Der Fall Alfons Scheyerer

Originalausgabe – Erstdruck

Für M.

Georg Süss-Fink

München 1972

Der Fall Alfons Scheyerer

Kriminalroman

Schardt Verlag Oldenburg

Bibliographische Information der Deutschen Bibliothek:

Die Deutsche Bibliothek verzeichnet diese Publikation in *Der Deutschen Nationalbibliografie*; detaillierte bibliographische Daten sind im Internet über *http://dnb.d-nb.de* abrufbar.

Titelbild: Rainer Griese, Troisdorf

Autorenbild: Johan Eriksson

1. Auflage 2010

Schardt Verlag
Uhlhornsweg 99 A
26129 Oldenburg
Tel.: 0441-21 77 92 87
Fax: 0441-21 77 92 86
E-Mail: kontakt@schardtverlag.de
www.schardtverlag.de
Herstellung: DPG, Nürnberg

ISBN 978-3-89841-519-4

Richtet nicht, damit ihr nicht gerichtet werdet.
Mt 7,1

Dem Andenken an
PROFESSOR ERNST-OTTO FISCHER
(1918-2007)
Nobelpreisträger für Chemie 1973

Ein analytisches Problem

Er betrachtete gerade den feinkristallinen Niederschlag, der sich im Reagenzglas beim Versetzen der klaren wässrigen Lösung mit einigen Tropfen einer Ammoniumoxalat-Lösung gebildet hatte, als sich die große Schwingtür an der Nordseite des Laboratoriums öffnete und er die schnarrende Stimme des Laboranten vernahm.

„Schluss machen!“ rief die massige Gestalt, die sich mit einem blauen Kittel und einer grauen Gummischürze bekleidet durch den Mittelgang des Laboratoriums bis zum Ostausgang fortbewegte, umkehrte und dann durch den Westausgang wieder verschwand, nicht ohne nochmals „Schluss machen!“ gerufen zu haben.

„Der würde selbst den Teufel um fünf Uhr hinauswerfen. Hast du noch Scheuermittel, Stoll? Wir müssen heute den Ausguss saubermachen, bevor uns Cerberus wieder eine Laborstrafe zahlen lässt.“

Der so Angesprochene holte eine Dose Scheuerpulver aus seinem Laborschrank und hielt sie seinem Labortischnachbarn hin. Max Penninger verzog das Gesicht zu einem Lächeln, zog hellgelbe Gummihandschuhe an und begann, mit einem bis zur Unkenntlichkeit verschmutzten Scheuerlappen das große Ausgussbecken an der Stirnseite des Labortisches zu reinigen. Von den sechs Studenten, die sich ihre Laboreinheit teilten, waren zu dieser Stunde noch drei anwesend, außer Andreas Stoll und Max Penninger noch Karin Weber, ein hübsches Mädchen mit langen, brünetten Haaren und einer großen Brille, weswegen sie hinter ihrem Rücken Brillenschlange genannt wurde. Sie hatte gerade ihre Analyse abgeschlossen und ihren Laborkittel ausgezogen, als sie mehrere kleine Löcher im rechten Ärmel des weißen Gewebes entdeckte.

„Verdammte Schwefelsäure!“ rief sie und stürzte mit ihrem Laborkittel zum Ausguss, um den durchlöcherten Ärmel unter die Wasserleitung zu halten. Max Penninger hatte inzwischen das große, braune Keramikbecken gereinigt und half seiner Kommilitonin, Wasser mit dem auf dem Schwenkhahn sitzenden Schlauchstutzen auf die löcherige Stelle zu lenken.

„Das ist weniger schlimm als der Sulfidniederschlag auf deinem Zeigefinger, den bringst du selbst mit Salzsäure und Wasserstoffperoxid nicht mehr ab, und das schaut verdammt unästhetisch aus, so als ob du in Scheiße gefasst hättest.“

Das Mädchen errötete, und sie versteckte ihren Zeigefinger, der tatsächlich widerlich braun gefleckt aussah, beim Auswinden ihres Laborkittelärmels unwillkürlich unter dem nassen Stoff.

Andreas Stoll stellte das Reagenzglas mit dem Oxalatniederschlag in das Holzgestell zurück, notierte „Calcium“ in seinem Analysenheft, dann drehte er den Bunsenbrenner, der unter dem Abzug mit einer schwachen flackernden Flamme brannte, aus, zog den Gasschlauch ab und stellte den Brenner, sein Reagenzglasgestell und alle seine Laborutensilien in seinen Laborschrank. Seufzend räumte er dann die Reagenzlösungen in die vorgesehenen Regale.

„Der Calcium-Nachweis durch Calciumoxalat-Fällung ist eindeutig. Aber die Zeit ist zu knapp für die Nachweise der Alkaligruppe, ich kann die Analyse heute wieder nicht abgeben“, sagte er. „Kalium ist schwer nachzuweisen, und Natrium ist in Spuren fast überall drin. Das letzte Mal hab ich die Analyse wegen Natrium und Kalium versaut, dieses Mal muss ich aufpassen. Ich komm morgen Vormittag nach der Mathe-Vorlesung her und mach die Analyse fertig.“

„Da haben wir doch Physik-Übungen“, sagte Karin.

„Die lass ich sausen, der Assistent kann sowieso nicht gut erklären“, antwortete Stoll. „Kannst du für mich mitschreiben?“

„Aber nur wenn du mir einen Bogen Blaupapier gibst, ich hab keines mehr.“

Andreas holte das Gewünschte aus seiner Mappe und hielt es Karin hin.

„Aber Schreibpapier brauchst du nicht?“ grinste er, wobei er an den sparsamen Hans Krieger dachte, der für seine Kommilitonen in Vorlesungen nur dann mitschrieb, wenn man ihm dafür nicht nur das blaue Durchschlagpapier zum Kopieren, sondern auch kariertes Schreibpapier zur Verfügung stellte. Diese geizige Seite an dem lustigen Industriellensohn regte ihn immer auf, vor allem weil dieser beim praktischen Arbeiten ungeschickt war und sich gerne von seinen Labornachbarn helfen ließ. Krieger hatte seine Analyse schon vor einer Stunde abgegeben und war heimgegangen, nachdem sie für richtig befunden worden war. Stoll hatte mehr als eine Stunde gebraucht, um Krieger bei seiner Analyse zu helfen, jetzt war er bei seiner eigenen Analyse im Rückstand, und ein gewisser Groll stieg in ihm auf.

Schmarotzer, dachte er, vor allem weil ihn ärgerte, dass der Passauer Industriellensohn sogar BAföG bekam, während sein eigener BAföG-

Antrag abgelehnt worden war, weil der Doppelverdienst seiner Eltern über der Einkommensgrenze für die Unterstützung nach dem neugeschaffenen Bundesausbildungsförderungsgesetz lag. Ein Industrieller mit bedeutendem Grund- und Immobilienbesitz verdient offenbar weniger als der gemeinsame Verdienst eines Lagerarbeiters und einer Verkäuferin ausmacht. Die soziale Gerechtigkeit, mit der Bundeskanzler Willy Brandt vollmundig dieses Gesetz der sozialliberalen Koalition im letzten August begründet hatte, erschien ihm wie eine Farce. Zum ersten Mal wurde ihm der Unterschied zwischen Reden und Taten bewusst. Welche Absurdität, bei solchen Sozialgesetzen Einkommensgrenzen festzulegen, wenn gerade die Wohlhabenden sich bei ihren Einkünften arm rechnen konnten.

Er lächelte bitter und sah durch die hohen Rundbogenfenster in den dämmrigen Innenhof des chemischen Instituts. In dem gegenüberliegenden Gebäude waren die Fenster hell erleuchtet. In den dortigen Forschungslabors waren Doktoranden noch mit ihrer Arbeit beschäftigt. Sehnsüchtig blickte er dort hinüber. Als Student im ersten Semester musste er seine Analyse abbrechen, sobald Cerberus um 16 Uhr 30 „Schluss machen!“ rief, denn eine halbe Stunde später mussten alle Laborplätze aufgeräumt und gereinigt sein, sonst setzte es Laborstrafen. Nur weil dieser bullige Mensch um Punkt 17 Uhr nach Hause gehen wollte. Die Doktoranden konnten hingegen arbeiten so lange sie wollten, und durch das Fenster sah er einen Assistenten eine Rückfluss-Apparatur für eine Synthese aufbauen. Dabei musste es sich um die Synthese luftempfindlicher Substanzen handeln, denn die Apparatur war an eine Schutzgas-Anlage angeschlossen. Dort verdichtete sich für Stoll der Forscherdrang, und er sah sich im Geiste schon in einem Forschungslabor stehen und eine solche Apparatur aufbauen. Die Stimme Penningers brachte ihn in die Wirklichkeit zurück.

„Was hast du heute Abend vor?“

„Das Übergangsmetall-Kolloquium vorbereiten. Und dann will ich lesen. Ein toller Roman, der *Schweijk* von Hasek. Kennst du den?“

„Nie gehört. Kommst du zum Abendessen mit nach Schwabing in die Brezn?“

„Ich war vorgestern schon im Wirtshaus. Zweimal die Woche kann ich mir nicht leisten. Ein andermal.“

Penninger sah enttäuscht aus, er wischte sich seine langen, blonden Haare aus dem Gesicht, sagte aber nichts. Inzwischen wandte sich Karin Weber zum Gehen. „Bis morgen“, sagte sie.

„Vergiss die Physik-Übungen nicht!“ rief Stoll ihr nach und begann dann, seinen Labortisch sauberzumachen. Er hatte gerade die Streudose mit dem Scheuerpulver aufgeräumt, seinen Laborschrank mit einem Vorhängeschloss versehen und seinen Laborkittel ausgezogen, als Cerberus wiederkam. Er warf einen Blick in die Laboreinheiten und musterte vor allem die Ausgüsse. Dann wandte er sich dem Abzug mit der Schwefelwasserstoff-Anlage zu und drehte das Hauptventil der Gasflasche zu, um ein Ausströmen des hochgiftigen Gases während der Nacht zu verhindern. Dabei lief sein Gesicht hochrot an, seine eisgrauen, mit Frisiercreme glattgekämmten Haare stachen eigenartig von dem vierschrötigen Gesicht ab.

„Saukerle seids, dreckige!“ rief er. „Die ganze Einleitungsanlage versaut. Das kostet den Saal fünf Mark Laborstrafe.“

Die wenigen noch anwesenden Studenten kamen herbeigelaufen und protestierten. Ein Überlaufen der Reagenzgläser sei nicht zu verhindern. Cerberus ließ sich erweichen.

„Aber morgen am Freitag macht ihr das sauber. Oder ihr zahlt fünf Mark. Bei siebzig Studenten im Saal ist das nicht viel, nicht einmal ein Zehnerl.“

Andreas Stoll war sauer. Vermutlich gehörte die tägliche Reinigung der H_2S-Anlage zu den Pflichten des Laboranten, der aber tat so, als seien die Studenten dafür zuständig. Er wollte sich aber nicht mit Cerberus anlegen, da ihm der bullige Mensch nicht besonders intelligent erschien. Dieses rot angelaufene Gesicht mit den wilden Augen und der krummen Nase, die so aussah, als wäre sie mehrfach gebrochen, erinnerte ihn unwillkürlich an die Sentenz aus der Dreigroschenoper: *Man schlage ihnen ihre Fressen mit schweren Eisenhämmern ein.*

Er wandte sich ab, nahm seinen Laborkittel und seine Aktentasche und verließ das Laboratorium. Nachdem er seinen Kittel in seinem Garderobenschrank verstaut und seinen Wintermantel angezogen hatte, verließ er das Anorganisch-chemische Institut und trat auf die Hochschulstraße hinaus, die das TU-Gelände vom Südtor zum Nordtor hin durchzog.

Ein kalter Wind blies ihm entgegen. Es war bereits vollständig dunkel, und im Schein der Straßenlaterne sah er vereinzelte Schneeflocken herumwirbeln. Auf dem Gehsteig bildete sich eine zarte Schicht von Neuschnee, der langsam auch den zu schmutziggrauen Eisbrocken erstarrten Altschnee überzog. Innerhalb weniger Augenblicke wurde das Schneetreiben dichter. Stoll zog sich den gestrickten Wollschal seiner Mutter ins Gesicht, obwohl die Wolle kratzte und er einige feuchte Wollfussel in den Mund bekam.

Als er sich dem Südtor näherte, verließ der einarmige Wärter gerade das hölzerne Wachhaus und hob die ihm verbliebene rechte Hand in Richtung seiner Uniformmütze, womit er wohl eine Art militärischen Gruß andeuten wollte.

„Guten Abend, Herr Professor!“ rief er einer Gestalt zu, die auf der anderen Gehsteigseite auf das Hochschulgelände trat. Der Angesprochene, der in einen langen Wintermantel und einen karierten Schal gehüllt war und seinen Hut ins Gesicht gezogen hatte, nickte wortlos und zog mit der rechten Hand an seinem Hut, ohne ihn allerdings abzunehmen. Stoll erkannte in dem Mann Professor Hermann August Lux, der die analytische Chemie las. Vermutlich kam er jetzt ins Institut, um nach seinem Doktoranden zu sehen. Dieser Doktorand, der als Vorlesungsassistent die Versuche zur analytischen Chemie vorführte, war Professor Lux’ einziger Mitarbeiter; es wurde gemunkelt, dass er schon seit mehr als fünf Jahren mit seiner Doktorarbeit beschäftigt sei und wohl erst kurz vor der Emeritierung seines Doktorvaters promovieren würde.

Professor Lux, ein älterer Herr mit sorgfältig gescheiteltem, silbergrauem Haar und einer Goldrandbrille, die auf einer etwas zu großen, von einem feinen Geflecht rötlicher Äderchen durchzogenen Nase saß, war immer altmodisch gekleidet. Stoll hatte ihn in der Vorlesung nie anders als mit gestreifter Seidenkrawatte und mit dunkelbraunem Anzug gesehen, einem Zweireiher, der wie ein Kleidungsstück aus den vierziger Jahren wirkte. Er war eigentlich erstaunt, dass Professor Lux noch im Dienst war, die Studenten hätten ihn älter eingeschätzt.

Als die in Mantel, Schal und Hut gehüllte Gestalt aus dem Lichtkegel der Laterne trat und in einem Wirbel von Schneeflocken verschwand, wandte sich der Wärter ab, musterte Stoll mit mürrischem Gesicht und kehrte grußlos in sein Wachhaus zurück. Stoll trat durch das Tor hinaus und bog nach rechts in die Gabelsberger Straße ein.

Ein Gespräch über Gott und die Welt

Stoll war gerade die beiden Treppen hinaufgestiegen, als das Licht ausging. Das Treppenhaus strömte jenen unverwechselbaren Geruch von Bohnerwachs und Gediegenheit aus, der das gepflegte Mietshaus in der

Augustenstraße auszeichnete. Als er den Lichtschalter drückte, glänzte ihm die polierte Messingkugel am unteren Treppenabsatz entgegen, und er stand vor der doppelflügeligen Eichentür mit dem Emailschild, an dessen Ecken das weiße Email abgesprungen war, so dass neben den schwarzen altertümlichen Buchstaben „Dr. Aletsee“ auch an den Ecken schwarze Stellen sichtbar waren. Hinter den Scheibengardinen der Türverglasungen erkannte er einen Lichtschein, der von der halbgeöffneten Küchentür auf den dunklen Flur fiel.

Das war nun seit drei Monaten sein Zuhause, ein möbliertes Zimmer mit Badezimmerbenutzung in der geräumigen Wohnung einer Arztwitwe, die zwei Zimmer an Studenten untervermietete. Auch die Küche durfte mitbenutzt werden, allerdings nur zum Teekochen, wie Frau Aletsee ausdrücklich eingeschränkt hatte. Auch Damenbesuche (natürlich nur tagsüber) müssten in der Küche stattfinden. Er unterdrückte eine Aufwallung von Heimweh nach der elterlichen Wohnung in Regensburg, holte den Wohnungsschlüssel heraus und sperrte die Tür auf.

Er schaltete das Licht an und hängte Mantel und Schal an die eichene Flurgarderobe. Nachdem er seine Aktentasche und seine Einkaufstüte abgestellt hatte, zog er seine Schuhe aus, stellte sie in das für ihn bestimmte Fach des Schuhschranks und holte seine Hausschuhe heraus. Die Vermieterin duldete nicht, dass man in ihrer Wohnung mit Straßenschuhen herumlief, noch dazu, wenn man Schnee oder Matsch mit hereinbrachte, weswegen die Schuhfächer im Schrank sorgfältig mit Wachstuch ausgelegt waren. Er wollte gerade in sein Zimmer gehen, als die Vermieterin aus der Küche kam.

„Ja, der junge Herr Stoll“, sagte sie umgänglich, wobei das „der junge Herr“ seinen Status als Student widerspiegelte. Sie hätte ihn niemals geduzt oder mit dem Vornamen angeredet, aber das Wort „Herr“ stand ihrer Meinung nur gestandenen Männern mit abgeschlossener Berufsausbildung zu, so dass man es abschwächen musste. Die Anrede „der junge Herr“ klang jovial, war aber doch ein wenig abwertend gemeint.

„Guten Abend, Frau Aletsee“, sagte er, wohlwissend, dass sie eigentlich gerne mit „Frau Doktor“ angeredet werden wollte, wie das die Nachbarinnen taten. Mit einem gewissen Hochmut eines angehenden Akademikers wollte er diese Höflichkeit gegenüber der Arztwitwe, die ihr ganzes Leben nur Hausfrau gewesen war, nicht gelten lassen und sprach das „Frau Aletsee“ mit großer Deutlichkeit aus.

„Kommen Sie doch mit in die Küche. Ich möchte Ihnen Ihren neuen Zimmernachbarn vorstellen. Er ist heute in das freie Zimmer neben Ihrem eingezogen.“

Er stellte seine Tasche und seine Einkäufe schnell in sein Zimmer und folgte dann seiner Vermieterin in die geräumige Küche, die mit weißgestrichenen Küchenmöbeln, einem schweren Eichentisch und einer altertümlichen Eckbank eingerichtet war. An der Wand neben dem Spülbecken war ein Oberschrank angebracht, an dessen Unterseite hinter einem gestickten Vorhang die Geschirrtücher aufgehängt waren. Der Leinenvorhang zeigte auf weißem Grund eine holländische Szene: Mit blauem Kreuzstich waren zwei Mädchen mit Holzpantoffeln vor einer Windmühle zu sehen, am unteren Rand war in verschnörkelten Buchstaben *Was Gott getan, ist gut getan* aufgestickt.

Am Küchentisch saß ein junger Mann, dessen schulterlanges, schwarzes Haar zu einem Pferdeschwanz zusammengebunden war, sein Gesicht war von einem schütteren Bartwuchs bedeckt. Unter der runden Nickelbrille, in der sich die Küchenlampe deutlich spiegelte, blickten braune, wache Augen dem Neuankömmling entgegen.

„Das ist der junge Herr Stoll, der das Zimmer neben dem Ihrigen hat“, sagte Frau Aletsee. „Er ist Student im ersten Semester – Chemie, glaube ich. Und das ist der Herr von Prausnitz. Er schreibt seine Doktorarbeit.“

Andreas Stoll reichte dem neuen Mitbewohner die Hand, wobei ihm auffiel, dass dieser ein braunes Lederband um das rechte Handgelenk trug.

„Kommen Sie und setzen Sie sich. Trinken Sie eine Tasse mit Ihrem Nachbarn“, sagte Frau Aletsee, indem sie aus der großen, bauchigen Kanne heißen Tee in eine rot geblümte Sammeltasse schenkte und eine Dose mit Keksen vor sie hinstellte. „Ich lasse Sie allein, denn heute kommt im Fernsehen das heitere Beruferaten mit Robert Lembke, danach gehe ich zu Bett. Morgen ist eine Frühmesse für meinen seligen Mann.“

Wenn die Arztwitwe von ihrem verstorbenen Mann sprach, dann sagte sie immer „mein seliger Mann“, gerade so als wenn er selig gesprochen worden wäre, und dabei schluckte sie, als hätte sie mit den Tränen zu kämpfen. Jetzt stand sie an der Tür und hatte wieder diesen verschleierten Blick. Ihr langes, graues Haar war sorgfältig zu einem Zopf geflochten, der zu einem Kranz auf dem Kopf gebunden war. In ihrem langen, schwarzen Kleid mit weißem Kragen sah sie würdevoll aus, was ihrer Rührseligkeit eine unfreiwillige Komik verlieh. Stoll musste unwillkürlich lächeln.

„Wenn Sie auf Ihr Zimmer gehen, vergessen Sie nicht, Ihre Tassen zu spülen und das Küchenlicht auszumachen."

„Natürlich, Frau Doktor", sagte der neue Mitbewohner. „Sie können sich darauf verlassen." Und als sich die Tür geschlossen hatte, fügte er fast entschuldigend hinzu: „Das ist das Establishment, dem bürgerlichen Denken und seinen Umgangsformen verfallen. Aber das wird aussterben. Die Zukunft gehört uns."

„Wer ist das – wir?"

„Na, wir – die jungen Wilden, die das Establishment überwinden."

Nach einer kurzen Pause sagte Stoll: „Wo kommen Sie her?"

„Aus Heidelberg. Aber du kannst mich duzen, auch wenn ich zehn Jahre älter sein dürfte. Die unnützen Höflichkeitsformen werden ohnehin verschwinden. Wie im angelsächsischen Sprachraum wird es dann nur noch du geben. Ich heiße Frieder."

„Ich bin Andreas."

„Ich bin seit Oktober in München. Bis jetzt hatte ich ein Zimmer in der Studentenstadt Freimann. Aber hier fühle ich mich wohler. Ich bin oft nicht zu Hause, aber wenn, dann brauche ich meine Ruhe."

„Und was für eine Doktorarbeit schreibst du?"

„Über eine staatsrechtliche Frage", lächelte von Prausnitz, „ich habe in Heidelberg mein Jurastudium abgeschlossen und bin nach München für ein Promotionsthema gekommen, aber ich habe im Augenblick Wichtigeres zu tun, als eine akademische Arbeit zu schreiben."

„Was denn?"

„Ich organisiere den studentischen Widerstand. Weißt du, was der Spartakus ist?"

„War das nicht ein römischer Sklave zur Zeit Christi?"

„Du hast deine Geschichtskenntnisse auch aus dem Hollywood-Kitsch der letzten Jahre. Der historische Spartakus war ein Widerstandskämpfer, der den Sklavenaufstand von 72 organisiert hat. Deshalb hat sich der von Karl Liebknecht und Rosa Luxemburg gegründete Spartakusbund so genannt, und der hat den Januaraufstand von 1919 angeführt. Vom Spartakusaufstand hast du wohl noch nichts gehört?"

Andreas Stoll errötete.

„Na, macht nichts. Du hast bürgerlichen Geschichtsunterricht gehabt, Jahreszahlen gepaukt und die Sprüche irgendwelcher Fürsten gelernt. Aber das Wesentliche hast du nicht mitbekommen." Frieder von Prausnitz lächelte ein wenig selbstgefällig. „Du wirst auch noch dahinterkommen, wenn du erst einmal das System durchschaut hast. Als ich dich nach dem Spartakus gefragt habe, da habe ich nicht die alten Sachen gemeint, sondern den MSB Spartakus, den wir im letzten Jahr gegründet haben."

„Was heißt MSB?"

„Marxistischer Studentenbund. Unser Ziel ist die Demokratisierung der Universitäten im Hinblick auf den Sozialismus als gesamtgesellschaftliche Perspektive. Und ich bin hier, um den studentischen Widerstand an der Universität München zu organisieren. Und natürlich wegen meiner Doktorarbeit, aber der studentische Widerstand hat Priorität."

„Widerstand wogegen?"

„Na, gegen das System, das uns unterdrückt."

„Aber ich fühle mich nicht unterdrückt. Wir können uns doch frei äußern, und selbst du als Marxist kannst deine Meinung auf Flugblättern verbreiten, wie ich heute in der Mensa gesehen habe, wo ihr alle Tische damit zugemüllt habt. In der DDR oder in den anderen sozialistischen Ländern, die du so anpreist, kämest du wegen so was ins Gefängnis."

„Sachte, das ist kein Gegenargument. Es ist wahr, die DDR ist zwar ein sozialistisches Land, aber der real existierende Sozialismus ist noch meilenweit vom Kommunismus entfernt. Der Weg dorthin führt über die Diktatur des Proletariats, denn der Kapitalismus lässt sich nicht mit Schönwetterparolen überwinden. Überall lauert die kapitalistische Konterrevolution, da kann man in der Wahl der Mittel nicht zimperlich sein. Ein wenig Unterdrückung braucht es so lange, bis der Kapitalismus ausgerottet ist."

„Ich will aber nicht unterdrückt werden von einem Scheißsozialismus. Und warum sollten wir den Kapitalismus ausrotten?"

„Weil das kapitalistische System die Arbeiterklasse ausbeutet. Und wir Akademiker gehören zur Arbeiterklasse, denn wir verkaufen auch unsere Arbeit als Ware, aber den Profit macht das Kapital."

„Das mag sein. Aber bei uns kann ein Arbeiter nicht nur frei seine Meinung sagen, es geht ihm auch wirtschaftlich besser als einem Arbeiter in den sozialistischen Ländern. Hier hat ein Arbeiter eine ordentliche Wohnung und ein Auto, und er macht Urlaub, wo er will. In der DDR wartest du jahrelang auf eine Wohnung in einer tristen Plattenbausiedlung und noch länger auf einen stinkenden Plastikbomber, der sich Auto nennt, und auch nur, wenn du brav alles hinnimmst, was das System dir zumutet. Und reisen kannst du auch nur im Osten. Du brauchst nur den Deutschlandsender zu hören, dann weißt du, was das für ein Scheißsystem ist. Leere Propagandaphrasen, die so hirnrissig sind, dass du blöd sein musst, so etwas zu glauben."

„Wieso?"

„Du kannst doch nicht abstreiten, dass die DDR die Mauer gebaut hat, um ihre eigenen Bürger an der Flucht aus diesem System zu hindern, in dem es nur Unterdrückung und wirtschaftliche Misere gibt. Aber das DDR-Regime verkauft die Mauer als Schutzwall gegen den Imperialismus. So als ob sie auf Eindringlinge und nicht auf Flüchtlinge schießen würden. Das ganze letzte Jahr haben sie das zehnjährige Bestehen des antifaschistischen Schutzwalles gefeiert, und der Deutschlandsender hat gejubelt. Ich habe nie geglaubt, dass man die Wirklichkeit so plump verfälschen kann. Es ist doch ganz offensichtlich: Kein Mensch will in diesen Scheißstaat hinein, aber Tausende wollen heraus. Blöder kann Propaganda nicht sein. Glaubst du als Marxist diesen Mist?"

Von Prausnitz wurde unsicher, er lächelte. „In dem Punkt hast du recht. Die sozialistische Propaganda trägt oft zu dick auf. Ich will auch nicht in die DDR, aber nicht nur, weil dort die Verhältnisse noch nicht zufriedenstellend sind, sondern weil ich eine Aufgabe in der BRD habe. Auch hier wird der Übergang nicht ohne Schwierigkeiten vor sich gehen, aber in einigen Jahrzehnten wird der Sozialismus siegen, und er wird ein menschliches Antlitz haben."

„Und was verstehst du darunter?"

„Niemand wird mehr ausgebeutet, jeder wird nach seinen Fähigkeiten arbeiten und nach seinen Bedürfnissen leben können. Alles wird frei sein: Gesundheitsfürsorge ohne Krankenversicherung, Wohnung ohne Miete, Kleidung und Lebensmittel werden zum Selbstkostenpreis verkauft, und wenn du ein Auto möchtest, kannst du eines aus dem kommunalen Fuhrpark nehmen."

„Das glaubst du doch selbst nicht. Man kann doch schon im Kleinen sehen, dass so ein System nicht funktioniert. Bei uns im Labor werden alle Gemeinschaftseinrichtungen verdreckt und verschludert. Jeder passt nur auf seine eigenen Geräte auf. Beispielsweise hat jeder von uns ein eigenes Praktikumsbuch, zu Beginn des Semesters sind drei Exemplare zusätzlich im Labor ausgelegt worden, für diejenigen, die ihr Buch vergessen haben. Nach drei Wochen waren die drei Bücher total versaut, voller Säure- und Laugenflecken, und Seiten waren herausgerissen, wir konnten sie wegschmeißen. Jeder von uns achtet auf das Buch, das er selber gekauft hat, aber die Gemeinschaftsexemplare kommen herunter, dabei sind wir nur siebzig Studenten, noch dazu Intelligenzler, wie ihr Marxisten sagt. Der Kommunismus kann nicht funktionieren, weil der Eigennutz des Einzelnen zu groß ist."

„Siehst du, das ist genau, was der Marxismus lehrt: Um den Kommunismus verwirklichen zu können, brauchen wir den *neuen* Menschen, der seine kleinlichen Egoismen überwindet und sich für die Gemeinschaft einsetzt. Und bis dorthin braucht es die Diktatur des Proletariats."

„Das ist doch utopisch. Ich verstehe wenig von Psychologie, aber ich bin absolut davon überzeugt, dass es unmöglich ist, den Menschen dahin zu erziehen. Das Streben nach Macht und Reichtum ist doch eine seiner wichtigsten Triebfedern. Man kann und soll das nicht abstellen, sondern nur in die richtigen Bahnen lenken. Wenn der Mensch reich und mächtig ist, kann er nach Höherem streben: *Edel sei der Mensch, hilfreich und gut* heißt es bei Goethe. Solange der Mensch nichts hat, kannst du ihm damit gestohlen bleiben. *Erst kommt das Fressen, dann kommt die Moral.* Und das sagt Brecht, ein Kommunist."

„Du hast nicht ganz unrecht, aber etwas mehr Idealismus hätte ich dir schon zugetraut. Wenn wir den Kommunismus aufbauen, dann gibt es keinen Hunger und keine Armut mehr, alle sind gleich und frei und leben nach ihren Bedürfnissen. Die Macht des Kapitals ist gebrochen und auch das Joch der Religion, die uns auf das Jenseits vertröstet."

„Wieso stört dich die Religion, die letztlich doch die gleichen Ideale vertritt wie du?"

„Weil uns die Religion unfrei macht, insbesondere der Katholizismus."

Andreas Stoll wurde wütend. Er war katholisch, aber er war nicht mehr in einer Messe gewesen, seit er von Regensburg nach München gezogen war, und die Mitteilung der Pfarrei St. Josef, die ihn als neu zugezogenes Mitglied willkommen hieß, hatte er achtlos in eine Schublade geworfen. Seine Besuche der Münchener Kirchen hatten sich auf allgemeines Interesse beschränkt, auch wenn der schlicht-gewaltige Liebfrauendom großen Eindruck auf ihn gemacht hatte. Was war er eigentlich für ein Katholik? Er stand gegenwärtig der Kirche jedenfalls fern, auch wenn sie ihn in seiner Kindheit geprägt hatte. War das eine Folge der verlogenen Moral der fünfziger Jahre oder nur Ausdruck einer jugendlichen Revolte? Stoll war sich nicht sicher.

Eigentlich war er gegenwärtig in einer orientierungslosen Phase, er fühlte sich in München nicht nur heimatlos, sondern auch weltanschaulich entwurzelt. Seit Monaten hatte er die religiöse Frage ausgeklammert. Jetzt aber, wo er die katholische Kirche und die Religion insgesamt angegriffen sah, regte sich sein Widerspruchsgeist, und er war plötzlich bereit, sich für den Katholizismus zu schlagen.

„Du musst spinnen, wenn du so etwas behauptest. Wir sind doch völlig frei in weltanschaulichen Fragen, oder kannst du dich als Marxist im katholischen Bayern etwa nicht an der Universität einschreiben? In den sozialistischen Ländern wie in der DDR kannst du nicht studieren, was du willst, wenn du katholisch bist. *Das* nenne ich unfrei. Es ist genau andersherum: Nicht die Religion schränkt ein, sondern der Sozialismus. Ich war 1968 in Prag, ich habe den Einmarsch der Warschauer Pakt Truppen erlebt. Erzähl mir keine Märchen vom freien Menschen im Sozialismus."

Von Prausnitz lächelte und gab dann, ohne das Thema zu wechseln, geschickt dem Gespräch eine andere Richtung.

„Sag mal, glaubst du etwa an Gott? Das ist doch ein Kinderglaube, und dabei bist du doch Naturwissenschaftler."

Stoll zögerte. Doch dann nahm er überraschend eindeutig Stellung, indem er sich einer Diskussion über die religiöse Frage im Rahmen des Religionsunterrichts in seiner Abiturklasse besann.

„Ja, ich glaube an Gott. Und der Glaube steht nicht im Widerspruch zum naturwissenschaftlichen Weltbild. Der Kinderglaube ist eine kindliche Form, die man als Erwachsener überwindet. Und du solltest nicht meinen, dass du als Marxist und Atheist nichts glaubst."

„Natürlich glaube ich nichts."

„Gibt es einen Gott?"

„Nein."

„Na, da siehst du, was du glaubst. Du glaubst, dass es Gott nicht gibt. Auch das ist ein Glaube, kein Wissen, das du wissenschaftlich beweisen kannst."

„Der wissenschaftliche Kommunismus hat aber doch bewiesen, dass es keinen Gott gibt. Gott ist nur eine Projektion menschlicher Sehnsüchte. Und Yuri Gagarin hat nach seinem Weltraumflug gesagt, dass er im Himmel weder Gott noch Engel gesehen hat."

„Weil er nicht im Himmel war, sondern nur im Weltall, das ist nicht dasselbe. Und einen Beweis für die Nichtexistenz Gottes im streng wissenschaftlichen Sinn kann es gar nicht geben, ebenso wenig wie es streng wissenschaftliche Gottesbeweise gibt."

„Und warum?"

„Weil sonst Gott innerweltlich und damit nicht Gott wäre. Wir glauben doch, dass Gott transzendent ist; damit ist er den Kategorien menschlicher Vernunft nicht zugänglich. *Ein bewiesener Gott wäre ein Gott in der Welt* hat Karl Rahner gesagt."

„Wer ist Karl Rahner?"

„Katholischer Theologe, hat das Zweite Vatikanische Konzil maßgeblich beeinflusst."

Stoll war selbst erstaunt, wie leicht er Argumente aus seinem Religionsunterricht hervorholte, den er am Gymnasium bei einem jungen und charismatischen Theologen erhalten hatte. Noch mehr erstaunte er darüber, wie gefestigt seine religiösen Überzeugungen plötzlich waren. Er erinnerte sich jetzt daran, dass es der deutsche Theologe Karl Rahner war, der auf dem Zweiten Vatikanischen Konzil die These, wonach die Schöpfungshandlung Gottes nicht ein einmaliger historischer Akt war, sondern sich vielmehr im Laufe der Evolution vollzieht, als offizielle Lehrmeinung der katholischen Kirche durchgesetzt hatte.

„Hör mal, Andreas, so heißt du doch? Du argumentierst recht gut. Willst du nicht zu einer unserer Sitzungen kommen?"

„Bei Marxisten mitmachen, nein danke, ich bin doch nicht verblendet."

„Das ist es ja gerade. Du bist kein Betonkopf. Und einen Chemiker könnten wir gut gebrauchen, noch dazu einen katholischen."

„Du meinst als Vorzeigeneger, um nach außen hin liberal zu erscheinen."

„Nein, im Ernst, wir brauchen nicht nur Marxisten in den verfassten Studentenschaften. Du könntest im AStA der TU mitmachen, als Unabhängiger. Bei den Wahlen könnte dich dann der MSB Spartakus unterstützen. Wir sind nicht so verbohrt. Der Spartakus versteht sich als die Speerspitze des Ringens um Demokratie und Sozialismus, aber wir brauchen auch andere Kräfte, um die autoritären Strukturen an den Universitäten zu überwinden."

„Die autoritären Strukturen sehe ich bei euch, nicht bei den Universitäten."

„Du hast ein Vorurteil, Andreas. Weißt du was, morgen ist Freitag, komm morgen mit zu unserem Kulturabend, es gibt eine Lesung in einer Schwabinger Kommune. Da sind nicht nur Marxisten, sondern auch andere sozialistische Kräfte darunter. Du musst das alles kennenlernen. Das ist Politik und Kultur."

„Was ist das für eine Lesung?"

„*Heinrich Heine, Deutschland – ein Wintermärchen.* Du siehst, wir sind Romantiker, keine bösen Umstürzler. Mehrere Genossen leben in dieser Kommune, und einmal die Woche gibt es eine große Einladung.“

Andreas Stoll zögerte, denn er war nicht sehr erbaut von einem Abend in einem marxistischen Zirkel, aber die deutsche Romantik war seine Leidenschaft. Schon als Schüler hatte er Heines *Buch der Lieder* gelesen und war von diesen Gedichten begeistert.

„Also gut“, sagte er, „das interessiert mich. Du wirst sagen, die Romantiker waren auch Revolutionäre, aber sie haben gegen die Unterdrückung der deutschen Fürsten gekämpft, nicht gegen eine Demokratie wie ihr.“

„Das sehen wir morgen“, sagte von Prausnitz, indem er sich erhob. „Wir gehen um halb acht von hier los. Jetzt hab ich noch was anderes vor. Also, guten Abend, und vergiss nicht, deine Tasse zu spülen.“

Stoll wünschte seinem Zimmernachbarn ebenfalls einen guten Abend, blieb aber noch eine Weile sitzen und betrachtete die altertümliche Standuhr, die an der gegenüberliegenden Wand in der Küche tickte. Eigentlich sollte sie alle Stunden schlagen, aber Frau Aletsee hatte das Schlagwerk unterbrochen, so dass nur noch das monotone Ticken des Uhrwerks und von Zeit zu Zeit das Surren der Gewichte zu hören waren. Die Uhr zeigte Viertel nach acht.

Er erinnerte sich an ein Gespräch mit Frau Aletsee, als sie ihm vor einigen Monaten die Küche gezeigt hatte. Dabei hatte sie geweint und sich mit einem weißen Taschentuch die Tränen abgewischt.

„Eigentlich gehört die Standuhr ins Wohnzimmer, es ist ein schönes altes Stück, das schon meinen Schwiegereltern gehört hat. Als mein Mann – Gott hab ihn selig – leidend wurde, konnte er das Ticken nicht mehr ertragen, und so haben wir die Uhr in die Küche gestellt, und ich hab auch das Schlagwerk abgestellt. Und jetzt steht sie eben da, ich hab mich daran gewöhnt. Als mein Mann dann entschlafen ist, hab ich die Zeiger und die Gewichte angehalten, und die Uhr hat seine Todesstunde angezeigt, Viertel nach acht. Aber nach zwei Jahren hab ich sie doch wieder aufgezogen. Das Leben muss ja weiter gehen, und ich weiß ja, dass er um Viertel nach acht dahingegangen ist.“

Nun war es wieder Viertel nach acht. Sieh an, die Todesstunde des Hausherrn, fuhr es ihm durch den Kopf. Dann dachte er über das Gespräch mit seinem marxistischen Zimmernachbarn und die Einladung zu einem Kulturabend nach und fragte sich, ob er nicht zu schnell nachgegeben hatte. Gegen ideologische Argumente war er sehr empfindlich, er konnte hohle Phrasen, Plattitüden und Propaganda nicht ausstehen, und der DDR-Sozialismus hatte sich bei ihm schon allein dadurch disqualifiziert, dass die SED im ostdeutschen Deutschlandsender stets das Lied der Partei mit dem schwachsinnigen Text *Und die Partei, die Partei, die hat immer recht* absingen ließ.

Er hatte keine rechte Lust auf Diskussionen mit verbohrten Marxisten, die über einen Mangel an Freiheit klagten, obwohl man sie doch gewähren ließ, die aber die Unterdrückungsmaschinerie der sozialistischen Staaten mit fadenscheinigen Argumenten rechtfertigten. Schließlich sagte er sich, dass er ja jederzeit gehen könne, wenn ihm der sozialistische Kulturzirkel nicht passe.

Er spülte seine Teetasse, stellte sie in den Küchenschrank zurück, löschte das Licht in der Küche und ging dann auf sein Zimmer.

Cerberus' Reich

Nachdem die Akklamationen verklungen waren und Professor Heinhold den Hörsaal verlassen hatte, beeilte sich Stoll, seine Sachen zusammenzupacken. Als er an die Garderobe kam, standen schon mehr als dreißig Studenten um ihre Mäntel an. Die Garderobe war heute allerdings mit zwei Garderobenfrauen besetzt, so dass es relativ schnell ging. Er kramte aus seiner Hosentasche die Metallmarke hervor und hielt sie einer der beiden Frauen hin, die ihm daraufhin seinen Mantel und Schal aushändigte. Er zog sich rasch an und verließ den Hörsaalbau auf dem TU-Südgelände, während seine Kommilitonen zu den Physik-Übungen gingen.

Es schneite, als er die Straße überquerte. Er ging an der Mensa vorbei und eilte durch das Südtor ins TU-Stammgelände. Der Wärter saß in seinem Wachhaus und las Zeitung, er sah nicht einmal auf, als Stoll vorbeiging. Der in der Nacht gefallene Schnee war bereits zusammengetreten und knirschte unter seinen Tritten, frische Schneeflocken setzten sich weich auf die feste weiße Unterlage. Er eilte die frischgefegten Treppen zum Anorganisch-chemischen Institut hinauf, schüttelte sich den Schnee aus seinen Haaren und seiner Kleidung, ging in das Untergeschoss und schloss seinen Spind auf. Nachdem er seinen Mantel gegen seinen Laborkittel getauscht hatte, stieg er ins Erdgeschoss hinauf und betrat das Studentenlaboratorium.

Dr. Schmidt, einer der Assistenten, die ihren Laborplatz im Studentenlaboratorium hatten, lächelte ihm hinter seiner Apparatur zu. Er war mit einer Tieftemperatur-Säulenchromatografie beschäftigt, erwiderte aber gleich seinen Gruß.

„Guten Morgen", rief er. „Sie haben gestern Ihre Analyse nicht abgegeben. Wo fehlt's denn?"

„Ich muss die lösliche Gruppe noch überprüfen. Ich habe mit Sicherheit Ammonium nachgewiesen, von den Alkalimetallen ist bestimmt Natrium und sicher nicht Lithium enthalten, denn die Flammenfärbung ist knallgelb und kein bisschen rot. Das Problem ist wie immer Kalium, dessen blassviolette Flammenfärbung nicht zu sehen ist, wenn Natrium anwesend ist."

„Machen Sie die entsprechenden Nachweisreaktionen."

„Ich werde die Ammoniumsalze durch Abrauchen mit konzentrierter Salpetersäure entfernen und dann die Perchloratfällung machen."

„Gute Idee. Viel Glück." Der Assistent hatte erst vor einigen Wochen mit einer Arbeit über Phosphinderivate von Metallcarbonylcarbenkomplexen promoviert und war bester Laune, weil er zum Semesterende eine gute Stelle bei der Süd-Chemie in Aussicht hatte.

Stoll ging zu seinem Arbeitsplatz in der zweiten Laboreinheit, sperrte seinen Unterschrank auf, setzte seine Schutzbrille auf und räumte seine Gerätschaften her. Das große Studentenlabor war bis auf die beiden Saalassistenten, die ihre Arbeitsplätze an den beiden Saalenden hatten, verlassen. Er wusste, dass er nur knapp zwei Stunden hatte, weil dann die große Experimentalvorlesung von Professor Fischer beginnen würde, die er auf keinen Fall versäumen wollte. Er arbeitete etwa eine Stunde, bei der flammenspektroskopischen Untersuchung meinte er die blasslila Kaliumlinie im Spektroskop zu sehen, aber sie war nur einen Augenblick sichtbar. Dann bereitete er alles für den Kaliumnachweis durch Fällung von Kaliumperchlorat vor und suchte die Tropfflasche mit Perchlorsäure in seinem Reagenziensatz. Nachdem er sie nicht finden konnte, überprüfte er die Reagenziensätze der anderen Laboreinheiten, aber überall fehlte die $HClO_4$-Flasche. Schließlich wandte er sich an den Assistenten. Dr. Schmidt sah ebenfalls überall nach und schickte Stoll schließlich zum Laboranten.

„Bestimmt füllt Herr Scheyerer gerade die Perchlorsäure auf. Schauen Sie doch in der Säurekammer nach."

Andreas Stoll ging durch die nördliche Saaltür und wandte sich nach rechts, wie ihm Dr. Schmidt gesagt hatte. Er kam an der Glasbläserei vorbei und an dem Tisch, auf dem die frisch ausgegebenen Analysensubstanzen in den jeweiligen Reibschalen auf die Studenten warteten, und stand vor einer Tür, die nicht mit einer Klinke, sondern mit einem nicht ohne Schlüssel zu öffnenden Rundknauf versehen war. *Säurekammer – Für Unbefugte Betreten verboten* stand auf dem Türschild. Er klopfte und wartete. Von drinnen hörte er Geräusche, aber nichts geschah. Er klopfte ein zweites Mal, deutlich lauter. Nach einer Weile ging die Tür auf, und Cerberus streckte sein vierschrötiges Gesicht heraus. Sein misstrauischer Blick ging zuerst an Stoll vorbei, so als ob er jemand anderen erwartet hätte, und blieb dann auf Stoll ruhen.

„Ja?"

Stoll musste rasch nachdenken, um sich an den Namen des Laboranten zu erinnern, den alle Studenten ebenso wie vorherige Studentengenerationen nur Cerberus nannten.

„Entschuldigen Sie, Herr Scheyerer, aber ich brauche Perchlorsäure. Im Saal ist nirgends eine Tropfflasche zu finden."

„Die muss ich erst ansetzen. Mittags können Sie sie haben."

„Aber ich bräuchte sie gleich für meinen Kaliumnachweis, es ist schon alles vorbereitet. Und heute ist Freitag. Ich will mit meiner Analyse fertig werden."

„Ihr braucht immer eine Extrawurst. Ich bin gerade beim Ansetzen der verdünnten Schwefelsäure. Jeder von euch hat einen Reagenziensatz von zwölf Lösungen, pro Laboreinheit gibt es weitere 32 Reagenzien, und im Laborregal stehen 24 Lösungen und 96 Feststoffe. Das muss ich alles auffüllen und in Schuss halten. Da kann ich nicht noch jeden der Herren Studenten extra bedienen, die ihren Tag mit Demonstrieren verbringen."

Stoll fühlte einen gewissen Ärger aufsteigen. „Immer höre ich: die Herren Studenten, Demonstrieren, Nichtstun. Glauben Sie denn, ich würde nicht studieren?"

„Seit sie die Studiengebühren abgeschafft haben, tummelt sich immer mehr Gschwerl an den Universitäten, selbst in der Chemie. Ihr seid mehr als siebzig Studenten im ersten Semester, davon habe ich mindestens zwanzig nach den ersten zwei Wochen kaum mehr gesehen."

„Sehen Sie, Herr Scheyerer, mich sehen Sie jeden Tag. Die Kommilitonen, die beim Demonstrieren sind, brauchen keine Perchlorsäure. Bitte, Herr Scheyerer, Sie würden mir einen großen Gefallen tun."

„Na schön, kommen Sie herein. Aber Sie müssen mir beim Abfüllen helfen.“

Cerberus trat beiseite und ließ Stoll eintreten. Stoll sah Cerberus' Reich zum ersten Mal. An der rechten Wand befanden sich neben zwei riesigen Ausgussbecken aus braun glasierter Laborkeramik zwei große, gut ziehende Abzüge, unter denen der Laborant offenbar Säuren, Basen und andere Lösungen abfüllte. Die linke Wand war zur Hälfte mit Regalen bedeckt, die mit großen, sorgfältig beschrifteten Flaschen vollgestellt waren. In der vorderen Raumhälfte befand sich neben einem altmodischen Kleiderständer und einem mit einem Sofakissen versehenen Holzstuhl ein etwas wackeliger Holztisch. Neben einer halb aufgeschlagenen Tageszeitung lag eine angebissene, offenbar mit Leberwurst bestrichene Brotstulle auf einer aufgerissenen Papiertüte, daneben stand eine Thermoskanne, die offenbar Kaffee enthielt, denn in der als Sturztasse benutzten Verschlusskappe dampfte eine schwarze Flüssigkeit. Auf einem Regalbrett oberhalb des Tisches sah Stoll ein mit Zucker gefülltes Einmachglas sowie mehrere Dosen Kondensmilch, von denen eine zwei Einstiche an der Oberseite aufwies. In einem leeren Senfglas steckten mehrere Kaffeelöffel sowie ein Stechel mit der Aufschrift *Glücksklee.*

Der Laborant nahm die graue Gummischürze vom Ständer und legte sie über seinen blauen Arbeitskittel an. Dann ging er zu der an der Rückwand des Raumes befindlichen Tür und öffnete sie. Kalte Luft wehte herein, denn der angebaute Raum war nicht geheizt. Auf den Metallgestellen befanden sich große Behälter aus blauem oder grünem Kunststoff, die aggressive Substanzen enthielten. Bei mehreren Behältern waren vor allem unterhalb des Verschlusses weiße Ausblühungen zu sehen. Auf dem Boden standen große Glasballons, die in Stahlkörben auf Stroh gebettet waren. *Schwefelsäure, Salzsäure, Salpetersäure* las er auf den Etiketten. Cerberus winkte ihn zu einem etwas kleineren Behälter, der mit *Perchlorsäure 72 %* beschriftet war. Zu zweit wuchteten sie ihn vom Regal, trugen ihn in den vorderen Abzug der Säurekammer und füllten eine bereitstehende Zweiliterflasche bis zur Einlitermarke auf.

„Sie können die gespülten Reagenzienflaschen und insbesondere die Tropfspitzen nochmals mit bidestilliertem Wasser nachspülen“, sagte der Laborant und wies mit dem Kopf auf das Abtropfgestell, an dem ein Dutzend Fläschchen und Tropfer hingen. „Ich verdünne die Perchlorsäure inzwischen auf die Hälfte.“

„Sie könnten sie konzentriert in die Reagenzienflaschen füllen", erwiderte Stoll, „72 Prozent – das wäre gerade recht. Nach Vorschrift wird der Kaliumnachweis mit fünfzig- bis sechzigprozentiger Perchlorsäure durchgeführt."

„Nichts da. Nach der Labordnung steht halbkonzentrierte Perchlorsäure auf, also 36 Prozent. Sie müssen eben fünf statt drei Tropfen nehmen, wenn Sie die Kaliumperchloratfällung machen wollen."

Stoll staunte. Cerberus war gar nicht so beschränkt wie er aussah. Er wusste offenbar genau, was er tat und warum. Jetzt nahm er einen gereinigten Glastrichter aus dem Trockenschrank, setzte ihn auf eine von Stoll mit bidestilliertem Wasser gespülte Reagenzienflasche und füllte die halbkonzentrierte Perchlorsäure ein, nachdem er zuvor die Zweiliterflasche nach der Verdünnung verschlossen und kräftig geschüttelt hatte. Dann schraubte er den Tropfer auf, wischte die Flasche mit einem feuchten Lappen ab und hielt sie Stoll hin.

„Da nehmen Sie und machen Sie Ihren Nachweis."

Andreas Stoll hatte plötzlich das Gefühl, dass Cerberus ihn loswerden wollte, denn er hatte mehrmals auf die Uhr geblickt und sich nervös umgesehen. Erwartete er noch jemanden, oder wollte er nur zu seiner Brotzeit zurück? Der Kaffee in der Sturztasse war inzwischen kalt geworden, aber das schien Cerberus gar nicht zu merken.

„Vielen Dank", sagte Stoll und wollte gehen. Da sah er hinter der Tür auf dem Boden eine Faschingsmaske liegen. Er bückte sich, hob das scheußliche Pappding auf und hielt es dem Laboranten hin.

„Gehen Sie auf den Fasching?"

Merkwürdigerweise errötete Cerberus. Obwohl sein Gesicht von Natur aus gerötet war, war die Dunkelfärbung deutlich zu erkennen.

„Nein, nein", sagte er schnell, „die hat jemand hier liegen lassen."

„Das Faschingswochenende kommt erst. Schönen Tag."

Stoll verließ die Säurekammer und wäre vor der Tür beinahe mit dem Glasbläser zusammengeprallt, der gerade eine Gasflasche in seine Werkstatt wuchtete.

„Passen Sie doch auf, Sie Tölpel!" sagte der Glasbläser und sah ihn durchdringend an. „Was machen Sie überhaupt hier? Sie haben doch hier nichts zu suchen."

„Entschuldigung", sagte Stoll, „ich habe nur Perchlorsäure geholt."

Und er ging mit der gefüllten $HClO_4$-Flasche ins Studentenlabor zurück. In seiner Laboreinheit stand Karin Weber und gab ihm ihre Mitschrift der Physikübungen.

„Du hast nicht viel versäumt. Er hat nichts Neues gemacht."

Heute hatte sie ihr langes, glattes Haar sorgfältig zu einem Zopf geflochten. Sie trug hohe, schwarze Stiefel, einen kurzen, dunkelgrünen Minirock und einen beigefarbenen Rollkragenpullover, der die weiblichen Formen angenehm betonte. Andreas Stoll dachte unwillkürlich, dass sie eigentlich recht attraktiv aussah, wenn nur nicht diese große Brille gewesen wäre, die ihr Gesicht verunstaltete. Eine kleine, randlose Brille musste ihr ganz vorzüglich stehen. Stoll fragte sich, ob er ihr das sagen sollte oder nicht. Schließlich ließ er es sein, denn er hatte Angst, sie zu verletzen. Außerdem war er schüchtern und wechselte kaum ein persönliches Wort mit seinen Kommilitoninnen. Sie lächelte ihn an, ein wenig verlegen.

„Wie weit bist du mit deiner Analyse?"

„Ich habe alles bis auf den Kaliumnachweis, den mache ich jetzt mit Perchlorsäure. Und deine Analyse?"

„Leider zwei Fehler, aber ich kann einmal verbessern. Ein Metall zu viel und eines zu wenig. Aluminium, Zink, Magnesium und Kalium sind immer schwer zu finden, und die Nachweise sind nicht so eindeutig. Ich schaue dir jetzt bei deinem Kaliumnachweis zu, denn den werde ich auch machen müssen."

Andreas Stoll hielt das Reagenzglas mit dem klaren wässrigen Auszug des salpetersauren Abrauchrückstandes, den er schon vor seinem Gang in die Säurekammer sorgfältig filtriert hatte, in Augenhöhe und versetzte die Lösung mit einigen Tropfen Perchlorsäure. Zunächst geschah nichts, aber als er das Reagenzglas zur Kühlung unter kaltes Wasser hielt, bemerkte er eine schwache weiße Trübung. Er stellte das Reagenzglas in das Holzgestellt zurück und beobachtete die Lösung. Gerade als Karin sich mit ihrer großen Brille dem Glas näherte, wurde die Trübung deutlicher, und es bildete sich ein Niederschlag von Kaliumperchlorat.

„Das ist eindeutig", sagte sie, „du hast Kalium in deiner Analysensubstanz."

Stoll notierte seine Ergebnisse in seinem Analysenheft und legte es dann in die Ablage für den Assistenten. Dann räumte er seinen Platz auf, seinen Laborkittel legte er zusammen und steckte ihn der Einfachheit in seine Aktentasche, denn am Nachmittag wollte er eine neue Analyse anfangen.

„Kommst du mit in die Vorlesung?“ fragte ihn seine Kommilitonin. „Ich will früh im großen Chemie-Hörsaal sein, um einen Platz weiter vorne zu kriegen, sonst sehe ich die Experimente nicht richtig.“

„Klar“, sagte er und schickte sich zum Gehen. In der Zwischenzeit füllte sich das Labor mit Studenten, die aus den Physik-Übungen kamen und bis zur nächsten Vorlesung hier warteten. Max Penninger, Hans Krieger und Günter Egeter kamen mit ihren Reibschalen herein, die sie an der Analysenausgabe abgeholt hatten.

„Na, Karin, gehst du zum Fasching?“ fragte Krieger jovial.

„Wieso zum Fasching?“

„Weil du verkleidet bist.“

„Wie, verkleidet?“

„Na, als Brillenschlange.“

„Du bist gemein.“

„Nimm's nicht tragisch, Karin“, feixte Krieger, „du bist gar nicht so schlimm. Als Frau wärst du durchaus zu gebrauchen, wenn deine Eulenbrille nicht wäre. Die meisten Mädchen in unserem Semester sind Schrott. Die Eva dort drüben ist so spindeldürr, dass sie als Storch im Krautsalat gehen könnte. Und die Kathi nebenan ist so ein Schrank von einem Weib, dass sie als Koloss von Rhodos auftreten könnte, oder aber als Ulknudel vom Dienst.“

„Was ist mit mir?!“ rief Kathi Mürbeth von der benachbarten Laboreinheit herüber. Ihr hing eine fettige Haarsträhne ins Gesicht, ihre Gesichtshaut war unrein, ihr Oberkörper war unförmig, aber ihre Augen blitzten belustigt. Sie hatte eine Vorliebe für derben Humor.

„Nichts. Ich habe gesagt, dass du die Ulknudel vom Dienst bist.“

„Du Schweinepriester, wenn du mir in Hände fällst, mach ich dich fertig.“

Stoll hörte die Antwort des Industriellensohnes nicht mehr, denn er war Karin gefolgt, die das Laboratorium schnell verlassen hatte. Auf jeden Fall musste sie deftig gewesen sein, denn er hörte schallendes Gelächter durch die geschlossene Schwingtür. Erst im Treppenhaus zum großen Chemie-Hörsaal holte er Karin ein, und er sah, dass sie verweint aussah, was ihre großen Brillengläser noch akzentuierten. Sie tat ihm leid.

„Krieger ist so was von gemein. Der meint wohl, nur weil er genug Geld hat, kann er uns alle kränken.“

Stoll sagte nichts, wartete aber, bis sie ihren Mantel bei der freundlichen Garderobenfrau abgegeben hatte, und folgte ihr dann in die vorderen

Ränge des Hörsaals. Obwohl noch alle Plätze frei waren, weil die wenigen anwesenden Studenten in Gruppen herumstanden, setzte er sich direkt neben Karin. Mittlerweile hatte sie sich beruhigt und lächelte ihn an.

Vorne am Experimentiertisch war der Assistent Schumann mit einem grauhaarigen Laboranten damit beschäftigt, mehrere Apparaturen für die Experimentaldemonstrationen aufzubauen. Die Grundvorlesung in allgemeiner und anorganischer Chemie von Professor Fischer war eine Glanzvorlesung, eine Tradition, die auf Justus von Liebig zurückging und besonders in München gepflegt wurde.

Inzwischen strömten auch die Studenten anderer Fachrichtungen herein, und innerhalb weniger Minuten füllte sich der große Hörsaal, der über fünfhundert Hörer fasste, bis auf den letzten Platz. Der Laborant nahm auf einem bereitstehenden Stuhl Platz, der Vorlesungsassistent sah mehrmals auf die Uhr, die über dem Dozenteneingang angebracht war. Um genau Viertel nach elf ging die Tür auf, und Professor Fischer trat herein. Er wurde von den Studenten durch Akklamation begrüßt. In den Naturwissenschaften gab es trotz überfüllter Hörsäle kaum Unruhe in den Vorlesungen, wie das aus den Vorlesungen in geisteswissenschaftlichen Fächern von der Ludwig-Maximilians-Universität bekannt war. Erst vor einigen Tagen hatte die Boulevardpresse mit dem Aufmacher *Professor an der LMU mit Flaschen beworfen* getitelt.

Professor Ernst-Otto Fischer war in einen vornehmen grauen Anzug gekleidet. Er trug eine sorgfältig gebundene, rot-weiß gestreifte Krawatte und eine goldene Krawattennadel. Er hatte ein prägnantes Gesicht mit einer kräftig gebogenen Nase und sprach Hochdeutsch mit einem weichen Münchener Zungenschlag. Solange er sich an sein Konzept hielt, was er fast immer tat, war die Vorlesung hochinteressant und geschliffen formuliert. Von Zeit zu Zeit schweifte er allerdings ab und geriet dann ins Nichtssagende. Heute war er sehr gut vorbereitet, er legte sein Manuskript auf das Rednerpult und trug seine Ausführungen mit großem Nachdruck vor.

„Meine Damen und Herren! Die Unterscheidung zwischen anorganischer und organischer Chemie beruht auf naturphilosophischen Spekulationen, die heute nicht mehr gültig sind. Im 18. Jahrhundert waren die Naturforscher überzeugt, dass nur die anorganischen Gesteine und Mineralien Materie seien, die ein Chemiker auch im Labor synthetisieren kann. Zur Synthese organischer Verbindungen, die sich normalerweise in lebenden Organismen vollzieht, sollte dagegen eine Lebenskraft, genannt *vis vitalis*, notwendig sein. Man glaubte daher, dass es nicht möglich sei, organische Verbindungen im Labor zu synthetisieren, vielmehr seien dazu lebende Zellen erforderlich. Mit der Wöhler'schen Harnstoffsynthese von 1827 ist dieses Dogma aber gefallen. Seit dieser Synthese einer organischen Substanz – Harnstoff – aus Ammoniumcyanat – einem anorganischen Salz – wissen wir, dass organische und anorganische Verbindungen nach den gleichen Prinzipien des Atom- und Molekülbaus aufgebaut sind, und dass die Unterscheidung in anorganische und organische Chemie nur noch historisch-systematische und didaktisch-praktische Gründe hat."

Stoll machte sich eine entsprechende Notiz, denn er fand naturphilosophische Aspekte interessant, auch wenn das keine *hard facts* waren, die man in einer Prüfung wissen musste. Die deutsche Romantik mit ihrem neuen Naturverständnis kam ihm plötzlich in den Sinn, denn in diese Zeit fiel die Wöhler'sche Harnstoffsynthese. Er ertappte sich dabei, dass er zum ersten Mal in Professor Fischers Vorlesung abschweifte. Er erinnerte sich daran, dass er heute Abend zu einer Lesung von Heines Dichtung *Deutschland – ein Wintermärchen* eingeladen war. Kürzlich hatte er Heines *Junge Leiden* gelesen, und einige dieser schwermütigen Verse kamen ihm jetzt in den Sinn.

Er machte weiterhin Notizen und nahm auch die Ausführungen Professor Fischers zur Chemie des Kohlenstoffs wahr, aber seine Gedanken waren bei Heines düster-melancholischen Gedichten.

Ein sozialistischer Kulturabend

Der Schnee knirschte unter ihren Schritten, als sie von der Franz-Joseph-Straße in den dunklen Hof eines Hauses traten, in dem der Gehweg nicht gestreut war. Andreas Stoll betrachtete die düster wirkende Fassade, es war eines der Gründerzeithäuser Schwabings, die den Krieg überlebt hatten, aber dann etwas heruntergekommen waren. Über der Haustür prangte eine Laterne, die an zwei Seiten das Glas verloren hatte, und in der eine schwache Glühbirne brannte. Neben der Haustür befanden sich die Mülltonnen, deren Deckel nur schlampig aufgelegt waren, so dass sie einen dumpfen Gestank verbreiteten. Im Hausgang schlug ihnen ein säuerlicher Geruch entgegen, wie er für vernachlässigte Häuser typisch ist. Als sie Licht machten, gab eine nackte Glühbirne den Blick auf ein Treppenhaus frei, dessen einstige Pracht und Eleganz auch noch unter der Patina von Vernachlässigung sichtbar waren.

Sie waren mit der Straßenbahnlinie 2 von der Augustenstraße bis zum Hohenzollernplatz gefahren und dann hierher gegangen. Frieder von Prausnitz hatte pünktlich um halb acht an seine Zimmertür geklopft und ihn an ihre Verabredung erinnert. Stoll hatte gerade sein Abendessen beendet, das aus einem Mettwurstbrot, einem Apfel und zwei Tassen Tee bestanden hatte, dabei hatte er die Nachrichten und den Wetterbericht des Bayerischen Rundfunks gehört. Für das Faschingswochenende war erneuter Schneefall angekündigt. Die Nacht war bereits hereingebrochen, als sie aufbrachen. Auf der Augustenstraße waren einige maskierte junge Leute zu sehen, die wohl zu einem der Faschingsbälle unterwegs waren. In der Straßenbahn war der Boden mit Konfetti und vereinzelten Luftschlangen übersät. Von Prausnitz war während der ganzen Fahrt auffallend schweigsam, auch als sie ausstiegen und die Hohenzollern- und dann die Belgrad-Straße hinuntergingen, wies er nur mit dem Kopf die Richtung, offenbar war er in Gedanken versunken.

Sie stiegen die Treppe bis zum zweiten Stock hinauf, standen dann vor einer großen doppelflügeligen Tür, deren Holz unglaublich verkratzt und mit verschiedenen, mit Reißzwecken befestigten Zetteln übersät war, die offenbar als Namensschilder dienten. Aus der Wohnung drang ein Stimmengewirr, das durch gedämpfte rhythmische Musik überlagert war. Kaum hatte von Prausnitz geläutet, als ein Mädchen die Tür öffnete und „Frieder ist da!“ rief. Ihr glattes, ein wenig fettiges Haar fiel unregelmäßig in ihr Gesicht, das trotz des freudigen Ausdrucks eine gewisse Teigigkeit behielt. Sie trug einen haarigen Rollkragenpullover vermutlich auf der blanken Haut, einen kurzen Wollrock und schwarze wollene Strümpfe. Alles an ihr wirkte weich und wollig.

„Das ist Monika Schuler“, sagte von Prausnitz, „sie ist eine von den Genossinnen, die hier wohnen. Und das ist Andreas Stoll, mein Wohnungsnachbar, er ist an Literatur interessiert, weniger an Politik. Aber vielleicht kommt das noch.“

„Grüß dich, Andreas. Ich hoffe, dass es dir bei uns gefällt.“

Sie führte die beiden Neuankömmlinge über einen dunklen Gang in ein großes, hell beleuchtetes Zimmer, in dem um einen großen Tisch etwa zwanzig Stühle verschiedenster Stilrichtungen gruppiert waren. Etwa die Hälfte dieser Sitzmöbel war besetzt, die weniger bequem aussehenden waren noch frei. Außerdem saßen mehrere langhaarige junge Leute locker auf dem Boden herum, Bierflaschen und Zigaretten wanderten von Hand zu Hand. Der ganze Raum war voller Rauch, in die Stickigkeit mischte sich ein schwerer, süßlicher Duft. Auf einem Sofa an der hinteren Wand saß ein Liebespärchen und knutschte. Beim Vorübergehen hatte Stoll einen Blick in eine vernachlässigte Küche werfen können. Neben vollen Aschenbechern, leeren Bierflaschen und Speiseresten war ihm vor allem ein Stapel schmutzigen Geschirrs aufgefallen. Die gedämpfte Musik schien aus einem weiteren Zimmer zu kommen, dessen Tür geschlossen war und somit keine Einblicke freigab.

Von Prausnitz wies Stoll einen Stuhl an, der aus einer orangefarbenen Kunststoff-Hartschale bestand, die auf dünnen Metallrohren montiert war. Er selbst setzte sich daneben auf einen wackeligen Holzstuhl. Er wies mit dem Kopf auf einen großgewachsenen jungen Mann mit Goldrandbrille und einem schütteren Vollbart, der ein rotes Halstuch mit dem aufgedruckten Portrait von Che Guevara um die Schultern trug und schräg gegenüber saß.

„Das ist Rainer Karcelin, der Wohnungsbesitzer. Er hat entdeckt, dass er hugenottische Vorfahren hat, deshalb spricht er seit kurzem seinen Namen französisch aus: *Karcelin* mit einem nasalen ‚in‘. Ansonsten ist er in Ordnung. Er ist seit der Gründung des Spartakus bei uns. Politisch ist er allerdings zu radikal. Er sympathisiert offen mit der Roten Armee Fraktion und ist für den bewaffneten Kampf. Das ist problematisch, denn das schadet dem Ansehen des MSB.“

„Den da drüben kenne ich“, sagte Stoll und wies auf einen schmuddelig aussehenden jungen Mann mit Sokratesbart und einer Baskenmütze auf dem Kopf, der still in einer Ecke auf dem Boden saß, eine selbstgedrehte Zigarette rauchte und Bier in kleinen Schlucken aus einer Flasche trank, „das ist ein Chemiestudent von der TU, höheres Semester, alle nennen ihn nur Diogenes.“

„Der gehört nicht zum MSB, er ist auf allen linken Veranstaltungen und dröhnt sich zu. Er sagt nie ein Wort, dafür zieht er sich mehrere Joints rein. Es gibt mehrere linke Träumer und Spinner hier, Anarchisten und so. Die brauchst du nicht ernst zu nehmen.“

Inzwischen waren fast alle Plätze um den großen Tisch herum besetzt, mehrere Neuankömmlinge hatten auch auf dem Boden Platz genommen. Von Prausnitz winkte ein Mädchen heran und zog einen Stuhl neben sich.

„Nimm hier Platz, Heidemarie. Das ist übrigens Andreas Stoll, mein Wohnungsnachbar, den ich mitgebracht habe, damit er sieht, dass beim

Spartakus politische Arbeit mit Kultur verbunden ist, denn er ist ein Skeptiker. Das ist Heidemarie Zenger."

Stoll betrachtete das Mädchen, das sich auf den zugewiesenen Stuhl setzte und ihm zunickte. Sie hatte feine, ebenmäßige Gesichtszüge, leuchtende blaugrüne Augen und wunderschönes blondes Haar, das ihr leicht gewellt auf die Schultern fiel. Sie trug flache Schuhe, enganliegende blaue Jeans und eine blütenweiße Baumwollbluse, von der man sah, dass sie sie auf der bloßen Haut trug, denn sie ließ die Umrisse und Bewegungen ihrer jugendlichen Brüste deutlich erkennen. Von Prausnitz beugte sich zu Stoll herüber und senkte vertraulich die Stimme.

„Heidemarie ist eine unserer zuverlässigsten Genossinnen. Bevor sie zu uns kam, war sie Feministin. Sie gehörte zu denen, die öffentlich ihren Büstenhalter verbrannt haben. Das war ein Fanal für die Befreiung der Frau, aber Sozialromantik allein führt nicht weiter. Sie hat erkannt, dass man eine straffe politische Organisation braucht, wenn man etwas durchsetzen will. Deshalb ist sie zum Spartakus gekommen. Du solltest einmal mit ihr reden."

Es gab so etwas wie Hallorufe, als ein beleibter Mann mittleren Alters mit einem Buch den Raum betrat; er war offenbar von einem der Nebenräume gekommen. Er nahm in dem großen Lehnstuhl Platz, der für ihn freigehalten worden war, und wartete, bis er die gebührende Aufmerksamkeit erhielt.

„Das ist Bruno Mertens, Schauspieler bei den Kammerspielen", sagte von Prausnitz. „Er gehört nicht zu uns, aber er ist ein Altlinker und sympathisiert mit dem Spartakus."

Der Schauspieler hatte eine Künstlermähne aus graumeliertem Haar und trug einen gelbgemusterten Seidenschal um den Hals, auf dem Kopf trug er eine weiche, barettartige Kopfbedeckung, die ihn wie Richard Wagner aussehen ließ. Er lehnte die Bierflasche, die ihm der Hausherr hinhielt, ab und verlangte etwas Stärkeres, wobei er aus dem Wintermärchen zitierte: *„Die Göttin hat mir Tee gekocht und Rum hineingegossen. Sie selber aber hat den Rum ganz ohne Tee genossen.*"

Jemand holte eine Flasche mit Schnaps und zeigte sie ihm. Er entkorkte sie, roch daran. Dann nahm er einen kräftigen Schluck direkt aus der Flasche.

„Lesen ist anstrengend", sagte er, „das ist guter Schwarzwälder Birnengeist. Besser als das Bätziwasser, das mir diese Schweizer bei der letzten Lesung angeboten haben."

Ein eitler Fatzke, dachte Stoll, aufgeblasen und von sich selbst eingenommen. Bestimmt ist er außerdem Alkoholiker. Aber wie erstaunt war er, als Mertens zu lesen begann. Kaum hatte er die erste Zeile gelesen, stellte sich eine wunderbare romantische Stimmung ein. Er las mit einer ausdrucksvollen, sonoren Stimme, seine Augen schweiften dabei in die Ferne und brauchten das Manuskript nicht. Er kannte den Text auswendig und trug ihn unaffektiert, aber mit Emphase vor. Stoll war begeistert.

Nach der Lesung gab es viel Applaus, Mertens hatte inzwischen die Flasche mit dem Birnengeist mehr als zur Hälfte geleert und war etwas angeheitert. Er schüttelte allen die Hand, auch Stoll, wechselte noch einige Worte mit von Prausnitz und verschwand dann schnell. Die anderen hatten sich wieder gesetzt und unterhielten sich über die Lesung. Stoll stand noch unter dem Eindruck von Heines Lyrik und folgte der Unterhaltung nur sehr oberflächlich.

Während Stoll noch ganz benommen den Gesprächsfetzen lauschte und dabei die schöne Heidemarie betrachtete, ergriff Frieder von Prausnitz das Wort.

„Genossen, bevor wir nach Hause gehen, müssen wir noch die Flugblattaktion nächste Woche besprechen. Wir haben zehntausend Flugblätter drucken lassen. Eigentlich sollten wir sie am Rosenmontag bekommen, aber die Druckerei braucht noch den Dienstagvormittag. Wir sollten sie deshalb am Dienstagnachmittag verteilen."

„Am Faschingsdienstag?" sagte einer, den von Prausnitz mit Herrman Josef angesprochen hatte. „Ihr seid doch nicht bei Trost."

„Fasching, das ist doch bürgerlicher Kram. Das interessiert uns nicht. Und Faschingsdienstag ist gut, denn keiner hat da andere Verpflichtungen."

„Wenn du meinst."

„Wir brauchen wieder zehn Gruppen zu zwei Mann. Gleiche Besetzung wie das letzte Mal?" Nachdem in dem zustimmenden Gemurmel kein Widerspruch aufkam, fuhr von Prausnitz fort. „Mit einer Ausnahme: Heidemarie, diesmal kann ich nicht mit dir gehen, denn ich muss zu einer Sitzung des MSB nach Bonn. Aber vielleicht kann unser neuer Freund Andreas dir helfen?"

Stoll schreckte auf. Er fühlte sich überrumpelt. Er gehörte nicht zu diesem kommunistischen Verein und hatte keine Lust, dafür Propaganda zu machen. Er lehnte im Gegenteil den Marxismus-Leninismus ab. Er wollte protestieren, aber von Prausnitz verfiel gleich in einen einschmeichelnden Tonfall.

„Nur dass du einmal siehst, wie so eine Aktion verläuft. Viele quatschen nur, aber wir müssen handeln. Und du wärst wirklich eine große Hilfe für Heidemarie."

Stoll blickte die schöne Spartakistin an, er sah ihren sinnlichen Mund, ihren schlanken Hals, ihr blondes Haar und ihre wohlgeformten Brüste, und sein Widerstand schmolz dahin.

„Na schön", sagte er, „ich helfe dir am Faschingsdienstag."

„Komm um zwei Uhr nachmittags zu mir", sagte Heidemarie mit einem gewinnenden Lächeln. „Wir treffen uns direkt beim Friedensengel, den findest du leicht. Ich werde dort auf dich warten."

Inzwischen hatte von Prausnitz verschiedene Anweisungen gegeben und erinnerte die Spartakus-Mitglieder an die Sitzung am nächsten Montagabend im MSB-Büro.

„Es ist Rosenmontag. Aber ihr müsst unbedingt kommen, es ist sehr wichtig, wir müssen die Sache mit den AStA-Gebühren besprechen. Der Allgemeine Studentenausschuss hat immer weniger Einnahmen, um die politische Arbeit zu finanzieren."

„Das ist der Trick der Konterrevolution", ließ sich Karcelin vernehmen. „Sie bekämpfen die Linke nicht mehr, aber sie schneiden ihnen die Finanzen ab. Seit die Gebührenpflicht für die AStA-Gebühren vor eineinhalb Jahren aufgehoben wurde, sind die AStA-Einnahmen ständig gesunken. Und bei der Einschreibung verteilt der RCDS jetzt Handzettel, auf denen steht *Die AStA-Gebühren könnt Ihr verweigern*. Es gibt nur einen roten Ring in den Studentenausweis gestempelt, das ist den meisten scheißegal. Wenn das so weitergeht, können wir einpacken. Dann bleibt nur noch der bewaffnete Kampf."

„Lass den Scheiß!" sagte von Prausnitz. „Für deine Stadtguerilla-Träume ist der Spartakus nicht zu haben. Gewalt ist abzulehnen."

„Nicht gegen Sachen", ereiferte sich Karcelin, „das System blutet uns aus."

„Der Spartakus lehnt Gewalt grundsätzlich ab. Auch gegen Sachen."

„Aber Rudi Dutschke selbst hat doch die revolutionäre Gewalt nicht ausgeschlossen, indem er sagte, dass wir nicht von vorneherein auf eigene Gewalt verzichten dürfen, weil das einen Freibrief für die organisierte Gewalt des Systems bedeuten würde."

„Nun, Dutschke hat die Gewalt schließlich selbst zu spüren bekommen, als er bei dem Attentat vor vier Jahren lebensgefährlich verletzt wurde.“

„Das ist doch kein Argument. Der Attentäter war ein geistig beschränkter rechtsextremer Spinner.“

„Dutschke und der SDS haben gute Arbeit geleistet, aber die RAF ist in den Terror abgeglitten.“

„Baader und Meinhof berufen sich doch für das Stadtguerilla-Konzept auf Dutschke. Die RAF steht in seiner Tradition.“

„Aber der Spartakus lehnt Gewalt ab und distanziert sich von der RAF.“

„Und die Abschaffung der AStA-Gebührenpflicht sollen wir einfach hinnehmen?“

„Hör mal zu, Rainer“, sagte von Prausnitz in einer bestimmenden Weise. „Wenn mehr als sechzig Prozent der Studenten an der LMU und achtzig Prozent an der TU heute die AStA-Gebühren verweigern, dann deshalb, weil der AStA an beiden Unis miserable Arbeit geleistet hat. Ein Großteil der Gelder ist für Stipendien innerer AStA draufgegangen, und der so bedachte innere AStA hat geschlampt. Wer im AStA sitzt, muss sich für die Belange der Studenten einsetzen, und zwar nicht mit Parolen, sondern mit Taten.“

„An der TU ist letztes Jahr eine Studienreform eingeführt worden“, mischte sich Stoll in das Gespräch. „Und zwar ohne dass eine Übergangsfrist für die Studenten vorgesehen ist, die nach dem alten System angefangen haben. Die AStA-Vertreter haben im letzten Jahr den Chemiestudenten versprochen, dagegen vor dem Verwaltungsgericht zu klagen, um zu erreichen, dass diejenigen, die nach dem alten System angefangen haben, auch nach dem alten System fertig studieren können. Ich bin nicht betroffen, weil ich erst im ersten Semester bin und damit sowieso im neuen System. Aber die höheren Semester haben sich auf den AStA verlassen und die zusätzlichen Praktika, die nach dem neuen System vorgesehen sind, nicht belegt. Der AStA hat aber geschlafen und die Klagefrist verstreichen lassen. Jetzt müssen die betroffenen Studenten diese Praktika nachholen, sie sind stocksauer und wünschen den AStA zum Teufel.“

„Was wissen denn die von der politischen Arbeit, die geleistet wurde!“ ereiferte sich Karcelin.

„Nein, nein, er hat recht“, wandte von Prausnitz ein. „Große Reden schwingen und nichts dahinter. Der TU-AStA hat bei der Studentenschaft verschissen. Und zwar zu Recht. Die Linke braucht für solche Positionen in Zukunft absolut zuverlässige Leute, die nicht quatschen, sondern handeln. Sonst wird der RCDS die nächsten Wahlen gewinnen. Aber wir werden das am nächsten Montag besprechen."

Und er verabschiedete sich von allen mit Handschlag, nur Heidemarie küsste er auf die Wange. „Gute Nacht, meine Schöne." Und er zwinkerte ihr zu.

Stoll und Prausnitz waren die Ersten, die die Schwabinger Wohnung verließen. Als sie vor dem Haus standen und nach der raucherfüllten Atmosphäre der Wohnung die frische, kalte Luft einatmeten, schlug Prausnitz vor, zu Fuß nach Hause zu gehen.

Es war eine klare Nacht, der Schneefall hatte aufgehört, und vereinzelt waren Sterne zu sehen. So gingen sie durch das nächtliche Schwabing Richtung Maxvorstadt.

Fortsetzung des Gesprächs über eine theologische Frage

Die klare, frische Luft hatte eine reinigende Wirkung auf Stolls Gedanken, als sie durch die nächtlichen Straßen gingen. Trotz des Faschingswochenendes waren nur wenige Fußgänger in Schwabing unterwegs. Sie gingen an einem dunklen Mercedes vorbei, in dem vier Männer saßen. Sonderbar, dachte Stoll, dass man nachts im Auto sitzt, was die wohl für Geschäfte machen?

Von Zeit zu Zeit hörten sie die entfernten Stimmen von Betrunkenen, die Gesangsfetzen populärer Faschingsschlager grölten, ansonsten waren nur der knirschende Schnee unter ihren Tritten sowie die Motorengeräusche vereinzelter Autos zu hören. Es war von Prausnitz, der das Gespräch eröffnete.

„Vielen Dank, dass du am Dienstag für mich einspringst."

„Das hat mir nicht gefallen, wie du mich da eingewickelt hast. Aber na schön, ich mache mit, am Faschingsdienstag hab ich nichts Besseres zu tun."

„Und Heidemarie gefällt dir, nicht wahr? Politik wird mit schönen Frauen gemacht. Aber damit du dir keine falschen Vorstellungen machst: Heidemarie ist keine von den Schlampen, die nur deshalb in eine linke Kommune kommen, weil sie was erleben möchten. Sie ist echt engagiert. Du wirst sie mögen."

„Gut, aber für weitere Aktionen kannst du nicht auf mich zählen."

„Schon in Ordnung. Ich habe übrigens über das nachgedacht, was du mir neulich gesagt hast, nämlich dass ich als Atheist eigentlich auch gläubig sei, indem ich an den Materialismus und an die Zukunft des Kommunismus glaube. Und du hast vollkommen recht: Der Marxismus ist unsere Religion."

„Der Marxismus ist ein Religionsersatz."

„Nenn es, wie du willst. Ich nenne es Religion."

„Eine intolerante Religion."

„Jede Religion ist intolerant, denn sie ist von der Richtigkeit ihres Weges überzeugt und lässt keine anderen gelten. Wie ist das im Katholizismus mit der *alleinseligmachenden* Kirche?"

„Aber das ist doch ein Begriff, der auf das Mittelalter zurückgeht."

Stoll spielte auf das Vierte Laterankonzil von 1215 an, das den Satz *Extra ecclesiam nulla salus* formuliert hatte, aus dem der Anspruch der alleinseligmachenden Kirche abgeleitet wurde. Allerdings fielen ihm dazu weder Namen noch Jahreszahlen ein. Und er wusste, dass er von Prausnitz nur mit Fakten und Zahlen beeindrucken konnte. So beschränkte er sich auf die Gegenwart, über die er besser Bescheid wusste.

„Das Zweite Vatikanische Konzil hat diesen Anspruch relativiert und den Begriff *alleinseligmachend* durch *heilsnotwendig* ersetzt. Wir sind doch nicht mehr im Mittelalter."

„Aber das bedeutet doch, dass vor dem Konzil von 1963 die katholische Kirche den Anspruch erhoben hat, die alleinseligmachende Kirche zu sein."

„Das stimmt", räumte Stoll ein. „Die katholische Kirche hat lange gebraucht, um das naturwissenschaftliche Weltbild zu akzeptieren, vom kopernikanischen Sonnensystem bis zur darwinistischen Evolutionslehre. Und noch länger, um sich mit dem religiösen Pluralismus abzufinden. Aber sie hat es auf dem Zweiten Vatikanischen Konzil schließlich getan. Das ist, was man als *aggiornamento* bezeichnet hat."

„Als Außenstehender hat man nicht das Gefühl, dass die katholische Kirche irgendwelchen Pluralismus duldet."

„Doch, heute respektiert die Kirche Andersgläubige und fordert Toleranz für sich und für andere."

„Aber das war nicht immer so: Es hat Religionskriege gegeben und die Inquisition, bei der Andersgläubige auf dem Scheiterhaufen endeten."

„Richtig, aber du kannst heute auch nicht für Vergehen verantwortlich gemacht werden, die deine Vorfahren vor einigen hundert Jahren begangen haben.“

„Du hast recht, reden wir von heute. Soviel ich weiß, gibt es das Dogma der Unfehlbarkeit des Papstes auch noch nach dem Zweiten Vatikanischen Konzil.“

„Stimmt.“

„Wie kann ein gebildeter Mensch so was Absurdes glauben? Kein Mensch ist unfehlbar, schon in der Antike wusste man: *Errare humanum est*. Die Kirche ist um zweitausend Jahre zurück.“

„Ich glaube, du hast das Dogma missverstanden“, sagte Stoll, indem er versuchte, sich an das Dogma zu erinnern, das auf dem Ersten Vatikanischen Konzil von 1870 verkündet worden ist. „Was bedeutet die päpstliche Unfehlbarkeit deiner Meinung nach?“

„Na, dass der Papst sich nie irren kann. Ihr Katholiken glaubt, dass der Papst als Stellvertreter Jesu Christi immer recht hat.“

„Ach, und wenn er furzt, dann glauben wir, das war eine Manifestation des Heiligen Geistes? Hältst du Katholiken für beschränkt?“

„Glaubt ihr etwa nicht, dass der Papst immer recht hat?“

„Nein, der Papst ist ein Mensch wie jeder andere, und als solcher kann er irren“, sagte Stoll und, nachdem er sich einer Dogmatik-Lektion seines Religionslehrers erinnert hatte, fuhr er fort: „Das Dogma der Unfehlbarkeit besagt nur, dass dann, wenn er in aller Form – *ex cathedra* – eine Glaubensüberzeugung zum Dogma erhebt, diese als irrtumsfrei und verbindlich gelten muss. Der Papst ist damit in strittigen Glaubensfragen die letzte Instanz, und die Kirche erkennt seine Entscheidungen an, weil nach dem Matthäus-Evangelium Christus selbst das Petrusamt mit dieser Kompetenz ausgestattet hat.“

„Christus selbst?“

„Mit den Worten, die jeder Katholik aus dem Katechismus kennt oder zumindest kennen sollte: *Du bist Petrus, und auf diesem Felsen will ich meine Kirche bauen, und die Pforten der Hölle werden sie nicht überwältigen. Dir will ich die Schlüssel des Himmelreiches geben, und alles, was du auf Erden binden wirst, wird auch im Himmel gebunden sein, und alles, was du auf Erden lösen wirst, wird auch im Himmel gelöst sein (Mt. 16, 16-18).*“

„Kennst du die Bibel auswendig? Spaß beiseite, der Papst kann also wegen dieses angeblich überlieferten Christuswortes jederzeit ein Dogma verkünden?"

„Natürlich nicht. Nicht jede Frage kann durch ein Dogma geklärt werden. Objektive Wahrheiten können durch ein Dogma nicht verändert werden. Nur wenn in einer theologischen Frage, auf die es wissenschaftlich keine Antwort gibt, ein Streit entsteht, kann der Papst ihn durch ein Dogma entscheiden."

„Aber dann entscheidet der Papst, wie ihm beliebt."

„Ja, im Vertrauen auf den Beistand des Heiligen Geistes. Aber weißt du eigentlich, wie oft ein Dogma verkündet wird? Welches war das letzte Dogma?"

„Keine Ahnung."

„Das war das Dogma von der lebendigen Aufnahme Mariens in den Himmel, das Pius XII im Jahr 1950 verkündet hat."

„Wie, seit 1950 hat es kein Dogma mehr gegeben?"

„Nein. Johannes XXIII und Paul VI haben nie ein Dogma verkündet."

„Aber der Papst wird doch Pillen-Paul genannt, weil er den Katholiken die Antibaby-Pille verboten hat."

„Du meinst die Enzyklika *Humanae vitae*, das ist aber kein Dogma, also kein Glaubenssatz, sondern nur ein päpstliches Rundschreiben."

„Und als Katholik bist du nicht an dieses Verbot gebunden?"

„Es gibt doch gar kein Verbot. Das ist nur eine Empfehlung. Die deutschen Bischöfe haben das übrigens gleich nach dem Erscheinen der Enzyklika klargestellt. Der Katholik ist in dieser Frage nur seinem Gewissen unterworfen."

„Das höre ich zum ersten Mal. Aber selbst wenn es so ist, ist diese Enzyklika eine Katastrophe. Du bist vielleicht ein aufgeklärter Katholik und kennst diese Feinheiten. Aber die katholischen Massen in Südamerika können doch nicht zwischen einer Enzyklika und einem Dogma unterscheiden, und sie werden in der Folge immer mehr Kinder in die Welt setzen. Der Papst will offenbar die Übervölkerung der Erde."

„Da magst du recht haben. Vernünftig scheint mir diese Enzyklika wirklich nicht zu sein."

„Dann sind wir uns ja für einmal einig."

„Ja, in dieser Frage schon."

„Aber die Dogmen scheinen dir vernünftig."

„Ehrlich gesagt, nicht ganz. Im Gegensatz zu vielen Katholiken habe ich mit dem Dogma der Unfehlbarkeit des Papstes kein Problem. Als Jurist weißt du, dass es eine letzte Instanz geben muss, die in Streitfällen entscheidet. Denn der katholische Glaube darf sich bei aller Toleranz nicht in Beliebigkeit verflüchtigen. Dagegen habe ich beim letzten Dogma Zweifel, ob die Frage der lebendigen Aufnahme Mariens in den Himmel wirklich dogmafähig war."

„Warum?"

„Die Theologen sind davon ausgegangen, dass sich die Frage, ob Maria eines irdischen Todes gestorben ist oder ob sie als Mutter Jesu lebendig in den Himmel aufgenommen wurde, niemals mit wissenschaftlichen Methoden klären lassen würde. Aber wer weiß, vielleicht findet man eines Tages Gebeine, die sich als die sterblichen Überreste Mariens herausstellen. Wer kann das ausschließen? Wer kann schon sagen, welche analytischen Methoden uns in hundert Jahren zur Verfügung stehen werden? Schließlich konnte vor hundert Jahren auch niemand voraussehen, dass es heute möglich ist, mit der Radiokarbonmethode eine ziemlich genaue Altersbestimmung von organischem Material durchzuführen."

„Du meinst, wenn es gelänge, das Grab Mariens zu finden und sie eindeutig zu identifizieren, dann wäre das Dogma von 1950 *ad absurdum* geführt."

„Dann wäre das Dogma nicht gültig, weil es unter falschen Voraussetzungen zustande gekommen wäre."

„Aber für die katholische Kirche wäre das blamabel, weil es zeigen würde, dass auf den Beistand des Heiligen Geistes kein Verlass ist."

„Das stimmt. Aber das ist nur eine theoretische Möglichkeit. Zurzeit spricht nichts gegen das Dogma, aber es fällt mir schwer, es zu akzeptieren."

„Warum tust du es dann? Du bist doch ein freier Mensch."

„Hör mal, Frieder. Wir führen hier eine theologische Diskussion wie Dilettanten. Du bist Jurist, und ich bin Chemiestudent. Du hast keine Ahnung von Theologie, und meine Kenntnisse beschränken sich auf den Religionsunterricht, den ich auf dem Gymnasium besucht habe. Ich weiß, heute ist es modern, sich zu allem und jedem zu äußern, ohne fundierte Kenntnisse zu haben. Aber das ist dilettantisch."

„Dilettantisch nennst du das?"

„Theologische Fragen sind von den Kirchenvätern und in der Folge von Hunderten von Theologen untersucht worden. Heute scheren sich viele Christen keinen Deut um den Stand der theologischen Forschung, aber sie trauen sich zu, die Bibel selbst zu interpretieren, so als ob sie das Rad nochmals erfinden wollten. Das ist doch dilettantisch."

„Du hast schon recht, aber andererseits kannst du doch nicht verlangen, dass jeder Christ Theologie studiert hat."

„Das stimmt, als Gläubiger muss man nicht einmal besonders intelligent sein, denn der Glaube hat keine rationale, sondern vielmehr eine spirituelle Dimension. Was aber theologische Fragen betrifft, so müssen sie vernünftig sein, und man muss sich auf die Fachleute verlassen können, und das heißt für den Katholiken auf das Lehramt der Kirche, die sich als *mater et magistra* versteht. Alles andere ist Dilettantismus."

„Ist das nicht zu einfach, alles an Fachleute zu delegieren?"

„Nein, die Grundsatzentscheidung des Glaubens muss jeder Einzelne für sich treffen, so wie in einer Demokratie bei einer Wahl jeder Einzelne entscheiden kann, und zwar unabhängig von seiner Kompetenz. Was aber Sachfragen betrifft, muss man sich auf qualifizierte Fachleute verlassen. Das ist doch genauso in juristischen Angelegenheiten."

„In juristischen Angelegenheiten? Was meinst du damit?"

„Ein Richter kann bei einem Strafprozess, bei dem es zum Beispiel um Giftmord geht, ein Urteil fällen, das alle rechtlichen Aspekte berücksichtigt, aber zur Klärung des Sachverhalts braucht er einen Chemiker oder Toxikologen als Sachverständigen. Es wäre stümperhaft, wenn ein Jurist versuchen würde, das Gift selbst nachzuweisen, dafür ist er nicht kompetent."

„Da hast du recht. Andreas, ich habe dir zugehört, weil ich tatsächlich von Theologie keine Ahnung habe, und es ist immer interessant, etwas dazuzulernen. Für mich war die katholische Kirche immer voll hinter dem Mond. Aber dass du ein kirchentreuer Katholik bist, überrascht mich doch."

„Na ja, so kirchentreu bin ich gar nicht", räumte Stoll ein.

„Aber immerhin ein gläubiger Katholik."

Dieser Satz aus dem Mund eines Atheisten machte Stoll verlegen, denn er hatte sich seit langem nicht mehr als Katholik gefühlt. Er wurde sich plötzlich der Tatsache bewusst, dass erst die beiden Gespräche mit Frieder von Prausnitz seine Orientierungslosigkeit beendet und seine verschütteten religiösen Überzeugungen zutage gefördert hatten.

Inzwischen waren sie in der Augustenstraße angekommen, und ihre Wohnung war nur noch wenige Schritte entfernt. Von Prausnitz sah Stoll belustigt an.

„Ich hätte nie gedacht, dass ich einmal über theologische Fragen diskutieren würde. Aber es war interessant. Vielleicht kommst du öfter zu unseren Sitzungen, dann diskutieren wir über gesellschaftlich relevantere Fragen, und du wirst das vielleicht genauso interessant finden."

„Vielleicht", sagte Stoll unverbindlich.

Sie traten in ihre Wohnung und verabschiedeten sich flüsternd voneinander, um Frau Aletsee nicht zu wecken, denn es war schon nach Mitternacht. Stoll ging todmüde auf sein Zimmer.

Eine spartakistische Liebesnacht

Es war kurz vor zwei Uhr nachmittags, als er am Max-Weber-Platz die Straßenbahn verließ und Richtung Bayerischer Landtag ging. Es war das erste Mal, dass er sich in München auf der östlichen Isar-Seite befand, rechts der Isar, wie man in München sagte. Der Tag war grau, und es war nasskalt. Gerade hatte es wieder angefangen zu schneien, winzige Schneeflocken wurden vom Wind herumgewirbelt und schmolzen sofort, wenn sie auf die Straße fielen. Straßen und Gehsteige waren deshalb matschig, nur die Parkwege waren verschneit. Als er in den Park beim Maximilianeum kam, konnte er schon von weitem den Friedensengel sehen und hatte keine Schwierigkeiten, den Weg zu finden.

Sie stand direkt am Sockel des Monuments und wartete. Schon von weitem hatte er ihre schlanke Gestalt erkannt. Sie trug einen langen, graukarierten Mantel, den man als „Maxi-Look" bezeichnete und einen langen, buntgestrickten Wollschal, den sie dreimal um den Hals geschlagen hatte. Ihr blondes Haar war unter einer schwarzen Stoffmütze versteckt, auf der sich einige Schneeflocken zu perlenden Wasserstopfen vereinigt hatten.

„Da bist du ja", sagte sie, „das ist ein Wetter nach meinem Geschmack. Die Flugblätter bekommen wir erst um drei Uhr in der Druckerei, und das ist nicht weit von hier. Wir können also noch eine gute halbe Stunde im Park spazieren gehen, obwohl du dafür nicht ganz die richtigen Schuhe anhast."

Andreas Stoll hatte aus Eitelkeit seine besten Halbschuhe angezogen, weil sie ihm besser gefielen als seine Winterstiefel. Heidemarie Zenger hatte dagegen feste Schnürstiefel über ihre Jeans gezogen.

„Grüß dich", sagte er, „was sind das für Flugblätter, die wir verteilen sollen?"

„Ich dachte mir schon, dass du das wissen willst, bevor du an einer solchen Aktion teilnimmst. Ich hab dir deshalb den Entwurf mitgebracht."

Sie hielt ihm ein zusammengefaltetes DIN-A4-Blatt hin. Er faltete es auseinander und sah auf weißem Grund die rote Silhouette von Lenin, am linken Rand lief in roten Großbuchstaben Aufdruck *MSB SPARTAKUS* entlang. In die rote Fläche von Lenins Oberkörper war eine große weiße Fläche eingelassen, in der auf eine Abendveranstaltung in der Mensa der LMU und auf die Aktionseinheit mit dem Sozialistischen Hochschulbund (SHB) hingewiesen wurde. Das Motto war *Demokratie in Betrieb und Hochschule.*

„Kannst du es vertreten, dass du einer Spartakistin beim Verteilen dieser Flugblätter hilfst? Aber schließlich ist das ja keine illegale Aktion."

„Das ist gar nicht die Frage. Die Geschwister Scholl haben 1943 Flugblätter der Weißen Rose in der Universität verteilt, sie sind erwischt und hingerichtet worden. Ihre Aktion war illegal, aber sie war hochmoralisch, denn sie haben unter Lebensgefahr ein Unrechtssystem bekämpft."

„Und du meinst, weil wir nichts Illegales machen und keine Lebensgefahr besteht, hätten wir keine moralische Legitimation? Wir bekämpfen auch ein ungerechtes System, auch wenn man es nicht mit dem Nazisystem vergleichen kann."

„Ich werde dir helfen, die Flugblätter zu verteilen, weil ich Frieder versprochen habe, einmal bei einer Aktion dabei zu sein, und weil Faschingsdienstag ist, wo ich nichts Besseres zu tun habe, und schließlich ...", er zögerte, „weil ich dich nett finde." Er sah sie lächeln und wurde sofort verlegen. Er fuhr deshalb schnell in seiner Argumentation fort: „Aber ich kann euch Marxisten nicht verstehen. Du nennst unser System ein Unrechtssystem, obwohl wir Meinungs- und Versammlungsfreiheit sowie freie und geheime Wahlen haben. Ihr wollt den Sozialismus wie in der DDR, obwohl das DDR-System ein wirkliches Unrechtssystem ist, das nur Scheindemokratie zulässt. In keinem kommunistischen Land der Welt gibt es freie und geheime Wahlen, überall wird die Meinungsfreiheit unterdrückt."

Sie lächelte ihn an, hängte ihren Arm unter den seinen und ging mit ihm einen verschneiten Parkweg entlang. Sie wies mit dem Kopf auf ein Futterhäuschen für Vögel, das neben dem Weg aufgestellt war.

„Siehst du die Spatzen dort? Sie hungern und frieren, aber sie sind frei. Wir hungern und frieren nicht, wir dürfen unsere Meinung äußern, wählen und sogar marxistische Flugblätter verteilen. So großzügig ist die Demokratie der bürgerlichen Gesellschaft, aber wir sind alle der Herrschaft des Kapitals ausgeliefert. Die Kapitalisten bestimmen, was bei uns passiert, nicht die Wähler. Ich möchte eine klassenlose Gesellschaft, in der alle nach ihren Fähigkeiten und nach ihren Bedürfnissen leben."

Er lauschte ihren Ausführungen, die ihn zwar nicht überzeugten, aber dennoch faszinierten. Er ging am Arm eines Mädchens, das sich über die bloße Kritik hinaus zum Handeln entschlossen hatte. Das fand er toll im doppelten Sinn des Wortes: großartig einerseits und schwachsinnig andererseits. Er blieb stehen und blickte ihr in die Augen.

„Heidemarie, ich bewundere deinen Einsatz, aber deine politische Einstellung überzeugt mich nicht. Wenn du einmal in einem kommunistischen Land gewesen wärst, hättest die Nase gestrichen voll vom Marxismus-Leninismus. Aber lassen wir das. Sag mir lieber, wo du herkommst und was du sonst noch machst, wenn du nicht gerade in politischen Aktionen steckst."

„Ich komme aus Memmingen, eine schrecklich bürgerliche Kleinstadt, lauter Spießer. Meine Eltern sind beide Ärzte, und sie interessieren sich nur fürs Geldverdienen. Ich bin in einer Klosterschule aufgewachsen, das war auch Scheiße, aber immerhin besser als zu Hause. Nach dem Abitur bin ich nach München gekommen. In den Semesterferien arbeite ich, damit ich kein Geld von meinen Eltern brauche. Früher hab ich auch noch während des Semesters am Abend Zeitungen verkauft, ab zehn Uhr die Ausgabe des nächsten Tages. Aber das geht jetzt nicht mehr, wegen der politischen Arbeit."

„Und du bekommst keine Unterstützung von zu Hause?"

„Von meinen Eltern will ich nichts. Mein Zimmer, Bücher und das Essen kann ich mir selber leicht verdienen. Und meine Großmutter gibt mir immer Geld für Klamotten, wenn ich sie besuche; sie lebt in einem Münchner Altersheim."

Heidemarie klang verbittert. Für einen Augenblick meinte er auch einen traurigen Ausdruck in ihrem Gesicht wahrzunehmen. Dann hellte sich ihr Ausdruck aber wieder auf.

„Jetzt ist der Spartakus meine Familie. Mit dem Bürgertum hab ich gebrochen, ich lebe für das Proletariat."

„Und was studierst du?"

„Englisch und Französisch fürs Lehramt. Im letzten Jahr hab ich die Zwischenprüfung gemacht … und bestanden." setzte sie rasch hinzu. „Sonst wäre ich doch bei dir unten durch, oder?"

„Wie kommst du denn darauf? Ich selber bin doch erst im ersten Semester, Chemie an der Technischen Universität."

„Wie ich darauf komme? Weil du so zuverlässig und zielstrebig wirkst. Das sind übrigens bürgerliche Tugenden."

„Im Gegensatz zu dir komme ich aber aus dem Proletariat. Aus Regensburg. Mein Vater arbeitet als Lagerarbeiter, obwohl er gelernter Schneider ist, und meine Mutter ist Verkäuferin. Und meine Eltern finanzieren mir das Studium."

„Du Glücklicher. Pass aber auf, dass du dich nicht vom Bürgertum vereinnahmen lässt. Die Versuchung ist groß, denn das Bürgertum übt einen besonderen Charme aus."

„Du kommst aus einer gutsituierten bürgerlichen Familie, Frieder sogar aus Adelskreisen. Ich habe das Gefühl, dass ihr Marxisten alles frustrierte Bürgerliche seid, die Proletarier spielen. Aber ihr wisst gar nicht, was es heißt, Proletarier zu sein."

„Aber ich bin schon zwei Jahre Proletarier, ich verdiene meinen Lebensunterhalt selbst. Und in das verlogene und spießige Bürgertum will ich nie mehr zurück."

„Hör mal, Heidemarie, du sagst, das Bürgertum ist Scheiße, aber ich sage dir, das Proletariat ist es auch. Du darfst nicht glauben, dass Spießigkeit nur im Bürgertum und Idealismus nur im Proletariat vorkommt."

„Du hast schon recht. Aber meine Abneigung gegen alles Bürgerliche hängt nun einmal mit meiner Herkunft zusammen, dagegen kann ich nicht ankämpfen."

Inzwischen hatte sich der Himmel etwas aufgehellt, Schneeflocken fielen nur noch ganz vereinzelt. Die junge Frau nahm ihre Mütze ab und schüttelte ihr blondes Haar. Wie schön sie ist, dachte Stoll, sagte aber nichts.

„Komm, wir sollten jetzt zur Druckerei in der Geibelstraße gehen. Das ist ganz in der Nähe. Ich hoffe, dass die Flugblätter fertig sind, sonst werden wir es vor Einbruch der Dunkelheit nicht mit dem Verteilen schaffen."

Sie verließen den Park, überquerten die Straße und nach wenigen Minuten standen sie vor einem grauen Mietshaus, bei dem seitlich eine Kellertreppe hinunterführte. Sie traten in einen Kellerraum, der früher offenbar einmal als Waschküche gedient hatte. Jetzt stand eine große Druckerpresse in der Mitte. Überall an den Wänden hingen Plakate mit meist linken Parolen. Stapelweise stand verschiedene Ausgaben des Studentenmagazins *rote blätter* herum. Ein älterer Mann mit schütterem Haar und Nickelbrille, die Ärmel seines grauen Arbeitskittels hochgekrempelt, begrüßte Heidemarie.

„Da seid ihr ja. Ihr holt die tausend Flugblätter für Haidhausen? Die liegen da drüben. Tausend für Sendling habe ich gerade euren Genossen gegeben, die anderen achttausend für die anderen Viertel werden hoffentlich heute auch noch geholt."

„Eigentlich sind alle eingeteilt", sagte Heidemarie, „aber viele Genossen reden lieber, als Basisarbeit zu machen, und heute ist Fasching, auch so eine bürgerliche Scheiße."

Sie zog aus ihrer Manteltasche zwei Stoffbeutel heraus, teilte den Stapel Flugblätter in zwei gleich große Hälften, die sie in die beiden Stofftaschen steckte. Eine hielt sie Stoll hin.

„Fünfhundert für dich und fünfhundert für mich. Wir gehen die gleichen Straßen in Haidhausen ab. Du nimmst die rechte Straßenseite und ich die linke. Wenn alles gutgeht, schaffen wir es in zwei Stunden."

Sie verabschiedeten sich von dem Drucker und verließen die Werkstatt in Richtung der Haidhauser Wohnviertel. Am Prinzregentenplatz wies Heidemarie auf ein herrschaftliches Eckhaus mit einem Doppelerker.

„Siehst du die Wohnung im zweiten Stock mit dem Balkon zwischen den beiden Erkern? Das war Hitlers Wohnung 1933."

Stoll blickte ungläubig. „Adolf Hitler, hier?"

„Das jagt einem einen Schauer den Rücken hinunter, nicht wahr? Adolf Hitler, Reichskanzler, München, Prinzregentenplatz 16, zweiter Stock. Die Alten hier wissen es alle, die Jungen wollen es nicht wissen. Eine Auseinandersetzung mit dem Dritten Reich hat es in der Bundesrepublik nicht gegeben."

Stoll betrachtete das vornehm und zugleich etwas düster wirkende Gebäude, und er schauderte in der Tat. Er sagte einige Minuten nichts und schreckte aus seinen Gedanken auf, als Heidemarie eine ganz andere Frage stellte.

„Hast du schon einmal Flugblätter verteilt?"

„Nein, nur einmal Werbeprospekte, das war vor zehn Jahren. Ich weiß es noch genau, denn es war kurz nach meiner Erstkommunion. Zwei Männer hatten uns im Schulhof angesprochen und uns Prospekte zum Verteilen gegeben. Sie haben uns fünf Mark versprochen, für einen Nachmittag Arbeit. Und keiner von uns hat es gewagt abzulehnen, wir waren erst neun. Wir haben also den ganzen Nachmittag Werbeprospekte in die Briefkästen gesteckt und tatsächlich fünf Mark bekommen. Meine Eltern waren allerdings nicht begeistert."

„Dann hast du ja Erfahrung. Was du von mir am Abend bekommen wirst, werden wir sehen. Die meisten Häuser sind offen, und du kannst die Flugblätter in die Briefkästen im Hausflur stecken. Wenn eine Haustür zu ist, läutest du irgendwo unter irgendeinem Vorwand. Wenn dich einer anpöbelt, fang keinen Streit an, sondern entschuldige dich. Wir wollen keinen Ärger. Fang dort an. Ich gehe auf die andere Straßenseite, aber wir bleiben ja zusammen."

Er hatte keine Schwierigkeiten, in die Häuser zu gelangen, weil fast alle Haustüren aufgingen. In den meisten Hausfluren waren acht oder zehn Briefkästen angebracht, in die er je ein Flugblatt steckte. Nur selten kam ihm jemand entgegen, der ihn misstrauisch musterte. Er las die Namensschilder auf den Briefkästen und fragte sich, bei wem wohl das Spartakus-Flugblatt auf fruchtbaren Boden fallen würde. Bei den meisten Hausbewohnern würde es eher im Küchenherd oder im Abfall landen. Sie gingen mehrere Straßenzüge und die Seitenstraßen ab, und nach einer guten Stunde hatte er nur noch wenige Flugblätter, eines davon steckte er in die Innentasche seines Mantels. In der Sedanstraße kam Heidemarie von der anderen Straßenseite herüber, sie hatte all ihre Flugblätter verteilt und half ihm jetzt mit den seinen.

„Fertig. Jetzt gehen wir zu mir auf einen Tee", schlug sie vor.

„Wo wohnst du?"

„Ganz hier in der Nähe. Ich teile mir eine Dreizimmerwohnung mit zwei anderen Studentinnen. Ich habe nur ein Zimmer, die Küche und die Toilette sind gemeinsam. Es ist eine Altbauwohnung, wir haben kein Bad, jedes Zimmer hat ein Waschbecken und einen Ölofen. Aber wir haben eine Waschmaschine in der Küche."

Sie kamen in die Kellerstraße, und Heidemarie deutete auf ein etwas heruntergekommenes Mietshaus. Im Erdgeschoss war eine Wäscherei, deren Fenster erleuchtet waren, obwohl seit Mittag eigentlich alle Geschäfte geschlossen hatten. Sie betraten einen düsteren Hof, öffneten die Haustür und kamen in einen fensterlosen Gang, der zu einem zurückliegenden Treppenhaus führte. Die Wände waren mit olivgrüner Ölfarbe gestrichen. Sie stiegen die Treppe hinauf, auf dem ersten Absatz warf Stoll einen Blick aus dem Fenster in den Hinterhof. Neben zwei großen Teppichstangen sah er ein einstöckiges Gebäude.

„Das ist das Hinterhaus", sagte Heidemarie. „Alle Häuser haben hier so eins, manche sind sogar bewohnt. In unserem hat ein Holzbildhauer seine Werkstatt."

Im ersten Stock sperrte sie die rechts liegende Wohnungstür auf.

„Meine Mitbewohnerinnen sind nicht da. Sie sind über das Faschingswochenende nach Hause gefahren, sie werden aber sicher am Abend noch zurückkommen. Wir haben allerdings wenig Kontakt."

Im Flur machte Heidemarie Licht. Sie hängten ihre Mäntel an die Kleiderhaken, dann gingen sie an der ungeheizten, aber sauberen Küche vorbei in das zweite Zimmer. Das Zimmer war spartanisch eingerichtet, aber aufgeräumt. Trotz der dämmerigen Stimmung schaltete sie im Zimmer kein Licht ein. Durch das Fenster fiel das Zwielicht des vergehenden Tages herein.

„Das Klo ist dort hinten", sagte Heidemarie unvermittelt.

Als er wiederkam, hatte sie den Ölofen angeheizt und sagte: „Mach's dir bequem, ich komme gleich wieder." Sie deutete auf eine mit einer Sofadecke zum Sofa umgestaltete Liege, die offenbar auch als Bett diente. Er sah das Blumenmuster der Decke an und musste lächeln. Wie bürgerlich, dachte er ironisch.

Der Ölofen bollerte und verbreitete einen Augenblick lang einen stechenden Geruch, aber eine angenehme Wärme ging von ihm aus. Er hörte die Spülung der Toilette und dann die Wasserleitung des Waschbeckens, bevor sie wiederkam.

Sie zog ihre Schnürstiefel und dann ihren dicken Wollpullover aus. Darunter kam eine makellos weiße Bluse zum Vorschein. Wie am letzten Freitagabend sah er sofort, dass sie nichts darunter anhatte, denn ihre Brüste waren deutlich unter dem zarten Baumwollstoff zu erkennen.

Sie füllte eine Teekanne aus weißem Porzellan mit Wasser und stellte einen Tauchsieder hinein. Dann holte sie zwei Aufgussbeutel mit Schwarztee und hängte sie in das sprudelnde Wasser, nachdem sie den Tauchsieder ausgeschaltet und herausgenommen hatte. Sie holte zwei Tassen und zwei Untertassen, die allerdings nicht zusammenpassten und stellte ihm eine mit einem gelben Lilienmuster hin. Sammeltassen aus den dreißiger Jahren, dachte er, so wie meine Eltern und Frau Aletsee sie auch zu Hause haben. Alles ganz bürgerlich. Er machte aber keine Bemerkung, dennoch sah sie seinen Blick.

„Die Tassen sind von meiner Großmutter. Sie wollten sie wegschmeißen, als sie sie ins Heim gebracht haben. Da hab ich die Tassen genommen."

Sie schenkte ihm Tee ein und schob ihm eine bauchige Zuckerdose und einen Kaffeelöffel hin. Dann füllte sie ihre Tasse. Sie öffnete das Fenster und holte eine am Haken des Fensterladens befestigte Plastiktüte herein. Ein nasskalter Luftzug und einige Schneeflocken wehten ins Zimmer. Sie knotete die Plastiktüte auf und nahm ein angebrochenes Paket Butter sowie eine runde Käseschachtel heraus.

„Im Winter geht es gut ohne Kühlschrank, aber im Sommer kann man kaum Vorräte haben. Magst du gebackenen Camembert?"

„Nein, danke. Ich habe keinen Hunger."

„Was magst du dann? Willst du mit mir schlafen?"

Die Frage schockierte und faszinierte ihn zugleich. Er wusste nicht, wie er sich verhalten sollte. Am liebsten wollte er „Natürlich will ich das" sagen, aber er brachte kein Wort heraus, sondern nur einen rauen, brüchigen Laut, den man sowohl als Zustimmung als auch als Ablehnung deuten konnte.

Sie ging langsam auf ihn zu, ihre gutsitzenden Jeans ließen ihre wiegenden Schritte erkennen. Unter ihrer Bluse zeichneten sich die Brüste ganz deutlich ab. Als sie vor ihm stand, lächelte sie. Es war ein freundlich herablassendes Lächeln, das aber einen harten Zug um ihren Mund nicht verbergen konnte. Sie wischte sich eine blonde Haarsträhne aus dem Gesicht und berührte dann mit ihrer Wange sein Gesicht. Als er sie küssen wollte, beugte sie sich aber zurück und sagte: „Warte!"

Sie öffnete die obersten Knöpfe ihrer Bluse und brachte seinen Kopf an ihre linke Brust und seine Hand an ihre Rechte. Er öffnete den Mund und schloss die Augen. Als seine Zunge über ihre Brustwarze glitt, spürte er, wie sie sich verhärtete. Auch in seiner rechten Hand fühlte er die Brustwarze steif werden. Gleichzeitig spürte er in sich die Erregung steigen. In diesem Moment nahm sie seinen Kopf in ihre Hände und drückte ihn von sich weg. Als er die Augen öffnete, sah er in ihr Gesicht und fühlte ihre Lippen auf den seinen. Er spürte, wie sich ihre Zunge in seinen Mund schob und mit seiner spielte.

Alles fiel von ihm ab, Überlegungen und Bedenken, und er gab sich einer ihm bis dahin unbekannten Lust hin. Wie im Rausch sah er im dämmrigen Licht vor dem Fenster Schneeflocken tanzen. Dieser Kuss schien ewig zu dauern, denn als sie beide völlig außer Atem aussetzten, war bereits tiefe Dunkelheit eingekehrt.

Sie löste sich von ihm und zog ihre Bluse aus. Mit nacktem Oberkörper ging sie zu ihrer Bettcouch und nahm die geblümte Sofadecke ab. Darunter waren eine Bettdecke und ein Kopfkissen zusammengerollt, die Matratze war mit einem weißen Bettlaken überzogen.

„Komm, zieh dich aus!“ sagte sie. „Leg dich aufs Bett!“

Er gehorchte augenblicklich und legte Schuhe, Socken, Pullover, Hemd und Hose ab. Bei der Unterwäsche zögerte er, weil sie keinerlei Anstalten machte, sich weiter auszuziehen.

„Leg dich hin!“ sagte sie nochmals.

„Und du?“ fragte er.

„Ich will dich erst kommen sehen. Das erregt mich.“

Er legte sich unschlüssig hin, sie kniete sich vor das Bett und zog ihn aus. Plötzlich fühlte er ihre Hand, und ein Schauer durchfuhr ihn. Das Zimmer war dunkel, aber das Licht einer Straßenlaterne fiel durch das Fenster herein. In diesem matten Licht sah er nur ihre Umrisse, das feinsinnige Gesicht mit dem schulterlangen Haar, ihren Oberkörper mit den wohlgeformten Brüsten. Ihr Mund war sinnlich geöffnet, ihre linke Hand glitt zart an seinen Schenkeln hinunter, während ihre rechte Hand mit seinem Geschlecht spielte.

Er verlor jedes Gefühl für Zeit und Raum. Er spürte nur noch die rhythmischen Bewegungen ihrer Hand, und er sah den entschlossenen Ausdruck in ihren Augen. Wie ein leises Donnergrollen rollte etwas in ihm heran, das sich mit Macht Bahn brach und sich in einem gewaltigen Schauer entlud. Er erschrak, aber gleichzeitig stieg ein Gefühl unglaublicher Wonne in ihm auf. Mattigkeit überkam ihn, als sie sich niederbeugte und er ihre Zunge auf seinem Bauch spürte.

Aller Widerstand in ihm war gebrochen, und er fühlte die Erregung erneut aufflammen, als sie sich entkleidete und ins Bett stieg. Hemmungslos gab er sich ihren Liebesspielen hin, und er wünschte, dass diese Nacht nie verginge.

Aschermittwoch

Als er erwachte, war es noch tiefe Nacht. Der Schneefall hatte aufgehört, und trotz des Lichtkegels der Straßenlaterne war ein fast klarer Sternenhimmel zu sehen, den nur einige vereinzelte Wolken trübten. Sie war in seinen Armen eingeschlafen und lag fest an ihn geschmiegt. Er fuhr mit der rechten Hand über ihren nackten Körper, berührte zärtlich ihre Lippen, ihre Brüste und ihre Schenkel. Ein unglaubliches Glücksgefühl überkam ihn.

Er sah sie lange in der Dunkelheit an und lauschte ihrem gleichmäßigen Atem. Als sie sich ein wenig drehte und dabei leicht stöhnte, küsste er sie auf die Stirne und sagte leise: „Ich liebe dich."

Da schlug sie die Augen auf und war schlagartig wach. Ihr Gesicht nahm wieder einen harten Ausdruck an. „Was hast du gesagt?"

„Ich liebe dich!"

„Lass die bürgerliche Scheiße. Wenn du mit mir schlafen willst, brauchst du kein Süßholz zu raspeln."

„Aber ich bin wirklich verliebt in dich."

„Aber ich nicht in dich. Sex ist okay, aber von Liebe will ich nichts wissen."

„Heidemarie, ich will mit dir leben."

„Meine Güte, das hab ich befürchtet."

Sie richtete sich ruckartig auf. Als sie auf der Bettkante saß, zeichnete sich die Silhouette ihres nackten Oberkörpers gegen das hereinfallende Licht der Straßenlaterne ab, während ihr Gesicht im Dunkeln blieb. Ihre Brüste erschienen ihm anziehender denn je, aber er wagte nicht, sie zu berühren.

„Andreas, ich bin von zu Hause abgehauen, weil ich die bürgerliche Scheiße nicht mehr ertragen konnte, diese Wohlstandsanständigkeit und Verlogenheit der Leute, die uns Moral predigen, aber selbst keinerlei Ideale haben und nur auf ihren Vorteil bedacht sind. Ich bin Sozialistin, ich habe Ideale, aber ich bin für die freie Liebe."

„Hast du denn …?" Er wagte nicht, die Frage auszusprechen.

„Was meinst du, einen anderen Liebhaber? Nein, ich habe keinen Liebhaber, aber ich schlafe mit vielen Männern. Sex ist ein Bedürfnis, das wir befriedigen müssen. Dabei ist es gar nicht so entscheidend, ob man sich selbst befriedigt oder ob man es mit einem Mann oder mit einer Frau macht."

„Aber ist denn das Liebe?“

„Nenn es, wie du willst, auf jeden Fall macht es Spaß.“

Ihm war, als würde ihm der Boden unter den Füßen weggezogen. Vom Gipfel des Glücks schien er in schiere Verzweiflung zu fallen. Er sagte nichts, aber sie sah im matten hereinfallenden Licht eine Träne in seinen Augen aufblitzen. Da wurde ihre Stimme weicher.

„Andreas, sei nicht traurig. Es war eine schöne Nacht. Aber wir passen nicht zueinander. Du bist mir zu … bürgerlich.“

Sie hatte gezögert, bevor sie das letzte Wort aussprach. Er fragte sich, ob sie nicht eigentlich „spießig“ hatte sagen wollten.

„Warum zu bürgerlich?“ Seine Stimme hatte einen pelzig-brüchigen Klang.

„Du interessierst dich in erster Linie für dein Studium, nicht für gesellschaftliche Fragen. Du träumst von Karriere und Familie und all dem bürgerlichen Kram. Ich hingegen lebe für den gesellschaftlichen Kampf, ich brauche spontane Aktionen und Abwechslung.“

„Woher willst du wissen, wovon ich träume?“

„Das sehe ich dir an. Ich habe ein feines Gespür für alles Bürgerliche. Oder willst du abstreiten, dass dein Leben auf Beruf und Familie ausgerichtet ist? Wenn du studierst, willst du Karriere machen, und wenn du mit einer Frau schläfst, willst du mit ihr leben. Das ist das bürgerliche Streben nach Besitz.“

Er hatte nie darüber nachgedacht, aber er sah ein, dass sie recht hatte. Er wusste nicht mehr, was er sagen sollte. In ihm drehte sich alles, und so sehr er sich gegen seine Tränen wehrte, er konnte doch ein Schluchzen nicht unterdrücken. Da legte sie ihm die Hand in den Nacken.

„Sag einmal, war es vielleicht das erste Mal, dass du mit einer Frau geschlafen hast? Bist du deshalb so tief beeindruckt?“

Er nickte, brachte aber kein Wort heraus.

„Andreas, es tut mir leid. Ich hätte zärtlicher zu dir sein sollen. Aber ich kann nun einmal nichts Bürgerliches ertragen. Und du kannst das Bürgerliche nicht ablegen, das hab ich dir gleich angesehen.“

„Warum hast du dann überhaupt mit mir geschlafen?“ Ein vager Verdacht stieg in ihm auf. „Hat Prausnitz dich darum gebeten? Hast du es nur deshalb getan?“

Sie zögerte, dann nickte sie. „Es stimmt. Frieder möchte dich für den Spartakus gewinnen, und er wollte, dass ich …“

„Was hat er gesagt? Sage es mir!“

Sie wurde ärgerlich, und ihre Augen blitzten auf. „Glaubst du, ich lasse mir etwas sagen, das ich nicht will? Aber wenn du es unbedingt genau wissen willst, er hat gesagt: *Mach dir ein paar schöne Stunden mit ihm und bring ihn zu uns.* Aber es war mir gleich klar, dass du nicht zum Spartakus passt. Und trotzdem habe ich mit dir geschlafen. Ich wollte es."

Er sagte lange Zeit nichts. Dann stand er auf und kleidete sich im Dunkeln an. Er sah sie eindringlich an und musste sich um eine feste Stimme bemühen. „Heidemarie, du hast recht, wir passen nicht zusammen. Du findest mich bürgerlich, und mir wird klar, dass du eine Ideologin bist, die selbst die Liebe in den Dienst der Ideologie stellt. Und trotzdem haben wir uns geliebt."

Sie griff nach seiner Hand und legte sie auf ihre linke Brust, so dass er ihren Herzschlag spüren konnte. Es schien, als hätte auch sie Tränen in den Augen.

„Es stimmt, es ist tiefer gegangen als es sollte. Aber wir leben in verschiedenen Welten. Ich schicke dich fort, weil du mein Leben durcheinanderbringen würdest, und ich würde deines durcheinanderbringen. Wir würden uns nur gegenseitig auf die Nerven gehen."

Er zog seine Schuhe an und ging auf den Flur hinaus. Dort nahm er, ohne Licht zu machen, seinen Mantel und Schal vom Kleiderhaken. Sie folgte ihm splitternackt bis zur Wohnungstür. Trotz der Dunkelheit sah er jetzt, dass sie tatsächlich tränenfeuchte Augen hatte. Er unterdrückte sein Verlangen, sie in die Arme zu nehmen.

„Andreas, du bist der Einzige, der je mit mir geschlafen hat, ohne mich vorher zu fragen, ob ich die Pille nehme. Ich sag's dir deshalb jetzt: Ich nehme die Pille, und unsere Nacht wird keine Folgen haben."

„Leb wohl, Heidemarie, ich will dich nie wiedersehen, aber solange ich denken kann, werde ich diese Nacht nicht vergessen."

„Mach's gut", sagte sie schlicht, küsste ihn sanft auf die Wange und schloss dann hinter ihm die Tür. Auch im Treppenhaus machte er kein Licht, sondern ging im Dunkeln die Stiegen hinunter, öffnete die Haustür und trat dann in die kalte Nachtluft hinaus.

Er wusste nicht, wie spät es war, aber der Morgen graute bereits, und er hörte in der benachbarten Hauptstraße die erste Straßenbahn vorbeifahren. Er bückte sich, hob eine Handvoll des am Vorabend gefallenen Schnees auf und kühlte sein brennendes Gesicht.

Einer ersten Regung folgend wollte er zur Straßenbahnhaltestelle gehen, dann besann er sich und ging dann zu Fuß stadteinwärts. Am Max-

Weber-Platz fand er eine öffentliche Toilette, in der er das Pissoir benutzte. Der Wasserhahn am Waschbecken funktionierte nicht, so suchte er in der Grünanlage sauberen Schnee und wusch sich die Hände.

Er ging durch die verschneiten Grünanlagen am Maximilianeum vorbei. Als er auf der Maximiliansbrücke stand, blieb er kurz stehen und sah in den Fluss hinunter. Die dunklen Wasser der Isar ließen ein sanftes Rauschen vernehmen, in das sich bisweilen ein Glucksen mischte. Es ging ein starker Sog von diesen Fluten aus, so dass er schauderte und sich unwillkürlich zurückbeugte. Dort unten hätte jedes Leid ein Ende, dachte er. Dann schüttelte er sich, setzte sein heißes Gesicht dem kalten Ostwind aus und beeilte sich, von der Brücke zu kommen.

Es war noch ruhig in der Maximiliansstraße. Vereinzelt fuhren Autos vorbei, vor dem Nationaltheater sah er eine Kolonne Straßenkehrer mit ihren Handwagen. Sie waren offenbar dabei, die Reste des vergangenen Faschings wegzufegen. Es war Aschermittwoch.

Erst jetzt wurde ihm bewusst, wie sehr er litt. War das Liebeskummer? Er spürte den Schmerz ganz körperlich. Sein Gesicht war glühend heiß, seine Finger waren klamm, als ob sie frören. Ein Zittern durchlief seinen Körper. Am liebsten hätte er sein Leid hinausgerufen in die schlafende Stadt.

Als er am Odeonsplatz um die Feldherrenhalle herumging, sah er Kirchgänger in die erleuchtete Theatinerkirche strömen. In diesem Moment schlug es sieben Uhr. Da fiel ihm ein, dass mit dem heutigen Aschermittwoch die Fastenzeit begann. Die Münchner gingen in die Frühmesse zum „Einascherln", wie Frau Aletsee ihm gesagt hatte. Er erinnerte sich daran, wie er als Kind beim Aschermittwochsgottesdienst ministriert hatte. Als er nähertrat, hielt ein weißhaariger, schwarz gekleideter Herr ihm die Kirchentür auf und lächelte ihn an. Unwillkürlich trat er ein und setzte sich in die letzte Kirchenbank. Die prächtige und doch ganz in schlichtem Weiß gehaltene Barockkirche war gut besucht, aber die hintersten Bänke waren nur spärlich besetzt.

Drei Geistliche zelebrierten die Messe in Gegenwart von sechs Ministranten. Er konnte sich der Strahlkraft, die die katholische Liturgie entfaltete, nicht entziehen. Dennoch konnte er sich nicht recht konzentrieren, seine Gefühle tauchten ihn in ein Wechselbad von Hitzewallungen und Schüttelfrost. Er hatte schon Angst, dass er auffallen würde, aber niemand beachtete ihn. Als die Gläubigen in einer Prozession zum Ascheauflegen in den Altarraum schritten, ordnete auch er sich ein. Als er vor dem in einen prachtvollen Ornat gekleideten Geistlichen stand, sah dieser ihn eindringlich an. Hinter den Brillengläsern, in denen sich das Kerzenlicht spiegelte, sah er einen gütigen Blick.

„Gedenke, o Mensch, dass du Staub bist und zum Staube zurückkehren wirst."

Indem der Priester diese uralte Formel aussprach, streute er ihm ein wenig Asche aus einem goldenen Gefäß auf das Haar. Stoll meinte, die Asche auf seinem Haupt körperlich zu spüren, obwohl das unmöglich war. Er kehrte auf seinen Platz im letzten Kirchstuhl zurück und dachte über die Vergänglichkeit nach. Noch vor wenigen Stunden war er überglücklich gewesen, während er jetzt der Verzweiflung nahe war. Die Messe war aus, und er sah die meisten Kirchenbesucher das Gotteshaus verlassen. Unschlüssig blieb er sitzen und sah sich in dem fast leeren morgendlichen Kirchenraum um.

Da bemerkte er, dass ein Mönch in einer weißen Kutte mit schwarzem Umhang von der Sakristei durch das Kirchenschiff nach hinten zu einem der Beichtstühle ging. Es war der Geistliche, der ihm soeben Asche aufgelegt hatte. Jetzt legte er eine violette Stola um und betrat den Beichtstuhl. *P. Cornelius Meyer OP* stand an dem Beichtstuhl. OP – hieß das nicht *ordo praedicatorum* – Dominikanerorden? Offenbar wurde die ehemalige Theatiner-Hofkirche von Dominikanern betreut.

Stoll zögerte. Sollte er zur Beichte gehen? Seit Jahren hatte er nicht mehr gebeichtet. Er konnte keinen klaren Gedanken fassen, aber er glaubte verrückt zu werden, wenn er mit niemanden über sein Erlebnis reden konnte. Er sah sich um, vereinzelt kamen Kirchgänger, die offenbar auf die nächste Messe warteten, denn sie nahmen alle im vorderen Teil des Kirchenschiffes Platz. In der Nähe des besetzten Beichtstuhls war kein Mensch zu sehen.

Da ging er auf den Beichtstuhl zu, öffnete die Tür und kniete auf der Kniebank nieder. Es war dunkel, aber im Innern des Beichtraumes brannte eine schwache Glühbirne, so dass das Gesicht des Mönches durch das Beichtgitter schwach zu erkennen war. Der Geistliche löschte das Licht, so dass völlige Dunkelheit herrschte, und sprach: „Im Namen des Vaters, des Sohnes und des Heiligen Geistes."

Unwillkürlich antwortete er „Amen", blieb dann aber still, denn er wusste nicht, was er sagen sollte. Die Formel *In Demut und Reue bekenne ich meine Sünden* aus dem Beichtunterricht fiel ihm ein, aber er war kein Kind mehr, das einen auswendig gelernten Beichtspiegel nach einer Gewissenserforschung heruntersagte. Und als Erwachsener hatte er keine Erfahrung mit der Beichte. Es herrschte lange Zeit Stille, der Geistliche sagte aber nichts, sondern wartete.

„Hochwürdiger Vater, ich habe gesündigt", sagte er schließlich, und schon bereute er seine Worte. War diese Anrede noch zeitgemäß? Viele Priester ließen sich heute nicht mehr mit *Hochwürden* anreden. Und klang *Vater* nicht zu vertraut für einen Geistlichen, den er noch nie gesehen hatte? Aber schließlich war er jetzt doch sein Beichtvater.

Der Dominikaner nahm diesen Tonfall auf, denn er verzichtete auf das übliche *Sie*, sondern wählte das vertraute *Du*.

„Mein Sohn, wir sind alle Sünder, und selbst der Gerechteste sündigt sieben Mal am Tag, sagt das heilige Evangelium. Bekenne deine Sünden, damit Gott dir vergeben kann!"

„Ich habe mit einer Frau geschlafen, in dieser Nacht."

„Hast du dabei die Ehe gebrochen?"

„Nein, ich bin nicht verheiratet, und sie auch nicht."

„Dann hast du keine große Schuld auf dich geladen. Was ist passiert?"

Stoll erzählte dem Beichtvater von der Begegnung mit der schönen Spartakistin, von ihrem gemeinsamen Nachmittag, von ihrer gemeinsamen Nacht und von ihrer Trennung heute früh. Dabei kamen ihm die Tränen, und er weinte. Der Dominikaner tröstete ihn.

„Du hast dich der Versuchung des Fleisches hingegeben, aber wenn ich richtig verstanden habe, bereust du das gar nicht?"

„Nein."

„Dann hast du auch keine Sünde begangen. Das Gewissen ist ein göttlicher Funke in uns, und wenn dein Gewissen rein ist, bist du auch vor Gottes Angesicht gerechtfertigt."

„Was soll ich tun? Ich bin verzweifelt."

„Du hast längst entschieden, was du tun musst. Du wirst sie nicht wiedersehen. Und sie hat dich in deiner Entscheidung unterstützt."

„Und trotzdem liebe ich sie."

„Gerade weil du sie liebst, hast du diese Entscheidung getroffen."

„Ich kann sie aber nicht vergessen."

„Das sollst du auch nicht. Du liebst sie doch."

„Aber ich bin nicht bei ihr."

„Das musst du nicht. Du bist gegangen, weil du eingesehen hast, dass du nicht mit ihr leben kannst. Aber nichts hindert dich daran, sie zu lieben." Der Dominikaner schwieg einen Augenblick. Dann fuhr er fort: „Die

Liebe ist die größte Aufgabe des Menschen. Der Apostel Paulus hat sie im ersten Korintherbrief eindringlich beschrieben: *Die Liebe ist langmütig und freundlich, die Liebe eifert nicht, die Liebe übt Nachsicht. Sie handelt in Güte und sucht nicht ihren Vorteil, sie rechnet das Böse nicht an. Sie freut sich nicht am Unrecht, sondern nur an der Wahrheit. Sie erträgt alles, glaubt alles, hofft alles und duldet alles (1. Kor, 13, 4-7)*. Geh und handle danach!"

„Und was wird mit ihr?"

„Nach deinem Bericht hat sie selbst gesagt, dass die Begegnung mit dir ihr nahegegangen ist. Du hast ihr Herz berührt, das wird nicht ohne Folgen bleiben. Im Übrigen hat sie doch gezeigt, dass sie ein waches Gewissen hat. Sie wollte dich nicht in ihren Lebenswandel mit hineinziehen."

„Ich fühle mich aber schuldig."

„Deine Sünde besteht darin, dass du *gegen dein Gewissen* Flugblätter für eine gottlose Ideologie verteilt hast, nur um einer Frau zu gefallen. Diese Sünde musst du erkennen, wenn du Vergebung erlangen willst."

„Ich erkenne und bereue meine Schuld."

„*Ego te absolvo* – Ich spreche dich los von deinen Sünden. Im Namen des Vaters, des Sohnes und Heiligen Geistes."

„Amen."

„Als Buße gebe ich dir auf, für diese Frau zu beten, wann immer du an sie denkst. Geh jetzt, du bist entlassen."

Als Stoll aus dem Beichtstuhl trat, war der Tag angebrochen, und das helle Tageslicht flutete in den Kirchenraum, in dem gerade die zweite Messe zelebriert wurde. Er nahm Weihwasser aus dem Becken, schlug das Kreuzzeichen und verließ die Kirche.

Ein Vorfall in der Säurekammer

Als Andreas Stoll gegen Mittag ins Anorganisch-chemische Institut kam, um nachzusehen, ob seine Analyse richtig war und um eine neue Analyse anzufangen, fand er das Studentenlabor in heller Aufregung vor. Einige Studenten und alle Saalassistenten standen am Nordausgang und unterhielten sich, wobei sie heftig gestikulierten.

Stoll hatte am Vormittag zwei Stunden geschlafen, nachdem er nach der Frühmesse beschlossen hatte, nach Hause statt in die Vorlesungen zu gehen, denn er hätte sich nach den Ereignissen der vergangenen Nacht nicht konzentrieren können. Nach einem bleiernen Schlaf hatte er sich angekleidet und war sofort zur TU gegangen. Er hatte seit gestern Mittag nichts gegessen, aber er fühlte keinen Hunger, sondern nur Liebesleid. Es ist ohnehin Aschermittwoch, dachte er, ein wenig Fasten schadet nicht.

Er ging auf die Gruppe von Studenten und Assistenten zu und sah sie fragend an. Günter Egeter aus seiner Laboreinheit gab ihm sein korrigiertes Analysenheft und nahm ihn beiseite.

„Hast du nichts mitbekommen?"

„Was denn? Was ist denn hier los?"

„Cerberus. Er ist zusammengebrochen."

„Cerberus? Wo ist er denn?"

„Sie haben ihn gerade mit der Ambulanz ins Schwabinger Krankenhaus gebracht. Der Notarzt hat von Vergiftung gesprochen. Jetzt warten wir, bis die Polizei eintrifft."

„Wann war das?"

„Vor einer halben Stunde. Ich hab an meiner Analyse gearbeitet. Alles war ruhig, weil die anderen noch in der Vorlesung waren. Es war wirklich schrecklich."

„Was soll das heißen, schrecklich?"

„Nun, ich arbeite ruhig vor mich hin, plötzlich gibt es einen Krach, und die Schwingtür geht auf. Als ich hinschaue, steht Cerberus keuchend in der Tür. *Helft's mir* brüllt er, *ich halt's nimmer aus. Holt's den Sanka*. Du kannst dir sein Gesicht nicht vorstellen: blutunterlaufene Augen, wirrer Blick, Geifer vor dem Mund. Die Haare sind ihm zu Berge gestanden, und der Schweiß ist ihm in Strömen heruntergelaufen. Ich dachte, er hat einen Herzanfall."

„Und dann?"

„Dr. Schmidt ist ins Sekretariat gelaufen, um nach der Ambulanz zu telefonieren, nachdem er auf dem Labortelefon keine Freileitung bekommen hat. Die anderen Assistenten haben Cerberus auf den Stuhl da auf dem Assistentenplatz gesetzt. Er hat gekeucht und gestöhnt. Plötzlich ist er aufgesprungen, hat sich auf den Boden geworfen und hat geschrien wie ein Wahnsinniger. Sie mussten ihn festhalten, sonst hätte er sich den Schädel eingerannt. Ich hab so was noch nie gesehen."

Egeter war der Schock anzusehen, denn er war immer noch ganz blass. Auch den Assistenten war die Aufregung anzusehen. Einer von ihnen, Ludwig Drewermann, sagte: „Mir ist schlecht."

Dr. Schmidt holte aus seinem Schreibtisch einen Flachmann, in dem sich offenbar Schnaps befand, und hielt ihn seinem Kollegen hin. „Da, nimm einen Schluck.“ Egeter erzählte weiter.

„Nach zehn Minuten ist der Notarzt eingetroffen. Sie haben Cerberus auf eine Bahre geschnallt, und der Arzt hat ihn untersucht, dann hat er ihm eine Spritze gegeben, und sie haben ihn ins Schwabinger Krankenhaus gebracht. Vorher hat der Notarzt vom Sekretariat aus die Polizei verständigt. *Verdacht auf Vergiftung,* hat er gesagt. *Es darf nichts angerührt werden, bis die Polizei eintrifft.*“

„Die Polizei muss gleich kommen“, mischte sich Dr. Schmidt ein. „Draußen ist alles voller Erbrochenem. Das darf nicht weggeputzt werden. Der Glasbläser passt draußen auf, dass nichts verändert wird. Egeter, gehen Sie doch auch hinaus, damit zwei Leute aufpassen, wenn jetzt die Studenten aus der Vorlesung zurückkommen. Und Sie, Stoll, gehen Sie an die Südtür, und fangen Sie Ihre Kommilitonen ab, sie sollen ins Labor kommen, aber an ihre Plätze gehen, damit die Polizei nicht behindert wird.“

Noch bevor Stoll an den gegenüberliegenden Laborausgang kam, ging die Schwingtür auf, und zwei blau uniformierte Polizisten kamen herein. Auf ihrer Uniformjacke und ihrer Schildmütze konnte man das Emblem der Münchener Stadtpolizei erkennen. Stoll wies mit der Hand nach hinten zu den Saalassistenten, bevor er ins Treppenhaus trat.

Nach einigen Minuten waren Stimmen im Treppenhaus zu hören. Die meisten Studenten hatten den großen Chemiehörsaal über das Organisch-chemische Institut verlassen und waren direkt zur Mensa gegangen. Aber ein gutes Dutzend Studenten kam das Treppenhaus des Anorganisch-chemischen Instituts herunter, um am Studentenlabor vorbeizugehen. Stoll erkannte Karin Weber und Hans Krieger. Er winkte ihnen.

„Es hat einen Unfall gegeben. Cerberus ist im Krankenhaus.“

„Cerberus krank?!“ rief Krieger und gluckste. „Das geschieht diesem Bastard recht, der nicht anderes kann als uns zu schikanieren.“

„Die Polizei ist da. Es besteht Vergiftungsverdacht. Dr. Schmidt möchte, dass wir alle an unsere Plätze gehen und die Polizei nicht behindern.“

„Die Polizei? Wegen Cerberus? Haben die nichts Besseres zu tun?“

Krieger lamentierte ein wenig, und man sah ihm an, dass ihm nicht wohl bei der Sache war. Aber sie gingen alle an ihre Laborplätze. Karin lächelte Stoll an, sagte aber wegen der Unglücksbotschaft nichts. Inzwischen war Günter Egeter zurückgekommen und klärte seine Kommilitonen auf. Er sah tatsächlich immer noch mitgenommen aus.

„Ich sage euch, so etwas möchte ich nicht nochmals erleben. Das ist wie wenn einer stirbt, das lässt dich nicht kalt."

Jetzt kam einer der Polizisten mit Dr. Schmidt den Gang herunter. „Ich muss das Landeskriminalamt verständigen. Mein Kollege sichert inzwischen den Tatort. Wer von den Studenten hat etwas gesehen?"

„Günter Egeter, da vorne", sagte Dr. Schmidt und wies mit dem Kopf auf den Genannten. „Herr Egeter, kommen Sie doch einmal. Die Polizei braucht Ihre Personalien."

„In ein paar Minuten", sagte der Polizist. „Gehen Sie nicht weg. Ich muss zuerst zum Streifenwagen und über Funk die Spurensicherung rufen. Ich bin gleich zurück."

Inzwischen sah sich Schmidt nach seinen Kollegen um, die immer noch in einer Dreiergruppe am nördlichen Saalausgang standen.

„Wir sollten Professor Fischer Bescheid sagen. Er ist Institutsdirektor. Ich kann mir nicht vorstellen, dass er die Neuigkeiten direkt von der Polizei hören möchte. Er würde sauer sein, wenn er vorher nicht von uns verständigt worden wäre. Seine Vorlesung ist gerade aus. Er wird in sein Dienstzimmer gegangen sein. Drewermann, kannst du das übernehmen?"

„Ich – zum Chef?" Drewermann schlotterte.

„Na schön, ich mach es selber", sagte Schmidt und verließ das Labor.

„Vergiftet! Mein Gott, wie schrecklich", sagte Karin zu Stoll. „Was hast du denn da im Haar?"

Stoll fasste sich ins Haar und betrachtete einige graue Staubkörner in seiner Hand. Zuerst wusste er nichts damit anzufangen, dann fiel es ihm ein.

„Ach, das ist nichts. Asche."

„Asche?"

„Na, heute ist doch Aschermittwoch. Ich war in der Frühmesse."

„Du warst in der Frühmesse? Beim Ascheauflegen?"

„Ja."

Karin sagte nichts. Aber Krieger fühlte sich zu einem Lächeln und zu einem Kommentar bemüßigt.

„Gehst du in Sack und Asche? Tust du etwa Buße?"

Als Stoll allen Ernstes zustimmend nickte, war Krieger so erstaunt, dass ihm der Mund offenblieb. Es dauerte einige Sekunden, bis er sich fasste.

„Was ist denn in euch alle gefahren? Cerberus bricht zusammen, und Stoll bekommt seinen Moralischen!"

Inzwischen war auch Max Penniger gekommen, der nach der Vorlesung in die Mensa gegangen war und den Aschermittwochshering gegessen hatte. Er wollte zum nördlichen Ausgang, um seine Analysensubstanz zu holen. Da ging die Schwingtür auf, und ein Assistent kam mit dem Glasbläser herein.

„Was ist denn hier los?“ sagte Penninger. „Es riecht ganz schön nach Kotze.“

„Gehen Sie auf Ihren Platz! Sie können jetzt hier nicht hinaus. Der hintere Gang ist von der Polizei abgesperrt.“

Karin Weber holte ihren Platznachbarn in ihre Laborplatzeinheit und erklärte ihm die Situation. „Cerberus?“ Penninger staunte nicht schlecht. „Aber dann kann ich ja gar nicht arbeiten.“

„Ich auch nicht“, sagte Krieger. „Aber ich gehe ohnehin heim. So ein Vorfall geht an die Nieren. Und ich will nichts mit der Polizei zu tun haben.“

„Ich geh auch heim“, sagte Egeter. „Sobald der Polizist meine Personalien aufgenommen hat, schließlich bin ich Zeuge. Ich bin fix und fertig. Ihr habt das nicht mitbekommen, aber ich hab alles gesehen. Eine Vergiftung, das ist schauderhaft. Seid bloß froh, dass ihr das nicht mit ansehen musstet.“

Günter Egeter war tatsächlich ganz bleich im Gesicht. Er hatte auch seinen etwas zu dick aufgetragenen Münchner Zungenschlag verloren, mit dem er sich sonst auszudrücken pflegte. Als der einzige gebürtige Münchener in ihrer Laborplatzeinheit gefiel sich der Sohn von Heimatvertriebenen aus dem Egerland darin, gegenüber seinen Kommilitonen aus der Provinz mit einer gewissen Herablassung aufzutreten, wobei er sich bemühte, etwas übertrieben münchnerisch zu sprechen. Heute hatte allerdings er diese Münchener Diktion verloren; offenbar war der Schock zu groß gewesen, als dass er auf seine übliche Stilisierung hätte achten können.

„Gehst du auch heim?“ fragte Karin verunsichert.

„Nein“, antwortete Stoll. „Ich will mit meinen Analysen weiterkommen. Außerdem hab ich nichts gesehen, ich bin deshalb nicht so schockiert wie der Egeter.“

Wohlweislich verschwieg er, dass er nach den Erlebnissen der letzten Nacht ganz andere Gründe hatte, sich in die Arbeit stürzen. Tatsächlich glaubte er, dass ihn nur die Arbeit von seinem Liebeskummer ablenken könnte. Zu Hause meinte er verrückt zu werden, denn er konnte keine Minute an etwas anderes denken als an die Liebesnacht mit Heidemarie und an ihr abruptes Ende.

„Dann bleib ich auch und mach mit meiner Analyse weiter“, sagte Karin.

Stoll sah in seinem Analysenheft nach; seine letzte Analyse war richtig. Er konnte jetzt eine neue Analyse beginnen. Die Analysensubstanz hatte er schon am Rosenmontag in seinen Laborunterschrank gestellt. Gott sei Dank, dachte er jetzt, wenn ich am Rosenmontag nicht im Labor gewesen wäre, könnte ich jetzt gar nicht an meine Analysensubstanz, weil der Wagen mit den Reibschalen vor der Analysenkammer steht, wo die Polizei jetzt abgesperrt hat.

Bald füllte sich das Labor mit Studenten, wobei viele gar nicht richtig zum Arbeiten kamen, weil sie die ahnungslosen Neuankömmlinge aufklären mussten. Die meisten Studenten standen nach wie vor in Dreiergruppen herum und unterhielten sich über den Vorfall, auch die Assistenten mischten sich in die Gespräche und ließen ihre Untersuchungen sein.

Am Nachmittag kamen drei Spezialisten vom Bayerischen Landeskriminalamt. Stoll sah sie mit dem Institutsdirektor und einem der Dozenten durch das Studentenlabor in Richtung Säurekammer gehen.

„Dass ich eines Tages hier ermitteln werde, wo ich selber als Student gearbeitet habe, hätte ich mir nicht träumen lassen“, sagte ein jüngerer Beamter, der mit Dr. Röhn angeredet wurde. „Und Cerberus hab ich auch schon erlebt.“

„Wie lange sind Sie jetzt schon beim Landeskriminalamt?“

„Seit eineinhalb Jahren. Direkt nach meiner Promotion.“

Ihnen folgte Frau Rehberg, die Institutssekretärin, eine freundliche ältere Dame, der nichts im Hause entging. Sie wusste über alles Bescheid und mischte sich auch in alles ein, außerdem konnte sie sehr bestimmend auftreten, was ihr bei manchen Assistenten den Spitznamen *Beißzange* eintrug.

„Haben Sie was gesehen?“ fragte sie Karin.

„Nein“, antwortete Karin. „Es war nur einer von uns Studenten anwesend. Günter Egeter. Und der ist nach Hause gegangen, weil ihn die Sache zu sehr mitgenommen hat.“

„Mitgenommen?“ sagte Frau Rehberg. „Ihr vertragt auch nichts mehr. Im Krieg haben wir hier ganz andere Sachen mitgemacht.“

„Im Krieg?!“ rief Stoll. „Das war vor dreißig Jahren!“

„Na und?“ antwortete Frau Rehberg. „Ich bin schließlich schon seit fünfunddreißig Jahren im Institut.“

Sie unterstrich diese Bemerkung mit einem hoheitsvollen Blick und rauschte der Expertengruppe hinterher, die durch den nördlichen Saalausgang das Studentenlabor verlassen hatte. Nach ihr schloss sich die Schwingtür mit einem deutlichen Rums.

Oberinspektor Kinner ermittelt

Es war kurz nach acht Uhr morgens, als Oberinspektor Hans Kinner sein Dienstzimmer aufschloss und Mantel und Hut an den Kleiderständer hängte. Auf seinem Schreibtisch lag eine neue Akte. Schon wieder ein neuer Fall, durchzuckte es ihn, dabei war er immer noch mit zwei unabgeschlossenen Fällen beschäftigt. Da war zum einen die Einbruchserie im Tal, bei der die Münchener Stadtpolizei noch völlig im Dunkeln tappte. Zum anderen hatte er eine versuchte Vergewaltigung aufzuklären. Das Opfer hatte den Täter unter mehreren Passanten erkannt, der Mann bestritt aber die Tat, er war nicht vorbestraft und hatte einen einwandfreien Leumund. War er nur ein guter Lügner, oder hatte sich die Frau geirrt? Wollte sie vielleicht unter allen Umständen einen Täter? Der Fall versprach schwierig zu werden und erforderte gründliche Ermittlungen.

Kinner nahm eine Thermosflasche und zwei mit Göttinger Bierwurst belegte Kaisersemmeln aus seiner Aktentasche und stellte beides in das unterste Schreibtischfach, in dem bereits eine angebrochene Tafel Schokolade lag. Seufzend nahm er die Akte mit der Aufschrift „TU“ auf und entnahm ihr einen knappen Bericht des Polizeiwachtmeisters Stefan Huber.

Einsatz 16.2.1972, 12.15, PWM Stefan Huber u. PWM Josef Ertel, fernmündl. verständ. v. Notarzt, TU München, Inst. f. Anorg. Chem., Arcisstr. 21, Innenber. Hochschulgel. (Hochschulstr., Zufahrt v. Gabelsbergerstr.), Verd. a. Vergift., Opfer: Alfons Scheyerer, Laborant, geb. 3.8.1914, Abtransp. Schwab. KH 12.10. Tatortsich.: Säurekammer versieg., Gang davor abgesp. (Erbrochenes), LKA verst. 12.30. Zeugen: Ass. Dr. Günter Schmidt, Ass. Ludwig Drewermann, Ass. Hans Maier, Ass. Pinkas Mronz, Stud. Günter Egeter, Glasbläser Erwin Hommel (alle Personalien festgest.), Eintreff. LKA 15.15, Einsatzende 15.30

Ein Vergiftungsfall in einem chemischen Institut? Möglicherweise war das nur ein Unfall und kein Giftanschlag. Machen wir gleich Nägel mit Köpfen, dachte Kinner, bevor ich mir das anschaue, will ich erst die Stellungnahme des LKA. Er nahm den Telefonhörer ab und wählte die Nummer des Bayerischen Landeskriminalamtes, die zuoberst auf seinem Telefonverzeichnis stand. Als sich die LKA-Zentrale meldete, verlangte er den für die Untersuchung zuständigen Beamten. Es knackte mehrmals in der Leitung, bevor sich eine ihm unbekannte Stimme meldete.

„Dr. Röhn, Spurenanalytik."

„Oberinspektor Kinner, Stadtpolizei. Herr Doktor, Sie untersuchen den Fall an der TU, eine Vergiftung, wie es scheint?"

„In der Tat, ein Giftanschlag. So viel kann ich mit Sicherheit sagen."

„Ein Unfall ist ausgeschlossen?"

„Ausgeschlossen. Das war ein Mordversuch."

„Sind Sie sicher?" Kinner fluchte innerlich, denn das bedeutete langwierige Ermittlungen, dabei kam er in seinen beiden anderen Fällen kaum voran.

„Absolut sicher. Wollen Sie meinen Bericht abwarten, oder kommen Sie bei mir vorbei? Dann erkläre ich Ihnen die Einzelheiten."

„Ich komme bei Ihnen vorbei. Um zehn beginnt mein Assistent seinen Dienst, er hatte Spätschicht gestern. Ich warte, bis er da ist, und dann fahren wir gemeinsam zum LKA. Es könnte elf Uhr werden."

„Kein Problem, ich bin bis Mittag da. Ich erwarte Sie."

„Bis nachher also", sagte Kinner und hängte ein. Er legte die TU-Akte zur Seite und nahm die Akte „Tal" aus seiner Schublade. Bis zum Eintreffen seines Assistenten wollte er nochmals die Einzelheiten zu der Einbruchserie studieren. Er führte mehrere Telefonate, ohne aber brauchbare Informationen zu erhalten. Es war zum Verrücktwerden. Seit Monaten hatte er mit unspektakulären Fällen zu tun, die aber ziemlich verzwickt waren und sich nicht einfach aufklären ließen. Kurz vor zehn Uhr holte er seine Brotzeit heraus, trank zwei Tassen gesüßten Pfefferminztee und aß eine der beiden mitgebrachten Wurstsemmeln. Es war Viertel nach zehn, als sein Assistent Gernot Schreiner auftauchte.

„Tut mir leid, Chef, ich hab mich etwas verspätet."

„Das sehe ich. Behalten Sie Ihren Mantel gleich an. Wir fahren ins LKA. Ich werde Sie unterwegs ins Bild setzten. Wir haben einen Giftanschlag an der TU."

Sie stiegen in den alten dunkelblauen VW Käfer, der für Kinner bereitstand, und fuhren Richtung Neuhausen. Kinner berichtete kurz über den TU-Vorfall und sein Telefonat mit dem LKA-Beamten. Schreiner staunte.

„Ein Mordversuch an der TU. Das kann ja heiter werden. Als ob wir nicht schon genug am Hals hätten."

„Sagen Sie, Schreiner, sind Sie gestern Abend in der Sache mit dem Vergewaltigungsversuch weitergekommen?"

„Nein, ich wollte gerade meinen Bericht schreiben. Wir mussten den Tatverdächtigen auf freien Fuß setzen. Es steht Aussage gegen Aussage. Das muss schließlich das Gericht entscheiden."

„Im Zweifel für den Angeklagten. Aber der Staatsanwalt wird uns nachlässige Ermittlungen vorwerfen, wenn wir nichts in der Hand haben."

„Gestern sah es so aus, als ob wir etwas hätten. Es war ja nur versuchte Vergewaltigung, die Frau konnte sich befreien und um Hilfe rufen. Es gibt deshalb keine Spermaspuren. Wir haben aber auf der Jacke des Tatverdächtigen ein blondes Haar des Opfers gefunden. Das Labor hat es ziemlich eindeutig identifiziert."

„Na, das wäre doch ein Tatbeweis."

„Ist es nicht. Als ich den Tatverdächtigen damit konfrontiert habe, war er zuerst ganz geschockt. Dann schlug er sich mit der Hand an die Stirn und rief: *Natürlich, schließlich haben mich die Polizisten, die mich festgenommen haben, im Streifenwagen auf den Rücksitz gesetzt. Die blonde Frau, die mich beschuldigt, saß vorher dort. Danach ist sie auf dem Beifahrersitz mitgefahren.* Ich habe die beiden Streifenpolizisten befragt, er hatte tatsächlich recht. Der Beweis ist somit nichts wert."

„So ein Mist. Diese Idioten von Streifenbeamten haben völlig unprofessionell gehandelt. Nachher müssen wir den Kopf hinhalten, der Staatsanwalt nennt das schlampige Ermittlungen."

Inzwischen waren sie in der Maillingerstraße angekommen. Kinner parkte den Wagen, und sie gingen zur Pforte des neuen LKA-Gebäudes, wo sie sich auswiesen. Der Pförtner erklärte ihnen den Weg zu den Laborräumen.

Als sie vor dem Büro von Dr. Röhn standen, klopfte Kinner etwas zu zaghaft an, aber das „Herein" kam prompt. Sie traten ein und fanden den Chemiker in einem weißen Laborkittel hinter seinem Schreibtisch sitzend. Er stand sofort auf, kam auf sie zu und reichte ihnen die Hand.

„Röhn", sagte er. „Wir hatten noch nicht das Vergnügen. Ich bin erst seit eineinhalb Jahren beim LKA. Diesen Fall hab ich aber gleich übernommen, weil ich mich in den chemischen Instituten der TU bestens auskenne. Ich habe dort studiert, und kenne die Professoren und auch die Angestellten."

„Kennen Sie auch das Opfer?"

„Ja, natürlich, ein richtiges Original. Scheyerer, ein Laborant, griesgrämig, bei den Studenten nicht sehr beliebt. Wird allgemein *Cerberus* genannt, nach dem Höllenhund der griechischen Mythologie, weil er so eine Art Aufpasserrolle spielt. Den Spitznamen muss er schon sehr lange haben, schon seit vielen Studentengenerationen, denn die heutigen Chemiestudenten können ja nicht mehr Griechisch."

„Sie haben mir am Telefon gesagt, dass Sie einen Unfall ausschließen."

„Definitiv. Das Opfer hat Gift eingenommen, das ihm unter den Zucker für seinen Kaffee gemischt worden ist."

„Selbstmord?"

„Kann man auch ausschließen. Denn dann hätte er das Gift direkt eingenommen, ohne es unter seinen Zucker zu mischen. Außerdem hätte er sicher ein schneller wirkendes Gift gewählt, schließlich hatte er große Mengen an Zyankali zur Verfügung."

Dr. Röhn wies seinen Besuchern zwei Stühle vor seinem Schreibtisch an und deutete mit der Hand auf einen Nebentisch, auf dem sich eine braune Chemikalienflasche sowie eine grüne Thermosflasche und ein Einmachglas mit einer weißen kristallinen Substanz befanden.

„Das haben wir in der Säurekammer sichergestellt, in der das Opfer seinen Arbeitsplatz hat. Scheyerer hat dort Kaffee aus der mitgebrachten Thermoskanne getrunken und Zucker aus dem Glas hineingetan."

„Aus diesem Einmachglas?"

„Ja, das enthielt normalerweise Zucker, circa sechshundert Gramm. Aber jemand hat – vermute ich – zweihundert Gramm davon in den Ausguss geschüttet und weggespült. Dann hat er die fehlende Menge durch diese Substanz ersetzt." Und er zeigte den Polizeibeamten die braune Chemikalienflasche.

„Was ist das?"

„Thalliumsulfat. Hochgiftig. Weiße, feinkristalline Substanz, gut wasserlöslich, schmeckt süßlich. Das Einmachglas enthält Rohrzucker und Thalliumsulfat in einem Verhältnis von zwei zu eins. Das heißt, zweihundert Gramm Thalliumsulfat."

„Wie giftig ist das?"

„Die letale Dosis bei einem erwachsenen Durchschnittsmenschen beträgt achthundert Milligramm, das heißt ein Gramm ist bereits tödlich."

„Wie viel hat das Opfer abbekommen?"

„Das ist schwer zu sagen, weil Thalliumsulfat ein langsam wirkendes Gift ist. Vermutlich hat jemand ein Drittel des Zuckers vor einigen Tagen durch Thalliumsulfat ersetzt und das Ganze durch Schütteln leicht durchmischt. Wenn Cerberus, Verzeihung, Herr Scheyerer jeden Tag ein paar Tassen Kaffee gesüßt und getrunken hat, hat er vermutlich mehrere Gramm des Giftes zu sich genommen."

„Ist das tödlich?"

„Ja. Scheyerer lebt zwar noch, ich weiß aber nicht, ob es gelingt, seinen Körper zu entgiften, es besteht höchste Lebensgefahr."

„Er ist im Schwabinger Krankenhaus?"

„Ja. Wir haben das Gift sehr schnell identifiziert. Die Zuckerdose sah mir verdächtig aus. Wenn Sie genauer hinschauen, sehen Sie, dass die weißen Kristalle nicht homogen sind. Mit bloßem Auge kann man erkennen, dass der Zucker mit einer anderen weißen Substanz vermischt wurde. Ich habe auf Thalliumsulfat oder auf Bleiacetat getippt und die entsprechenden Flaschen sichergestellt. Schon die ersten Analysen haben gezeigt, dass es Thalliumsulfat war. Wir haben Thallium auch im Erbrochenen nachgewiesen."

„Und das Opfer?"

„Wir sind gestern Abend gleich ins Schwabinger Krankenhaus gefahren, zum einen, um seine Fingerabdrücke zu nehmen, und zum anderen, um die Ärzte von unserem Befund in Kenntnis zu setzen. Wenn man weiß, nach welchem Gift man suchen muss, hat man die Diagnose viel schneller. Im Kliniklabor haben sie deshalb auch sehr schnell eine hohe Dosis an Thallium sowohl in seinem Blut als auch in seinem Urin nachgewiesen. Sie bereiten alles für eine Entgiftung vor, aber es sieht schlecht aus, denn die Dosis war extrem hoch."

„Kann man etwas genauer feststellen, wann das Opfer das Gift aufgenommen hat?"

„Schwer zu sagen. Thalliumsulfat hat eine Wasserlöslichkeit von 4,86 g/l. In einer Tasse heißem Kaffee ist ein voller Kaffeelöffel einigermaßen löslich, geschmacklich süß wie Zucker. Nach Einnahme einer letalen Dosis treten am ersten Tag fast keine Beschwerden auf, am zweiten Tag Symptome einer Erkältung oder Grippe, nadelartiges Stechen in den Füßen, erst am dritten Tag kommt es zu deutlichen Reaktionen, die aber nicht sehr charakteristisch sind: Durchfall, Schweißausbrüche, Erbrechen, Gliederschmerzen, Graufärbung der Haut."

„Heißt das, dass er das Gift am Montag zu sich genommen hat, wenn er am Mittwoch zusammengebrochen ist?“

„Davon gehen wir aus. Vermutlich hat er bereits am Montag eine tödliche Dosis abbekommen. Er hat aber auch am Dienstag und am Mittwoch Kaffee getrunken und nochmals eine ähnliche Menge eingenommen. Das Gift akkumuliert sich im Körper, und die Vergiftungssymptome verschlimmern sich jetzt in den nächsten Tagen.“

„Also noch nicht letzte Woche?“

„Nein, sonst hätte er schon am Wochenende Beschwerden gehabt. Er hat das Gift frühestens am Montag eingenommen, mit ziemlicher Sicherheit am Montag. Das Thalliumsulfat kann ihm natürlich schon letzte Woche unter den Zucker gemischt worden sein.“

„Kann man das genauer festlegen?“

„Nein. Sie müssen seine Gewohnheiten ermitteln. Wenn er regelmäßig jeden Tag in der Säurekammer zur Brotzeit Kaffee getrunken und ihn gesüßt hat, dann kann das Gift nicht vor Freitag untergemischt worden sein, denn sonst hätte er schon früher erkranken müssen. In diesem Fall würde ich davon ausgehen, dass der Giftanschlag zwischen Freitag am späten Vormittag und Montag am frühen Morgen erfolgt ist.“

„Das ist eine gute Hypothese. Wenn ich Sie richtig verstanden habe, gilt sie aber nicht, wenn das Opfer nur ab und zu Kaffee getrunken hat?“

„Genau. Ich würde aber vermuten, dass Scheyerer ein sehr regelmäßiger Mensch ist.“

„Herr Doktor, Sie haben uns sehr geholfen“, sagte Kinner und wollte sich erheben. Schreiner war bereits aufgestanden.

„Sachte“, sagte Dr. Röhn. „Das Wichtigste wissen Sie ja noch gar nicht.“

„Das Wichtigste?“ sagte Schreiner und setzte sich wieder.

„Ja. Wir haben die Fingerabdrücke des Täters.“

„Sind Sie sicher?“

„Ganz sicher. Auf dem Einmachglas haben wir außer Scheyerers Fingerabdrücken noch einen deutlichen Daumenabdruck sowie mehrere Fingerspuren einer linken und einer rechten Hand gefunden. Sie stammen mit an Sicherheit grenzender Wahrscheinlichkeit vom Täter, weil wir die gleichen Fingerabdrücke auch auf der Thalliumsulfatflasche gefunden haben.“

„Das ist ja fantastisch. Mehr als ich zu hoffen wagte. Dann sollten wir den Täter leicht überführen können“, sagte Kinner.

„Das bedeutet auch, dass es sich um eine spontane Tat gehandelt haben muss", überlegte Schreiner. „Bei einem geplanten und gut vorbereiteten Mord hätte der Täter Handschuhe getragen. Einen Profitäter können wir damit ausschließen."

„Wenn das stimmt", sagte Kinner, „dann wäre der Täter im beruflichen Umfeld zu suchen. Einer, der zufällig seine Chance sieht und spontan handelt."

„Durchaus", sagte Röhn und gab Kinner eine dicke Akte. „Hier drin haben Sie meinen Bericht mit der Analyse und vor allem die Fotos von sämtlichen Fingerabdrücken auf dem Einmachglas und auf der Thalliumsulfatflasche."

Schreiner und Kinner gaben dem Chemiker die Hand und verabschiedeten sich. Kinner setzte seinen Hut auf, knöpfte seinen Mantel zu und steckte die Akte in seine Aktentasche, in der er am Morgen seine Brotzeit zu transportieren pflegte. Im Auto legte er sie auf den Rücksitz und sah auf seine Armbanduhr.

„Kurz nach zwölf. Meine Frau erwartet mich heute zum Mittagessen. Und Sie, soll ich Sie bei der Kantine vorbeifahren?"

„Nein, den Fraß hab ich satt. Heut geh ich Pizza essen zum Italiener in der Zennettistraße. Da kommen wir vorbei, denn das ist eine Seitenstraße der Lindwurmstraße. Nachher nehme ich die Tram zum Stachus."

„Sie sollten heiraten, Schreiner", sagte Kinner. „Ein Polizeibeamter braucht ein richtiges Heim."

„Aber ich habe ein Heim", widersprach Schreiner. „Nur dass meine Freundin arbeitet. Sie ist Friseuse und verdient gut."

„Wie lang leben Sie schon mit ihr zusammen?"

„Fast zwei Jahre."

„Und warum heiraten Sie nicht? Vor zehn Jahren wäre das noch ein unmoralisches Verhältnis gewesen. Damals hätte man Ihren Vermieter noch wegen Kuppelei anzeigen können."

„Gott sei Dank ist das heute nicht mehr so. Es war höchste Zeit, dass die Gesetze geändert wurden."

„Die Gesetze sind eine Sache, aber der Lebenswandel ist eine andere Sache. Als Polizeibeamter haben Sie Vorbildfunktion. Das wird bei Bewerbungen berücksichtigt. In meinem Beurteilungsbogen muss ich mich auch über Ihre charakterlichen Stärken äußern."

„Und Sie meinen, ich sei nicht charakterstark, nur weil ich nicht heiraten will, obwohl ich mit meiner Freundin zusammenlebe."

„Aber warum wollen Sie sie nicht heiraten?“

„Wegen der Unabhängigkeit. Wir schlafen miteinander, aber Sex ist nicht alles. Wir leben zusammen, aber wir sind unabhängig. Jeder verdient sein eigenes Geld, und jeder ist frei zu gehen, wenn er will.“

„Aber das können Sie doch nicht mit charakterfest bezeichnen.“

„Warum nicht?“

„Ein gefestigter Charakter legt sich fest. Er hält sich nicht ständig alle Optionen offen. Ihr Verhalten ist ungerecht gegenüber Ihrer Freundin.“

„Aber wieso, wenn sie das Gleiche will? Sie will schließlich auch ihre Unabhängigkeit und die Freiheit, mit einem anderen Mann zu schlafen.“

„Und das tut sie?“

„Das weiß ich nicht und will es auch nicht wissen. Wir haben eine moderne Beziehung, die auf gegenseitiger Achtung beruht. Die Ehe hingegen ist ein Unterdrückungsinstrument und ein Auslaufmodell.“

„Ich will Ihr Sexualleben nicht kritisieren, das ist Ihre Privatsache. Auch ob Sie heiraten oder nicht, geht mich nichts an. Aber unsere Gesellschaft ist auf Ehe und Familie aufgebaut. Zwei Menschen, die sich lieben, sollten ein gemeinsames Ziel im Leben haben, und das sollten sie nach außen hin mit dem Trauschein dokumentieren. Das ist eine Frage der Verantwortung.“

„Aber ich stelle doch die Grundlage unserer Gesellschaft nicht in Frage, bloß weil ich meine Freiheit haben will.“

„Sie stellen die Freiheit über die Verantwortung. Und das ist für mich eine Charakterschwäche, auch wenn viele junge Leute sich heute so verhalten.“

„Dann müssen Sie das halt in meinen Beurteilungsbogen hineinschreiben.“

„Ungern, denn ich halte viel von Ihnen, Schreiner. Aber bis zur Beurteilung kann sich ja noch einiges ändern.“

„Dass ich heiraten werde, kann ich mir allerdings kaum vorstellen.“

„Wir müssen das heute nicht mehr ausdiskutieren. Da vorne ist die Zennettistraße. Ich fahre rechts ran und lasse Sie raus. Wir sehen uns in einer guten Stunde im Präsidium. Und guten Appetit.“

„Ihnen auch. Gruß an die Gattin! Bis gleich.“

Schreiner stieg aus und warf die Autotür zu.

Cerberus' Agonie

Oberinspektor Kinner blickte auf, als Schreiner gegen halb zwei Uhr in sein Dienstzimmer trat. Er stand auf, nahm Mantel und Hut und schickte sich zum Gehen.

„Kommen Sie, Schreiner, wir fahren ins Schwabinger Krankenhaus. Direkte Inaugenscheinnahme ist besser als Aktenstudium. Haben Sie gut gegessen?"

„Na ja, *pizza con tutto* und eine Halbe Bier. Ihre Frau wird Ihnen wohl ein anständiges bayerisches Menü vorgesetzt haben?"

„Selleriesuppe mit Speck, gefüllte Krautwickerl und Kümmelkartoffeln, und danach eine Schnitte gebackenen Gries von gestern Abend. Was will man mehr? Schließlich ist Fastenzeit." Er zögerte, bevor er fortfuhr: „Wissen Sie, zur Zeit schmeckt mir das Essen nicht recht. Meine Tochter macht mir Sorgen."

„Ihre Tochter?"

„Ja, Elisabeth, sie ist jetzt siebzehn, geht aufs Gymnasium, hat aber keine Lust zum Lernen. Dabei ist sie intelligent."

„Junge Leute haben oft Flausen im Kopf. Es wird schon werden."

„Als ich in diesem Alter war, war Krieg. Aber reden wir nicht mehr davon."

Als sie in ihrem VW Käfer saßen, beklagte Schreiner den Fuhrpark der Münchner Stadtpolizei. Für Kinner war das ein zweischneidiges Thema, zu dem er sich nicht gerne äußerte.

„Wir sind die letzte noch verbliebene Stadtpolizei in Bayern. Die Bayerische Staatsregierung arbeitet schon lange an der Verstaatlichung aller städtischen Polizeien. In den letzten drei Jahren haben fast alle kreisfreien Städte dran glauben müssen. Jetzt ist nur noch die Landeshauptstadt übrig. Wenn wir uns über die Ausrüstung beschweren, heißt es gleich, die Stadt ist überfordert, wir sollten in die Bayerische Polizei integriert werden."

„Und wäre das unser Nachteil, was meinen Sie? Schauen Sie sich doch die Freisinger Polizei an! Seit der Verstaatlichung sind die besser ausgerüstet als wir."

„Na ja, immerhin haben wir jetzt doch Gürtelreifen auf allen Fahrzeugen. Die sind tatsächlich im Winter viel besser als die normalen Diagonalreifen. Sie sind rutschfester und haltbarer."

„Aber so gut wie die Spikesreifen sind sie nicht. Schade, dass die nicht mehr zugelassen sind, obwohl es eigentlich verständlich ist, weil sie den Straßenbelag zu stark angegriffen haben."

„Um auf die Polizeiverstaatlichung zurückzukommen, der Oberbürgermeister meint, die Polizei der Landeshauptstadt hat besondere großstadttypische Aufgaben. Aber die Nagelkopfprobe werden die Olympischen Spiele sein. In ein paar Monaten wird sich zeigen, ob wir dem gewachsen sind."

„Aber daran ist doch nicht nur die Münchener Stadtpolizei beteiligt, sondern auch die Bayerische Polizei."

„Richtig. Aber ich sage Ihnen voraus, Schreiner, dass – wenn es ein Problem geben wird – die Münchener Stadtpolizei den Schwarzen Peter zugeschoben bekommt. Auch dann, wenn die Bayerische Polizei pfuschen sollte. Es wird ganz einfach heißen, das Problem ist das Kompetenzgerangel zwischen den verschiedenen Polizeiorganisationen."

„Und Sie meinen, dann sind die Tage der Münchener Stadtpolizei gezählt?"

„Da bin ich mir sicher. Es ist nur eine Frage der Zeit. Wenn irgendein Fehler vorkommt, werden wir verstaatlicht. Statt der gewohnten blauen Uniform werden unsere Leute dann die grüne Uniform der Landespolizei anziehen müssen. Sie werden einen Psychologen finden, der uns weismachen wird, dass Grün mehr Vertrauen erweckt als Blau, und sie werden einen Modeschöpfer finden, der uns die neue Uniform als schick verkaufen wird."

„Und warum meinen Sie, die Olympischen Spiele seien die Nagelprobe?"

„Na, weil die Koordination zwischen der Stadtpolizei und der Bayerischen Polizei schwierig ist. Ich bin in dem Koordinationsausschuss. Es gibt auf beiden Seiten den Willen zur guten Zusammenarbeit, aber die konkrete Abstimmung ist ein ziemlicher Aufwand."

„Glauben Sie denn an ein Problem?"

„Ehrlich gesagt, ja. Wir müssen durchaus mit einem Terroranschlag rechnen. Es gibt eine neue Form des Anarchismus, der sich in der linksradikalen Studentenbewegung formiert. Ich weiß, ich stehe da mit meiner Meinung ziemlich allein, aber hier gibt es eine große Gefahr."

„Was meinen Sie?"

„Ich meine die Baader-Meinhof-Gruppe, sie nennen sich *RAF – Rote Armee Fraktion*, und sie wollen als Stadtguerilla auftreten. Sie predigen

Gewalt und finden in linken Kreisen viele Anhänger, auch hier in München. Es wird Zeit, dass diese Verbrecher dingfest gemacht werden. Aber es würde mich nicht wundern, wenn sie die Olympischen Spiele, wo ihnen die Aufmerksamkeit der Welt sicher ist, zu einem Anschlag nutzen würden."

An der Einfahrt zum Gelände des Schwabinger Krankenhauses zeigte Kinner seinen Dienstausweis und steuerte den Wagen auf einen der für Ärzte reservierten Parkplätze. Als sie auf der Intensivstation ankamen, verlangte Kinner den behandelnden Arzt zu sprechen. Sie wurden in ein Schwesternzimmer geführt und mussten etwa zehn Minuten warten. Dann trat ein älterer Mediziner in Begleitung eines jüngeren Kollegen und einer Krankenschwester ein. Der Arzt musterte sie über seine Halbbrille und gab ihnen dann die Hand.

„Ich bin Professor Scheunzer. Das ist Oberarzt Dr. Neiser. Und Oberschwester Gerlinde. Sie ermitteln in dem Vergiftungsfall?"

„Ja. Oberinspektor Kinner und Kriminalassistent Schreiner. Wie geht es dem Opfer?"

„Schlecht. Wir bereiten alles für eine Entgiftung vor. Aber die Überlebenschancen sind nicht gut. Er ist sich dessen voll bewusst. Er hat gestern einen Geistlichen verlangt und die Sterbesakramente bekommen."

„Können wir ihn einvernehmen?"

„Da haben Sie Glück. Wir wollten ihm gerade Morphin spritzen, sonst hält er die Schmerzen nicht aus. Wenn Sie wollen, können Sie ihn gleich befragen. Aber höchstens fünf Minuten. Er ist ansprechbar, hat aber große Schmerzen. Seine Mutter ist bei ihm."

Sie verließen zusammen den Aufenthaltsraum und gingen den Gang bis zum letzten Krankenzimmer, über dessen Tür eine rote Lampe leuchtete. Schon vor der Tür hörten sie Schreien und Stöhnen. Als sie eintraten, sprang die verhärmte Frau, die am Krankenbett gesessen hatte, auf und ging ihnen entgegen.

„Herr Doktor, geben Sie ihm doch was. Er hält die Schmerzen nicht mehr aus."

„Frau Scheyerer, das tun wir. Wir bereiten gerade eine Injektion vor. Kommen Sie mit, ich werde Ihnen die Einzelheiten erklären. Die Herren sind von der Polizei. Sie haben einige Fragen an Ihren Sohn, bis wir so weit sind."

Sie verließen mit der Frau den Raum. Als Kinner und Schreiner sich dem Bett näherten, rollte der Patient wild mit den Augen und stieß einen Schrei aus.

„Ah, ich halt's nimmer aus. Jedem Hund, der Schmerzen hat, zieht man eins über den Schädel, und ich muss hier elendiglich verrecken."

„Beruhigen Sie sich, Herr Scheyerer, die beiden Ärzte geben Ihnen gleich eine schmerzstillende Spritze. Wir sind von der Polizei, Oberinspektor Kinner und Kriminalassistent Schreiner. Können Sie uns einige Fragen beantworten?"

Der Patient nickte, wurde aber sofort von Konvulsionen geschüttelt. Sein Gesicht war aschgrau und schweißgebadet, sein Haar war völlig durchschwitzt und klebte am Kopf. Zwischen den Bartstoppeln liefen ihm die Schweißtropfen herunter. Er keuchte heftig und hustete dann anfallartig.

„Schreiner, Sie machen sich Notizen. Herr Scheyerer, Sie haben eine Thalliumvergiftung. In Ihrer Zuckerdose haben wir Thalliumsulfit gefunden. Oder war es Thalliumsulfat?"

„Sulfat ... Thalliumsulfat."

„Haben Sie mit diesem Zucker Ihren Kaffee gesüßt?"

„Ja."

„Haben Sie jeden Tag an Ihrem Arbeitsplatz Kaffee aus einer Thermoskanne getrunken, und haben Sie ihn jeden Tag mit dem Zucker aus Ihrem Glas gesüßt?"

„Ja."

„Auch am Rosenmontag und am Faschingsdienstag?

„Ja."

„Auch am letzten Freitag?"

„Ja."

„Haben Sie eine Ahnung, wer Ihnen das angetan haben könnte?"

„Nein, überhaupt nicht."

„Haben Sie Feinde?"

„Nein."

„Haben Sie in letzter Zeit etwas Auffälliges beobachtet?"

„Nein."

Man konnte sehen, dass Alfons Scheyerer mit äußerster Anstrengung geantwortet hatte, denn er hatte seine Schmerzen überwinden müssen. Jetzt konnte er nicht mehr und fing an laut zu schreien. Sein Körper wurde von wilden Zuckungen geschüttelt. Kinner versuchte zu helfen und fasste den Kranken an der Schulter. Der heulte auf und brüllte vor Schmerzen.

„Auja! Das ist nicht zum Aushalten. Ich will sterben. Gebt's mir was!"

Schreiner rannte zur Tür, um Hilfe zu holen. Aber die beiden Ärzte und die Oberschwester stürzten schon herein. Der Oberarzt hatte eine frischaufgezogene Spritze in der Hand.

Kinner und Schreiner verließen das Krankenzimmer und fanden die weinende Mutter auf einem Stuhl im Gang sitzen. Aus dem Krankenzimmer drang immer noch Gebrüll, das allmählich in ein Stöhnen und dann in ein Wimmern überging.

„Mein Gott, was haben wir nur getan, dass er so leiden muss?!" rief die Frau und schluchzte heftig.

„Frau Scheyerer", sagte Kinner, „Ihr Sohn hat eine Thalliumvergiftung."

„Der Doktor hat mir das schon erklärt. Dort wo er arbeitet, steht lauter Gift herum, Säuren und andere gefährliche Stoffe. Aber er war doch immer so vorsichtig."

„Frau Scheyerer, das war kein Unfall. Jemand hat offenbar versucht, Ihren Sohn zu vergiften."

„Was?"

„Jemand hat Thalliumsulfat in seine Zuckerdose gefüllt."

„Himmlischer Vater!"

„Haben Sie eine Ahnung, wer das getan haben könnte?"

„Nein. Alfons hat doch niemandem etwas getan."

„Hat Ihr Sohn Feinde?"

„Nein."

„Vielleicht von früher?"

Frau Scheyerer zögerte. „Was meinen Sie?"

„Na, gab es vielleicht einen Streit oder einen Vorfall in seiner Jugend?"

„Nein, ich weiß von nichts."

Die Tür ging auf, und die beiden Ärzte kamen heraus. Professor Scheunzer ging auf die alte Frau zu.

„Frau Scheyerer, wir tun, was wir können. Sie können jetzt wieder zu Ihrem Sohn. Er ist schmerzfrei. Schwester Gerlinde wird noch einige Minuten bei ihm bleiben, um ihn zu beobachten. Und dann sollten Sie auch nach Hause gehen. Morgen führen wir dann die Entgiftung durch."

Frau Scheyerer wischte sich die Tränen ab und ging in das Krankenzimmer. Professor Scheunzer gab das Krankenblatt an seinen Oberarzt und bat die beiden Polizisten in sein Dienstzimmer, das sich außerhalb der Intensivstation befand. Dort angekommen, wies er ihnen einen Platz auf einem Ledersofa an, betrachtete nachdenklich das Knochenskelett, das vor seinem Schreibtisch aufgestellt war und zündete sich eine Zigarette an.

„Ich muss ehrlich sagen, dass ich wenig Hoffnung habe. Der Allgemeinzustand des Patienten ist schlecht. Er hat bereits starke Schluckbeschwerden, das Sprechen fällt ihm schwer, das sind Anzeichen von Muskellähmung. Schon die leichteste Berührung verursacht ihm rasende Schmerzen. Herz, Leber und Nieren sind angegriffen. Der Haarausfall setzt bereits ein, das ist bei Thalliumvergiftungen typisch, aber es sollte eigentlich erst nach einer Woche auftreten und nicht schon nach vier Tagen. Das zeigt, wie fortgeschritten das Stadium ist."

„Welche Wirkung hat dieses Gift eigentlich?" fragte Schreiner.

„Es ist ein mineralisches Gift, das in den Mineralstoffwechsel der Zellen eingreift. Sehen Sie, jede lebende Zelle benötigt Kalium, ein absolut essentielles Spurenelement, das in Form von positiv geladenen Ionen aufgenommen wird. Thalliumsulfat enthält Thalliumionen, und die haben praktisch die gleiche Größe wie die Kaliumionen. Deshalb verwechseln die Zellen leicht Kalium und Thallium und bauen Thalliumionen ein. In der Zelle führt Thallium aber zu einem Fehlverhalten der Stoffwechselprozesse und letztlich zum Tod, und das ist ein qualvoller Tod."

„Wie ist die Therapie?"

„Es gibt eine neue Therapie, die vor drei Jahren in Karlsruhe entwickelt wurde. Sie beruht auf der Gabe von Berliner Blau, das ist ein blaues Pigment, das aus Cyaneisenkomplexen und Kaliumionen aufgebaut ist. Es hat die Eigenschaft, Thallium zu binden und stattdessen Kalium freizusetzen."

„Haben Sie damit Erfahrung?"

„Leider nicht, und Berliner Blau ist auch nicht in unserem Medikamentenschrank. Wir haben uns deshalb heute sachkundig gemacht, und das Medikament bestellt. Es wird morgen gegen neun Uhr bei uns eintreffen, und dann beginnen wir gleich mit der Entgiftung."

Schreiner und Kinner verabschiedeten sich von Professor Scheunzer, nicht ohne ihn noch einmal zu bitten, sie telefonisch über die weitere Entwicklung auf dem Laufenden zu halten.

Als sie im Auto saßen und das Gelände des Schwabinger Krankenhauses verließen, sprachen sie eine Weile kein Wort miteinander. Zu sehr hatte sie der elende Zustand des Giftopfers mitgenommen. Schreiner fand als Erster seine Sprache wieder.

„Eines Tages so zu enden! Ich sehe lieber Leichen als Sterbende, das hat mir zugesetzt."

„Hoffen wir, dass sie ihn retten können! Wie dem auch sei, es war wichtig, seine Aussage zu bekommen. Wenn er wirklich stirbt, war das die letzte Gelegenheit."

„Seine Aussage war sehr wichtig."

„Richtig. Mit den Erkenntnissen der Spurensicherung und der Aussage des Opfers können wir den Giftanschlag genau eingrenzen: zwischen Freitagmittag und Montag früh, wie Dr. Röhn uns erklärt hat. Schreiben Sie das in Ihrem Bericht."

„Sobald wir im Präsidium zurück sind."

„Was uns noch zu tun bleibt, ist die Tatortbesichtigung und die Zeugeneinvernahme. Aber das läuft uns nicht davon. Die Aussage des Opfers war dringender."

„Wann fahren wir zum Tatort?"

„Nicht jetzt. Das muss bis nächste Woche warten. Morgen ist schon wieder Freitag. Da habe ich einen wichtigen Gerichtstermin. Sie wissen schon, die Sache mit der gewalttätigen Demonstration. Es ist wichtig, dass wir diese Linksextremisten hinter Gitter bringen. Von meiner Zeugenaussage hängt viel ab. Ich muss mich heute noch darauf vorbereiten."

„Und ich, Chef, was soll ich morgen tun?"

„Sie arbeiten morgen erst in der Einbruchsache weiter. Gehen Sie ins Tal und befragen Sie die Zeugen. Wir müssen bis Mitte nächster Woche Ergebnisse vorweisen."

„Die TU-Sache lassen wir so lange liegen?"

„Was eilig war, haben wir schon erledigt. Für das Weitere besteht keine Eile. Ein bisschen Abstand schadet manchmal nicht. Auf jeden Fall möchte ich vor der Zeugeneinvernahme den Tatort besichtigen. Da kommen mir meist die besten Ideen für das weitere Vorgehen. Man nennt das den *genius loci*."

Als der Wagen in die Ettstraße einbog, war bereits die Dunkelheit hereingebrochen. Die Luft war nasskalt. Es wollte einfach nicht Frühjahr werden. Aber der Winter schien sich auch nicht zu halten, denn kaum hatte es geschneit, taute es auch schon wieder, so dass man sich heuer an eine lange Matschperiode gewöhnen musste. Die beiden Beamten stiegen aus und stapften durch den Matsch zum Eingang des Präsidiums.

Tod eines Laboranten

Oberinspektor Kinner saß an seinem Schreibtisch und blickte aus dem Fenster. Dicke, wie Watteballchen aussehende Schneeflocken wirbelten herum. Mehrere Tage waren inzwischen vergangen. Enttäuscht legte Kinner den Aktenstoß mit den Zeugenvernehmungen zur Einbruchserie im Tal beiseite. Keinerlei konkrete Hinweise auf die Täter. Man wird abwarten müssen, bis sie wieder zuschlagen. Seine ganze Hoffnung ruhte jetzt auf den Streifenpolizisten, denen erhöhte Wachsamkeit eingeschärft worden war. Außerdem war er seit dem gestrigen Dienstag mit einer Messerstecherei in einem Wirtshaus am Viktualienmarkt beschäftigt, an der ein italienischer Gastarbeiter beteiligt war. Der Beschuldigte war flüchtig, aber Gott sei Dank war das Opfer nicht lebensgefährlich verletzt. Die italienischen Polizeibehörden mussten informiert werden, für übermorgen hatte er deshalb einen Dolmetscher ins Präsidium bestellt.

Er schreckte auf, als das Telefon läutete. Es war Professor Scheunzer vom Schwabinger Krankenhaus.

„Herr Kinner, ich habe eine schlechte Nachricht. Alfons Scheyerer ist heute Morgen verstorben. Die Giftdosis war zu hoch, er hatte keine Chance."

„Hat er noch etwas gesagt?"

„Nein, er war in den letzten Tagen völlig verwirrt. Und er konnte nicht mehr sprechen. Seine Mutter war bei ihm, als er gestorben ist; sie ist jetzt nach Hause gegangen."

„Was passiert jetzt?"

„Die Leiche wird heute Nachmittag in die Gerichtsmedizin überstellt. Es wäre wichtig zu wissen, wie viel Thalliumsulfat er wirklich aufgenommen hat. Wir haben alles veranlasst. Und Sie erhalten eine Kopie des Totenscheins."

„Vielen Dank, Herr Professor."

Kinner legte den Hörer auf und stürzte ins angrenzende Dienstzimmer. „Schreiner!" rief er, aber es war niemand im Zimmer. Kinner sah sich um und überlegte, als die Tür aufging und Schreiner mit einem Becher Kaffee hereinkam.

„So schlecht ist der Kaffee aus dem Automaten nicht, wie Sie immer behaupten, Chef, Sie sollten mal probieren."

„Danke, ich mag Pulverkaffee nun einmal nicht. Und aus einem Automaten schon gleich gar nicht. Aber das tut jetzt nichts zur Sache. Scheyerer ist tot!"

„Scheyerer? Dann hat die Entgiftung also nichts gebracht?"

„Nein, er hat offenbar zu viel Thallium aufgenommen."

„Das muss ein schrecklicher Tod sein. Wenn ich daran denke, wie er schon letzte Woche gelitten hat."

„Das ist ein Wink des Schicksals. Wir arbeiten ab sofort wieder an diesem Fall. Und hier sollten wir auch weiterkommen."

„Wie ist Ihr Plan?"

„Wir fahren erst zur TU und nehmen den Tatort in Augenschein. Dann sprechen wir mit der Mutter. Schauen Sie gleich die Adresse nach. Morgen habe ich dann eine ganztägige Sitzung des Koordinationsausschusses zur Vorbereitung der Olympischen Spiele. Da können Sie in aller Ruhe die Zeugen an der TU einvernehmen. Lagebesprechung morgen um siebzehn Uhr."

„Fahren wir jetzt gleich?"

„Ja."

„Haben Sie vergessen, dass unser Käfer gerade in der Inspektion ist? Aber sie geben uns ein anderes Fahrzeug, wenn wir eins brauchen. Ich rufe gleich an."

„Tun Sie das. Wir treffen uns in zehn Minuten am Fuhrpark."

Während der gesamten Fahrt, bei der Schreiner den neuen VW 1600 steuerte, sagte Kinner kein Wort, er dachte immer an das graue, schweißgebadete Gesicht des todgeweihten Laboranten, den sie vor sechs Tagen befragt hatten. So kann also ein Sterbebett aussehen, dachte er.

Als sie von der Gabelsbergerstraße in die Hochschulstraße einbogen, kam der einarmige Pförtner fragend auf sie zu. Er trug unter seiner Uniform einen Wollpullover und hatte einen dicken Schal umgelegt. Schreiner kurbelte das Fenster herunter, und Kinner zeigte seinen Dienstausweis.

„Polizei", knurrte er, und fügte, als der Mann zögerte, „aufmachen, los!" hinzu. Der Pförtner rannte zu seinem Häuschen und öffnete die Schranke. Dann deutete er mit der Hand an der Mütze einen militärischen Gruß an.

„Eigentlich ein armer Teufel", sagte Kinner. „Ich kann zwar diese kriegsinvaliden Pförtner nicht ausstehen, die sich in ihren Uniformen aufspielen. Das kommt mir immer wie Amtsanmaßung vor. Aber auf der anderen Seite tut er mir leid. Sitzt bei diesem Sauwetter den ganzen Tag in seinem ungeheizten Häuschen und wartet auf den Ruhestand.“

Sie stellten ihren Wagen im Parkverbot vor dem Anorganisch-chemischen Institut ab und ließen den Polizei-Fahrzeugausweis hinter der Windschutzscheibe. Als sie die Treppe zum Institut hinaufstiegen, kamen ihnen mehrere Studenten entgegen, die offenbar zu einer Vorlesung gingen. In der Eingangshalle fanden sie eine Orientierungstafel mit dem Hinweis auf Dienst- und Vorzimmer des Institutsdirektors, die sich im ersten Stock befanden. Als sie im Treppenhaus ein Stockwerk höher stiegen, schnupperte Schreiner.

„Es riecht hier wirklich nach Chemie.“

„Was haben Sie in einem chemischen Institut anderes erwartet?“

„Ich habe diesen Geruch immer gemocht, irgendwie sauber und rein, und natürlich nach Wissenschaft.“

„Da – *Prof. Dr. E. O. Fischer, Institutsdirektor, Vorzimmer Frau Rehberg*“, las Kinner, indem er nach rechts wies und gleichzeitig fasziniert auf eine große Vitrine mit kristallinen Substanzen in Schaugläsern und Molekülmodellen blickte. Er klopfte an die Tür und öffnete, noch bevor er ein *Herein* gehört hatte.

„Draußen warten!“ herrschte ihn die Sekretärin an, als er eintreten wollte. „Der Herr Professor ist nicht da.“

„Sind Sie Frau Rehberg? Wir sind von der Polizei. Oberinspektor Kinner und Kriminalassistent Schreiner.“

„Warum haben Sie das nicht gleich gesagt? Kommen Sie herein.“

„Wir ermitteln im Vergiftungsfall Scheyerer. Wir möchten mit dem Institutsdirektor sprechen und den Tatort besichtigen.“

„Der Chef ist in der Vorlesung, und die hat gerade angefangen. Da müssen Sie hernach wiederkommen, aber bitte gleich nach der Vorlesung, denn sonst geht er zu Tisch.“

„Wir machen besser einen Termin für morgen. Mein Kollege Schreiner wird dann auch die Zeugenbefragung durchführen. Um wie viel Uhr wäre der Herr Professor zu sprechen?“

„Zehn Uhr. Passt das? Ich notiere das im Terminkalender.“

„Das passt sehr gut. Und jetzt wollen wir nur den Tatort sehen.“

„Den kann ich Ihnen auch zeigen. Was heißt hier überhaupt Tatort?“

„Nun, Herr Scheyerer wurde vergiftet. Er ist heute Morgen verstorben. Wir ermitteln wegen Mordverdacht.“

„Um Gottes willen! Er ist tot?"

„Ja, es tut uns leid."

„Mord bei uns im Institut? Das gibt's doch nicht!"

„Es spricht alles für einen Giftanschlag."

Man sah Frau Rehberg das Entsetzen an, denn sie wurde sichtlich blass. Auf ihrer Stirn zuckte eine Falte. Sie nahm einen Schlüsselbund aus der obersten Schreibtischschublade und wandte sich zum Gehen.

„Kommen Sie, ich zeige Ihnen die Säurekammer."

Sie gingen ins Erdgeschoss hinunter. Frau Rehberg öffnete die Schwingtür zum Studentenlabor und führte die Beamten durch das beinahe leere Laboratorium, das sie durch die nördliche Schwingtür wieder verließen.

„Jetzt am späten Vormittag sind fast alle Studenten in der Vorlesung. An den Saalenden haben je zwei Assistenten ihren Arbeitsplatz. Die haben Sie beim Durchgehen gerade gesehen, sie sind mit ihrer Doktorarbeit beschäftigt und sind praktisch den ganzen Tag da."

„Wo ist Herr Scheyerer zusammengebrochen?"

„Soviel ich weiß, war das hier. Er ist durch diese Schwingtür gegangen und hat um Hilfe gerufen. Und sein Arbeitsplatz ist dort, in der Säurekammer."

Frau Rehberg suchte den richtigen Schlüssel an ihrem Bund und sperrte die Tür auf. Kinner inspizierte das Türschloss.

„Diese Türe hat im Gegensatz zu den anderen keine Klinke, sondern einen runden Knauf und ist von außen nur mit Schlüssel zu öffnen. Richtig?"

„Das ist richtig. Aus Sicherheitsgründen ist der Zutritt zur Säurekammer nur den befugten Personen gestattet."

Kinner deutete auf das Schild *Säurekammer – Für Unbefugte Betreten verboten* und sah Frau Rehberg durchdringend an, während er die nächste Frage stellte. „Wer hat einen Schlüssel für diesen Raum?"

„Nur der Laborant, also Scheyerer, dann der Materialverwalter, der vorne in der Chemikalienausgabe arbeitet, und ich."

„Und der Institutsdirektor?"

„Das ist der Schlüssel, den ich habe."

„Und sonst kann niemand hinein?"

„Nein, die Assistenten oder andere Mitarbeiter müssen klopfen und warten, bis der Laborant aufmacht."

„Gut, sehen wir uns um!"

Schreiner und Kinner gingen den ganzen Raum ab, öffneten auch die Tür zum Säurelager im Anbau, inspizierten den Arbeitstisch und den Wintermantel des Opfers sowie die Chemikalienregale an den Wänden, während Frau Rehberg die wenigen persönlichen Habseligkeiten des Laboranten musterte. Unwillkürlich kamen ihr die Tränen, die sie mit dem Handrücken abwischte.

„Ein Mordfall bei uns! So weit musste es noch kommen!"

„Ich denke, wir haben alles Wichtige gesehen. Wenn es noch etwas festzustellen gibt, können Sie das morgen tun, Schreiner", sagte Kinner und fuhr, zu Frau Rehberg gewandt, fort: „Vielen Dank, Sie können wieder abschließen."

Die beiden Beamten verabschiedeten sich von der bestürzten Sekretärin und verließen das Institut. Vor ihrem Fahrzeug besann sich Kinner eines Besseren und wandte sich an seinen Kollegen: „Wissen Sie was, Schreiner, lassen wir das Auto hier und gehen wir essen. Danach fahren wir zur Mutter des Opfers, das können wir jetzt in der Mittagszeit schlecht machen."

„Sie gehen heute nicht nach Hause, Chef? Kennen Sie denn hier in der Nähe ein anständiges Wirtshaus?"

„Dort vorne an der Ecke Theresien-Augustenstraße ist das Croatia, von dem einige Kollegen immer so begeistert sind. Balkanküche, gut und preiswert."

„Gute Idee. Probieren wir das aus."

Als sie nach eineinhalb Stunden zurückkamen, hatten sie Mühe, mit ihren Halbschuhen durch die Schneehaufen zu stapfen, die der Winterdienst vor ihrem im Parkverbot abgestellten Auto aufgetürmt hatte. Schreiner startete den Motor und gab Kinner einen Zettel und einen Stadtplan.

„Wir müssen in die Ernst-von-Beling-Straße, das muss irgendwo zwischen Moosach und Allach sein. Ich fahre jetzt die Dachauer Straße stadtauswärts. Wenn wir beim Moosacher Bahnhof sind, müssen Sie aber im Stadtplan nachschauen."

„Gut, mach ich. Waren Sie mit dem Essen zufrieden?"

„Ausgezeichnet. Das ist das erste Mal, dass ich kroatisch gegessen habe."

„Wir werden immer internationaler, Schreiner. Bald werden wir eine bayerische Gaststätte mit der Lupe suchen müssen, jedenfalls dann, wenn sie Hausmannskost ohne Halbfertigprodukte servieren."

„Das stimmt. Es ist schwer, ein einheimisches Lokal zu finden, in dem noch richtig gekocht wird."

„Es gibt bald keinen Unterschied mehr zwischen Kantinenessen und Wirtshauskost. Suppe auf Pulverbasis, Sauce auf Pulverbasis, Knödel auf Pulverbasis, Gemüse auf Konservenbasis. Außer man geht zu den Ausländern."

„Sie werden lachen, Chef. Vor zehn Jahren hab ich noch nicht einmal gewusst, was eine Pizza ist. Und heute könnte man sich die Münchener Gastronomie ohne Pizzerias gar nicht mehr vorstellen. Und selbst in den Kleinstädten gibt es bald mehr Pizzerias als bayerische Gaststätten."

„Sie werden es vielleicht noch erleben, Schreiner, dass wir im Dienst Englisch sprechen, und zwar in ganz Europa."

„Au weh, das wär nichts für mich."

„Das ist die Zukunft, Schreiner. Sie werden sie nicht aufhalten."

Als sie vor dem Haus des Laboranten in Moosach angekommen waren, hatten sie Schwierigkeiten, den Wagen abzustellen, weil sich überall am Straßenrand Altschnee auftürmte. Beim Aussteigen bekam Schreiner eine erhebliche Menge an Schneematsch in seinen rechten Halbschuh. Er fluchte leise. Kinner betrachtete das kleine, schmucklose Einfamilienhaus, bevor sie das Gartentor öffneten und an der Haustür klingelten.

„Häuschen mit Garten. Fünfziger Jahre."

„Na, so schlecht ist es auch wieder nicht."

Es dauerte eine Weile, bis Frau Scheyerer öffnete. Sie trug ein altmodisches schwarzes Kleid und eine schwarzgrau gestreifte Schürze. Sie hatte ein völlig verweintes Gesicht. Sie erkannte die beiden Polizeibeamten sofort und bat sie mit einer stummen Geste ins Haus.

„Frau Scheyerer, wir haben es heute Vormittag erfahren. Es tut uns sehr leid. Wir werden alles tun, um zumindest herauszufinden, wer das getan hat."

Vom Flur gingen sie in die Wohnküche, wo ihnen Frau Scheyerer Stühle anwies. Auf dem Küchentisch stand ein leerer Suppenteller, in dem ein Löffel lag. Offenbar hatte Frau Scheyerer gerade ein bescheidenes Mittagessen eingenommen. Am Boden vor dem Fenster stand ein kleines Schüsselchen mit Milch, vermutlich für die grauschwarz getigerte Katze, die sich beim Eintreten der Beamten unter dem Sofa versteckt hatte.

„Ich kann es noch gar nicht fassen, dass er nicht mehr wiederkommt. Er war immer so pünktlich und zuverlässig." Ihre Stimme war nicht tränenerstickt, aber merkwürdig tonlos. Ihr Blick ging ins Weite, so als ob sie mit ihrem eigenen Leben abgeschlossen hätte. „Er war alles, was ich hatte. Vor vierzehn Jahren ist mein Mann gestorben, wir hatten gerade dieses Haus gebaut. Damals habe ich ein Jahr Trauer getragen. Die Trauerkleidung passt mir noch heute. Jetzt werde ich Schwarz tragen, bis ich sterbe.“

„Frau Scheyerer, um die genauen Umstände der Tat herauszufinden, müssten wir die Gewohnheiten Ihres Sohnes genau kennen. War er ein sehr regelmäßiger Mensch?

„Ja. Er kam jeden Tag nach der Arbeit gleich nach Hause und ging nie aus. Kein Wirtshaus und keine Frauengeschichten. Wir haben jeden Abend gemeinsam ferngesehen.“

„Hat er jeden Tag Kaffee mit ins Institut genommen?“

„Ja, er war ein Kaffeeliebhaber. Er mochte guten Kaffee. Meistens Dallmayr Prodomo. Jeden Morgen habe ich eine große Kanne Filterkaffee gekocht, mit dieser Maschine.“ Sie deute auf einen Kaffee-Filterautomaten der Firma Braun, der auf dem Küchenbuffet stand. „Er hat zwei Tassen zum Frühstück getrunken, den Rest habe ich ihm in seine Thermoskanne gefüllt, die er dann zur Arbeit mitgenommen hat.“

„Haben Sie die Thermoskanne vollgemacht?“

„Ja.“

„Das heißt, er hat einen Liter Kaffee mitgenommen. Hat er den im Laufe des Tages ganz getrunken, oder war die Thermoskanne manchmal am Abend noch halb voll?“

„So gut wie nie. Er hat seinen Kaffee immer getrunken.“

„War das auch so am Rosenmontag und am Faschingsdienstag?“

„Am Rosenmontag schon, am Faschingsdienstag war allerdings noch etwas Kaffee übrig, denn er ist schon am Mittag heimgekommen. Nachmittags war dienstfrei.“

„Hat er den Kaffee immer gesüßt?“

„Zwei Löffel Zucker pro Tasse.“

„Wenn er täglich einen Liter Kaffee stark gesüßt getrunken hat, muss er mehrere Gramm Thalliumsulfat aufgenommen haben. Das erklärt die hohe Dosis. Wegen der Regelmäßigkeit können wir auch sagen, dass er das Gift am Rosenmontag, am Faschingsdienstag und am Aschermittwoch aufgenommen haben muss, die tödliche Dosis wahrscheinlich schon am Montag.“

„O Mein Gott!“

„Frau Scheyerer, hat Ihr Sohn an diesen Tagen über Schmerzen geklagt?“

„Am Rosenmontag hat er sich erkältet, und am Faschingsdienstag hatte er den ganzen Tag Kopfschmerzen, er musste Aspirin nehmen. Am Mittwoch, bevor er zur Arbeit ist, hatte er stechende Füße. Ich hab ihm noch gesagt *Wenn du krank bist, bleib doch zu Hause*, aber er ist um halb acht wie immer mit dem Bus gefahren.“

„Mit dem Bus?“

„Ja, mit dem Bus zum Moosacher Bahnhof und dann mit der Straßenbahnlinie 1 bis zur Maßmannstraße oder bis zum Stiglmaierplatz.“

„Hat er in den letzten Tagen über besondere Vorkommnisse geklagt?“

„Nein.“

„Wurde er bedroht?“

„Nein.“

„Sie haben mir im Krankenhaus schon gesagt, dass er Ihres Wissens keine Feinde hatte. Aber irgendjemand hat ihn umgebracht. Es muss also irgendjemand etwas gegen ihn gehabt haben. Haben Sie noch einmal über meine Frage in Bezug auf sein früheres Leben nachgedacht?“

„Das hab ich, aber mir ist nichts eingefallen.“

Kinner sagte einen Moment nichts und sah nachdenklich drein. Er versuchte, sich den Menschen Alfons Scheyerer vorstellen, seine Gewohnheiten und Neigungen. Schreiner sah von seinem Notizblock auf und fuhr mit der Befragung fort.

„Frau Scheyerer, Sie sagten, Ihr Sohn hatte keine Frauengeschichten. Es tut mir leid, aber wir müssen Ihnen diese Frage stellen: War er vielleicht homosexuell?“

„Wo denken Sie hin? Mein Sohn war doch nicht pervers.“

„Verstehe. Aber wir müssen allen Möglichkeiten nachgehen. Es wäre nicht der erste Mord in der Schwulenszene.“

„Alfons ist – ich meine er war – ein wenig schwerfällig und schüchtern. Manche haben ihn deswegen als grobschlächtig angesehen. Aber das war er nicht. Und er war sicher nicht pervers.“

„Hat er sich in letzter Zeit verärgert über irgendjemand geäußert?“

„Na ja, über die Studenten.“

„Über die Studenten im Institut? Über einen Bestimmten?“

„Nein, über die Studenten im Allgemeinen. Er sagte immer: *Dieses linke Gschwerl, faulenzen und demonstrieren, man sollte sie einsperren.* Aber einen Bestimmten hat er damit nicht gemeint.“

„Hatte er irgendwelche Auseinandersetzungen mit einem Studenten?“

„Nein, nicht dass ich wüsste.“

„Woher kam dann dieser Hass auf linke Studenten?“

„Das war doch kein Hass. Er mochte einfach das Pack nicht, das nicht arbeitet, sondern nur herumschreit.“

„Aber diese Abneigung war speziell gegen linke Studenten. Es gibt ja auch Faulenzer, die politisch nicht links stehen.“

„Das weiß ich nicht. Er hat sich halt aufgeregt, wenn er im Fernsehen Demonstrationen gesehen hat. Und das waren doch alles Linke, oder?“

Jetzt unterbrach Kinner die Befragung und bat Frau Scheyerer um ein Foto ihres Sohnes. Die alte Frau ging zum Wohnzimmerschrank und holte ein Fotoalbum. Kinner blätterte darin, fast lauter Gruppenaufnahmen im Garten vermutlich mit Nachbarn, unprofessionell gemacht, zum Teil verwackelt und unscharf.

„Haben Sie nicht ein Einzelbild, ein Portrait, auf dem er besser zu erkennen ist, möglichst vom Fotografen gemacht?“

„Das Bild in meinem Schlafzimmer. Ich hole es.“

Sie verließ die Küche und stieg die schmale Treppe ins Obergeschoss hinauf. Man hörte sie oben herumgehen, und nach einer Weile kam sie mit einem in rotes Leder gefassten Wechselrahmen zurück.

„Das ist zu seinem fünfzigsten Geburtstag gemacht worden. Das ist jetzt acht Jahre her.“ Bei diesen Worten stiegen ihr wieder Tränen in die Augen.

Kinner nahm den Wechselrahmen, öffnete ihn auf der Rückseite und nahm das Bild heraus. Es zeigte Alfons Scheyerer mit sorgfältig gescheiteltem Haar und elegant in einen grauen zweireihigen Anzug gekleidet. Er nahm aus seiner Aktentasche einen braunen Umschlag und steckte das Bild hinein.

„Ein sehr gutes Bild. Das wird uns helfen. Sie bekommen es zurück.“

„Es steht immer auf meinen Nachttisch. Und jetzt, wo er nicht mehr da ist, brauch ich wenigstens sein Bild.“

„Das verstehe ich. In spätestens zwei Wochen haben Sie es wieder.“

Kinner erhob sich und nahm die Aktentasche und seinen Hut vom Küchentisch, Schreiner packte sein Notizbuch ein und stand ebenfalls auf. Die Beamten verabschiedeten sich und verließen das Haus. Als sie im Auto saßen, nahm Kinner die Fotografie aus dem Umschlag und entzifferte den Stempel des Fotografen auf der Rückseite.

„Das ist ein Fotostudio in der Dachauer Straße. Dort fahren wir jetzt vorbei und bestellen einen weiteren Abzug. Die Aufnahme ist acht Jahre alt, und die Nummer ist auf der Rückseite vermerkt, der Fotograf hat bestimmt das Negativ noch."

„Dann bräuchten wir doch dieses Foto gar nicht."

„Doch, denn der Fotograf wird bestimmt ein bis zwei Tage brauchen, bis wir den neuen Abzug bekommen. Ich möchte aber, dass Sie sich gleich heute Abend mit dem Bild in der Schwulenszene am Sendlinger Tor umsehen."

„Sie glauben also den Beteuerungen der Mutter nicht?"

„Ich glaube ihr schon. Aber wenn ihr Sohn homosexuelle Neigungen hatte, hat er es sicher vor seiner Mutter geheim gehalten. Keine Frauengeschichten, immer nur mit seiner Mutter fernsehen? Möglich ist alles. Kann auch sein, dass er traumatisiert aus Krieg und Gefangenschaft heimgekommen ist. Er ist achtundfünfzig Jahre alt geworden. Bei Kriegsende war er – warten Sie – einunddreißig Jahre alt. Was war in den letzten fünfundzwanzig Jahren? Ein alternder Junggeselle, der bei seiner Mutter wohnt. Wir wissen zu wenig über ihn. Hören Sie sich um."

„Gut. Aber ich glaube nicht recht an die Schwulenschiene."

„Ich auch nicht. Aber wir müssen alle Möglichkeiten prüfen. Was haben wir denn sonst? Hass auf linke Studenten, aber nichts Bestimmtes."

„Da der Mord an der TU passiert ist, erscheint mir die Studentenschiene wahrscheinlicher als die Schwulenschiene."

„Vollkommen richtig. Vor allem weil wir keine Anhaltspunkte für Homosexualität haben, wenn man davon absieht, dass er keine Frauengeschichten hatte. Es ist nur, um nichts zu übersehen."

„Gut, ich überprüfe das heute Abend. Und morgen?"

„Morgen gehen Sie in die TU. Kommen Sie ja nicht zu spät zu dem Termin mit dem Institutsleiter. Einen Professor lässt man nicht warten. Danach befragen Sie noch andere Professoren und Mitarbeiter. Vor allem die Sekretärin, die scheint gut Bescheid zu wissen. Am Nachmittag vernehmen Sie dann die Zeugen, die auf unserer Liste stehen, Assistenten, Studenten, Glasbläser. Und vergessen Sie nicht: Die Zeugeneinvernahme muss protokolliert werden."

„Klar. Wann werden Sie von Ihrer Sitzung zurück sein?"

„Am späten Nachmittag. Der Koordinationsausschuss tagt den ganzen Tag. Die Olympischen Spiele stellen schließlich hohe Anforderungen an die Polizei. Aber um fünf Uhr nachmittags treffen wir uns in meinem Büro. Vielleicht haben Sie bis dahin den Fall gelöst."

„Schön wär's", sagte Schreiner und startete den Motor. Langsam wuchtete sich der Wagen über die matschigen Schneehaufen. Schreiner wendete und fuhr Richtung Dachauer Straße.

Die Ermittlungen des Kriminalassistenten Schreiner

Die Dunkelheit war schon hereingebrochen, als Kinner von der Sitzung des Koordinationsausschusses zurückkam, die im Präsidium der Bayerischen Landpolizei in der Lothstraße stattgefunden hatte. Zunächst waren die sicherheitspolitischen Aspekte der Olympischen Spiele im Allgemeinen besprochen worden, danach die Verkehrsplanung in der Innenstadt und im Einzugsbereich der Landeshauptstadt, schließlich hatte ein Vertreter des Bayerischen Landesamtes für Verfassungsschutz über die Bedrohung durch Linksextremisten referiert. Konkret war über die Überwachung von Personen berichtet worden, die der RAF nahestanden. Kinners Kollegen von der Stadtpolizei schienen diese Gefahr nicht besonders ernst zu nehmen, es wurde mehrfach gesagt, dass die Gefahr eines Verkehrsinfarkts während der Spiele wesentlich größer sei als die eines Terroranschlags. Kinner hatte widersprochen, aber er war auf keine große Zustimmung gestoßen. Jetzt kam er leicht erschöpft in sein Büro und fand seinen Assistenten beim Sichten mehrerer Papiere.

„Guten Abend, Chef. Na, wie war's?"

„Anstrengend. In Bezug auf die Sicherheitslage während der Spiele wird mir himmelangst. Niemand nimmt die Terrorgefahr ernst." Er zog Mantel und Hut aus und setzte sich auf seinen Schreibtischstuhl. „Und wie war's bei Ihnen?"

„Die Schwulenschiene können wir ausschließen. Ich war gestern Abend eine Stunde lang in der Szene rund um das Sendlinger Tor und habe das Foto allen möglichen Schwuchteln gezeigt. Aber niemand hat ihn je gesehen."

„Und die waren sich alle sicher?"

„Ich glaube schon. Na ja, Sie kennen ja das tuntenhafte Getue: *Hach, so ein schöner Mann, wenn mir der über den Weg gelaufen wäre, dann wüsste ich das.* Ekelhaft, diese Schwuchteln."

„Beherrschen Sie sich, Schreiner, das sind auch Menschen. Außerdem ist der § 175 StGB vor drei Jahren deutlich abgeschwächt worden; Sie wissen doch, seit 1969 sind homosexuelle Handlungen nur noch mit Minderjährigen oder mit Abhängigen strafbar. Und der Bundestag plant eine noch weitergehende Reform, möglicherweise wird der § 175 bald ersatzlos aus dem Strafgesetzbuch gestrichen."

„Finden Sie das gut? Glauben Sie etwa, dass damit der Schwulenstrich aufhören würde?"

„Ich weiß es nicht, aber ich fände es gut, wenn die Homosexualität entkriminalisiert wird. Schließlich kann niemand etwas für seine sexuelle Orientierung."

„Wollen Sie damit sagen, dass Sie Homosexualität dulden wollen?"

„Ja, warum denn nicht? Der repressive § 175 in der alten Form geht schließlich auf die Nationalsozialisten zurück. Haben Sie das nicht auf der Polizeischule gelernt?"

„Ja, schon. Damit wir uns recht verstehen: Ich bin auch dafür, homosexuelle Beziehungen unter Erwachsenen nicht mehr strafrechtlich zu ahnden. Aber persönlich finde ich Homosexualität unter Männern ekelhaft. Schauen Sie sich doch diese Schwuchteln an, das ist doch unappetitlich!"

„Weil Sie den Schwulenstrich vor Augen haben, wenn Sie sich einen homosexuellen Mann vorstellen. Das ist so, als ob Sie die Nutten des Straßenstrichs an der Freisinger Landstraße als typische Vertreter der heterosexuellen Frau ansehen würden. Das Unappetitliche liegt nur in der vulgären Prostitution. Das ist bei Homosexuellen genauso wie bei Heterosexuellen."

„Sie setzen Homo- und Heterosexualität gleich? Glauben Sie denn nicht, dass Homosexualität eine Perversion ist?"

„Nein. Homosexualität ist insofern nicht normal, als sie von der heterosexuellen Norm der Gesellschaft abweicht. Aber als Perversion sehe ich sie nicht an, heute nicht mehr."

„Das sagen ausgerechnet Sie? Sie sind doch katholisch und auch sonst so auf die Moral bedacht."

„Aber selbst die katholische Kirche erkennt an, dass Homosexualität keine Krankheit ist, die man heilen könnte. Es ist eine Spielart der Natur. Die katholische Moraltheologie mag homosexuelle Handlungen zwar als Sünde ansehen, aber das tut sie ja auch bei heterosexuellen Handlungen außerhalb der Ehe. Ich bin im Übrigen zwar katholisch, aber kein Moraltheologe, sondern Polizeibeamter. Und als solcher interessiere ich mich nicht für die Sünde, sondern nur für die Straftat. Sexualität ist Privatsache, wenn damit keine Straftat verbunden ist."

„Aber mir werfen Sie doch unmoralischen Lebenswandel vor?"

„Wie bitte?“

„Na, Sie machen mir doch immer Vorwürfe, weil ich mit meiner Freundin in wilder Ehe zusammenlebe und nicht heirate.“

„Ah, da haben Sie mich aber missverstanden. Ich kritisiere nicht Ihr Sexualleben, sondern sage nur, dass Sie keinen vorbildlichen Lebenswandel führen, weil Sie sich alle Optionen offenhalten wollen. Darin sehe ich eine Ausbeutung des Lebenspartners. Das ist völlig legal, nur sind Sie der Gesellschaft damit kein Vorbild. Und das sollte ein Beamter sein.“

„Glauben Sie nicht, dass Ihr hehres Beamtenethos ein wenig altmodisch daherkommt?“

„Da mögen Sie recht haben. Ich bin ein altmodischer Mensch. Aber zurück zur Sache, Sie haben also nichts gefunden, was auf einen homosexuellen Hintergrund hindeutet?“

„Nein, absolut nichts.“

„Und wie ist es an der TU gelaufen? Hat die Zeugenvernehmung etwas gebracht?“

„Ich glaube schon. Hier ist mein Bericht mit den unterschriebenen Zeugenaussagen.“

„Erzählen Sie der Reihe nach!“

„Also zunächst hatte ich das Gespräch mit dem Institutsdirektor um zehn Uhr.“ Er blätterte in seinen Unterlagen. „Professor Ernst Otto Fischer, ein netter Mann. Ein echter Münchener, jovial, aber ein bisschen zum Granteln neigend. Er konnte allerdings kaum Angaben zur Sache machen, er kannte Alfons Scheyerer nicht näher, dabei war er ihm schon aus seiner Zeit als Doktorand bekannt. Professor Fischer hat nämlich an der TU studiert. Scheyerer ist nach dem Krieg eingestellt worden, damals war Professor Walter Hieber Institutsdirektor, das ist der Doktorvater von Professor Fischer. Der ist jetzt im Ruhestand, emeritiert heißt das bei Professoren. Falls nötig, könnte man ihn befragen. Ich habe seine Adresse.“

„Ich hoffe, das wird nicht nötig sein.“

„Also nach der Aussage von Professor Fischer war Alfons Scheyerer immer schweigsam, er war mit niemandem befreundet und hat seine Arbeit immer zur vollsten Zufriedenheit erledigt. Mehr konnte Professor Fischer auch nicht sagen. Aber er hat sich bestürzt darüber gezeigt, dass jemand in seinem Institut vergiftet wurde. Er hofft, dass der Fall bald aufgeklärt wird.“

„Das hoffen wir auch. Wie ging es weiter?“

„Nun, ich habe mich zunächst etwas sachkundig gemacht. Im Anorganisch-chemischen Institut gibt es jede Menge Dozenten, Oberassistenten, Assistenten und andere Lehrpersonen, aber nur drei Lehrstühle. Den einen hat Professor Fischer inne, den anderen Professor Fritz und den dritten Professor Lux. Professor Fritz ist auf Vortragsreise in den USA, er war auch zur Zeit des Giftanschlags schon in den Staaten, ihn brauchen wir gar nicht zu befragen. Professor Lux habe ich kurz befragt, ein älterer Herr, wird dieses Jahr emeritiert. Auch er konnte keine Angaben machen, er kannte Scheyerer nur vom Sehen und war in der Faschingswoche gar nicht im Institut."

„Und die Angestellten?"

„Ich habe zwei befragt: einen Herrn Riebler, Materialverwalter und unmittelbarer Vorgesetzter von Alfons Scheyerer, und Frau Rehberg, die Sekretärin des Institutsdirektors, die kennen Sie ja schon. Beide sind schon vor dem Krieg eingestellt worden und kennen das Institut genau. Sie haben mir bestätigt, dass Alfons Scheyerer immer völlig alleine gearbeitet hat, er war absolut zuverlässig, hatte aber mit niemandem persönlichen Kontakt. Er hat 1948 angefangen, er hatte eigentlich keine Laborantenausbildung, sondern war gelernter Drogist. Aber nach dem Krieg war ein derartiger Mangel an Laboranten, dass sie froh waren, Scheyerer einstellen zu können. Seitdem keine Vorkommnisse."

„Es gibt keinerlei Ansatzpunkte?"

„Vielleicht doch. Herr Riebler hat sich erinnert, dass es bei der Einstellung von Scheyerer 1948 irgendein Problem gegeben hat. Vorbelastet durch das Dritte Reich, aber Genaueres konnte er nicht mehr sagen, es ist schließlich über zwanzig Jahre her. Aber Frau Rehberg erinnerte sich noch, dass Scheyerer eine SS-Vergangenheit hatte, und er wurde erst eingestellt, als er Entlastungszeugen benennen konnte. Die Leiterin der Hochschulverwaltung, eine Frau Molitoris, damals Syndika, heute Kanzlerin der TU, hat daraufhin die Einstellung durchgeführt. Scheyerer hat nie darüber gesprochen. Die ganzen Unterlagen müssen sich in seiner Akte in der TU-Personalstelle befinden. Ich habe diese Akte bereits angefordert. Sie müsste spätestens übermorgen da sein."

„Das ist ein guter Ansatzpunkt. Wenn Scheyerer eine SS-Vergangenheit hatte, könnte es sich um einen Racheakt gehandelt haben. Obwohl, mehr als ein Vierteljahrhundert später?"

„Es gibt noch andere Ansatzpunkte, Chef. Am Nachmittag habe ich die Zeugen vernommen. Vorher war ich übrigens beim Mittagessen in einem kleinen indonesischen Lokal namens Java in der Heßstraße, eine Empfehlung von Dr. Schmidt. Man isst dort anständig für zwei Mark, allerdings muss man sich das Essen selber abholen."

„Sie schweifen ab, Schreiner."

„Entschuldigung. Ich komme also zur Zeugeneinvernahme. Einer der Assistenten, Ludwig Drewermann, war nicht da. Krank seit einigen Tagen. Ich hab aber seine Adresse, wir können ihn in den nächsten Tagen einvernehmen. Die anderen Assistenten ..." – Schreiner blätterte in seinen Unterlagen – „... Dr. Günter Schmid, Hans Maier und Pinkas Mronz sowie der Student Günter Egeter, die alle im Labor waren, als Scheyerer um Hilfe rufend hereinkam, haben übereinstimmend ausgesagt. Sie haben den Notarzt gerufen und sich um den Laboranten gekümmert, aber sie haben nichts Auffälliges gesehen, und Scheyerer hat auch nichts gesagt. Hier sind die unterschriebenen Protokolle."

„Aber Sie haben doch von anderen Ansatzpunkten gesprochen?"

„Ja, das hat die Vernehmung des letzten Zeugen Erwin Hommel ergeben. Das ist der Glasbläser, der seine Werkstatt neben der Säurekammer hat. Auch er hat am Aschermittwoch keine besonderen Beobachtungen gemacht. Er hat den Lärm gehört, als Scheyerer im Studentenlabor um Hilfe gerufen hat. Er ist herausgekommen und hat gesehen, dass der Fußboden auf dem Gang vollgekotzt war. Dann hat er den Assistenten geholfen, Scheyerer festzuhalten, bis der Notarzt eintraf. Weiter nichts. Aber einige Tage vorher hat er etwas Interessantes beobachtet."

„Und was war das?"

„Am Freitag vor dem Faschingswochenende hat er gegen elf Uhr einen Studenten aus der Säurekammer kommen sehen. Das ist ungewöhnlich, denn Unbefugte haben keinen Zutritt zur Säurekammer, nicht einmal Assistenten, und schon gar nicht Studenten."

„Am Freitag um elf Uhr, sagen Sie? Das würde passen, denn wir müssen davon ausgehen, dass der Giftanschlag zwischen Freitag am späten Vormittag und Montag am frühen Morgen erfolgt ist, wenn Dr. Röhn vom LKA recht hat."

„Der Glasbläser kannte den Studenten nicht, aber es war ein Student im ersten Semester, der im Studentenlabor seinen Praktikumsplatz hat. Hommel hat sich bei den Assistenten nach dem Namen des Studenten erkundigt. Es ist ein gewisser Andreas Stoll. Gestern Nachmittag war er übrigens nicht da."

„Wie heißt er? Andreas Stoll?"

Kinner zog aus seiner Aktentasche den Bericht, den ihnen der Vertreter des Bayerischen Landesamtes für Verfassungsschutz heute Nachmittag gegeben hatte, als er über die Terrorgefahr durch Linksextremisten referierte. Er blätterte den Bericht durch, bis er auf den gesuchten Namen stieß.

„Hier, Andreas Stoll. Kann das ein Zufall sein? Das ist der Bericht des Verfassungsschutzes über die jüngste Überwachung von RAF-Sympathisanten in München. Am Freitag, dem 11. Februar 1972, wurde die Wohnung eines gewissen Rainer Karcelin überwacht, eine Kommune in Schwabing. Es gab dort möglicherweise ein konspiratives Treffen. Die meisten Besucher waren dem Verfassungsschutz bekannt, einige nicht, die wurden beim Verlassen der Wohnung observiert. Zwei davon sind zu Fuß in die Augustenstraße gegangen, wo sie zur Untermiete wohnen. Sie sind ordnungsgemäß beim Einwohnermeldeamt gemeldet, es handelt sich um Frieder von Prausnitz und um Andreas Stoll, beide Studenten. Sonst liegt nichts gegen sie vor.“

„Wir haben sie, Chef! Das kann kein Zufall sein.“

Kinner schaute überrascht seinen Assistenten an, dessen Gesichtsausdruck jetzt von einer Art Jagdfieber gezeichnet war. Schreiner war sehr aufgeregt.

„Der Zufall liegt nur darin, Chef, dass Sie heute diesen Überwachungsbericht bekommen haben. Aber sonst nimmt die Sache jetzt Formen an.“

„Sehen Sie denn ein Motiv?“

„Erinnern Sie sich, was Frau Scheyerer über ihren Sohn gesagt hat: Er hatte etwas gegen linke Studenten. Und ein Student, der in der linksradikalen Szene verkehrt, ist in der Zeit des Giftanschlags in der Säurekammer beobachtet worden, obwohl er dort eigentlich keinen Zutritt hatte. Das passt doch.“

Kinner blieb skeptisch, er wusste aus Erfahrung, dass es die sonderbarsten Zufälle gab. Aber das war immerhin der erste konkrete Ansatzpunkt.

„Gut. Dieser Spur müssen wir nachgehen. Aber ich sehe immer noch kein Motiv. Ein Anschlag linksextremer Studenten? Terroristen wählen doch spektakuläre Aktionen, ermorden oder entführen Spitzenleute aus Politik und Wirtschaft, aber doch nicht einen Laboranten.“

„Wer weiß? Vielleicht gibt es eine neue Strategie des linken Terrors, statt führender Repräsentanten der Gesellschaft einfache Bürger umzubringen."

„Aber es liegt doch in der Natur von Terroranschlägen, dass sie Angst und Schrecken verbreiten sollen. Selbst wenn Ihre These richtig wäre und Scheyerer Opfer eines linken Terroranschlags geworden wäre, würden Terroristen doch den Anschlag zumindest im Nachhinein publik machen, denn wo wäre sonst der Terror? Nein, nein, Schreiner, Terroristen morden mit Bomben oder mit Schusswaffen, nicht mit Gift. Glauben Sie mir, wenn die Terroristen zuschlagen, dann tun sie das in aller Offenheit während der Olympischen Spiele, wenn die ganze Welt zusieht, aber nicht im Verborgenen am Faschingswochenende in einem Universitätsinstitut."

„Sie haben recht, Chef, aber vielleicht steckt etwas anderes dahinter. Scheyerer wurde vielleicht beseitigt, weil er etwas gesehen hatte oder etwas wusste. Wir kennen das Motiv noch nicht, aber wir haben einen ersten Hinweis auf den Täter. Wir holen uns den Verdächtigen und verhören ihn."

„Das tun wir. Vergessen Sie aber nicht, dass wir die Fingerabdrücke des Täters haben. Wenn es dieser Student war, können wir ihn leicht überführen. Wir sind gar nicht auf das Verhör angewiesen."

„Wie gehen wir vor?"

„Das Übliche. Nehmen Sie zwei uniformierte Beamte und nehmen Sie ihn vorläufig fest. Morgen früh um sieben Uhr, bevor er aus dem Haus geht. Dann bringen Sie ihn aufs Präsidium, Sie befragen ihn und schicken ihn zum Erkennungsdienst, wegen der Fingerabdrücke. Die schicken Sie sofort zur Spurensicherung. Am Nachmittag können wir ihn dann verhören. Spätestens morgen Abend sollten wir das Ergebnis des Fingerspurenabgleichs haben; dann wissen wir, ob er es war oder nicht."

„Gut. Ich bereite den Einsatz für morgen früh vor."

Schreiner eilte voller Tatendrang aus dem Dienstzimmer, ohne sich von Kinner zu verabschieden. Jagdfieber, dachte Kinner, nahm Hut und Mantel vom Kleiderständer und ging nach Hause.

In Polizeigewahrsam

Andreas Stoll wusste nicht, was sich über ihm zusammenbraute. Wenn er in dieser Nacht schlecht schlief, wie übrigens schon in den Nächten davor, so lag das nur daran, dass er Liebeskummer hatte und unentwegt an die schöne Heidemarie denken musste. Zwischen vier und fünf Uhr morgens lag er wach im Bett, wälzte sich von einer Seite auf die andere und betrachtete immer wieder die leuchtenden Ziffern und Zeiger seines Weckers. Danach schlief er erschöpft ein und hatte wirre Träume, bis der Wecker um halb sieben Uhr gnadenlos rasselte.

Er stand auf und ging gleich ins Badezimmer, denn er wollte sich die Haare waschen, und um diese Zeit gab es kein Gedränge. Frau Aletsee war Frühaufsteherin und benutzte das Bad schon vor sechs Uhr, während Frieder von Prausnitz erst nach sieben Uhr aufstand. Diese Gepflogenheiten hatten sich in wenigen Tagen ohne Absprache eingespielt. So war es auch heute. Als Stoll das Badezimmer verließ, sah er Licht in der Küche und wusste, dass Frau Aletsee längst beim Zeitunglesen am Küchentisch saß. Zurück in seinem Zimmer kleidete er sich an und schaltete das Radio ein, um die Sieben-Uhr-Nachrichten zu hören. Der Bayerische Rundfunk brachte gerade Werbung. „Es spricht der Chef des Modehauses Arendt" tönte es aus dem Radio „Guten Morgen, meine Damen, guten Morgen, meine Herren!" Was für eine dümmliche Reklame, dachte er, als es an der Wohnungstür klingelte. Er hörte, wie Frau Aletsee zur Tür ging und öffnete.

„Polizei? Was hat das zu bedeuten?" hörte er sie fragen. „Herr Stoll, ja der wohnt hier. Das ist mein Untermieter. Student, ein anständiger junger Mann. Was wollen Sie denn von ihm?"

Er verstand die Antwort nicht, aber er hörte Frau Aletsee zu seiner Zimmertür kommen und klopfen. „Herr Stoll, sind Sie schon auf? Hier ist die Polizei und möchte Sie sprechen."

Stoll öffnete sofort und sah den fragenden Blick seiner Vermieterin. Hinter ihr erblickte er einen Beamten in Zivil und zwei uniformierte Polizisten.

„Polizei? Zu mir? Was wünschen Sie?"

„Sind Sie Herr Andreas Stoll, Student an der Technischen Universität?"

„Ja." Stoll war vollkommen überrascht.

„Wir möchten Sie bitten, uns aufs Präsidium zu begleiten. Wir haben einige Fragen an Sie."

„Um was geht es denn?"

„Um den Tod des Laboranten Alfons Scheyerer. Aber das werden wir Ihnen auf dem Präsidium erläutern."

„Aber ich habe jetzt Vorlesung. Was ist, wenn ich nicht mitkomme?"

„Dann muss ich Sie vorläufig festnehmen."

„Was?"

„Kommen Sie, ziehen Sie sich etwas an und machen Sie keine Schwierigkeiten!"

Jetzt mischte sich Frau Aletsee in das Gespräch. Und zu Stolls großer Überraschung fing sie nicht an zu lamentieren, dass sie keine Polizeigeschichten in ihrer Wohnung wolle, sondern sie ergriff Stolls Partei.

„Was sind denn das für Methoden? Wir leben in einem Rechtsstaat, und Sie kommen in aller Herrgottsfrühe daher wie seinerzeit die Gestapo. Haben Sie überhaupt ein Recht, Herrn Stoll mitzunehmen? Haben Sie einen Haftbefehl?"

„Nein, er wird ja nicht verhaftet, sondern allenfalls vorübergehend festgenommen, und das auch nur dann, wenn er nicht freiwillig mitgeht."

„Ja, liegt denn überhaupt etwas gegen ihn vor? Herr Stoll, haben Sie etwas angestellt?"

„Nein, Frau Aletsee, ich weiß wirklich nicht, was die Polizei von mir will. Aber lassen Sie nur, es ist besser, ich gehe freiwillig mit."

„Ich werde Ihre Eltern verständigen."

„Vielen Dank, sehr freundlich. Meine Eltern haben aber kein Telefon. Rufen Sie bei den Nachbarn an, Familie Blankenstein, die Telefonnummer liegt auf meinem Schreibtisch. Aber erst am Abend, wenn meine Eltern zu Hause sind."

Stoll schaltete das Radio aus, zog Schuhe und Mantel an und folgte den Polizisten, die kein Wort mehr sprachen, bis sie im Polizeipräsidium in der Ettstraße waren. Die Fahrt im Polizeiauto dauerte etwas länger als es die kurze Wegstrecke vermuten ließ, weil sie durch den stockenden Berufsverkehr zwischen Hauptbahnhof und Stachus nur langsam vorankamen.

Stoll blickte durch das Autofenster auf die erwachende Stadt. In der Nacht hatte Tauwetter eingesetzt, und gegen Morgen hatte es zu regnen begonnen. Die schmutziggrauen Schneehaufen am Straßenrand schmolzen langsam dahin. Im dämmrigen, vom Regen verschwommenen Licht sah er Menschen mit Regenschirmen zur Arbeit hasten, zwischen den stockenden Autos drängten sich vereinzelte Radfahrer, die sich mit Anorak und Kapuze oder mit einer Pelerine gegen die Nässe zu schützen suchten. Am Mathäser-Filmpalast wurde auf einer großflächigen Reklame für den neuesten Oswald-Kolle-Film geworben. Da er zum ersten Mal im Auto durch ihm bekannte Münchener Straßen fuhr, fiel ihm auf, wie verschieden die Perspektive aus dem Autofenster von der des Fußgängers ist.

Im Präsidium der Münchener Stadtpolizei wurde er sofort in ein Vernehmungszimmer geführt und musste etwa eine Viertelstunde warten, bis Kriminalassistent Schreiner sich an den großen Tisch ihm gegenübersetzte. Schreiner hatte eine Akte vor sich liegen, die sich in einem beigegrünen Aktendeckel befand. Außerdem legte er einen Schreibblock und einen Kugelschreiber vor sich hin. Stoll konnte sich des Gefühls nicht erwehren, dass hier Theater gespielt würde. Gleichzeitig war ihm aber der Ernst der Situation vage bewusst, obwohl ihm schleierhaft war, warum die Polizei ausgerechnet ihn im Fall Scheyerer vernehmen wollte. Da er aber ein reines Gewissen hatte, war er noch nicht beunruhigt. Schreiner eröffnete das Gespräch mit einem verbindlichen Lächeln.

„Herr Stoll, Sie sind Student an der Technischen Universität München. Und Sie sind im ersten Semester Chemie, nicht wahr?"

„Das stimmt."

„Wann und wo sind Sie geboren?"

„Am 16. Mai 1952 in Regensburg."

„Seit wann sind Sie in München?"

„Seit Beginn des Wintersemesters im Oktober letzten Jahres."

„Und Sie wohnen zur Untermiete in der Wohnung Dr. Aletsee?"

„Ja, in der Augustenstraße, wo Sie mich abgeholt haben."

„Sind Sie Mitglied in irgendwelchen politischen Vereinigungen?"

„Nein."

„Parteien, Studentenorganisationen?"

„Nein."

Schreiner blickte ihn durchdringend an. „Haben Sie vielleicht irgendetwas mit Terrorgruppen zu tun?"

„Natürlich nicht."

„Frequentieren Sie konspirative Treffen?"

„Nein. Wie kommen Sie auf so was?"

„Ich wollte es nur wissen. Kommen wir jetzt auf den Mordfall Scheyerer zu sprechen?"

„Ist Herr Scheyerer denn ermordet worden?"

„Es sieht so aus. Wir gehen von einem Giftanschlag auf ihn aus."

„Mein Gott, wir dachten, dass es ein Unfall war."

„Herr Stoll, in welchem Verhältnis standen Sie zu Herrn Scheyerer?"

„In gar keinem. Ich kannte ihn ja kaum. Er ist – ich meine er war – für das qualitativ-analytische Grundpraktikum zuständig, das ist das große Studentenlabor, in dem ich meinen Praktikumsplatz habe. Er hat dort die Chemikalien aufgefüllt. Jeden Abend kam er um halb fünf und hat uns aufgefordert, unsere Arbeit zu beenden und sauberzumachen. Wenn der Saal um fünf Uhr nicht sauber war, hat er Laborstrafen verhängt. Da hab ich ihn immer gesehen. Das war alles."

„Hatten Sie nie ein persönliches Gespräch mit ihm?"

„Ein- oder zweimal. Aber persönlich kann man das nicht nennen."

„Wie meinen Sie das?"

„Na ja, eine unverbindliche Unterhaltung eben, sonst nichts."

„Herr Stoll, das war's vorläufig. Ich kann Sie allerdings noch nicht gehen lassen. Sie werden erst erkennungsdienstlich behandelt."

„Was heißt das?" Plötzlich stieg eine unbekannte Angst in ihm auf.

„Nun, wir brauchen Ihre Fingerabdrücke."

„Meine Fingerabdrücke! Stehe ich denn unter Verdacht?"

„Ja, Sie werden verdächtigt. Deshalb empfehle ich Ihnen, strikt bei der Wahrheit zu bleiben, wenn Sie unschuldig sind."

„Aber ich habe doch mit der Sache gar nichts zu tun ..."

Stoll wollte protestieren, doch Schreiner schnitt ihm das Wort ab.

„Sie können uns alles sagen, was Sie auf dem Herzen haben. Ihre Einvernahme ist für heute Nachmittag vorgesehen."

Jetzt wurde Stoll der Ernst seiner Lage voll bewusst. Ihm wurde abwechselnd heiß und kalt. Er sagte nichts, aber dachte fieberhaft nach, wie er in einen solchen absurden Verdacht gekommen war. Schreiner stellte ihm einen Pappkarton hin.

„Bitte leeren Sie Ihre Taschen aus. Sie bekommen alles nachher wieder."

Stoll kramte in seinen Hosentaschen und legte Taschentuch, Schlüssel, Geldbörse und Personalausweis in den Karton.

„Das Taschentuch können Sie behalten. Haben Sie noch etwas in Ihrem Mantel?"

Stoll wollte verneinen, aber fand dann in der Innentasche das zusammengefaltete Flugblatt des MSB Spartakus, das er am Faschingsdienstag beim Verteilen mit Heidemarie zurückbehalten hatte. Schreiner nahm es lächelnd, faltete es auseinander und legte es in seinen Aktendeckel.

„Herr Stoll, Sie werden jetzt zum Erkennungsdienst gebracht, danach in eine Zelle hier im Haus." Als er Stoll bei diesen Worten erbleichen sah, fügte er rasch hinzu: „Erschrecken Sie nicht, Sie sind nicht verhaftet, sondern nur vorläufig in Polizeigewahrsam. Dort bekommen Sie ein Mittagessen aus der Polizeikantine, Sie haben vermutlich nicht einmal gefrühstückt. Am Nachmittag wird Sie dann Oberinspektor Kinner verhören. Danach sehen wir weiter."

Zwei uniformierte Beamte führten Stoll über einen langen Gang in ein kleines Treppenhaus, in dem sie ins Untergeschoss hinabstiegen und zu einem Raum mit der Aufschrift *Erkennungsdienst* gelangten. Dort wurde Stoll von einem Techniker in einem weißen Laborkittel in Empfang genommen. Er musste seinen Mantel ausziehen und auf einem Stuhl vor einer Leinwand mit Messlatte Platz nehmen. Dort wurde er mehrmals von vorne und von der Seite fotografiert. Nach jedem Foto wechselte der Techniker die blaue Birne in dem fest installierten Blitzgerät. Danach bat ihn der Techniker zum Tisch, stellte ein schwarzes, wie ein Stempelkissen aussehendes Farbpolster vor ihn hin, nahm der Reihe nach jeden Finger seiner beiden Hände, färbte ihn ein und drückte ihn auf ein vorgesehenes Feld in einem Formblatt, auf dem je fünf Abdrücke für die Finger der rechten und der linken Hand vorgesehen waren.

Der Techniker verrichtete seine Arbeit schweigend, er sah Stoll aber mit einer gewissen Sympathie an.

„Sind Sie zum ersten Mal bei der Polizei?"

Stoll nickte und brachte kein Wort heraus, es klang wie ein Schluchzen.

„Machen Sie sich keine Sorgen. Wenn Sie unschuldig sind, wird es sich herausstellen. Ich habe einen fantastischen Beruf, denn meine Arbeit kann Straftäter überführen, aber auch Unschuldige entlasten."

Stoll blickte ihn dankbar an. Dann wurde er von den Polizeibeamten in einen anderen Gebäudeteil gebracht. Dort wurde eine leere Zelle aufgesperrt, ein Beamter führte ihn hinein und ließ ihn stehen. Als er sich zum Gehen wandte, grinste er und sagte: „Wir werden es dir schon zeigen, du linke Sau." Dann verließ er die Zelle und sperrte die Tür von außen zu.

Stoll war wie vor den Kopf gestoßen. Du linke Sau, hatte dieser Beamte zu ihm gesagt. Eine glatte Rechtsverletzung, natürlich hatte es niemand gehört. Stoll kochte vor Wut. Gleichzeitig hatte er große Angst. Er bemühte sich, seine Gefühle unter Kontrolle zu bringen und kühles Blut zu bewahren. Er musste nachdenken, Emotionen brachten ihn nicht weiter. Ein Polizist hatte ihm gedroht und ihn beleidigt, aber es gab dafür keine Zeugen, was auf der anderen Seite bedeutete, dass es auch nicht so schlimm war. Der Polizist war unwichtig, wichtig war jetzt, dass er von diesem Verdacht loskam. Er kam zu der Erkenntnis, dass Schreiner recht hatte: Es war am besten, wenn er die Wahrheit sagte, denn schließlich hatte er sich nichts vorzuwerfen.

Er sah sich in der Zelle um. Neben einem Bett mit blaubezogener Matratze, auf der Bettzeug lag, gab es ein Waschbecken, ein Wasserklosett mit Spülkasten, einen Tisch und einen Stuhl. Das hochliegende Fenster war vergittert, die Stahltür war massiv. Der steingeflieste Raum war peinlich sauber, machte aber einen kahlen Eindruck.

Gegen Mittag brachte ihm ein anderer Beamte das Mittagessen, das wie in der TU-Mensa auf einer rechteckigen, weißen Kunststoffschale serviert wurde, in die Vertiefungen für die Speisen eingelassen waren. Der Beamte war sogar freundlich und wünschte guten Appetit. Stoll betrachtete das Essen, das vor ihm auf dem Tisch stand: Suppe auf der Grundlage eines Fleischbrühwürfels mit einigen Backerbsen, ein zähes Rindsgulasch mit Kartoffelstampf, sowie etwas Apfelmus. Daneben lagen ein Stück Brot und in eine Papierserviette gewickeltes Plastikbesteck, außerdem stand da eine kleine Flasche Kondrauer Mineralwasser, über die ein Pappbecher gestülpt war. Stoll aß und trank mit Widerwillen, denn er hatte keinen Appetit, er wusste aber, dass er sich stärken musste.

Als er am Nachmittag wieder in den Vernehmungsraum geführt wurde, traf er Schreiner mit einem Notizblock bereits am Tisch sitzend an. Ein hagerer, älterer Beamter in Zivil gab ihm die Hand und stellte sich als Oberinspektor Kinner vor. Er hatte jetzt den beige-grünen Aktendeckel vor sich liegen.

„Kriminalassistent Schreiner führt das Protokoll, das Sie nachher unterschreiben müssen. Vernehmung Andreas Stoll. Beginn vierzehn Uhr. Sind Sie bereit?“

Schreiner nickte. Stoll blickte ängstlich auf den Aktendeckel, den Kinner aber geschlossen hielt. Offenbar war der Oberinspektor vollkommen über die Befragung im Bilde.

„Herr Stoll, bei der Befragung heute Vormittag haben Sie uns nicht ganz die Wahrheit gesagt, oder zumindest haben Sie uns einiges verschwiegen.“

„Und was?“

„Sie haben uns verschwiegen, dass Sie am Freitag vor dem Faschingswochenende in der Säurekammer waren, und zwar gegen elf Uhr vormittags.“

„Danach bin ich nicht gefragt worden.“

„Unsere Ermittlungen haben ergeben, dass jemand Gift, und zwar Thalliumsulfat in die Zuckerdose von Alfons Scheyerer getan hat, und zwar muss das zwischen Freitag am späten Vormittag und Montag am frühen Vormittag passiert sein. Niemand durfte in die Säurekammer außer Scheyerer. Sie sind aber gesehen worden, wie Sie zur Tatzeit die Säurekammer verlassen haben.“

Stoll schluckte. Ihm fiel die Begegnung mit dem Glasbläser ein, und er sah ein, in welche dumme Situation er durch Zufall geraten war.

„Aber ich war nur dort, um Perchlorsäure zu holen, die ich für meine Analyse gebraucht habe.“

„Hatten Sie einen Schlüssel?“

„Nein. Ich war schließlich nicht allein in der Säurekammer. Herr Scheyerer hat mich hereingelassen. Ich musste ihm beim Auffüllen und Verdünnen der Perchlorsäure helfen.“

„Obwohl Unbefugten das Betreten der Säurekammer verboten war?“

„Im ganzen Labor war keine Perchlorsäure zu finden. Da hat mich mein Assistent zu Scheyerer geschickt, um welche zu holen. Ich habe geklopft, Scheyerer hat aufgemacht und wollte mich auf Mittag vertrösten, weil er die Säure noch nicht angesetzt hatte. Als ich ihn gebeten habe, weil ich sie dringend für meine Analyse brauchte, hat er schließlich gesagt: *Na schön, kommen Sie herein und helfen Sie mir.* Wir haben den Säurebehälter gemeinsam aus dem Lager geholt, er hat die Säure verdünnt, ich habe die Spritzflaschen gereinigt, dann hat er eine abgefüllt und mir gegeben. Ich bin dann ins Labor zurück und habe meine Analyse gemacht.“

„Kann das jemand bestätigen?“

„Natürlich, Dr. Schmidt, er hat mich doch in die Säurekammer geschickt.“

„Gut, wir werden das überprüfen. Jetzt eine andere Frage: Ist Ihnen in der Säurekammer etwas aufgefallen?“

„Nein, ich habe sie ja das erste Mal gesehen. Das einzig Ungewöhnliche war eine Faschingsmaske, die auf dem Boden lag.“

„Eine Faschingsmaske?“

„So ein Pappding, das wie eine Hexenfratze aussah.“

„Wir haben allerdings keine Maske gefunden“, sagte Kinner. Schreiner wollte offenbar etwas dazu sagen, besann sich aber dann und machte eine Notiz. Es entstand eine kleine Pause. Kinner öffnete die Akte und fuhr fort: „Herr Stoll, Sie haben uns noch etwas verschwiegen. Sie waren bei einem konspirativen Treffen linker Gruppen." Dann zog er das Flugblatt aus der Akte. „Das hatten Sie jetzt bei sich. Sind Sie Mitglied dieser marxistischen Gruppierung?"

„Nein, ich bin weder Mitglied in einer linken Gruppe, noch war ich bei einem konspirativen Treffen."

„Herr Stoll, Leugnen ist zwecklos. Sie sind am Freitagabend vor dem Faschingswochende in einer Schwabinger Kommune gesehen worden. Der Wohnungsbesitzer ist ein polizeibekannter Sympathisant der RAF, deshalb ist die Wohnung vom Verfassungsschutz überwacht worden."

„Aber das war doch kein konspiratives Treffen, sondern ein Kulturabend des MSB Spartakus. Es gab eine Heine-Lesung mit dem Schauspieler Mertens, das können Sie nachprüfen."

„Sie gehören nicht zum Spartakus, aber Sie gehen zu einem Kulturabend dieser Organisation?"

„Ich gehöre nicht zum Spartakus, das müssen Sie doch überprüfen können. Außerdem ist der MSB Spartakus doch ein legaler Verein. Das sind Sozialromantiker, Idealisten, aber keine Verbrecher. Zu dem Kulturabend bin ich nur gegangen, weil mich mein Wohnungsnachbar eingeladen hat, er gehört zum Spartakus."

„Ist das Frieder von Prausnitz?"

„Ja."

„Wie lange kennen Sie ihn schon?"

„Ich habe ihn erst kennengelernt, als er eingezogen ist. Das war vor zwei Wochen, zwei Tage vor dem Kulturabend."

„Und sonst haben Sie mit dem Spartakus nichts zu tun?"

„Nein, im Gegenteil, ich bin kein Marxist."

„Um was ging es bei diesem Treffen außer der Heine-Lesung?"

„Um das Problem der AStA-Gebühren an den Universitäten und um eine Flugblatt-Aktion. Um dieses Flugblatt da."

Stoll überlegte. Er hatte sich vorgenommen, die Wahrheit zu sagen. Sollte er zugeben, dass er geholfen hatte, das Flugblatt zu verteilen? Es war schließlich völlig legal. Aber dann würde er Heidemarie mit hineinziehen. Also schwieg er. Er beschloss, stattdessen selbst eine Frage zu stellen. „Was hat das alles mit dem Mord an Scheyerer zu tun? Selbst wenn ich Marxist wäre, wieso wäre ich dann verdächtig?"

„Verdächtig ist nur Ihr Aufenthalt in der Säurekammer. Dass Sie vom Verfassungsschutz beim Frequentieren der linken Szene beobachtet worden sind, passt insofern ins Bild, als Scheyerer etwas gegen linke Studenten hatte."

„Gegen Faulenzer und Nichtstuer war er, hat er gesagt, nicht gegen engagierte Idealisten. Das hat er mir gesagt, als wir in der Säurekammer waren."

„Herr Stoll, wir werden Ihre Angaben in Bezug auf Mitgliedschaft oder Mitarbeit in linksradikalen Gruppierungen überprüfen. Ich nehme an, dass Herr von Prausnitz das bestätigen kann."

„Natürlich."

„Ob Sie etwas mit dem Giftanschlag zu tun haben oder nicht, werden wir bis spätestens morgen früh herausfinden, denn wir haben die Fingerspuren des Täters auf der Zuckerdose und auf der Giftflasche. Und die werden wir noch heute mit Ihren Fingerabdrücken abgleichen. Wenn Sie es also waren, gestehen Sie besser gleich. Wenn Sie es nicht waren, brauchen Sie sich keine Sorgen zu machen. Ich lasse Sie jetzt in Ihre Zelle zurückbringen. Morgen früh sind Sie frei, oder es ergeht ein Haftbefehl."

Stoll atmete auf. Er verließ den Raum mit einem uniformierten Beamten, der ihn in die Zelle zurückbrachte. Die Erleichterung war ihm so sehr anzumerken, dass Kinner Schreiner einen bezeichnenden Blick zuwarf.

„Ich wäre sehr überrascht, wenn er der Täter wäre. Er hat kein Motiv."

„Sie haben recht, Chef. Ich glaube, er sagt die Wahrheit. Aber das werden wir noch heute herausfinden."

„Schreiner, Sie tippen jetzt das Protokoll und lassen es von ihm unterschreiben. Danach fahren Sie zur TU und befragen diesen Dr. Schmidt zu den Angaben von Stoll in Bezug auf die Säurekammer. Außerdem laden Sie den Materialverwalter Riebler und die Sekretärin Rehberg für morgen zum Erkennungsdienst wegen der Fingerabdrücke; die beiden hatten Zugang zur Analysenkammer."

„Und der Institutsdirektor?"

„Der hatte nur im Prinzip Zugang. Sie haben doch gesehen, den Schlüssel hatte die Sekretärin."

„Es wäre wahrscheinlich einfacher, den Institutsdirektor vorzuladen als die Institutssekretärin. Die hat Haare auf den Zähnen."

„Sie sagen ihr und auch dem Materialverwalter wahrheitsgemäß, dass sie nicht unter Verdacht stehen, dass wir ihre Fingerabdrücke nur zu Ausschlusszwecken brauchen."

„Es gibt noch etwas anderes, was ich an der TU überprüfen will. Stoll hat doch eine Faschingsmaske erwähnt."

„Ja, und?"

„Ich habe eine solche Maske in der Glasbläserwerkstatt gesehen, als ich den Glasbläser einvernommen habe. Ich werde ihn dazu befragen."

„Tun Sie das. Es wäre wichtig zu wissen, wie und warum die Faschingsmaske, von der Stoll sagt, dass sie sich an dem bewussten Freitag in der Säurekammer befunden hat, in die Glasbläserei gekommen ist."

„Es gibt vielleicht eine harmlose Erklärung. Aber vielleicht hat uns der Glasbläser etwas verschwiegen."

„Ich werde inzwischen diesen Frieder von Prausnitz befragen. Außerdem werde ich in der Wohnung dieses Assistenten, der vorgestern krank war, vorbeifahren und die Zeugenbefragung nachholen. Wie heißt er? ... Ludwig Drewermann. Sie haben doch die Adresse notiert, ... hier ist sie. Wahrscheinlich werden diese Befragungen keine neuen Erkenntnisse bringen, aber Vollständigkeit muss sein, das ist eine eiserne Regel bei der Ermittlungsarbeit."

„Ich glaube, ich kann gegen siebzehn Uhr zurück sein. Bis dahin sollten wir auch den Abgleich der Fingerabdrücke vorliegen haben."

„Gut, wir treffen uns hier um spätestens achtzehn Uhr zur Lagebesprechung. Viel Erfolg!"

Als Schreiner von seinen Ermittlungen im Anorganisch-chemischen Institut zurückkam, fand er Kinner bereits über einen Bericht des Erkennungsdienstes gebeugt vor. Der Oberinspektor blickte auf.

„Er war es nicht. Die Fingerabdrücke von Andreas Stoll sind zwar in der Säurekammer gefunden worden, wie er gesagt hat, an dem Behälter mit Perchlorsäure, aber sie stimmten nicht mit denen auf der Thalliumsulfatflasche und auf der Zuckerdose überein. Das ist der wichtigste Befund."

„Dr. Schmidt hat auch Stolls Version bestätigt. Er selber war es, der Stoll wegen dieser Säure in die Säurekammer geschickt hat."

„Gut, dann können wir Stoll ausschließen. Sein Wohnungsnachbar hat ebenfalls bestätigt, dass er Stoll zu einem Besuch des Spartakus-Kulturabends eingeladen hat. Stoll scheint außerdem wirklich nicht Mitglied im Spartakus zu sein."

„Dann war das alles nur Zufall?"

„Es scheint so, ich habe allerdings schriftliche Unterlagen bezüglich der Mitgliedschaft verlangt. Der MSB Spartakus ist schließlich ein eingetragener Verein. Wir werden sie morgen bekommen, ich musste übrigens darauf bestehen. Dieser von Prausnitz ist Jurist, und ich hatte Glück, denn er war gerade dabei, die Wohnung zu verlassen, als ich ankam, aber er war kooperativ."

„Und die Zeugenvernehmung von Ludwig Drewermann?"

„Erledigt. Er ist tatsächlich immer noch krank, der Fall hat ihm zugesetzt. Aber er hat nichts von Belang gesehen. Und bei Ihnen? Was ist mit der Maske?"

„Harmlos. Sie gehört dem Glasbläser. Am Freitag vor dem Faschingswochenende hat er gegen Mittag seine Tochter und seinen Enkelsohn erwartet. Er wollte seinem sechsjährigen Enkel zeigen, wie Glasblasen geht. Und weil Fasching war, hatte er Scheyerer gebeten, mittags mit dieser Hexenmaske hereinzukommen, als Spaß für den Enkel. Und Scheyerer hat das auch gemacht, der Enkel ist erschrocken, und dann haben sie gelacht. Scheyerer hat die Maske dann in der Glasbläserei gelassen, er war sehr guter Laune und bestimmt noch nicht krank."

„Damit hat sich unsere erste Spur in Nichts aufgelöst. Morgen müssen wir dem zweiten Anhaltspunkt nachgehen, den Sie gefunden haben. Das heißt, wir müssen der Frage nach der SS-Mitgliedschaft von Scheyerer nachgehen."

„Wann lassen wir unseren Studenten frei?"

„Morgen früh. Es schadet ihm nicht, wenn er eine Nacht in der Zelle nachdenken kann. Dann gerät er weniger leicht in die linke Szene. Geben Sie Bescheid, dass er morgen um Punkt sieben auf freien Fuß gesetzt wird und dass ihm mitgeteilt wird, dass nichts mehr gegen ihn vorliegt."

„Klar, Chef. Ich kümmere mich darum."

„Gut, dann bis morgen. Schönen Feierabend."

„Guten Abend, Chef. Vielleicht haben wir morgen mehr Glück."

Kinner seufzte, nahm Hut, Mantel und Aktentasche und verließ mit einem Wink den Raum.

Eine neue Spur wird geprüft

Als Kinner am nächsten Morgen vor acht Uhr auf dem Präsidium erschien, sah er Stoll auf einem der Stühle vor seinem Dienstzimmer sitzen. Als Stoll ihn erblickte, sprang er auf und ging ihm entgegen. Er sah bleich und übernächtigt aus. Für einen Moment bedauerte Kinner, ihn nicht schon gestern Abend entlassen zu haben.

„Sie sind doch entlassen worden? Vor Ablauf der Vierundzwanzig-Stunden-Frist? Hat man Ihnen nicht gesagt, dass nichts mehr gegen Sie vorliegt?“

„Doch, ... aber nach einer Nacht im Gefängnis kann ich doch nicht einfach nach Hause gehen, als wenn nichts geschehen wäre.“

„Sie waren nicht im Gefängnis, sondern nur in Polizeigewahrsam, weil ein Verdacht gegen Sie bestanden hat, aber diesen Verdacht haben wir nach der Überprüfung fallenlassen. Sie können beruhigt nach Hause gehen.“ Als er sah, dass Stoll zögerte, fügte er hinzu: „Wenn Sie wollen, kann ich Ihnen einige Erklärungen geben. Aber Sie müssten fünf Minuten warten, denn ich muss zuerst etwas erledigen.“

Stoll nickte und setzte sich wieder, während Kinner sein Dienstzimmer aufschloss, Licht machte und hinter der Tür verschwand. Stoll atmete auf, schloss die Augen und versuchte sich trotz der vorübereilenden Polizeibeamten zu entspannen. Er hatte eine fürchterliche Nacht hinter sich, es war die erste schlaflose Nacht in seinem Leben.

Er war gestern Abend in seiner Zelle unruhig auf und ab gegangen und hatte darauf gewartet, entlassen zu werden oder zumindest etwas über die Ermittlungen seine Person betreffend zu erfahren. Die Ungewissheit war das Schlimmste. Als man ihm schließlich ein Abendessen sowie einen Pappbecher gebracht hatte, in dem sich ein kleines Stück Seife, eine kleine Tube Zahnpasta und eine in Folie verpackte Zahnbürste befand, war ihm klargeworden, dass er die Nacht hier verbringen würde. Die ganze Nacht über war er wach gelegen und hatte sein Verhör wieder und wieder überdacht. Angstgefühle und Liebeskummer hatten sich die ganze Nacht über abgewechselt. Jetzt fühlte er sich völlig erschöpft und fiebrig.

Oberinspektor Kinner öffnete die Tür und bat ihn herein. Mit einer Geste wies er Stoll einen Stuhl gegenüber seinem Schreibtisch an.

„Herr Stoll, es ist alles in Ordnung. Wir haben Ihre Angaben durch Befragung von Herrn Dr. Schmidt und von Herrn von Prausnitz überprüft. Außerdem haben wir Ihre Fingerabdrücke zwar in der Säurekammer gefunden, auf dem Perchlorsäurebehälter, wie Sie gesagt haben, aber die Fingerabdrücke des Täters auf der Thalliumflasche und auf der Zuckerdose sind nicht die Ihrigen. Sie sind damit außer Verdacht.“

„Dann liegt nichts mehr gegen mich vor?“

„Nein, nichts mehr. Es tut mir leid, dass Sie Unannehmlichkeiten hatten, aber es bestanden Verdachtsmomente, und denen mussten wir nachgehen. Und schließlich haben wir den Verdacht gegen Sie ausgeräumt.“

Stoll war zu erschöpft, um seine Erleichterung zu zeigen. Er tat Kinner leid.

„Sie sind das erste Mal mit der Polizei in Berührung gekommen, und gleich auf die unangenehmste Weise. Eine unglückliche Verkettung von Umständen sozusagen. Ich verstehe, dass das ein Schock für Sie war. Sie schauen krank aus. Gehen Sie heim und schlafen Sie zwanzig Stunden, damit Sie sich wieder erholen. Sie haben nichts mehr zu befürchten."

Stoll nickte und stand auf. „Danke", sagte er und ergriff die Hand, die Kinner ihm entgegenstreckte. „Auf Wiedersehen."

„Aber wir sind wieder ganz am Anfang", murmelte Kinner, als sich die Tür hinter Stoll geschlossen hatte, und er sah dann nochmals aufmerksam alle Vernehmungsprotokolle durch.

Gegen zehn Uhr hatte Kinner bereits mit der Hauspost einen ganzen Stapel Akten bekommen, aus dem er diejenigen zum Fall Scheyerer heraussortiert hatte. Er blätterte gerade die TU-Personalakte des Laboranten Alfons Scheyerer durch, als Schreiner eintraf.

„Kommen Sie her und sehen Sie sich das an!" sagte Kinner, nachdem er seinen Mitarbeiter begrüßt hatte. „Das ist der handschriftliche Lebenslauf von Alfons Scheyerer. Geboren am 3.8.1914 in München ... Volksschule ... Drogistenlehre ... arbeitslos ... Drogerieverkäufer ... seit 1934 Mitglied der SA, seit 1938 der SS, 1940 Beförderung zum Sturmmann, seit 1941 beim Wachpersonal des Konzentrationslagers Dachau ... 1946 Freispruch beim Kriegsverbrecherprozess in Dachau ... eidesstattliche Erklärungen von Entlastungszeugen beiliegend." Er blätterte in den Papieren und sortierte drei Blätter aus. „Das sind die eidesstattlichen Erklärungen zur Entlastung von SS-Sturmmann Alfons Scheyerer, sogenannte Persilscheine. Hm ..., das ist interessant, alle drei sind von katholischen Geistlichen ausgestellt."

„Meinen Sie, dass sie deswegen weniger glaubwürdig sind?"

„Wieso? Im Gegenteil. Einem Geistlichen glaube ich im Zweifelsfall eher als einem Zigeuner, denn ein Geistlicher nimmt einen Eid sehr ernst."

„Ist das nicht ein Vorurteil?"

„Nur, wenn es darum geht, denjenigen, der die eidesstattliche Erklärung abgibt, persönlich zu beurteilen, denn jedes Individuum ist anders und lässt sich nicht in eine statistische Schablone pressen. Wenn es aber darum geht, den Wahrheitsgehalt einer Aussage abzuschätzen, spielen statistische Erfahrungen schon eine Rolle, und statistisch gesehen lügt ein Geistlicher weniger häufig als ein Zigeuner."

„Ich kann Ihrer Argumentation nicht ganz folgen, Chef.“

„Ganz einfach, statistische Erfahrungswerte dürfen nicht auf das Individuum angewandt werden, wohl aber auf eine ganze Population. Wenn Sie sagen, eine Frau sei körperlich schwächer als ein Mann, so stimmt das statistisch gesehen für den Durchschnitt aller Frauen und den Durchschnitt aller Männer, aber im Einzelfall kann eine Frau viel kräftiger sein als ein Mann.“

„Verstanden.“

„Mal sehen, diese Erklärung ist von einem Benediktinermönch, P. Anselm Prüll OSB aus der Erzabtei St. Ottilien, diese hier ist von einem Kaplan aus Lehrte, Hermann Breyer. Und die dritte ist von einem Pfarrer aus Freising, Hubert Müller. Alle drei erklären an Eides Statt, dass der SS-Sturmmann Alfons Scheyerer im KL Dachau ihnen das Leben gerettet und auch sonst versucht hat, das Schicksal der inhaftierten Geistlichen zu erleichtern. Die Erklärungen wurden zwischen Dezember 1945 und März 1946 ausgestellt.“

In diesem Moment läutete das Telefon. Kinner nahm ab und hörte einige Augenblicke wortlos zu. Dann hellte sich sein Gesichtsausdruck auf, und er rief „Ich komme in einigen Minuten!“ in den Hörer, bevor er auflegte.

„Das ist ja fantastisch, Schreiner. Dieses Mal hatten wir Glück, was die Einbruchsserie im Tal betrifft. Heute Nacht hat eine aufmerksame Streife im Lehel Einbrecher auf frischer Tat beobachtet. Sie haben über Funk Verstärkung angefordert und haben drei Einbrecher geschnappt. Und es sieht so aus, als ob es die Einbrecher aus dem Tal seien.“

„Das ist wirklich ein unerwarteter Erfolg.“

„Ich muss gleich weg, Schreiner, zum Verhör. Dann brauchen wir einen Durchsuchungsbefehl für die Wohnungen. Ich bin sicher, dass wir noch heute eine Menge Diebesgut sicherstellen werden. Sie machen inzwischen mit dem Mordfall Scheyerer weiter.“

„Was soll ich tun?“

„Sie verfolgen die neue Spur mit der SS-Vergangenheit des Opfers. Befragen Sie seine Mutter, durchsuchen Sie seine Sachen und stellen Sie fest, mit welchen der Geistlichen, die diese Persilscheine ausgestellt haben, wir am leichtesten sprechen können. Wir brauchen Informationen aus erster Hand. Lagebesprechung um sechzehn Uhr.“

Kinner suchte mehrere Akten zum Fall der Einbruchserie zusammen und verließ in bester Laune sein Dienstzimmer.

Schreiner nahm sich die drei eidesstattlichen Erklärungen vor. Lehrte, wo ist denn das? fragte er sich. Er sah auf der Polizeiorganisationskarte nach und fand die Stadt in der Nähe von Hannover. Nach kurzer Überlegung wählte er die Telefonnummer das Einwohnermeldeamtes in Lehrte, die er im Behördenführer nachgeschlagen hatte.

„Einwohnermeldeamt Lehrte? Hier Schreiner, Stadtpolizei München. Wir bräuchten den heutigen Aufenthaltsort von Herrmann Breyer, B-R-E-Y-E-R, er war 1946 Kaplan in Lehrte und muss dort gemeldet gewesen sein. Können Sie das feststellen und mich dringend zurückrufen?"

Er gab der Sachbearbeiterin die Telefonnummer der Münchener Stadtpolizei sowie seine Nebenstelle. In der Zwischenzeit suchte er die Telefonnummer der Erzabtei St. Ottilien, er wählte die Nummer und fragte nach Pater Anselm Prüll. Zu seiner Überraschung erfuhr er dort, dass der Benediktiner seit einigen Jahren aus der Ostafrikamission zurückgekehrt sei und wieder im Kloster St. Ottilien lebe. Wie der Pförtner versicherte, sei Pater Anselm jederzeit zu sprechen. Schreiner bedankte sich und hängte ein.

Kaum hatte er den Hörer aufgelegt, als das Telefon läutete. Es war die Sachbearbeiterin des Einwohnermeldeamtes in Lehrte, die ihm mitteilte, dass Herrman Breyer 1948 als Pfarrer nach Hildesheim berufen worden war und sich am 20.4.1948 in Lehrte abgemeldet hatte. Als neue Anschrift war eine Pfarrei in Hildesheim angegeben. Schreiner bedankte sich und wählte dann die Telefonzentrale des Polizeipräsidiums. Er ließ sich die Telefonnummer der Hildesheimer Pfarrei heraussuchen. Als er dort anrief, wurde ihm mitgeteilt, dass Pfarrer Breyer schon vor mehr als zehn Jahren verstorben war. Das war also eine Sackgasse.

Schließlich ergaben seine Nachforschungen in Freising, dass auch Pfarrer Hubert Müller nicht mehr lebte. Nur einer der drei Entlastungszeugen für Alfons Scheyerer war noch am Leben, Pater Anselm Prüll in St. Ottilien. Schreiner machte eine entsprechende Notiz für Kinner. Dann sah er auf die Uhr und beschloss, zunächst sein Mittagessen in der Kantine einzunehmen und erst danach zu Frau Scheyerer nach Moosach zu fahren.

Nach dem Mittagessen machte er eine Fotokopie von Scheyerers Lebenslauf und von den drei Persilscheinen und fuhr mit dem bereitstehenden VW Käfer in die Ernst-von-Beling-Straße. Inzwischen war der ganze Schnee vom Regen weggewaschen, und Schreiner hatte diesmal keine Mühe, das Auto zu parken. Der Regen hatte aufgehört, aber es war ein grauer Tag, der gut zur tristen Stimmung passte, die über dem Trauerhaus zu hängen schien. Er läutete. Nach einiger Zeit machte die Mutter des Laboranten auf. Sie trug die gleiche schwarze Kleidung wie vor einigen Tagen und sah noch verhärmter aus.

„Frau Scheyerer. Erinnern Sie sich an mich? Kriminalassistent Schreiner. Ich möchte Sie noch einmal sprechen, denn es sind neue Fragen aufgetaucht."

Frau Scheyerer nickte stumm und führte ihn in die Küche, wo sie ihm einen Stuhl anwies. Diesmal lag die grauschwarze getigerte Katze auf dem Sofa, sie hatte sich auf einem weißen Kissen zusammengerollt und blickte Schreiner durch schmale Augenschlitze an.

„Wann kann ich meinen Sohn beerdigen?"

„Nächste Woche. Oberinspektor Kinner hat mir gesagt, dass der Leichnam morgen freigegeben wird. Er wird dann von der Gerichtsmedizin direkt auf den Friedhof überführt, sobald Sie alles für das Begräbnis arrangiert haben. Das Bestattungsunternehmen wird sich darum kümmern. Sie können morgen schon einen Leichenbestatter beauftragen."

„Wissen Sie schon, wer ihn umgebracht hat?"

„Nein. Unsere erste Spur hat sich als falsch erwiesen. Wir haben einen Studenten vorübergehend festgenommen, der am Freitag vorher in der Säurekammer gesehen wurde. Aber er hat lediglich Ihrem Sohn beim Abfüllen einer Säure geholfen. Seine Fingerabdrücke sind nicht die des Täters, die wir auf der Zuckerdose und auf der Giftflasche sichergestellt haben. Wir verfolgen jetzt eine andere Spur. Deshalb möchte ich Sie nochmals befragen."

„Mich? Aber ich weiß doch nichts."

„Frau Scheyerer, warum haben Sie uns nicht gesagt, dass Ihr Sohn im Dritten Reich zum SS-Wachpersonal des Konzentrationslagers Dachau gehört hat?"

„O Gott, hört denn das nie auf! Immer hat ihn diese Vergangenheit verfolgt, und jetzt sogar noch über seinen Tod hinaus."

„Frau Scheyerer, es ist möglich, dass der Mord etwas mit der SS-Vergangenheit Ihres Sohnes zu tun hat. Könnte es nicht ein Racheakt gewesen sein?"

„Mein Sohn hat doch niemandem etwas getan, er war kein Verbrecher. Er ist wie die meisten Wärter des Konzentrationslagers in dem Kriegsverbrecherprozess von Dachau angeklagt worden, aber er wurde 1946 freigesprochen."

„Wir wissen das, Frau Scheyerer. Wir haben seine Personalakte gelesen. Ich möchte gerne mehr von Ihnen erfahren, damit ich mir ein Bild von Ihrem Sohn machen kann. Wie ist Ihr Sohn zur SS gekommen? Was hat er Ihnen erzählt?“

„Alfons war ein schüchterner Bub. Er war ein guter Schüler, und nach der Erstkommunion ist er Ministrant geworden. Später ist er dann zu den Pfadfindern. Nach der Volksschule ist er in der Drogerie, die es damals in der Dachauer Straße gegeben hat, in die Lehre gegangen. Aber nach der Inflation ...“

„Sie meinen die Weltwirtschaftkrise von 1929?“

„Ja, aber das Schlimmste kam erst Anfang der dreißiger Jahre. Alfons war arbeitslos. Mein Mann war Eisenbahner, sein Gehalt ist 1931 um fünfundzwanzig Prozent gekürzt worden. Wir wussten nicht aus noch ein. Alfons hatte keine Arbeit und kein Geld. Jugendfreunde haben ihn zur SA gebracht. Für ihn war das wie bei den Pfadfindern. Und sie haben ihn überzeugt, dass es mit den Nationalsozialisten in Deutschland aufwärts ginge.“

„War das seine Überzeugung?“

„Anfangs schon. Die Ernüchterung kam dann während des Krieges in Dachau. Aber 1934 sah das noch ganz anders aus. Damals hat es Auseinandersetzungen mit meinem Mann gegeben, der zeitlebens streng katholisch war und der Marianischen Kongregation nahestand.“

„Marianische Kongregation, was ist das?“

„Das wissen Sie nicht? Sie arbeiten in der Ettstraße und kennen die Bürgersaalkirche nicht?“

„Die Barockkirche in der Neuhauser Straße? Entschuldigen Sie, Frau Scheyerer, ich bin evangelisch. Ich bin zwar schon an der Bürgersaalkirche vorbeigegangen, aber ich weiß nicht, was es damit auf sich hat.“

„Den Bürgersaal haben Münchener Bürger, die sich unter der geistlichen Leitung des Jesuitenkollegs zur Marianischen Kongregation zusammengeschlossen hatten, im siebzehnten Jahrhundert gebaut. Sie haben doch sicher schon von Pater Rupert Mayer gehört, der dort begraben liegt. Er war im Dritten Reich Präses der Marianischen Kongregation, er hat gegen das Naziunrecht gepredigt, bis sie ihn verhaftet und eingesperrt haben.“

Jetzt erinnerte sich Schreiner an die Geschichte von P. Rupert Mayer SJ, der als „Münchener Männerapostel“ bezeichnet wurde. Er galt als ein lokaler Held des kirchlichen Widerstandes gegen den nationalsozialistischen Terror.

„Mein Mann ist oft zu den Predigten von Pater Rupert Mayer gegangen. Für ihn war der Nationalsozialismus eine gottlose Ideologie."

„Ich verstehe das Problem. Sein eigener Sohn tritt in die SA ein. Das muss seinen Vater belastet haben."

„Dabei sollte mein Mann doch Verständnis haben. Er hat schließlich selbst der NSDAP beitreten müssen. Schon 1933 – nach der Machtübernahme – wurde der Druck auf alle Beamten sehr stark. Als Eisenbahner war er praktisch gezwungen, in die Partei einzutreten, wenn er seine Stelle bei der Reichsbahn behalten wollte. Alfons war ja arbeitslos. Das war zu der Zeit, als Alfons in die SA eingetreten ist. Die Auseinandersetzungen kamen, als sich Alfons für den Nationalsozialismus begeistert hat. *Du wirst sehen, es wird alles besser. Der Führer bringt dieses heruntergewirtschaftete Deutschland wieder auf Vordermann,* hat mein Sohn gesagt. Das hat mein Mann überhaupt nicht vertragen. Es gab Zeiten, da haben sie nicht mehr miteinander geredet."

„Und wie kam Ihr Sohn dann zur SS?"

„Das war kurz vor Kriegsausbruch, ich glaube 1938. In der Zwischenzeit hatte er eine Stelle als Drogerieverkäufer in der Innenstadt, aber die Stelle war schlecht bezahlt, und er musste unentgeltlich den Garten seines Chefs in Ordnung halten, im Sommer jeden Tag nach Feierabend. Er hat oft gesagt, Ausbeuter sind das. Da hatte er die Möglichkeit, eine gut bezahlte Ausbildung bei der SS zu machen, denn er war groß und stark, ein deutscher Hüne, haben sie zu ihm gesagt. Während des Krieges ist er dann nach Dachau gekommen. Ich war froh, weil er auf diese Weise nicht an die Front musste, aber wenn er nach Hause kam, war er manchmal bedrückt, er hat aber nichts erzählt, obwohl mein Mann ihn immer wieder gefragt hat. Seine Begeisterung für den Nationalsozialismus hat aber nachgelassen, und mir hat er einmal gesagt *Mutter, wenn wir das büßen müssen, was wir jetzt tun, dann werden wir einmal leiden müssen, wie du es dir nicht vorstellen kannst.* O mein Gott, wie recht hat er doch gehabt!"

„Gab es irgendwelche Vorfälle, die mit dem jetzigen Verbrechen in Zusammenhang stehen könnten?"

„Mein Gott, ich weiß doch nichts. Er hat damals nichts erzählt. Erst nach dem Zusammenbruch haben wir erfahren, dass er für die Bewachung von katholischen Priestern zuständig war. Und er war doch katholisch! Er hat getan, was er konnte, um den Häftlingen das Leben zu erleichtern, aber das war doch auch gefährlich. Er hat keine Verbrechen begangen, glauben Sie mir. Er hat es meinem Mann und mir nach dem Krieg unter Tränen geschworen. Mehrere Geistliche haben 1946 auch zu seinen Gunsten ausgesagt. Deshalb ist er freigesprochen worden."

„Frau Scheyerer, ich möchte gerne das Zimmer und die persönlichen Sachen Ihres Sohnes sehen. Vielleicht finden wir da einen Hinweis auf den Täter."

Frau Scheyerer führte Schreiner über die schmale Treppe des Hauses in den ersten Stock und wies auf eine der drei Türen, die verschlossen war. Die anderen beiden Zimmertüren standen auf, und man konnte sehen, dass es sich um das Schlafzimmer der alten Frau und um ein einfaches Badezimmer handelte.

„Das ist sein Zimmer. Ich habe nichts verändert. Sie können hineingehen und alles durchsuchen, aber lassen Sie alles so wie es war. Ich warte unten auf Sie."

Schreiner betrat das Zimmer des Laboranten und staunte. Was er sah, war eigentlich nicht, was man vom Schlafzimmer eines erwachsenen Mannes erwarten konnte, der Raum wirkte wie das Zimmer eines Jugendlichen aus der Vorkriegszeit. Scheyerer scheint nach dem Krieg überhaupt nichts verändert zu haben. Der Boden war mit graugrünem Linoleum belegt, das an einigen Stellen abgestoßen war. Von der Decke hing eine geschlossene gelbliche Porzellanleuchte, an der eine rote Quaste im Stil der zwanziger Jahre angebracht war. Es gab weder Stuhl noch Tisch oder Schreibtisch, sondern nur einen zweiteiligen Schrank, eine Kommode mit drei Schubladen und einem Spiegelaufsatz, ein Bett und einen Nachttisch. Man sah auf den ersten Blick, dass die Möbel nicht zusammenpassten. An der Wand über dem Bett hing ein Bild, das einen weiß gekleideten Schutzengel zeigt, wie er ein Geschwisterpaar behütet, das über einen schmalen Holzsteg einen wild rauschenden Bach überquert.

Schreiner öffnete den Schrank, er fand darin einen schwarzen und einen braunen Anzug, fünf Hosen, eine Trachtenjacke und zwei andere Joppen. Hinter der Kleidung fand sich noch ein brauner Spazierstock. Im Hutfach lagen ein schwarzer Filzhut, ein Strohhut sowie eine dunkelblaue Schiebermütze. Die Kommode enthielt weiße Hemden, buntkarierte Flanellhemden, Schlafanzüge, gestrickte Pullover, Unterwäsche und eine kupferne Wärmflasche. Schreiner sah sorgfältig unter den Kleidungsstücken nach, aber er konnte nichts finden. Unter dem Bett lag ein brauner Koffer aus gekochtem Karton. Schreiner öffnete ihn, aber er war völlig leer. Auch unter der Matratze war nichts zu finden. Blieb nur noch der Nachttisch, das war ein kastenartiges Möbel mit einer weißen Marmorplatte, einer Schublade und einem Türfach, das früher wohl für den Nachttopf vorgesehen war. Schreiner öffnete das Fach und fand nur dicke Wollsocken, die wohl von Frau Scheyerer selbst gestrickt waren. Weiter hinten lagen drei Paar maschinengestrickte Socken aus dünner schwarzer Wolle. Die Schublade enthielt Taschentücher, einige Sterbebilder, einen Zeitungsausschnitt und ein Schächtelchen mit Knöpfen.

Schreiner nahm den Zeitungsausschnitt und die Sterbebilder und ging ins Erdgeschoss hinunter. Frau Scheyerer saß am Küchentisch und weinte. Als Schreiner eintrat, wischte sie sich die Tränen ab und entschuldigte sich.

„Frau Scheyerer, ich weiß ja, wie Sie sich fühlen. Es tut mir sehr leid. Könnten Sie sich diese Sachen einmal ansehen?"

„Das sind Sterbebilder von Verwandten und Bekannten, wo wir auf der Beerdigung waren. Himmlischer Vater, und jetzt muss ich ihn selbst beerdigen!"

„Kennen Sie alle Toten auf diesen Sterbebildern oder ist eines darunter, das Sie nicht kennen?"

„Nein, das ist das Sterbebild meines Mannes, das ist vierzehn Jahre her. Die anderen sind neueren Datums. Das ist Onkel Hans, das hier ist ein Nachbar, das ist eine Kusine von mir, und das ist ein Klassenkamerad von Alfons, der vor zwei Jahren gestorben ist. Da ist kein Unbekannter dabei."

„Und der Zeitungsausschnitt?"

„Keine Ahnung, nie gesehen. Da geht es um einen Professor an der TU. Vermutlich hat ihn das deswegen interessiert."

„Frau Scheyerer, die Sterbebilder lasse ich Ihnen da, aber den Zeitungsausschnitt werde ich mitnehmen, bis wir wissen, was es damit auf sich hat. Jetzt werde ich ins Präsidium zurückfahren. Gehen Sie morgen zu einem Leichenbestatter und sorgen Sie für ein Begräbnis. Hier ist die Anschrift des Gerichtsmedizinischen Instituts, das geben Sie dem Bestattungsunternehmen. Außerdem gebe ich Ihnen hier die Fotografie Ihres Sohnes zurück. Ich hoffe, dass wir den Täter bald finden werden. Auf Wiedersehen."

Schreiner gab der schwer geprüften Frau die Hand und verließ das Haus. Er fuhr ins Präsidium zurück und beeilte sich, in sein Dienstzimmer zu kommen, denn es war schon kurz nach sechzehn Uhr. Er war erstaunt, dass Kinner noch nicht zurück war. Er musste fast eine Stunde auf seinen Chef warten. Als Kinner hereinkam, sah man ihm das Erfolgserlebnis an.

„Tut mir leid, Schreiner, wegen der Verspätung. Aber es hat sich gelohnt. Erfolg auf der ganzen Linie. Wir haben ein richtiges Lager ausgehoben und eine riesige Menge an Diebesgut sichergestellt."

„Sind die Diebe geständig?"

„Nein, das ist es ja, Schreiner. Sie sagen kein Wort. Das heißt, wir müssen ihnen jeden Einbruch lückenlos nachweisen. Und das bedeutet Arbeit, viel Arbeit, die uns einige Wochen beschäftigen wird. Aber darüber sollten wir unseren Mordfall nicht vergessen, auch wenn wir da nicht so schnell weiterkommen. Was haben Sie Neues, Schreiner?"

„Nichts Besonderes, Chef. Aber zuerst wollte ich Sie daran erinnern, dass wir morgen die Leiche von Alfons Scheyerer freigeben müssen. Ich habe seiner Mutter gesagt, dass sie morgen einen Leichenbestatter beauftragen kann."

„Geht in Ordnung. Ich kümmere mich gleich morgen früh darum."

„Dann hab ich sein Zimmer durchsucht. Nichts. Schrank, Kommode und Bett, ein Schutzengelbild an der Wand, wie ein Kinderzimmer von anno dazumal. Kleidung, sonst nichts Persönliches. Das Einzige, was ich gefunden habe, ist dieser Zeitungsausschnitt."

„Mal sehen. *Professor Dr. Friedrich Glauchau auf den Lehrstuhl C für Thermodynamik berufen. Neuerungen an der Technischen Hochschule München.* Der Artikel ist so ausgeschnitten, dass man weder die Zeitung noch das Datum erkennen kann. Aber aus dem Text geht hervor, dass dieser Professor am 1. Oktober 1969 sein Amt antreten wird. Das heißt, der Artikel ist etwa drei Jahre alt. Auf dem Portrait des Professors hat jemand mit Kugelschreiber den Kopf umkreist. Ob das unser Laborant gemacht hat? Warum wohl? Warum hat er den Artikel ausgeschnitten und aufgehoben?"

„Seine Mutter hat den Zeitungsausschnitt zum ersten Mal gesehen. Aber sie meinte, warum sollte er sich nicht für einen neu berufenen Professor an der TU interessiert haben, er war schließlich selbst TU-Angehöriger. Und dann hat er den Zeitungsausschnitt vermutlich in seiner Nachttischschublade vergessen."

„Das kann wohl sein. Eine ganz banale Erklärung. Auf jeden Fall geben wir diesen Zeitungsausschnitt zur Akte Scheyerer. Vielleicht müssen wir der Sache doch noch nachgehen."

„Das Gespräch mit der Mutter hat auch nicht viel ergeben. Sie wusste nicht viel, und sie hätte ihren Sohn immer blindlings in Schutz genommen. Die übliche Geschichte in den dreißiger Jahren: Arbeitslosigkeit, dann Begeisterung für den Nationalsozialismus. Aber es hat Auseinandersetzungen mit dem Vater gegeben, der streng katholisch war. Wie heißt das, Marianische Kongregation? Wissen Sie, was das ist?"

„Eine Art Dritter Orden, glaube ich."

„Dritter Orden? Das sagt mir genauso wenig."

„Ich weiß es auch nicht genau. Aber ich glaube, es handelt sich um einen Gebets- und Freundeskreis einer Ordensgemeinschaft. Die waren alle sehr aktiv im Dritten Reich, eine Art innere Emigration. Und was weiter?"

„Als er zur SS kam und dann zum Wachpersonal im Konzentrationslager Dachau zur Bewachung katholischer Geistlicher abkommandiert wurde, hat seine Begeisterung für den Nationalsozialismus abgenommen, sagt jedenfalls seine Mutter. Und sie behauptet, dass er als Wärter keine Verbrechen begangen hat, deshalb sei er auch freigesprochen worden. Das sagt allerdings nicht viel, denn die Mutter ist völlig unkritisch, sie würde ihren Sohn auch dann verteidigen, wenn er Verbrechen begangen hätte, und die würde sie schlicht verdrängen."

„Deshalb müssen wir mit den Geistlichen sprechen, die diese Persilscheine ausgestellt haben. Nur so bekommen wir ein realistisches Bild von Alfons Scheyerer."

„Zwei können wir gleich abschreiben. Die beiden Pfarrer sind inzwischen verstorben. Der einzige, der noch lebt, ist Pater Anselm Prüll. Und wir haben Glück, er lebt in St. Ottilien, das ist gar nicht weit von München. In dem Kloster haben sie mir versichert, dass wir ihn jederzeit sprechen können. Er scheint im Ruhestand zu sein, denn vor einigen Jahren ist er aus der Ostafrikamission zurückgekommen."

„Sehr gut, Schreiner. Sie rufen dort an und vereinbaren einen Termin. Lassen Sie mal sehen, für Mittwoch oder Donnerstag nächster Woche, wenn es geht, am Nachmitttag. Ansonsten muss dieser Mordfall etwas warten. Morgen müssen unsere Einbrecher dem Untersuchungsrichter vorgeführt werden. Und dann müssen wir das ganze Diebesgut sichern und die Geschädigten vorladen. Das wird mindestens zwei Wochen in Anspruch nehmen. Haben Sie Ihren Bericht schon geschrieben?"

„Fast fertig."

„Und ich gehe jetzt nach Hause. Das war ein anstrengender Tag. Schönen Feierabend, Schreiner."

„Gleichfalls, Chef."

Kinner nahm seine Aktentasche, zog umständlich seinen Mantel an, legte seinen Schal um und setzte seinen Hut auf. Dann nickte er Schreiner zu und verließ sein Dienstzimmer.

Der lange Schatten des Dritten Reiches

Es war ein trüber Morgen, als Stoll vom Polizeipräsidium nach Hause ging. Der heftige Regen von gestern hatte nachgelassen, es nieselte leicht. Obwohl es beinahe neun Uhr war, schien der Tag noch nicht wirklich angebrochen. Die Verkaufsräume und die Auslagen in den Geschäften waren noch hell erleuchtet. Trüb, dachte Stoll, und das passt zu meiner Stimmung. Jetzt habe ich sogar eine Nacht auf der Polizeiwache hinter mir. Wenn mir das einer vor drei Wochen gesagt hätte, ich würde ihm nicht geglaubt haben. Auf jeden Fall ist das eine Erfahrung, auf die ich verzichten könnte. Als er die Wohnungstür aufschloss, kam ihm Frau Aletsee schon entgegen.

„Herr Stoll, endlich. Ich habe heute früh schon auf dem Polizeipräsidium angerufen, um mich nach Ihnen zu erkundigen. Da hat man mir gesagt, dass Sie schon in aller Frühe freigelassen worden sind. Wie geht es Ihnen?"

Da ging Prausnitz' Tür auf, und Frieder kam heraus. Er blickte neugierig zu Stoll herüber, sagte aber nichts.

„Eine schlaflose Nacht, aber sonst geht es. Das Wichtigste ist, dass ich jetzt nicht mehr unter Verdacht stehe. In den Verdacht bin ich geraten, nur weil ich einige Tage zuvor dem Laboranten, der ermordet wurde, beim Abfüllen von Perchlorsäure geholfen habe. Aber jetzt ist es vorbei. Ich glaube, ich muss mich erst einmal ausschlafen."

„Aber zuerst kommen Sie zu mir in die Küche. Ich habe frische Weißwürste und Brezen. Ich mache Ihnen ein Weißwurst-Frühstück."

Sie drehte sich um, legte eine weiße Schürze an und begann in der Küche zu hantieren. Bevor Stoll ihr folgen konnte, sagte von Prausnitz: „Hallo, Andreas, alles gut überstanden?"

„Mit dir rede ich nicht mehr", zischte Stoll, „nicht deswegen, sondern wegen Heidemarie. Oder glaubst du, du kannst mich kaufen?"

„Tut mir leid", antwortete von Prausnitz und ging in sein Zimmer zurück. Stoll trat in die Küche, wo Frau Aletsee bereits einen Teller, Besteck, ein Senffässchen und ein Körbchen mit Brezen auf den Tisch gestellt hatte. Stoll sah ein, dass er die Arztwitwe bisher falsch eingeschätzt hatte, denn er hätte ihr nicht zugetraut, dass sie sich so für ihren Untermieter einsetzen würde. Ihr weinerliches Gehabe in Bezug auf ihren verstorbenen Mann, ihr Reinlichkeitsfimmel, ihre sichtbare Genugtuung, wenn sie mit „Frau Doktor" angeredet wurde, all das erschien ihm jetzt in einem milderen Licht. Die alte Lebensweisheit, dass man in der Not seine Freunde erkenne, hatte sich wieder einmal bewahrheitet.

„Die Weißwürste dürfen das Zwölfuhrläuten nicht hören, sagt man in München", sagte Frau Aletsee, als sie ihm mit einer Holzzange zwei Weißwürste aus dem Kessel auf den Teller legte. „Aber das stammt natürlich aus einer Zeit, als es noch keinen Kühlschrank gab."

Stoll aß und erzählte Frau Aletsee seine Erlebnisse auf dem Polizeipräsidium, wobei er mit großer Erleichterung betonte, dass die Polizei die Fingerabdrücke des Täters sichergestellt habe, und dass sie nicht mit seinen identisch seien.

„Ich hätte beinahe vergessen, Ihnen zu sagen, dass Ihre Frau Mutter morgen nach München kommen wird", sagte Frau Aletsee. „Ich habe die Nachbarn Ihrer Eltern gestern Abend angerufen, und Ihre Mutter hat zweimal zurückgerufen. Das zweite Mal, um mir zu sagen, mit welchem Zug sie morgen Mittag ankommen wird. Morgen ist ja Samstag, da arbeitet sie nicht. Ihr Herr Vater muss allerdings arbeiten und kann nicht mitkommen. Den Zettel mit der Ankunftszeit habe ich in Ihr Zimmer gelegt."

„Ich hoffe, meine Eltern machen sich nicht allzu große Sorgen."

„Den Eindruck habe ich nicht. Ihre Mutter aber klang schon besorgt. Wenn Sie wollen, rufe ich heute Abend, falls Sie schlafen sollten, nochmals an und beruhige Ihre Eltern."

„Ich wäre Ihnen sehr dankbar. Ich werde mich jetzt tatsächlich hinlegen. *Schlafen Sie zwanzig Stunden*, hat mir der Oberinspektor geraten. Ich glaube, das werde ich tun, denn ich bin völlig erschöpft."

„Tun Sie das. Und verlassen Sie sich auf mich wegen heute Abend. Ich rufe schon an."

Stoll nahm eine Dusche und ging zu Bett, obwohl es erst Mittag war. Erschöpfung und Erleichterung führten dazu, dass er tatsächlich bald einschlief. Er schlief allerdings unruhig und wachte alle vier Stunden auf. Als er nicht mehr einschlafen konnte, sah er auf die Uhr: Es war fast sechs Uhr morgens. Er stand auf, wartete, bis das Badezimmer frei war, wusch sich und kleidete sich an. Als er in die Küche ging, um sich Tee zu machen, traf er Frau Aletsee, die gerade dabei war, in die Frühmesse zu gehen. Sie hatte ihm gestern einen Butterzopf gebacken, den sollte er zum Frühstück essen.

„Und Ihre Eltern habe ich gestern Abend noch angerufen, das heißt, die Nachbarn, die haben sie dann ans Telefon geholt. Ich habe sie beruhigt. Als ich ihnen sagte, dass Sie wieder zu Hause sind, ist ihnen ein Stein vom Herzen gefallen. Ihre Frau Mutter wird trotzdem heute Mittag in München ankommen. Ich nehme an, dass Sie sie am Bahnhof abholen, es sind ja nur ein paar Schritte."

„Ja natürlich, und vielen Dank für den Zopf."

„Hausgebacken, wie bei Muttern. Ich hoffe, er schmeckt Ihnen."

„Bestimmt."

Stoll frühstückte, wie er es schon lange nicht mehr getan hatte. Dann verbrachte er den Vormittag damit, seine Vorlesungsaufzeichnungen mit Hilfe der jeweiligen Lehrbücher zu überarbeiten. Nach der zweitägigen Unterbrechung seines Studiums machte ihm die Beschäftigung mit anorganischer und mit analytischer Chemie viel mehr Spaß als üblich. Selbst die Beschäftigung mit linearer Algebra erschien ihm jetzt wie eine Wohltat. Von Zeit zu Zeit sah er auf die Uhr, und urplötzlich stellte er fest, dass es schon nach zwölf war. Er ließ alles stehen und liegen, zog schnell Mantel und Schuhe an und eilte zum Hauptbahnhof. Er kam gerade rechtzeitig auf dem Bahnsteig an, als der D-Zug aus Regensburg einfuhr.

Er ging am Zug entlang, vorbei an den Wagen der ersten Klasse, und viele Fahrgäste kamen ihm mit ihrem Gepäck entgegen, denn München Hauptbahnhof war Endstation dieses Zuges. Er sah seine Mutter sofort, als sie aus einem Wagen der zweiten Klasse stieg. Sie trug einen dunkelgrauen Mantel und einen kleinen, schwarzen Hut, den sie schon vor vielen Jahren zur Beerdigung seines Großvaters getragen hatte, und von dem sie den schwarzen Schleier hatte abnehmen lassen. In der Hand trug sie die schwarze Lederhandtasche, die sie von ihrer Mutter geerbt und mit der er als Kind gespielt hatte. Sie schien ein wenig betäubt von den Lautsprecherdurchsagen und den Menschenmassen am Bahnsteig, deshalb sah sie ihn nicht gleich, sondern blickte etwas ängstlich um sich.

„Mama!" rief er und ging auf sie zu. Ihr Gesicht hellte sich auf, als sie ihn erkannte. Sie umarmte ihn herzlich, und das erste Mal seit vielen Jahren war es ihm heute nicht peinlich. Nach seinen unglaublichen Erlebnissen war er wirklich froh, seine Mutter wieder bei sich zu haben.

„Was machst du denn für Sachen?“ sagte sie, nachdem sie sich von ihm gelöst hatte. „Papa und ich konnten die ganze Nacht vor Sorgen nicht schlafen. Ich hab gedacht, mich trifft der Schlag, als deine Vermieterin sagte, du seist verhaftet worden.“

„Ich bin nicht verhaftet, sondern nur vorübergehend festgenommen worden. Das ist nicht dasselbe. Aber das weiß ich auch erst jetzt. Ich verstehe eure Aufregung, aber ich kann wirklich nichts dafür. Ich habe nichts, überhaupt nichts angestellt, sondern bin nur durch eine Verkettung unglücklicher Umstände in Verdacht geraten. Das kann jedem passieren.“

„Und was ist jetzt?“

„Nichts mehr. Ich bin wieder freigelassen worden, und der zuständige Kriminalbeamte hat mir gesagt, dass ich außer Verdacht sei. Es ist vorbei.“

„Gott sei Dank. Du musst mir das alles genau erzählen. Aber erst gehen wir zum Mittagessen. Ich lade dich in ein Gasthaus ein, das du dir aussuchen kannst.“

Stoll überlegte kurz, dann entschied er sich für den *Regensburger Hof* in der Gabelsbergerstraße, ein gutbürgerliches Gasthaus in unmittelbarer TU-Nähe, weil er wusste, dass er allein schon wegen des Namens seiner Mutter eine Freude machen würde. Sie konnten außerdem zu Fuß hingehen. Auf dem Weg dorthin erklärte er seiner Mutter seinen täglichen Weg zur TU und zeigte ihr eine Bäckerei in der Augustenstraße, in der er oft Brot, Kümmelwecken, Nusshörnchen oder Streuselkuchen kaufte.

Die Gaststube des Regensburger Hofes war jetzt zur Mittagszeit gut gefüllt, in der bier- und rauchgeschwängerten Luft roch es einladend nach Hausmannskost. Sie fanden einen mit einem blauweißen Tischtuch gedeckten Tisch, an dem ein einzelner Herr saß, der gerade bezahlt hatte und sich zum Gehen schickte. Er lächelte freundlich, nahm einen letzten Schluck Bier aus seinem fast leeren Glas, wünschte guten Appetit und erhob sich. Eine freundliche Bedienung mit einer adretten weißen Schürze räumte den Tisch ab, kehrte die Brösel vom Tischtuch und brachte ihnen ein Körbchen mit Brezen sowie die Speisekarte.

„Warst du schon öfter hier?“ fragte seine Mutter.

„Zweimal. Das ist ein ordentliches Gasthaus, und nicht zu teuer. Aber unter der Woche ist das Essen in der Mensa natürlich viel billiger, auch wenn es nicht so gut ist.“

„Und was sollen wir essen?“

„Am besten nehmen wir etwas von der Tageskarte. Das ist frisch und geht schneller. Du darfst dir allerdings nicht vorstellen, dass du hier oberpfälzer Küche bekommst. Trotz des Namens ist das ein Münchener Gasthaus. Wenn du zum Beispiel Schweinebraten mit Knödel bestellst, bekommst du hier Semmelknödel und nicht Kartoffelknödel wie bei uns."

„Semmelknödel zum Schweinebraten, das ist nicht wahr!"

„Doch. Ich hab es anfangs auch nicht geglaubt. Es ist so: Knödel bedeutet in der Oberpfalz immer Kartoffelknödel, in Niederbayern immer Semmelknödel, in München mal so, mal so. Hier bekommst du jedenfalls Semmelknödel."

„Und was willst du essen?"

„Leberknödelsuppe für eine Mark zwanzig. Und dann Ochsenfleisch gesotten mit Wurzelgemüse und Meerrettichsauce für drei Mark achtzig. Das nehme ich. Und als Nachspeise Birnenkompott für achtzig Pfennige."

„Ich nehme ein Wiener Schnitzel mit Petersilienkartoffeln und Gurkensalat. Wo um diese Jahreszeit die frischen Gurken herkommen, ist mir allerdings ein Rätsel."

„Na, aus dem Treibhaus. Gurken gibt es jetzt das ganze Jahr."

„An das muss ich mich erst gewöhnen. Früher gab es um diese Jahreszeit nur Kraut und Rüben, weil man das lagern kann. Es ist kein Wunder, dass die Fastenzeit auf diese Jahreszeit gelegt wurde."

Stoll bestellte das Essen und zwei kleine Gläser Bier. Dann erzählte er seiner Mutter die Ereignisse der letzten Tage. Er schilderte haarklein, wie er vor zwei Wochen im Labor Perchlorsäure gesucht und dem Laboranten beim Abfüllen geholfen hatte, wie er am Aschermittwoch das Studentenlabor in heller Aufregung vorgefunden hatte, weil der Laborant vergiftet zusammengebrochen war, wie die Polizei ihn eine Woche später abgeholt und verhört hatte, und schließlich, wie sich der Verdacht gegen ihn durch die festgestellten Fingerabdrücke des Täters in nichts aufgelöst hatte. Allerdings verschwieg er seine Begegnung mit Heidemarie, nicht nur ihre Liebesnacht und seinen Liebeskummer, sondern er erwähnte die schöne Spartakistin mit keinem Wort.

Stoll aß zum ersten Mal seit Tagen wieder mit gutem Appetit, und dann musste er auch noch das halbe Schnitzel seiner Mutter essen. Nach dem Essen erzählte seine Mutter von zu Hause, bestellte ihrem Sohn die besten Grüße seines Vaters, der am Samstagvormittag zur Arbeit gehen musste. Als seine Mutter die Rechnung bezahlte, staunte Stoll über das großzügige Trinkgeld, das sie der Bedienung gab. Sie nahmen ihre Mäntel und verließen das Gasthaus. Stoll wählte einen anderen Weg in die Augustenstraße, weil er seiner Mutter die TU-Bauten und den Königsplatz zeigen wollte. In der Arcisstraße wies Stoll auf den düster-eleganten Bau der Staatlichen Musikhochschule.

„Das war im Dritten Reich das NSDAP-Verwaltungsgebäude, und dort hinten war das *Braune Haus*, das 1947 abgerissen wurde. Das hat mir Frau Aletsee erzählt. Ich finde den Königsplatz immer ein wenig öde. Schöner ist der Platz vor der Technischen Universität mit der Alten Pinakothek."

Es war gegen drei Uhr, als sie in Stolls Wohnung in der Augustenstraße kamen. Kaum hatte Stoll die Tür aufgesperrt, kam ihnen schon Frau Aletsee entgegen und begrüßte Stolls Mutter wie eine alte Bekannte. Sein Missgeschick mit der Polizei musste mütterliche oder großmütterliche Gefühle in seiner Vermieterin geweckt haben, dachte Stoll lächelnd.

„Herr Stoll, gehen Sie mit Ihrer Frau Mutter doch gleich ins Wohnzimmer. Ich habe einen Gesundheitskuchen gebacken, und ich will nur noch schnell Kaffee aufbrühen."

Tatsächlich fanden sie auf dem großen Esstisch einen Kuchen in Guglhupfgestalt und drei Kaffeegedecke vor. Auf dem Couchtisch standen hingegen eine kleine Karaffe mit Likör sowie drei Gläser. Stoll war noch nie im Wohnzimmer seiner Vermieterin gewesen, es war wesentlich größer als er erwartet hätte. Es war mit Teppichen und Stilmöbeln altmodisch, aber geschmackvoll eingerichtet, mit einem Fernsehgerät als einzigem Zugeständnis an die siebziger Jahre. Stoll überlegte gerade, ob sie stehen bleiben oder sich setzen sollten, als Frau Aletsee mit einer zum eingedeckten Kaffeeservice passenden Kaffeekanne hereinkam. Stoll fiel auf, dass über den schnabelförmigen Ausgießer eine Papiermanschette als Tropfenfänger gesteckt war.

„Aber warum setzen Sie sich denn nicht?" sagte Frau Aletsee und wies ihnen zwei Plätze am Esstisch an. Sie schenkte den Kaffee ein und reichte ihnen Zucker und Sahne. „Zur Feier des Tages richtige Sahne statt Kondensmilch."

Sie schnitt den Kuchen an und bot ihren beiden Gästen ein Stück davon auf einem Kuchenteller an. Dann nahm sie ein Stück für sich selbst und setzte sich. Stoll sah, dass seine Mutter etwas verlegen war.

„Liebe Frau Stoll", sagte Frau Aletsee, nachdem sie einen Schluck Kaffee genommen und einen Bissen Kuchen gegessen hatte, „ich sage Ihnen, es hat mir einen Stich gegeben, als die Polizei vor zwei Tagen Ihren

Sohn mitgenommen hat. Um sieben Uhr morgens sind sie gekommen, wie seinerzeit die Gestapo, als sie meinen Mann verhaftet haben."

Stoll spitzte die Ohren. Seine Mutter ging aber auf die Gestapo-Geschichte gar nicht ein, sondern bedankte sich nochmals bei Frau Aletsee für ihre Fürsorglichkeit. Sie und ihr Mann wären sehr froh, ihren Sohn bei einer so freundlichen Vermieterin zu wissen. Stoll hakte nach.

„Doktor Aletsee ist von der Gestapo verhaftet worden?"

„Ja, 1941, im zweiten Kriegsjahr. Mein Mann – Gott hab ihn selig – hatte noch aus der Studienzeit viele jüdische Freunde. Aber nach den Rassengesetzen von 1935 – Sie wissen schon, die Nürnberger Gesetze – hat man die Juden drangsaliert und schikaniert. Nach 1938 wurde es ganz schlimm, auch hier in München: In der Nacht vom 9. zum 10. November wurde die Synagoge niedergebrannt, und die meisten jüdischen Geschäfte wurden geplündert. Später hieß das *Reichskristallnacht.* Die jüdischen Ärzte haben ihre Zulassung verloren und durften nicht mehr praktizieren. Wer konnte, ist ausgewandert. Mein Mann hat viele Patienten seiner früheren jüdischen Kollegen übernommen, zuerst hier in der Praxis, aber nachdem sie den Judenstern tragen mussten, ging das nicht mehr, und er hat Hausbesuche gemacht."

„Seine Praxis war hier in der Wohnung?" fragte Stoll.

„Ja, vor dem Krieg wohnten die meisten Ärzte in ihrer Praxis, nicht so wie heute, wo sie ein Haus im Grünen und eine Praxis in einem Bürohochhaus haben. Mein Mann hat die Praxis mit Wohnung 1926 von einem älteren Kollegen übernommen, im gleichen Jahr haben wir geheiratet. Das Behandlungszimmer – damals hieß es Ordinationszimmer – war da, wo jetzt Herr von Prausnitz wohnt, und Ihr Zimmer, Herr Stoll, war das Wartezimmer. Mein Mann hatte keine Sprechstundenhilfe, und ich habe alle Schreibarbeiten gemacht. In der Diele stand der Schreibtisch, der jetzt in Ihrem Zimmer steht, dort habe ich die Patienten empfangen. Es war eine glückliche Zeit, auch wenn wir keine Kinder hatten. Bis die Machtübernahme kam."

„Und wie kam es zur Verhaftung Ihres Mannes?"

„Mein Mann war anfangs gar nicht gegen den Nationalsozialismus, aber als er gesehen hat, wie die Juden drangsaliert wurden, hat er sich abgewandt. Ich weiß noch, wie er damals, als den Juden der Aufenthalt in öffentlichen Parkanlagen verboten wurde, sagte: *Gerade die Luft zum Atmen lassen sie ihnen noch, das ist doch unmenschlich.* Er hat jüdische Patienten immer behandelt, selbst dann, als sie nicht mehr bezahlen konnten. Es durfte natürlich niemand wissen, deshalb hat er sie in ihren Wohnungen aufgesucht. Am 17. Oktober 1941, ich weiß es noch wie heute, morgens um sieben Uhr standen zwei Männer in schwarzen Ledermänteln vor der Tür, Gestapo, sagten sie. Sie haben die Praxis und die Wohnung durchsucht und meinen Mann mitgenommen."

„Und was haben sie mit ihm gemacht?"

„Sie haben ihn drei Tage lang verhört, im Gestapo-Hauptquartier im Wittelsbacher-Palais in der Brienner Straße. Er hat alles zugegeben und erklärt, dass der Eid des Hippokrates ihn zur Hilfe verpflichte, gleich welcher Rasse ein Kranker angehöre. Sie haben damit gedroht, seine Praxis zu schließen und ihn trotz seines kriegswichtigen Berufes und seines Alters – er war schon über fünfzig – an die Front zu schicken. Weil er aber Juden nicht versteckt oder Juden nicht zur Flucht verholfen hatte, haben sie ihn wieder freigelassen."

„Und dann?"

„Nun, er war schon eingeschüchtert, aber er hat trotzdem weitergemacht. Nach den drei schrecklichen Tagen, wo ich nicht wusste, was mit meinem Mann wird, habe ich bis zum Ende des Krieges furchtbare Angst ausgestanden. Und wir sind sehr vorsichtig geworden. Mein Mann ist schließlich nur verhaftet worden, weil ihn jemand denunziert hat. Wir wissen nicht wer, aber mein Mann glaubte, dass es Herr Ramsauer war."

„Herr Ramsauer? Ist das ...?"

„Ja, der Mann von Frau Ramsauer im dritten Stock, jetzt ist er auch schon zehn Jahre tot. Herr Ramsauer war Hausmeister und im Dritten Reich dann ehrenamtlicher Blockwart, ein Nazi-Aufpasser. Nach dem Krieg ist er lammfromm geworden. Herr Doktor hinten, Frau Doktor vorne, wenn er uns gesehen hat, überfreundlich, so wie seine Frau noch heute. Wir haben ihm die Denunziation zugetraut, aber vielleicht war er es auch nicht."

Frau Aletsee seufzte. Die Erinnerung an ihren Mann trieb ihr wieder die Tränen in die Augen. Stoll empfand jetzt, da er ihre Geschichte kannte, zum ersten Mal Verständnis und eine gewisse Hochachtung für diese Frau, die ihm bisher als eher spießig erschienen war, *bürgerlich* hätte Heidemarie gesagt.

Das Gespräch nahm jetzt eine andere Wendung. Stolls Mutter lobte den Kuchen, und dann sprachen sie über Backtraditionen in der Oberpfalz und in München. Nach einer Weile verabschiedeten sich Stoll und seine

Mutter von Frau Aletsee und zogen sich in Stolls Zimmer zurück. Stoll setzte sich auf sein Bett und bot seiner Mutter seinen Schreibtischstuhl an.

„Ich habe bisher nicht gewusst, dass das der Schreibtisch ist, an dem in den zwanziger und dreißiger Jahren hier in dieser Wohnung Patienten empfangen wurden. Dafür ist er noch sehr gut erhalten."

„Das war eben Wertarbeit damals, Handwerkerqualität", sagte seine Mutter und betrachtete den Schreibtisch. Dabei fiel ihr das Flugblatt des MSB Spartakus auf, das Stoll beim Verteilen mit Heidemarie eingesteckt hatte und das schon auf dem Polizeipräsidium die Aufmerksamkeit der Beamten erregt hatte.

„Was ist denn das?" fragte sie. „Du interessierst dich doch nicht etwa für den Kommunismus?"

„Natürlich nicht", sagte Stoll, aber schon fühlte er einen gewissen Ärger in sich aufsteigen, vor allem, weil seine Mutter mit ihren Ermahnungen fortfuhr und er merkte, dass sie fürchtete, er könnte in die linke Studentenszene geraten.

„Lass dich nicht mit diesen Leuten ein, Andreas."

Eigentlich hätte er ihr sagen können, dass diese Gefahr nicht bestand, dass er bei entsprechender Gelegenheit im Gegenteil immer die Werte der bürgerlichen Gesellschaft und des Christentums verteidigt hatte, aber aus dem Tonfall, mit dem seine Mutter *von diesen Leuten* sprach, spürte er einen pauschalen Angriff auf die linke Szene heraus. Jetzt verlegte er sich darauf, den linken Idealismus, den er in Heidemarie verkörpert sah, zu verteidigen.

„Was heißt da *diese Leute*? Das sind doch keine Spinner und Radikalinskis, das sind Intellektuelle und Idealisten. Du brauchst sie nicht herunterzusetzen."

„Marxisten? Die vertreten genauso eine unmenschliche Lehre wie seinerzeit die Nazis. Und sie bekämpfen die Religion. Du siehst doch in den kommunistischen Ländern, was dabei herauskommt."

„Das weiß ich doch, aber die Spartakisten hier wollen einen Sozialismus mit menschlichem Antlitz."

„Vergiss nicht, dass du katholisch bist, Andreas. Du kannst dich doch nicht von den Linken verführen lassen."

Das Wort *verführen* hatte für ihn einen ganz anderen Klang, obwohl seine Mutter es ohne Hintergedanken benutzt hatte. Innerlich gab er seiner Mutter recht, aber er sah im Geiste Heidemarie vor sich und konnte nicht anders, als jetzt seinerseits ihre Argumente zu benutzen.

„Was hat das mit der Religion zu tun? Glaubst du, dass es nur darauf ankommt, zur Messe zu gehen, zu beten und die Ungerechtigkeiten der Welt hinzunehmen? Stattdessen sollte man sich engagieren und etwas tun. Schon in der Bibel heißt es: *An ihren Taten werdet ihr sie erkennen*."

Seine Mutter schwieg auf dieses Argument hin und blickte dann auf die Uhr. Sie sagte, dass es jetzt Zeit wäre, zum Bahnhof zu gehen, weil ihr Zug in einer Dreiviertelstunde gehe. Stoll wandte ein, dass sie nur zehn Minuten zum Bahnhof bräuchten, weshalb es noch nicht eile, aber er kannte seine Mutter und wusste, dass sie nervös werden würde, wenn sie nicht sehr frühzeitig gingen. Stoll holte deshalb ihre Mäntel und klopfte bei Frau Aletsee, damit seine Mutter ihr Auf Wiedersehen sagen konnte, und dann gingen sie die wenigen Schritte zum Hauptbahnhof.

Als sie auf dem Bahnsteig warteten, kam seine Mutter nochmals auf ihr Gespräch zurück. Stoll merkte, dass sie mit sich kämpfte, so als ob sie noch etwas Wichtiges sagen wollte, aber nicht wusste, wie sie beginnen sollte.

„Andreas, bitte nimm meine Warnung ernst. Lass dich nicht mit undemokratischen Parteien ein. Das ist gefährlich."

„Was meinst du damit, gefährlich?"

„Wenn man bei solchen Leuten mitmacht, wird man in etwas hineingezogen, und man muss nachher für das geradestehen, was sie angerichtet haben, selbst wenn man selber dafür nicht verantwortlich ist."

„Das ist doch Blödsinn."

„Andreas, ich habe das schon einmal erlebt. Wenn du mir hoch und heilig versprichst, deinem Vater nichts davon zu sagen, will ich es dir erzählen."

Stoll erschrak. Er befürchtete schon ein Geständnis seiner Mutter, dass sie seinen Vater betrogen hatte, was er sich allerdings überhaupt nicht vorstellen konnte. Er war peinlich berührt, aber er wollte wissen, worum es sich handelte.

„In Ordnung. Ich verspreche es dir."

„Es war damals, im Februar 1937, als Papa in die NSDAP eingetreten ist."

„Was, Papa war in der NSDAP?"

„Du weißt doch, dass die wirtschaftliche Lage in den dreißiger Jahren sehr schwierig war. Die Schneiderei deines Vaters ist schon seit 1936 nicht mehr gut gegangen. Die Leute haben mehr und mehr Kleidung von der Stange gekauft. Wenn ich nicht gearbeitet hätte, hätten wir von den

Einkünften nicht leben können. Da ist ihm 1937 eine gute Stelle in der Wehrmachtsschneiderei angeboten worden; aber um die Anstellung zu bekommen, sollte er in die Partei eintreten. Er hat hin und her überlegt, aber alle haben sie ihm zugeredet. Hitler bringt Deutschland nach vorne, hieß es, da wird ein bisschen Porzellan zerschlagen. Zigeuner, Kriegsgewinnler, arbeitsscheues Gesindel und Triebtäter werden in Arbeitslager zur Umerziehung gesteckt, hieß es, aber bald ist das vorbei, und dann wird alles besser. Für den Aufbau muss ausgekehrt werden, und wo gehobelt wird, fallen Späne. Das waren die Argumente. Dein Vater hat gezögert, wir waren doch katholisch, und die Nationalsozialisten galten als unchristlich, aber nach dem Reichskonkordat von 1933 sind Katholiken, die der NSDAP beigetreten sind, nicht mehr exkommuniziert worden. Das war jetzt ausdrücklich erlaubt, sonst hätte es Papa niemals gemacht."

„Weißt du, was du da sagst? Papa war ein Nazi? Du hast gerade von Frau Aletsee gehört, wie es ihrem Mann ergangen ist, und du sagst, dass Papa bei dieser Verbrecherbande war?"

„Aber Papa hat doch gar nichts Schlimmes gemacht. Er war an keinem Verbrechen beteiligt, er ist nur der NSDAP beigetreten, um bei der Wehrmacht arbeiten zu können."

„Für diesen Judaslohn hat er seine Überzeugungen verraten?"

„Kannst du dir die Arbeitslosigkeit in den dreißiger Jahren vorstellen? Natürlich nicht. Glaubst du, dein Vater war der Einzige? Das war damals Gang und Gäbe. Bei wie vielen deiner Klassenkameraden aus deiner Abiturklasse war der Vater Beamter oder Angestellter im öffentlichen Dienst? Glaubst du etwa, deren Väter wären nicht bei der NSDAP gewesen? Das war doch gar nicht möglich. Wie viele deiner Lehrer am Gymnasium waren schon im Dritten Reich Lehrer? Glaubst du etwa, sie hätten unterrichten können, ohne NSDAP-Mitglieder zu sein? Dein Vater hat nichts anderes gemacht als das, was alle im öffentlichen Dienst gemacht haben: einen Aufnahmeantrag in die Partei zu unterschreiben. Und wie viele war er kein aktiver Nazi, sondern nur ein Mitläufer."

Stoll musste zugeben, dass er nie darüber nachgedacht hatte. Das Dritte Reich war ihm immer als eine Entgleisung der Geschichte erschienen, die sich vor langer Zeit ereignet hatte. In seiner Kindheit hatte man immer von *den Nazis* gesprochen, so als ob es sich um Außerirdische handelte, die Deutschland heimgesucht hätten. Dass diese Leute unter uns waren, versetzte ihm einen Schock. Er dachte an die älteren seiner Gymnasiallehrer, freundliche, zum Teil etwas verschrobene Herren, er dachte an die Väter seiner Klassenkameraden, Staatsanwalt der eine, Oberpostrat der andere. Und die sind alle NSDAP-Mitglieder gewesen? Natürlich, seine Mutter hatte recht, es konnte gar nicht anders sein. Und sein Vater war auch dabei gewesen. Stoll schauderte.

„Papa. Was ..."

„Eins musst du mir glauben, Andreas. Papa hat sich nichts zuschulden kommen lassen. Mit den Verbrechen der Nazis hat er nichts zu tun. Er war NSDAP-Mitglied nur auf dem Papier."

„Aber warum hat er mir nie etwas gesagt? Warum habt ihr mir das verschwiegen, wenn er kein Verbrechen begangen hat?"

„Weil er sich geschämt hat. Es hat bei uns im Viertel fanatische Nazis gegeben, nach dem Krieg sind sie entnazifiziert worden und haben den Kopf genauso hoch getragen wie zuvor. Es war ihnen kein bisschen peinlich. Papa hingegen hat sich geschämt, obwohl er eigentlich gar nicht mitgemacht hat. Und er hat viele Nachteile hinnehmen müssen. Du weißt doch, dass er nach dem Krieg viele Jahre arbeitslos war. Im Gegensatz zu den Beamten und Angestellten in Verwaltung und Justiz, die ihre Stellen nach 1945 behalten haben, hat es die Wehrmacht ja nicht mehr gegeben, und Papa hatte keine Arbeit mehr, als er aus der Gefangenschaft entlassen wurde."

Für einen Augenblick wurde Stoll schwindlig, er wurde blass, und seine Lippen bebten. Es fiel ihm schwer, sich zu konzentrieren und darüber nachzudenken, was diese Enthüllung für ihn bedeutete. Seine Mutter sah, was in ihm vorging, und legte ihre Hände um die seinen.

„Andreas, du musst mir glauben, Papa hat sich nicht schuldig gemacht. Und du hast mir versprochen, ihm nichts davon zu erzählen."

„Ja, Mama. Ich sage schon nichts. Ich glaube dir auch. Aber ich bin trotzdem schockiert, dass ihr mir das so lange verschwiegen habt. Darüber werde ich so schnell nicht hinwegkommen."

Jetzt erst merkte Stoll, dass sich der Bahnsteig um sie herum mit Wartenden gefüllt hatte, eine Lautsprecherdurchsage kündigte die Einfahrt des Zuges nach Hof über Freising, Landshut, Regensburg und Weiden an. Als der Zug einfuhr, merkte er, dass seine Mutter zitterte. Oder war es nur das Vibrieren des Bodens, das durch den schweren Zug verursacht wurde? Bevor er seiner Mutter in einen Wagen der zweiten Klasse half, verabschiedete er sich von ihr, indem er ihr betont distanziert die Hand gab.

Er beobachtete durch das Wagenfenster, wie seine Mutter ihren Mantel auszog und in dem leeren Abteil am Fenster Platz nahm. Sie winkte ihm zu, und er sah, dass sie Tränen in den Augen hatte. Er wartete gegen seine Gewohnheit nicht, bis der Zug abfuhr, sondern wandte sich zum Gehen. Nach einigen Schritten drehte er sich aber um und winkte noch einmal.

Eine Nacht mit Karin

Wie betäubt machte er sich vom Bahnhof auf den Weg. Er konnte kaum glauben, was seine Mutter ihm soeben eingestanden hatte. Sein Vater ist 1937 in die Nationalsozialistische Partei eingetreten, um Wehrmachtsschneider werden zu können. *Parteigenosse Stoll*, wie das klang. Er schüttelte sich, weil er denselben Namen trug. „Aber er hat doch gar nichts Schlimmes getan, er war nur ein harmloser Mitläufer“, hatte seine Mutter gesagt. *War das wirklich so?* Immer wieder stellte er sich diese bohrende Frage.

Er sah seinen Vater vor sich, diesen unpolitischen und weichen Mann, der unfähig war, seinen Sohn zu strafen, der keine Anweisungen geben konnte und immer einen Vorgesetzten brauchte. Er sah das gutmütige Gesicht mit dem gewellten, leicht ergrauten Haar und dem kleinen Lächeln, hinter dem er so oft Weichheit und schlichte Geisteshaltung gesehen hatte. Wäre es möglich, dass dieser Mann im Dritten Reich ein aktiver Parteigenosse gewesen ist? Er konnte sich das nicht vorstellen. Also war sein Vater wirklich nur ein kleiner Mitläufer gewesen, der sich nur aus Gründen seiner beruflichen Existenz zum Parteieintritt entschlossen hat, so wie seine Mutter ihm gesagt hatte. Er wollte es gerne glauben, aber ein zwiespältiges Gefühl blieb.

Warum hat er mir das verschwiegen? fragte er sich. Alle wussten es, die Verwandten, die Nachbarn, nur der eigene Sohn hatte keine Ahnung. Würde er seinem Vater wieder in die Augen schauen können, nachdem er seiner Mutter versprochen hatte, seinem Vater nichts zu sagen? Es waren quälende Fragen, die ihn beschäftigten. Er ließ die vergangenen Tage Revue passieren und kam sich vor wie in einem Traum. Über Jahre war sein Leben in ruhigen, normalen Bahnen verlaufen, und in wenigen Tagen hatte ihn das Schicksal mit einschneidenden Ereignissen überschüttet: die erste Liebe, Rausch und Enttäuschung, ein Mordfall, in den er durch Zufall verwickelt worden war, und jetzt die Enthüllung über seinen Vater und die damit zusammenhängenden Zweifel.

Andreas Stoll war in Gedanken versunken, als er die Wohnungstür aufsperrte. Frau Aletsee kam aus der Küche und sagte zu ihm in einem verschwörerischen Ton: „Ach, Herr Stoll, gut dass Sie gleich zurückgekommen sind. Ich hoffe, dass Ihre Frau Mutter gut abgefahren ist. Aber in der Küche wartet eine Dame auf Sie. Gehen Sie nur hinein."

„Eine Dame?"

Ohne Mantel und Schuhe abzulegen ging Stoll in Küche und war überrascht, Karin Weber zu sehen. Zu seiner weiteren Überraschung sah sie ganz verändert aus. Sie hatte ihr glattes, brünettes Haar hochgesteckt und trug eine kleine, randlose Brille. Als sie ihn sah, sprang sie von der Eckbank auf und ging rasch auf ihn zu.

„Andreas. Ich habe gehört, was passiert ist, und da hab ich mich gestern im Sekretariat nach deiner Adresse erkundigt. Ich habe alle Vorlesungen für dich mitgeschrieben."

„Danke, das ist nett von dir. Aber setz dich doch."

„Als du am Donnerstag und Freitag nicht im Labor erschienen bist, war ich beunruhigt. Dr. Schmidt hat uns dann erzählt, dass die Polizei gegen dich wegen Cerberus ermittelt. Sie haben ihn dazu verhört, und er hat bestätigt, dass er es war, der dich in die Säurekammer geschickt hat, um Perchlorsäure zu holen. Es ist schon schrecklich genug, dass ein Mord bei uns passiert, aber wenn man auch noch unschuldig verdächtigt wird, das muss entsetzlich sein."

„Ja", sagte Stoll, „das war entsetzlich", wohlweislich verschweigend, dass er mehr unter dem Schock der Trennung von Heidemarie litt als unter dem Schock des falschen Verdachtes, „aber es ist schön, dass du vorbeigekommen bist."

Sie lächelte ihn an. Ein hübsches Mädchen, dachte er. Ohne ihre große Brille sah sie ganz reizend aus.

„Wie kommt es, dass du plötzlich eine andere Brille trägst? Die steht dir sehr gut, das gibt dir ein sehr intellektuelles Aussehen."

„Die Brille hab ich schon länger. Ich habe nur zur Uni meine alte Brille aufgesetzt, weil man im Labor wegen der großen Brillengläser besser gegen Säurespritzer geschützt ist."

Sie sprach etwas zu schnell und errötete dann. Er betrachtete sie genauer. Sie trug eine enganliegende braune Cordhose und einen hellblauen Pullover, um den Hals hatte sie ein zartes Kettchen mit einem kleinen Kreuz aus Weißgold. Es fiel ihm auf, dass er sie zum ersten Mal begehrenswert fand, so als ob die Begegnung mit Heidemarie etwas in ihm geöffnet hätte. Gleichzeitig verursachte ihm der Gedanke an Heidemarie wieder einen heftigen Schmerz.

„Du siehst verstört aus", sagte Karin, „hast du schon zu Abend gegessen?"

„Nein, ich habe gerade meine Mutter zum Bahnhof gebracht."

„Willst du bei mir zu Abend essen? Ich habe etwas vorbereitet."

„Gern. Wo wohnst du eigentlich?"

„In der Ringseisstraße."

„Wo ist das?"

„Das ist in der Nähe des Sendlinger Tors. Wenn du willst, können wir gleich hinfahren."

Er nickte zustimmend und gab ihr ihren Anorak und ihren Schal, die sie über einen Küchenstuhl gelegt hatte. Er stellte erleichtert fest, dass Frau Aletsee die Besucherin nicht gebeten hatte, ihre Schuhe auszuziehen.

Sie verließen die Wohnung gemeinsam und nahmen die Straßenbahn bis zum Sendlinger-Tor-Platz. Karin erzählte ihm von den letzten Tagen im Labor und den Untersuchungen des Bayerischen Landeskriminalamtes.

„Cerberus soll nächste Woche beerdigt werden, wenn die Leiche freigegeben ist. Die Assistenten meinten, wir sollten alle hingehen."

„Ich kann nicht hingehen, Karin. Schließlich haben sie mich verdächtigt, es wäre mir peinlich, die Angehörigen zu sehen."

„Er war nicht verheiratet, er lebte mit seiner Mutter in einem Häuschen in Moosach, hat Dr. Schmidt erzählt. Die ist schon über achtzig und wird völlig fertig sein."

Sie schwiegen eine Weile. Als sie die Straßenbahn am Sendlinger Tor verließen und in die Lindwurmstraße einbogen, stellte er eine ganz unverfängliche Frage: „Fährst du eigentlich öfter mit der U-Bahn, nachdem du hier in der Nähe des Sendlinger Tors wohnst?"

„Nein, die Straßenbahn ist viel praktischer, weil die TU nicht an das U-Bahnnetz angeschlossen ist. In München tun sie so, als gäbe es nur die LMU. Ich bin nur einmal mit der U-Bahn gefahren, nur um zu sehen, wie das ist, gleich nach der Eröffnung im Oktober letzten Jahres."

„Im Mai soll eine zweite Linie eröffnet werden, rechtzeitig zu den Olympischen Spielen, aber auch die geht nicht zur Technischen Universität. Schade."

Inzwischen waren sie bei dem Haus angekommen, in dem Karin wohnte. Es war eines jener Mietshäuser aus der Gründerzeit, denen man als Folge der Kriegsschäden in den fünfziger Jahren die Stuckfassade abgeschlagen hatte. Was damals modern wirken sollte, sah heute schmucklos aus. Das Haus daneben war im Krieg offenbar völlig zerstört worden, denn es war nur einstöckig wieder aufgebaut und beherbergte eine Wurstbraterei, was sich in der sonst geschlossenen Häuserzeile wie eine Zahnlücke ausnahm.

„Hier wohne ich“, sagte Karin, „im zweiten Stock. Vor dem Krieg gab es auf jedem Stock zwei große Wohnungen, die wurden während der Wohnungsnot nach dem Krieg in je zwei kleine Einheiten aufgeteilt, in eine Dreizimmerwohnung und in eine Zweizimmerwohnung.“

Sie stiegen das Treppenhaus hinauf, Karin schloss auf und bat ihn herein. Von einer kleinen Diele führten zwei Türen in ein Badezimmer und in eine Toilette, die dritte Tür in eine Wohnküche, an die sich ein weiteres Zimmer anschloss, das offenbar als Arbeits- und Schlafraum diente.

„Setz dich doch“, sagte Karin, indem sie ihm den Mantel abnahm. Er nahm auf einer Eckbank Platz und sah sich in dem wohnlichen Raum um, während sie mit einem Topf und einer Pfanne auf dem Gasherd hantierte. An der Wand stand ein Klavier.

„Du spielst Klavier? Spielst du mir etwas vor?“

Karin zierte sich ein wenig. „Nach dem Essen vielleicht.“

Inzwischen hatte sie aus einer Anrichte Teller, Gläser und Besteck hergeräumt und den Tisch gedeckt. Sie stellte eine dampfende Schüssel auf den Tisch und nahm den Deckel ab. Daneben stellte sie ein Körbchen mit Brezen.

„Ich hoffe, du magst Kartoffelsuppe mit Speck?“

„Sie riecht ausgezeichnet.“

„Möchtest du ein Glas Bier?

„Gerne.“

Sie aßen und tranken, und Stoll genoss die heimelige Atmosphäre des schlichten Abendessens. Sie redeten über ihr Studium, über die Lebensverhältnisse in München und über ihre Heimatstädte Regensburg und Landshut. Nach dem Essen kam Stoll auf das Klavierspiel zurück. Erst auf sein Drängen holte sie Notenblätter aus dem Zimmer nebenan und setzte sich ans Klavier.

Nach verschiedenen Stücken von Chopin spielte sie eine sehr eingängliche Melodie, die ihm recht bekannt vorkam. Er sah ihr über die Schulter. *Für Elise* las er auf dem Notenblatt, *Ludwig van Beethoven, Bagatelle in A-Moll*. Die Melodie rührte ihn fast zu Tränen. Er sah Karin beim Klavierspiel zu und dachte gleichzeitig an Heidemarie.

„Du siehst traurig aus“, sagte Karin, als sie ihr Spiel beendet hatte.

„Du hast ausdrucksvoll gespielt, und es ist eine empfindsame Melodie.“

Karin sah ihn unschlüssig an. Er merkte, dass sie etwas sagen wollte, aber zögerte. Schließlich stellte sie die Frage doch.

„Andreas, willst du heute Nacht hierbleiben?“

Er wusste, dass er mit der Antwort keine Sekunde zögern durfte, wenn er sie nicht verletzen wollte, deshalb gingen ihm widerstrebende Gefühle in Sekundenbruchteilen durch den Kopf. Er mochte Karin, und heute fand er sie auch begehrenswert. Sie war vielleicht sogar hübscher als Heidemarie, hatte aber nicht deren erotische Ausstrahlung. Karin würde man als ordentliches Mädchen bezeichnen, vernünftig und zuverlässig (*bürgerlich* fiel ihm ein), Heidemarie dagegen war unbändig und wild, eine Ideologin, wie er selbst gesagt hatte. Er passte viel besser zu Karin als zu Heidemarie, dennoch fühlte er sich zu Heidemarie hingezogen, auch wenn sie ihn nach nur einer Nacht zurückgewiesen hatte. Der Zauber der ersten Liebesnacht war aber keineswegs verflogen, und ihm fiel ein, was ihm der Dominikaner in Bezug auf Heidemarie gesagt hatte: *Nichts kann dich daran hindern, sie zu lieben.* Sollte er also jetzt Karin abweisen, weil er Heidemarie liebte? Schon neigte er dieser Ansicht zu, aber dann überlegte er, dass Heidemarie ja für die freie Liebe eintrat und ihn ohnehin nicht wiedersehen würde. Es ist vorbei, sagte er sich, dann gingen ihm aber wieder die Worte des Dominikaners durch den Kopf: *Nichts kann dich daran hindern, sie zu lieben.* Kann man zwei Frauen lieben, die eine platonisch und die andere mit Leib und Seele? Er wusste keine Antwort, aber er beschloss, es herauszufinden.

„Ich würde die Nacht gerne mit dir verbringen, wenn du willst“, antwortete er schnell. „Du weißt, ich mag dich sehr.“

Er vermied das Wort „liebe“, streichelte ihr aber zärtlich über die Wange. Sie löste ihr hochgestecktes Haar, legte ihren Kopf an seine Schulter und küsste ihn auf die Wange. Lange Zeit saßen sie so und sagten kein Wort.

Es war Karin, die das Schweigen brach.

„Möchtest du ins Badezimmer gehen? Ich habe noch eine neue Zahnbürste, die kannst du benutzen.“

Stoll ging zur Toilette, dann ins Bad, er fand Seife, Zahnpasta und die ihm zugedachte Zahnbürste. Der Badeofen war nicht geheizt, so nahm er eine kalte Dusche und zog dann einen Bademantel an, der am Türhaken hing und ihm etwas zu klein war. Als er wieder ins Zimmer trat, war das Radio leise angestellt, ein Cello spielte Chopins *Nocturne in Cis-Moll*, und die Schlafzimmertür war geöffnet. Karin sah ihn belustigt an.

„Für dich könnte mein Bademantel etwas größer sein. Du kannst schon ins Bett gehen. Ich komme gleich."

Das Schlafzimmer war dunkel. Ohne Licht zu machen, zog er den Bademantel aus und legte sich in das sorgfältig gemachte Bett, das nach frischer Wäsche duftete. Im Dunkeln sah er die Umrisse eines Schrankes und einer kleinen Kommode, die offenbar als Schreibtisch diente.

Nach einer Weile kam sie zurück. Sie löschte das Licht im Wohnzimmer, bevor sie hereintrat. Sie war nackt. Bevor sie sich zu ihm ins Bett legte, suchte sie sein Gesicht und küsste ihn. Es war zärtlicher, hatte nicht die Wildheit von Heidemaries Küssen. Sie umarmten sich leidenschaftlich, er entdeckte die Zartheit ihres Körpers, und er gab sich dem Rausch der Sinnlichkeit hin.

Er küsste sie auf die Augen, auf den Mund, auf den Hals, auf ihre Brüste, auf ihren Nabel und fing dann dieses Spiel immer wieder von neuem an, dann beugte er sich hinunter und küsste ihr Geschlecht. Bald spürte er, wie sie sich rhythmisch wand, nach einer Weile bäumte sie sich auf und stöhnte leise. Er hielt inne und küsste sie auf die Stirn. Danach richtete sie sich auf, drehte sich um und bedeckte seinen Bauch mit Küssen. Er spürte ihre Zunge, und er fühlte die Wärme ihres Mundes. Ein Gefühl der Wonne durchzog ihn, und er wünschte diesen Zustand zu halten. Aber es durchzuckte ihn wie ein Blitz, und die Wonne löste sich in Mattigkeit auf.

In diesem Augenblick dachte er an Heidemarie, und die Worte des Dominikaners fielen ihm ein: *Als Buße gebe ich dir auf, für diese Frau zu beten, wann immer du an sie denkst.* O Gott im Himmel, fuhr es ihm durch den Kopf, steh Heidemarie bei, wo immer sie jetzt sein mag. Sei du bei ihr, der du alles siehst und alles verzeihst!

Karin richtete sich auf und betrachtete ihn. Sein Blick war in die Ferne gerichtet. Sie küsste ihn zärtlich auf den Mund. Sie duftete angenehm nach der Seife, die er im Bad gesehen hatte. Alles an ihr war sauber und adrett.

„Was hast du? Du wirkst so traurig. Hat es dir nicht gefallen?"

„Doch, es war sehr schön."

„Möchtest du, dass ich mir die Pille verordnen lasse? Dann können wir es auch anders machen."

„Ja ... nein, es war auch so sehr schön."

„Aber dich bedrückt doch etwas. Ist es dein Erlebnis mit der Polizei?"

„Nein, nein, das ist schon vorbei.“

„Willst du es nicht sagen?“

„Doch, ich muss es dir sagen. Ich habe vor einigen Tagen mit einer Frau geschlafen. Es war das erste Mal. Und diese Nacht geht mir nicht aus dem Sinn.“

„Liebst du diese Frau?“

„Ja, aber nicht so, wie du denkst, es ist jetzt rein platonisch.“

Und er erzählte ihr in allen Einzelheiten von der Begegnung mit Heidemarie bei dem sozialistischen Kulturabend, vom Spaziergang im verschneiten Park beim Friedensengel, von den Flugblättern des MSB Spartakus in Haidhausen, von der Liebesnacht mit Heidemarie, von ihrer Trennung am Morgen, von seiner Beichte in der Theatinerkirche und von den überraschenden Worten des Beichtvaters über die Liebe.

„Paulus sagt, die Liebe bestehe darin, nichts zu fordern, sondern alles zu verzeihen. Bist du mir jetzt böse?“

„Nein. Ich bin nur traurig, weil du eine andere liebst, auch wenn es nur platonisch ist. Aber trotzdem ich finde es schön, dass du sie liebst.“

„Schickst du mich jetzt fort?“

„Nein. Ich möchte neben dir einschlafen. Ab morgen sind wir dann wieder nur Freunde und Studienkollegen, jedenfalls solange du Heidemarie liebst. Vielleicht kommst du eines Tages von ihr los.“ Sie zögerte etwas, dann lächelte sie. „Bis dahin kannst du auch für mich beten, wenn du an mich denkst. Ich glaube, der Priester hat dir eine raffinierte Buße aufgegeben, denn sie ist an die Liebe gebunden. Willst du das tun?“

„Ich verspreche es dir.“

Sie hielten sich fest umschlungen. Seine rechte Hand hatte er um ihre linke Brust gelegt. Nach einer Weile waren sie beide eingeschlafen.

Wächter und Bewachte

Es war Mittwoch, der 1. März 1972, kurz vor zwei Uhr nachmittags, als Kinner und Schreiner in ihren VW Käfer stiegen und nach St. Ottilien aufbrachen. Kinner hatte überlegt, ob er seinen Assistenten nicht allein in dieses Kloster schicken sollte, denn er war zurzeit mit Arbeit überlastet. Nicht nur die Einbruchserie nahm viel Zeit in Anspruch, inzwischen hatten sie zwei neue Straftaten zu bearbeiten, ein Fall von häuslicher Gewalt und ein Ladendiebstahl. Glücklicherweise erforderten die neuen Fälle weniger

Ermittlungsarbeit, aber allein die Routine kostete viel Mühe. Trotz dieser Belastung hatte er sich schließlich dafür entschieden, selbst mit dem letzten verbliebenen Zeugen der SS-Zeit des TU-Mordopfers zu sprechen. Er war kein Freund des Aktenstudiums, ihm erschloss sich ein Fall immer erst durch persönliche Inaugenscheinnahme und Zeugenbefragung.

Sie verließen München über die Landsberger Straße Richtung Ammersee. Es war der erste Frühlingstag in diesem Jahr. Nachdem die erste Februarhälfte schneereich und die zweite Februarhälfte verregnet gewesen war, schien mit dem heutigen Tag der Winter zu Ende zu sein. Die Luft war fast lau, und der blaue Himmel zeigte kaum ein Wölkchen. Nur die kahlen Bäume und die braungrauen Grasflächen ließen noch erkennen, dass der Winter kaum vorüber war.

Kinner schaltete das Autoradio ein, um die Vierzehnuhrnachrichten des Bayerischen Rundfunks zu hören. Da seine Armbanduhr aber nachging, hatten sie die wichtigsten Nachrichten bereits versäumt. Der Nachrichtensprecher verkündete gerade, dass die DDR-Volkskammer noch in diesem Monat ein Gesetz verabschieden werde, wonach jede Frau über einen Schwangerschaftsabbruch bis zur zwölften Woche selbst entscheiden könne. Das gebe in der Auseinandersetzung um den § 218 StGB in der Bundesrepublik den Befürwortern der sogenannten Fristenlösung neuen Auftrieb. Auch der Bundestag werde noch in der siebten Legislaturperiode den Paragrafen, der den Abbruch der Schwangerschaft unter Strafe stellt, neu regeln. Quer durch alle Parteien werde die Güterabwägung zwischen dem Selbstbestimmungsrecht der Frau und dem Schutz des ungeborenen Lebens diskutiert. Danach kam der Wetterbericht für Südbayern und das Donaugebiet sowie für Nordbayern und den Bayerischen Wald, in dem ungetrübtes Hochdruckwetter und frühlingshafte Temperaturen angekündigt wurden. Kinner schaltete das Radio wieder aus und hing seinen Gedanken nach. Nach einiger Zeit riss ihn Schreiner aus seinen Überlegungen.

„Was sagen Sie eigentlich zur Debatte um den Schwangerschaftsabbruch?“

„Sie meinen in der DDR?“

„Nein, ganz allgemein. Die Debatte ist ja auch bei uns in vollem Gang. Und nicht nur in der Öffentlichkeit. Meine Freundin und ich haben da ganz verschiedene Ansichten. Monika ist sonst keine Feministin, aber in dieser Frage ist sie ganz auf der Linie *Mein Bauch gehört mir*. Ich hingegen halte den Schwangerschaftsabbruch für unmoralisch. Da bin ich ganz auf der Linie der katholischen Kirche, obwohl ich evangelisch bin und nicht einmal sehr gläubig."

„Was soll das heißen, *nicht einmal sehr gläubig*? Entweder ist man gläubig oder nicht, entweder ist man schwanger oder nicht. Ein bisschen schwanger geht nicht und ein bisschen gläubig auch nicht."

„Entschuldigung, Chef. Ich kenne Ihren Genauigkeitsfimmel, und ich habe mich ungenau ausgedrückt. Ich wollte sagen, ich bin zwar gläubig, aber nicht sehr praktizierend, kirchenfern sozusagen."

„Das gilt übrigens auch für Ihre Berichte. Sie müssen sich immer um genaue Formulierungen bemühen."

„Gut, aber was sagen Sie nun zum Schwangerschaftsabbruch?"

„Im Grunde dreht sich alles um die Frage: *Wann beginnt das Leben?* Mit der Zeugung oder mit der Geburt? Diese Frage wird sich ebenso wenig eindeutig beantworten lassen wie die Frage: *Wann endet das Leben?* Die Medizin legt mehr oder weniger willkürlich eine Grenze fest, die an Symptome gebunden ist. Am einfachsten ist natürlich die Sichtweise, dass der Mensch erst mit der Geburt ein selbständiger Mensch ist, dann kann man abtreiben, ohne unmoralisch zu sein. Aber das sind alles problematische Unterscheidungen, denn was heißt da selbständig? Auch mit der Geburt ist der Mensch noch nicht selbständig, sondern muss noch viele Jahre von seinen Eltern versorgt werden. Die Selbständigkeit kann also kein Argument sein, und für mich beginnt das menschliche Leben mit der Vereinigung von Ei- und Samenzelle. Aber natürlich kann das jeder anders sehen, deshalb ist die Debatte so kontrovers."

„In der DDR herrscht wie in allen kommunistischen Ländern eine materialistische Sichtweise, die Ausfluss der marxistischen Ideologie ist. Schwangerschaftsabbruch bis zur zwölften Woche als Mittel der Familienplanung! So als ob ein zwei Monate alter Fötus nur ein lebloser Zellhaufen wäre, den man achtlos wegwerfen könnte."

„Es wird Sie überraschen, aber ich habe da eine differenzierte Meinung. Schwangerschaftsabbruch als Mittel der Familienplanung lehne ich auch ab. Und vor zehn Jahren, Schreiner, hätte ich auch noch ganz Ihre Position vertreten. Nach wie vor kommt für mich als Katholiken ein Schwangerschaftsabbruch nicht in Frage, oder nur in ganz bestimmten Fällen, etwa nach einer Vergewaltigung, bei einer schweren Erbkrankheit, oder wenn Gefahr für Gesundheit und Leben der Mutter besteht. Aber nicht alle sind katholisch, und nicht alle teilen meinen ethischen Standpunkt. Deshalb bin ich doch für eine Reform des § 218."

„Sie wären also für eine Indikationslösung, aber ohne soziale Indikation, wo eine werdende Mutter soziale – und das heißt letztlich wirtschaftliche – Gründe für eine Abtreibung geltend machen könnte?“

„Eigentlich ja. Das ist jedenfalls mein persönlicher ethischer Standpunkt. Aber als Pragmatiker würde ich auch eine soziale Indikation oder sogar eine Fristenlösung akzeptieren, weil ich zu der Überzeugung gekommen bin, dass man das ungeborene Leben gegen den Willen der Mutter nicht wirksam schützen kann.“

„Sie denken an Kindesmord?“

„Ich denke an Kindesmisshandlung, Vernachlässigung und all das Leid, das wir als Polizisten im Fall ungewollter Kinder schon erlebt haben.“

„Kann das Abtreibungen rechtfertigen?“

„Erinnern Sie sich an den Fall in Neu-Perlach vor einigen Jahren, wo eine Mutter ihr ungewolltes Kind verhungern ließ? Sie war verzweifelt und wusste keinen Ausweg. In diesem Fall hätte ein Schwangerschaftsabbruch sowohl der Mutter und auch dem Kind viel Leid erspart.“

„Sie überraschen mich. Ich habe Sie als sehr korrekten und eher konservativen Menschen kennengelernt. In dieser Frage sind Sie übertrieben liberal, obwohl Sie doch katholisch sind.“

„Damit Sie mich nicht falsch verstehen, Schreiner: Für mich persönlich ist Abtreibung ein Verbrechen. Aber mit Verboten werden wir das ungeborene Leben nicht schützen, und das ist für mich der entscheidende Punkt, wenn ich die Straffreiheit des Schwangerschaftsabbruchs unter bestimmten Umständen befürworte. Aber ich gestehe Ihnen zu: Es ist ein schwieriger Balanceakt zwischen meiner moralischen Überzeugung und meiner pragmatischen Sicht der Dinge.“

„Sie sind also in dieser ethischen Frage ganz pragmatisch eingestellt?“

„Ja, weil es zu einfach wäre, hehre Prinzipien zu verteidigen, ohne auf ihre Auswirkungen zu achten. Es ist falsch, alles nur schwarz und weiß zu sehen, so wie es Kindermärchen oder Hollywood-Filme tun, wo es nur *good guys* und *bad guys* gibt. Gesetze, die etwas Richtiges wollen, können bei strikter Anwendung die gegenteilige Wirkung haben. Man muss deshalb immer darauf achten, dass der Schuss nicht nach hinten losgeht. Als Pragmatiker sage ich mir, dass es weniger auf den Buchstaben einer Vorschrift als auf ihren Geist ankommt. Was nützt es, wenn wir ein striktes Gesetz zum Schutz des ungeborenen Lebens haben, aber die Zahl der

Schwangerschaftsabbrüche durch den Abtreibungstourismus ständig steigt? Ziel der Gesetzgebung muss sein, die Zahl der Abtreibungen zu senken."

„Aber darf man deshalb moralische Positionen aufgeben?"

„Nein. Aber Ihre moralische Position gilt nur für Sie selbst, nicht für andere. Andere Menschen haben auch ein Gewissen, aber sie vertreten oft eine andere moralische Position."

Nach diesem Gespräch schwiegen beide und dachten über ihre Argumente nach. Bald darauf sahen sie die Klosteranlage der Erzabtei St. Ottilien mit dem mächtigen Kirchturm vor sich. Kinner steuerte den VW Käfer auf die Klosterkirche zu und parkte dann etwas ungeschickt auf dem kleinen Vorplatz.

„Das ist eine gewaltige Anlage. Ich bin noch nie hier gewesen. Aber die Klosterpforte dürfte in der Nähe der Abteikirche sein."

„Wie kommen Sie darauf?"

„Weil die Mönche zum Stundengebet in die Abteikirche gehen. Deshalb sind Wirtschaftgebäude, Schulen und andere Einrichtungen außen herum, aber das Kloster selbst ist bestimmt an die Kirche angebaut."

Sie fanden die Klosterpforte schnell und wurden vom Pförtner, einem malerisch bebarteten Mönch mit barockem Aussehen, in das Sprechzimmer des Klosters geführt. Sie brauchten nicht lange zu warten, denn schon nach wenigen Minuten kam ihr Gesprächspartner, mit dem sie sich für diesen Nachmittag verabredet hatten.

„Ich bin Pater Anselm Prüll", sagte der eintretende Mönch, dem die wallende schwarze Kutte der Benediktiner vorzüglich stand. Nach seinem silbergrauen Haar zu schließen, mochte er in den Sechzigern stehen. Er hatte leuchtend blaue Augen und eine hohe Stirne, auf der sich zwei tiefe Falten abzeichneten. Auf dem vorderen Teil der Nase trug er eine schmale Lesebrille, über die hinweg er seine Besucher ansah.

„Oberinspektor Kinner und Kriminalassistent Schreiner von der Stadtpolizei München", sagte Kinner. „Wir haben Sie um ein Gespräch über das Konzentrationslager Dachau gebeten, denn wir haben einen Mordfall aufzuklären, dessen Ursachen möglicherweise auf die Zeit des Nationalsozialismus zurückgehen."

Sie folgten der Einladung des Benediktiners und nahmen an dem großen Tisch Platz. Pater Anselm öffnete eine Anrichte und holte eine Flasche und zwei Gläser heraus. Dann setzte er sich ihnen gegenüber.

„Darf ich Ihnen zur Stärkung ein Glas Klosterlikör anbieten? Es ist ein Kräuterlikör aus verschiedenen Heilkräutern, der nach einer alten benediktinischen Tradition hergestellt wird.“ Er schenkte beiden ein Schnapsglas voll ein und sah sie dann entschuldigend an. „Verzeihen Sie, dass ich nicht mit Ihnen trinke, aber während der Fastenzeit nehme ich keinen Likör zu mir. Wohl bekomm's!“

Die beiden Polizeibeamten nahmen ihr Glas und tranken einen kräftigen Schluck. Der gelbliche Likör schmeckte süß und scharf zugleich, dabei stieg ihnen ein aromatischer, leicht stechender Duft in die Nase. Heilkräuter aus der Provence, dachte Kinner und nahm noch einen zweiten Schluck, bevor er das Wort ergriff.

„Pater Anselm, in der Faschingswoche ist der Laborant Alfons Scheyerer an der Technischen Universität München vergiftet worden. In seiner Personalakte haben wir festgestellt, dass er im Dritten Reich zum SS-Wachpersonal des Konzentrationslagers Dachau gehört hat. Er ist bei den sogenannten Dachauer Prozessen 1946 freigesprochen worden. Dazu hat unter anderem Ihre Aussage beigetragen. Wir haben auch eine eidesstattliche Versicherung von Ihnen in seiner Personalakte gefunden, zusammen mit den Persilscheinen von zwei anderen Geistlichen, die in der Zwischenzeit verstorben sind.“

„Alfons Scheyerer vergiftet? Gott sei seiner Seele gnädig! Ich erinnere mich genau an ihn. Er war über Jahre hinweg als Wärter für den sogenannten Priesterblock zuständig. Aber ich habe ihn seit 1946 nicht mehr gesehen und nichts mehr von ihm gehört. Ich weiß nicht, ob ich Ihnen helfen kann.“

„Pater, wir tappen bisher völlig im Dunkeln. Der einzige ungewöhnliche Punkt in seinem Leben ist seine SS-Vergangenheit. Wir möchten, dass Sie uns vom Lagerleben in Dachau erzählen, insbesondere was Alfons Scheyerer betrifft, so dass wir uns ein Bild vom ihm machen können. Was war er für ein Mensch, was hatte er für einen Charakter? Aber beschreiben Sie uns doch zunächst einmal die Verhältnisse in Dachau.“

Der Mönch schlug die Augen nieder und konzentrierte sich eine kleine Weile. Dann hob er die Augen und begann seinen Bericht.

„Dachau war eine Welt ohne Gott. Zehntausende sind in diesem Konzentrationslager umgekommen, verhungert, vor Erschöpfung gestorben oder zu Tode gequält. In Dachau, wie übrigens in allen Konzentrationslagern, hat sich der ganze Terror des Dritten Reiches offenbart. Ich habe dort viele Menschen sterben sehen, Mitbrüder und Kommunisten, Juden, Homosexuelle und sogenannte Asoziale. Der Tod hat für mich viele Gesichter.“

Pater Anselm hielt einen Augenblick inne, zu sehr hatte ihn die Erinnerung an die überstandenen Schrecken übermannt. Schreiner stellte in die Stille hinein eine Frage.

„Wie sind Sie überhaupt in das Konzentrationslager gekommen?“

„Ich bin 1910 in Dilligen geboren und nach der Grundschule auf das Missionsseminar St. Ottilien gekommen. 1930 bin ich in den Benediktinerorden eingetreten und am 15. März 1936 hier in der Abteikirche zusammen mit einigen Mitbrüdern von Bischof Josef Kumpfmüller zum Priester geweiht worden. Es ist immer mein Wunsch gewesen, in die Mission nach Ostafrika zu gehen, aber wegen meiner theologischen Fähigkeiten und meiner rhetorischen Begabung wurde ich von den Ordensoberen im Herbst 1936 nach München zur Promotion an die Theologische Fakultät der Universität geschickt. In München kam ich mit dem katholischen Widerstand in Berührung, und ich begann mit einer moraltheologischen Arbeit zum Thema *Man muss Gott mehr gehorchen als den Menschen.* Vor dem Krieg glaubte ich noch, dass es im katholischen Bayern möglich sei, die nationalsozialistische Ideologie von der Kirche aus zurückzudrängen, und ich habe den Rassenhass in Wort und Schrift bekämpft. Am Palmsonntag 1937 wurde dann in allen katholischen Kirchen die päpstliche Enzyklika *Mit brennender Sorge* von den Kanzeln verlesen, in der Pius XI deutlicher als je zuvor Stellung zum nationalsozialistischen Staat bezog und sich gegen Willkür und Vernichtungspolitik aussprach. Kurze Zeit darauf kam es überall zu Maßnahmen gegen die katholische Kirche. Insbesondere wurden die sogenannten Sittlichkeitsprozesse gegen Priester und Ordensleute wieder aufgenommen. Ich wurde verhaftet und wegen staatsfeindlicher Hetze zu vier Jahren Gefängnis verurteilt, die ich in Landsberg abgesessen habe. In der Zwischenzeit kam es zum sogenannten Klostersturm, der auch die Hauptklöster der Missionsbenediktiner St. Ottilien und Münsterschwarzach zum Opfer fielen. Die Erzabtei St. Ottilien wurde 1941 von der Geheimen Staatspolizei aufgehoben, meine älteren Mitbrüder wurden vertrieben, die jüngeren zum Kriegsdienst eingezogen. 1941, am Tag meiner Entlassung in Landsberg wurde ich von der Gestapo abgeholt und ins Konzentrationslager Dachau gebracht. Dort bin ich bis zur Befreiung des Lagers am 29. April 1945 geblieben. Ich habe überlebt, und bis heute habe ich das Gefühl, ich sei durch die Hölle gegangen.“

Wieder schwieg der Benediktiner, und man sah ihm an, dass er das erlebte Grauen nochmals durchlebte. Weder Kinner noch Schreiner wagten es, in diesem Augenblick eine Frage zu stellen. Nach einer Weile nahm Pater Anselm seinen Bericht wieder auf.

„Sie wollten wissen, wie es im Lager zuging. Ich war im Block 26 untergebracht, der sogenannten Priesterbaracke, die mit mehr als tausend Geistlichen vollständig überbelegt war. Sie können sich das Elend nicht vorstellen, mangelhafte Verpflegung, unhygienische Verhältnisse, Arbeitseinsätze bis zur Erschöpfung, Lungenentzündung und Typhus, Schikanen und Quälereien durch das Wachpersonal, von Hohn und Demütigung ganz zu schweigen. Das Schlimmste aber war die Sorge um die Angehörigen, dabei hatten wir Priester gar keine eigene Familie wie die anderen, die sich um Frau und Kinder sorgten. Allein der Gedanke an meine Eltern belastete mich schwer. Wie mochten sie damit leben, dass sie mich im KZ wussten? Ich brauchte einen starken Glauben, um nicht seelisch gebrochen aus dieser Hölle herauszukommen."

„Wie verhielt sich das SS-Wachpersonal?"

„Die Konzentrationslager waren im Grunde ein SS-Staat. In Dachau wurden SS-Leute als Wachpersonal ausgebildet, mit dem Ziel, das Gewissen auszuschalten. Es ging darum, Mitleid als Humanitätsduselei abzutun und unmenschliche Grausamkeit als notwendige Härte zu empfinden. Sie nannten das *den inneren Schweinehund überwinden*. Aber man darf niemals verallgemeinern. Es gab SS-Wärter, die über die unmenschliche Behandlung der Gefangenen hinaus einen grausamen Sadismus auslebten, so dass man hinter diesen Bestien kaum noch ein menschliches Wesen ausmachen konnte. Es gab aber auch SS-Wärter, die menschliche Regungen und Mitleid zeigten, obwohl das für sie gefährlich sein konnte, denn Humanitätsduselei wurde in der SS nicht geduldet. Auf der einen Seite gab es auch unter den Häftlingen, besonders unter den Kriminellen, solche, die sich durch besondere Brutalität gegenüber ihren Kameraden auszeichneten und die deshalb von der SS mit Vorliebe zu Kapos bestellt wurden, sie haben dann ihre Mithäftlinge beaufsichtigt und dafür bestimmte Vergünstigungen genossen. Und auf der anderen Seite möchte ich ausdrücklich den Lagerkommandanten Weiß erwähnen, der ab 1942 einige Verbesserungen einführte und das willkürliche Schlagen der Häftlinge verbot. Er war es auch, der den Befehl Himmlers, das KZ Dachau am 29. April 1945 mit allen Gefangenen zu vernichten, nicht ausführen ließ. Dieser Weigerung verdanken wir unser Leben. Tragischerweise wurde aber gerade er 1946 von den Alliierten zum Tode verurteilt und hingerichtet. Sie sehen also, dass es nicht nur Schwarz und Weiß gibt, sondern viele Grautöne. Aber insgesamt haben wir Häftlinge unmenschliches Leid von Seiten der SS erfahren, und viele haben die Qualen nicht überlebt."

„Und wie war das mit dem SS-Sturmmann Scheyerer?"

„Alfons Scheyerer, ein junger Mann mit hünenhafter Gestalt, aber mit weichem Kern! Er war bestimmt katholisch und ist als Kind Ministrant gewesen, denn er kannte die Liturgie genau. Wie er zur SS gekommen ist, kann ich mir nicht vorstellen. Wir haben ihm viel zu verdanken, denn er hat in der Priesterbaracke über vieles hinweggesehen. Wir konnten die Messe feiern, anderen Häftlingen die Sakramente erteilen und vieles mehr. Sie dürfen sich aber nicht vorstellen, dass wir uns mit ihm unterhalten hätten. Das war natürlich verboten, und nach außen hin gab er den strengen Wärter. Aber wir konnten sicher sein, dass er uns nicht verraten oder bestrafen würde. Und das über Jahre hinweg. Natürlich gab es in der Priesterbaracke kein Komplott, und unsere Konspiration hat sich auf die Seelsorge beschränkt. Aber im KZ lebte man im permanenten Ausnahmezustand, und wegen jeder Kleinigkeit konnte man sein Leben verlieren, von Strafmaßnahmen ganz zu schweigen."

„Sie haben ausgesagt, dass Sie ihm Ihr Leben verdanken."

„Das ist zweifellos richtig. Wenn wir das, was wir gemacht haben, wenn Scheyerer Dienst hatte, bei Hoffmann oder bei Poletniceck getan hätten, wären wir vermutlich alle nicht mehr am Leben. Darüber hinaus hat er mir einmal buchstäblich das Leben gerettet. Es war 1942 bei einem Schneekommando. Das sogenannte Schneekommando war über tausend Mann stark und setzte sich fast ausschließlich aus Geistlichen zusammen, es hatte die Aufgabe, alle Straßen und Plätze des Lagers vom Schnee zu befreien. Das hört sich harmlos an, aber Schnee ist unglaublich schwer, umso mehr wenn man mit Brettern statt mit Schaufeln und mit Tischplatten statt mit Wagen arbeiten muss. Bei Winterwetter waren wir täglich acht Stunden auf den Beinen, und alles musste im Laufschritt gehen. Es gab Peitschenhiebe und Fußtritte. Wenn wir dann völlig erschöpft in durchnässter Kleidung in die Baracke zurückkamen, holten wir uns unweigerlich eine schlimme Erkältung, denn wir hatten weder Kleidung zum Wechseln noch die Möglichkeit, uns zu trocknen. Wenn man eine Lungenentzündung bekam, bedeutete das praktisch den Tod. Eines Morgens fieberte ich so, dass ich nicht aufstehen konnte. Beim Appell fehlte ich, aber Scheyerer tat so, als merke er es nicht. Später sah er mich dann in der Baracke und ließ mich liegen, ohne etwas zu sagen. Und er ließ wie aus Versehen auch ein Stück Brot liegen. Ich wurde wieder gesund. Unser Leben hing damals an einem seidenen Faden, und es waren kleine Dinge, die uns gerettet haben."

„Pater Anselm, können Sie sich vorstellen, dass jemand aus dem Lager Alfons Scheyerer aus Rache getötet haben könnte?"

„Nein, das kann ich mir nicht vorstellen. Erstens kann ich nicht glauben, dass einer von den Insassen der Dachauer Priesterbaracke Rache üben würde. Zweitens war Scheyerer keine Bestie, sondern hat im Gegenteil vielen das Überleben ermöglicht. Und drittens ist es unwahrscheinlich, dass es fast dreißig Jahre später zu einem Racheakt kommen sollte. Wenn sein Tod wirklich in Zusammenhang mit seiner SS-Vergangenheit im Lager Dachau stehen sollte, dann müssen Sie den Täter nicht unter den Häftlingen suchen."

„Wie meinen Sie das, Pater?"

„Nun, einige SS-Angehörige sind beim Zusammenbruch 1945 untergetaucht und wurden nie zur Verantwortung gezogen, und zwar gerade führende Leute. Vielleicht hat Scheyerer einen von ihnen wiedererkannt."

„Pater Anselm, wir danken Ihnen für das offene Gespräch. Sie haben uns sehr geholfen. Ich hoffe, dass wir den Täter bald überführen können. Wir haben immerhin seine Fingerabdrücke."

„Ich werde für das Seelenheil von Alfons Scheyerer beten, was mir umso leichter fällt, weil er im Grunde seines Herzens ein guter Mensch war. Ich bringe Sie noch hinaus."

Sie verließen das Sprechzimmer und gingen über einen langen Gang in Richtung Klosterpforte. Von weitem hörte man einen meditativen lateinischen Gesang, der schwebend den Raum erfüllte.

„Was ist das?" fragte Schreiner. „Das ist sehr schön."

„Das ist ein gregorianischer Choral, den unsere Schola für den dritten Fastensonntag einübt, das Responsorium Graduale *Angelis suis*."

„Und was bedeutet das?"

„Es ist der elfte und zwölfte Vers aus dem einundneunzigsten Psalm: *Angelis suis mandavit de te, ut custodiant te in omnibus viis tuis. In manibus portabunt te, ne unquam offendas ad lapidem pedem tuum*. Das heißt übersetzt: *Seinen Engeln hat ER befohlen, dich zu behüten auf allen deinen Wegen. Auf Händen sollen sie dich tragen, damit dein Fuß nicht an einen Stein stoße.* Dieses Graduale haben wir oft im Konzentrationslager Dachau gesungen, es hat uns die Kraft zum Überleben gegeben. Und jetzt leben Sie wohl. Gott sei mit Ihnen!"

„Auf Wiedersehen, Pater", sagte Schreiner.

„Gelobt sei Jesus Christus!“ erwiderte der Mönch.

„In Ewigkeit. Amen“, antwortete Kinner zum Erstaunen seines Assistenten.

Der Mönch gab ihnen die Hand, und sie verließen das Kloster. Auf der Rückfahrt nach München sprachen beide kein Wort. Zu sehr hatte sie das Gespräch mit dem Benediktiner aufgewühlt. Schreiner hatte noch lange den meditativen Gesang des *Angelis suis* im Ohr.

Staatsanwalt Felgenhauer greift ein

Am späten Nachmittag des 12. Mai 1972 wurde Oberinspektor Kinner dringend in die Staatsanwaltschaft einbestellt. Es herrschte Krisenstimmung. An diesem Tag war vor dem Bayerischen Landeskriminalamt eine Autobombe explodiert, die eine gewaltige Sprengkraft hatte. Wie durch ein Wunder waren nur drei Beamte leicht verletzt worden. Der Anschlag war wahrscheinlich der Roten Armee Fraktion zuzuschreiben, die entsprechenden Ermittlungen waren in vollem Gange. Am Telefon hatte Staatsanwalt Felgenhauer sehr aufgeregt geklungen.

Mehr als zwei Monate waren vergangen, seit Kinner und Schreiner Pater Anselm Prüll zur SS-Vergangenheit des Laboranten Alfons Scheyerer befragt hatten. Weder hatte sich aus den Akten ein neuer Aspekt ergeben, noch hatten sich neue Zeugen zu dem TU-Mordfall gemeldet. Da die polizeilichen Vorbereitungen für die Olympischen Spiele im Sommer auf Hochtouren liefen und laufend neue Fälle von Kleinkriminalität zu bearbeiten waren, waren sie im Mordfall Scheyerer noch nicht weitergekommen.

Als Kinner in das Dienstzimmer von Staatsanwalt Felgenhauer geführt wurde, hatte die Nachmittagssonne, die jeden Staubfussel auf den Aktenstößen unbarmherzig in hellem Licht erscheinen ließ, bereits ihre Intensität eingebüßt. Die Schatten wurden länger, vom geöffneten Fenster streifte ein lauer Luftzug herein. Der Staatsanwalt erhob sich sofort von seinem Schreibtischstuhl und kam Kinner mit ausgestreckter Hand entgegen.

„Herr Kinner, das ist sehr nett, dass Sie gleich gekommen sind“, sagte Felgenhauer mit einem geschäftsmäßigen Lächeln, indem er seinem Besucher einen Stuhl anwies. „Der Polizeipräsident hat mir kürzlich gesagt, dass er jeden Mann für die Vorbereitung der Olympischen Spiele braucht. Und jetzt schlägt auch noch die RAF zu. Gestern in Frankfurt der Sprengstoffanschlag auf die US-Kaserne, wo es einen Toten und dreizehn Verletzte gegeben hat, heute die Autobombe beim LKA hier in München und noch eine weitere vor dem Polizeikommissariat in Augsburg."

„Das lässt für die Olympischen Spiele nichts Gutes erwarten", sagte Kinner. „Ich habe das immer gesagt, Herr Staatsanwalt."

„Wir werden den linken Terror tatsächlich auch in Bayern zu spüren bekommen, und insbesondere in der Landeshauptstadt. Ich habe Sie herbestellt, um Ihnen zu sagen, dass die Terrorbekämpfung absoluten Vorrang hat. Und danach kommt die Verkehrs- und Sicherheitsplanung für Olympia. An und für sich ist das selbstverständlich."

Trotz der ernsten Situation musste Kinner lächeln, denn Felgenhauer hatte die Angewohnheit, in all seine Ausführungen *an und für sich* einzubauen. Kinner fragte sich, ob der Staatsanwalt das wohl auch in seinen Anträgen vor Gericht tue. Doch verdrängte er diesen amüsanten Gedanken und ging auf die Bemerkung Felgenhauers ein.

„Ich wollte, wir hätten die Olympischen Spiele schon hinter uns."

„Das wollte ich auch. Alle anderen Ermittlungen müssen warten. Ich habe gesehen, dass Sie in dem Mordfall an der TU noch nicht weitergekommen sind. Wo stehen wir da?"

„Wir müssten jetzt intensiv ermitteln, dann finden wir den Täter, denn das LKA hat Fingerabdrücke auf der Thalliumsulfatflasche sichergestellt, die mit Sicherheit die des Täters sind, denn die gleichen Fingerabdrücke sind auf der Zuckerdose gefunden worden, in die das Gift eingefüllt wurde. Ermittlungstechnisch sind wir also sehr gut aufgestellt."

„Und warum haben Sie noch keine Ergebnisse?"

„Durch Olympia und die tägliche Routine sind wir bisher noch nicht wirklich weitergekommen, weil wir bislang kein Motiv gefunden haben. Ohne Motiv müssten wir breit ermitteln. Das Beste wäre es, wenn wir von allen Mitarbeitern des TU-Instituts und von allen Chemiestudenten Fingerabdrücke nehmen könnten. Allerdings sind das ein paar hundert Personen, und das würde eine ganze Abteilung für eine Woche lahmlegen. Aber das wäre die beste Lösung."

„Ausgeschlossen, Herr Kinner. Der Polizeipräsident hat mir mehrmals gesagt, dass er jeden Mann für Olympia braucht. Da können Sie mir doch nicht mit umfangreichen Ermittlungen kommen. Sie müssen zielgerichtet ermitteln."

„Dann bräuchten wir zunächst das Motiv. Wenn wir das hätten, könnten wir einen Verdächtigen anhand der Fingerabdrücke schnell überführen.

Aber das Motiv liegt noch im Dunkeln, obwohl wir eine vage Vermutung haben.“

„Wie ist der letzte Stand?“

„Im Moment gehe ich davon aus, dass das Verbrechen mit der SS-Vergangenheit des Opfers zu tun hat. Scheyerer hat von 1941 bis 1945 zum Wachpersonal des Konzentrationslagers Dachau gehört.“

„SS-Vergangenheit? Das hat uns gerade noch gefehlt!“

„Ich habe zuerst an einen Racheakt durch ein KZ-Opfer gedacht, aber Pater Anselm, ein Benediktiner, der Scheyerer als Wärter in Dachau erlebt hat, und den wir befragt haben, schließt das aus. Danach war Scheyerer kein typischer SS-Scherge, sondern er hat im Gegenteil den Insassen im KZ das Leben erleichtert oder sogar das Leben gerettet. Drei Geistliche haben das eidesstattlich ausgesagt. Scheyerer ist deshalb 1946 freigesprochen worden. Rache können wir also ausschließen.“

„Und was vermuten Sie dann?“

„Inzwischen verfolgen wir eine andere Fährte, auf die uns Pater Anselm gebracht hat: Wir nehmen an, dass Scheyerer jemanden wiedererkannt und dass er deshalb sterben musste.“

„Wie, jemanden wiedererkannt?“

„Irgendeinen SS-Führer, der nach dem Krieg untergetaucht ist und heute unter einer anderen Identität als braver Bundesbürger unter uns lebt.“

„Du meine Güte! Jetzt kommt all der braune Dreck wieder hoch, und das im Olympiajahr 1972. Haben Sie denn konkrete Anhaltspunkte?“

„Bis jetzt noch nicht, aber wir haben eine Spur.“

„Und was ist das?“

„Es gibt einen Zeitungsausschnitt, den Scheyerer über zwei Jahre aufgehoben hat, und in dem er ein Portraitfoto mit Kugelschreiber angestrichen hat. Jemand, der heute Professor an der TU München ist. Aber wir haben das noch nicht überprüft.“

„Menschenskind, Kinner. Ein TU-Professor mit SS-Vergangenheit und ein Mörder dazu! Das glauben Sie doch selbst nicht! Lassen Sie bloß die Finger davon! Ein Mord aus der linken Szene wäre mir da lieber gewesen.“

„Was soll das heißen, Herr Staatsanwalt? Wir können uns doch die Mörder nicht aussuchen, schließlich sind wir der Wahrheit verpflichtet.“

„So habe ich das nicht gemeint. Natürlich sind wir der Wahrheit verpflichtet, aber einen Mordfall mit SS-Verwicklungen können wir jetzt nicht gebrauchen, nicht vor Olympia, wo die Welt auf uns schaut."

„Ich verstehe Ihre Ängstlichkeit vor Ermittlungen mit NS-Hintergrund nicht, damit leisten Sie nur dem Vorurteil Vorschub, dass die Justiz auf dem rechten Auge blind ist." Kinner zögerte, bevor er hinzufügte: „Liegt es vielleicht daran, dass die Justiz selbst eine braune Vergangenheit hat, wie es einmal im Spiegel gestanden hat?"

„Ich mag diese Anspielungen nicht, Kinner. Ja, ich war auch Parteimitglied, 1938 bin ich wie so viele andere in die NSDAP eingetreten, sonst hätte ich nach dem Studium keine Referendarstelle bekommen, aber von 1940 an war ich im Krieg und hatte nichts, aber auch gar nichts mit der NS-Justiz zu tun."

„Das glaube ich Ihnen gern, Herr Staatsanwalt, aber das sagen alle Juristen. Demnach dürfte es überhaupt keine NS-Justiz gegeben haben, allenfalls beim Volksgerichtshof, dessen Präsident Roland Freisler glücklicherweise bei einem Bombenangriff 1945 ums Leben gekommen ist."

„Werden Sie nicht unverschämt, Herr Oberinspektor! Während des Krieges war ich Soldat, und sonst nichts. Und andere Juristen auch, auch wenn wir Parteimitglieder waren. Sie waren doch bestimmt auch in der Hitlerjugend, dann wissen Sie doch, wie das damals war."

„Das stimmt, zuerst war ich beim Jungvolk und ab 1940 in der Hitlerjugend, damals war ich dreizehn. Aber gerade weil ich das erlebt habe, möchte ich, dass die Verhältnisse aufgeklärt werden. Ich möchte nicht, dass ein Mordfall unter den Tisch gekehrt wird, nur weil er in die NS-Zeit verwickelt ist."

„Die Justiz kehrt nichts unter den Tisch."

„Das glauben Sie doch selbst nicht, Herr Staatsanwalt. Der größte Mordprozess der Nachkriegsgeschichte gegen das Personal des Reichssicherheitshauptamtes ist schließlich vor drei Jahren kurz vor der Eröffnung wegen der kalten Verjährung eingestellt worden."

„Das war rechtlich nicht zu beanstanden."

„Formaljuristisch sollten Sie sagen. Das natürliche Rechtsempfinden ist da mit Füßen getreten worden. Kleine Gauner sperren wir ein, und eiskalte Organisatoren des Massenmordes lassen wir laufen."

„Was wollen Sie? Wir Juristen machen das Recht nicht, wir wenden es nur an. Immerhin hat der Gesetzgeber die Verjährungsfrist für Mord 1969 auf dreißig Jahre verlängert."

„Anstatt sie völlig aufzuheben. Und die Bundestagsmehrheit war dazu erst bereit, nachdem der Bundesgerichtshof im Mai 1969 eine Gesetzesauslegung beschlossen hat, nach der NS-Juristen als Schreibtischtäter straffrei ausgehen. Das ist für mich nach wie vor ein Skandal. Und deshalb wehre ich mich gegen das Verschleppen einer Mordsache, die mit der NS-Zeit zu tun hat."

„Aber wer spricht denn von Verschleppen? Davon kann überhaupt keine Rede sein. Sie hatten fast drei Monate Zeit und sind bis jetzt nicht weitergekommen. Und jetzt wären umfangreiche Ermittlungen nötig, wie Sie sagen, oder skandalträchtige Befragungen von TU-Professoren, denen Sie NS-Vergangenheit unterstellen. Und was ist, wenn Sie sich irren? Gerade jetzt geht das nicht. In drei Monaten haben wir die Olympischen Spiele, und obendrein macht uns der RAF-Terror zu schaffen. Wir haben jetzt andere Prioritäten."

„Sie haben aber gerade ganz anders argumentiert."

„Nun, das sind die eigentlichen Gründe. Obendrein kommt es mir gelegen, dass wir dann, wenn die ganze Welt auf München schaut, nicht gerade in diesem braunen Dreck herumwühlen. Wie schaut denn das aus?"

„Herr Staatsanwalt, das kann doch kein Grund sein, um die Ermittlungen einzustellen. Nur weil das nicht gut aussieht."

„Wer spricht denn vom Einstellen der Ermittlungen? Wir lassen sie nur vorläufig ruhen, bis die Olympischen Spiele vorbei sind. Die sind absolut vorrangig, das müssen Sie doch einsehen!"

„Und nach Olympia nehmen wir die Ermittlungen wieder auf?"

„Natürlich. Sie haben doch eine Spur. Und Sie haben die Fingerabdrücke des Täters. Insofern ist keine Dringlichkeit geboten."

„In einem Mordfall muss zügig ermittelt werden."

„Aber der Täter läuft uns nicht davon. Wenn es wirklich der Professor ist, den Sie verdächtigen, wird er sich im Gegenteil in Sicherheit wiegen, wenn den ganzen Sommer über nichts passiert. Und dann schlagen Sie zu, nach Olympia haben Sie mehr Zeit."

„Gut, stellen Sie aber das Verfahren nicht ein, sondern lassen Sie es nur ruhen, mit Rücksicht auf die Olympischen Spiele."

„Einverstanden. Sie bekommen morgen den Bescheid. Und Sie können die Ermittlungen nach den Olympischen Spielen jederzeit wieder aufnehmen, sowie Sie dazu Zeit finden."

Kinner erhob sich und verabschiedete sich. Er war nicht sehr glücklich über die Entscheidung des Staatsanwaltes, aber er sah ein, dass er nichts dagegen unternehmen konnte. Schließlich waren die Olympischen Spiele ein Weltereignis und hatten Vorrang. Außerdem war er sicher, dass dahinter auch eine Intervention des Polizeipräsidenten stand, der am liebsten alle seine Beamten für die Olympia-Vorbereitung freistellen wollte. Dabei nahm das Verbrechen keine Rücksicht auf Olympia.

Auf dem Weg von der Staatsanwaltschaft ins Polizeipräsidium atmete er tief die kühle Luft des dämmrigen Maiabends ein. Er betrachtete die modernen Justizgebäude der im Krieg zerstörten Maxburg, und sein Blick fiel auf die schwarz-düstere Fassade des Justizpalastes, der den Krieg überlebt hatte und trotz seiner schwarzen Patina vornehm aussah. Dass man auch noch darum kämpfen muss, ein Verbrechen aufklären zu dürfen, dachte er. Irgendwie ist die Welt verrückt. Und er nahm sich vor, heute Abend mit seiner Frau auf dem Balkon seiner Wohnung ein Glas Südwein zu trinken.

Zurück in seinem Dienstzimmer fand er seinen Assistenten mit Problemen der Verkehrsplanung und Logistik während der verschiedenen geplanten Sportveranstaltungen befasst.

„So ist es recht, Schreiner. Das wird jetzt unser tägliches Brot bis zum September. Die Akte Scheyerer können Sie vorläufig schließen. Schreiben Sie *Fall ruht bis zum Abschluss der Olympischen Spiele* darauf."

Ein unerwartetes Wiedersehen

Inzwischen war es Sommer geworden. Mehrere Monate waren vergangen, ohne dass der Mordfall Scheyerer aufgeklärt wurde. Ein neuer Laborant arbeitete jetzt in der Säurekammer und hielt die Studentenpraktika in Ordnung. Andreas Stoll hatte sein qualitatives analytisches Praktikum abgeschlossen und die schriftlichen Vorprüfungen in Mathematik und Physik abgelegt.

Am 26. August hatten die Olympischen Spiele in München begonnen. Stoll hatte die pompöse Eröffnungsfeier am Fernsehen bei Frau Aletsee miterlebt. Überall war Begeisterung zu spüren, und man hörte oft den auf Thomas Manns Novelle *Gladius Dei* zurückgehenden Ausspruch „München leuchtet". Stoll war wenig sportbegeistert und nahm deshalb kaum Anteil an der öffentlichen Huldigung des Sports. Die Stadt zeigte sich aber von der besten Seite, und trotz der vielen Fremden gab es kaum Beeinträchtigungen im öffentlichen Leben.

Am 5. September überfielen um vier Uhr früh acht Mitglieder der palästinensischen Terrororganisation Schwarzer September das Olympische Dorf und nahmen elf Geiseln im Appartement der israelischen Olympiamannschaft. Sie verlangten freies Geleit sowie die Freilassung von 232 Palästinensern aus israelischer Haft, der deutschen Terroristen Andreas Baader und Ulrike Meinhof und des japanischen Terroristen Kozo Okamoto. Die von der bayerischen Polizei in der Nacht durchgeführte Befreiungsaktion endete nach einer Reihe von unglaublichen Pannen in einem Fiasko, bei dem alle Geiseln getötet wurden. Die Stadt stand unter Schock, die Olympischen Spiele wurden für einen halben Tag unterbrochen. Für den Abend dieses Tages riefen verschiedene Organisationen zu einer Demonstration gegen den Terror auf dem Münchner Königsplatz auf.

Andreas Stoll hatte die Ereignisse den ganzen Tag über am Radio mit verfolgt. Am Abend entschloss er sich, an dieser Demonstration teilzunehmen, obwohl er sich sagte, dass Demonstrationen gegen Terror wenig helfen, aber es kam ihm darauf an, Solidarität mit den Opfern zu zeigen. So stand er unter einigen Tausend Demonstranten auf dem Königsplatz. Nach der Rede des Münchener Oberbürgermeisters Georg Kronawitter, dem man die tiefe Bewegung ansah, löste sich die Demonstration auf, und die Teilnehmer gingen nach Hause.

Da sah er sie plötzlich. Sie stand in einer Gruppe mehrerer Demonstranten, unter denen er auch zwei Spartakisten von jenem Kulturabend in der Schwabinger Kommune wiedererkannte. Er wollte sich umdrehen und gehen, aber es war zu spät, Heidemarie Zenger hatte ihn bereits gesehen. Sie rief schnell ihren Begleitern etwas zu und kam dann zu ihm herüber.

„Andreas“, sagte sie, „ich weiß, du wolltest mich nicht wiedersehen. Aber jetzt ist es doch passiert. Geh nicht fort, ohne mit mir zu sprechen.“

Stoll lächelte gequält. „Eigentlich freue ich mich, dich wiederzusehen, Heidemarie. Der Schmerz kommt erst hinterher.“

„Du hast es also noch nicht überwunden?“

„Erinnerst du dich noch, als ich am frühen Morgen fortgegangen bin?“

„So als wenn es gestern gewesen wäre.“

„Es war Aschermittwoch. Und weißt du, was ich dann gemacht habe? Ich war in der Theatinerkirche zur Frühmesse. Und ich bin zur Beichte gegangen, zum ersten Mal nach vielen Jahren. Findest du das lächerlich?“

„Nein, Andreas, ich finde das gar nicht lächerlich.“

„Und weißt du, was der Beichtvater mir als Buße aufgegeben hat für eine Sünde, die darin bestanden hat, gegen mein Gewissen gehandelt zu haben, nur um dir zu gefallen? Er sagte: *Bete für sie, sooft du an sie denkst.* Und so kommt es, dass ich jeden Tag für dich gebetet habe, Heidemarie. Stößt dich dieser katholische Zug an mir ab?“

„Überhaupt nicht. Andreas, ich glaube, du bist der einzige Mensch, der jemals für mich gebetet hat, mit Ausnahme von meiner Großmutter vielleicht. Und ich habe gar nichts gegen Katholiken, nur gegen scheinheilige Spießer, und das ist nicht dasselbe.“

„Bist du nicht Atheistin?“

„Ich weiß nicht, ob es einen Gott gibt oder nicht, und ich will nicht beten, sondern handeln. Aber dass du für mich gebetet hast, bewegt mich sehr.“

„Weißt du, was mir der Beichtvater geantwortet hat, als ich ihm sagte, dass ich dich nicht vergessen könnte? Er sagte, ich müsse dich gar nicht vergessen, nichts könnte mich daran hindern, dich zu lieben. Er sagte, die Liebe bestehe darin, nichts zu fordern und alles zu vergeben.“

„Das ist eine recht idealistische Definition der Liebe, sie könnte von einem Kommunisten stammen.“

„Sie stammt von Paulus, erster Korintherbrief.“

„Auf jeden Fall ist sie sehr schön. Sie ist nur für die meisten Menschen nicht praktikabel. Wir sind keine Heiligen.“

Eine Weile schwiegen sie beide. Dann nahm Stoll das Gespräch wieder auf und erzählte vom vergangenen Sommersemester und von seinen erfolgreichen Prüfungen. Er erwähnte auch den vorausgegangenen Mordfall im Anorganisch-chemischen Institut.

„Ich weiß es von Frieder. Sie haben dich vorübergehend unter Mordverdacht festgenommen, ich wollte es nicht glauben. Gott sei Dank haben sie dich am nächsten Tag wieder freigelassen, Frieder hat es mir gleich erzählt.“

„Es war am Aschermittwoch, am Tag unserer Trennung. Als ich mittags ins Institut kam, war der Laborant, der unser Praktikum betreut, vergiftet mit Thalliumsulfat, das ihm jemand in seine Zuckerdose getan hatte. Er ist einige Tage später im Krankenhaus gestorben. Der Zufall wollte es, dass ich einige Tage vorher in der Säurekammer war, um ihm beim Abfüllen zu helfen, obwohl Unbefugten der Zutritt zur Säurekammer verboten ist. So bin ich in Verdacht geraten, aber der ließ sich natürlich nicht erhärten. Am nächsten Tag haben sie mich wieder freigelassen. Aber auch nur eine Nacht in Polizeigewahrsam, das ist ein Schock.“

„Das kann ich mir vorstellen. Vor allem, wenn man mit der Sache gar nichts zu tun hat. Und außerdem, hier geht es ja nicht um eine illegale Aktion, sondern um ein Schwerverbrechen."

„Es war schon schlimm. Aber du wirst es nicht glauben, die Nacht mit dir hat mir geholfen. Ich wäre sonst durchgedreht. Die Wohnung in Schwabing, in der wir uns zum ersten Mal gesehen haben, ist übrigens vom Verfassungsschutz überwacht worden. Sie haben mich und Prausnitz auf dem Heimweg verfolgt und identifiziert."

„Frieder haben sie auch befragt, weil er in der gleichen Wohnung lebt wie du. Er hat es mir erzählt. Aber mich und die anderen haben sie in Ruhe gelassen, sogar Rainer Karcelin, dem die Wohnung gehört und der mit der Roten Armee Fraktion sympathisiert. Offenbar haben sie keine Anhaltspunkte für ein Verbrechen aus der linken Szene gefunden."

„Zuerst meine Fingerabdrücke in der Säurekammer, in der der Mord passiert ist, und dann der Verdacht auf Mitgliedschaft in einer terroristischen Vereinigung. Alles Indizien, die zufällig gegen mich sprachen, dann die feindselige Haltung der Polizisten, die einen Verbrecher überführen wollen."

„Ich kann mir das lebhaft vorstellen."

„Sie wollten mich mürbe machen, aber an mir ist alles abgeprallt, denn ich habe im Polizeigewahrsam immer an dich gedacht. Ich habe die Augen geschlossen und die Nacht mit dir noch einmal erlebt, wieder und wieder, das hat mich vor der Verzweiflung bewahrt. Ich war eher verzweifelt wegen der Trennung von dir, daneben hat sich der falsche Verdacht als weniger wichtig ausgenommen."

Sie antwortete nicht, aber er sah, dass ihr diese Bemerkung naheging. Er betrachtete sie genau, denn er hatte sie noch nie im Sommer gesehen. Sie trug Ledersandalen an den nackten Füßen, einen cremefarbenen Minirock und eine kurzärmelige hellblaue Baumwollbluse. Ihr Haar hatte sie zu einem Pferdeschwanz gebunden, was ihr vorzüglich stand und sie ein wenig burschikos aussehen ließ.

O mein Gott, dachte er, warum ist das Leben so kompliziert? Warum kann ich sie nicht einfach in die Arme nehmen und mit ihr gehen? Unter ihrer Bluse nahm er die verführerischen Formen ihrer jugendfrischen Brüste wahr. Er sah ihre sinnlichen Lippen, an denen er jetzt keinen harten Zug mehr fand, auch ihr Blick erschien ihm jetzt viel weicher als im Winter. Er wechselte das Thema.

„Heidemarie, erzähl mir, wie es dir geht!"

„Ich habe mich im Sommersemester wieder auf mein Studium konzentriert, und daneben ist da die politische Arbeit. Nach der Scheiße, die Baader und Meinhof gebaut haben, wird es für die Linke immer schwerer. Du hast ja gesehen, dass die palästinensischen Terroristen auch die Auslieferung von Baader und Meinhof verlangt haben, das hat nicht nur die Rote Armee Fraktion, sondern die ganze Linke in Verruf gebracht. Es fehlt nicht mehr viel, und wir gelten auch als Terroristen."

„Und sonst?"

„Du meinst, mein Liebesleben. Na ja, es wird dich nicht überraschen, wenn ich dir sage, dass ich fast jede Nacht mit einem Mann verbracht habe, nicht immer mit demselben, aber sehr groß ist die Auswahl auch nicht."

„Du hast mich also schnell vergessen?"

„Spinnst du? Wenn ich dich vergessen hätte, stünde ich nicht hier." Sie setzte ein ironisches Lächeln auf. „Es liegt vielleicht daran, dass du jeden Tag für mich gebetet hast, so dass ich tatsächlich jeden Tag an dich denken musste. Wer weiß, ein Gebet kann eine gewaltige Wirkung auslösen, denn dahinter steht eine feste Überzeugung."

„Du hast jeden Tag an mich gedacht? Wenn es so ist, hätten wir doch zusammenbleiben sollen."

Heidemarie drückte seine Hand und küsste ihn auf die Wange. „Nein, Andreas, es hätte keinen Sinn. Wir passen nicht zusammen, und du weißt das genauso gut wie ich. Es war richtig, uns zu trennen." Sie schwieg einen Moment, bevor sie eine überraschende Frage anschloss. „Und du? Was macht dein Liebesleben?"

Er zögerte. Sie sah ihm an, dass ihm die Frage peinlich war, aber sie wusste auch, dass er ihr nichts vormachen würde. „Ich habe einmal mit einer anderen geschlafen, mit einer Kommilitonin."

„Du enttäuscht mich", sagte sie mit einem ironischen Lächeln, „eigentlich hätte ich gedacht, dass du mir treu seist." Sie sah seinen gequälten Gesichtsausdruck und wurde sofort ernst. „Spaß beiseite, ich will nicht, dass du wie ein Mönch lebst. Ausserdem weiß ich ja, dass du keine oberflächlichen Abenteuer suchst. Dafür bist du zu ernsthaft."

„Jetzt sagst du *ernsthaft*, im Februar hast du *bürgerlich* gesagt."

„Du hast recht. Ich hätte damals meine Worte besser wählen sollen, aber im Grunde hätte es nichts geändert."

„Nach der Trennung von dir und der Nacht auf der Polizeiwache war ich für einige Tage völlig verstört. Noch dazu hat mir meine Mutter, die mich von politischen Aktivitäten abbringen wollte, im Vertrauen erzählt, dass mein Vater von 1937 bis 1945 Mitglied der NSDAP gewesen ist. Du kannst dir nicht vorstellen, was das für ein Schock gewesen ist. Karin, die mit mir Chemie studiert, hat sich ein wenig um mich gekümmert. Sie mag mich, da hab ich mit ihr geschlafen."

„Und wie ging es weiter?"

„Sie hat gemerkt, dass ich nicht bei der Sache war. Ich wollte ihr nichts vormachen und habe ihr von der Nacht mit dir erzählt. Sie hat mich nicht fortgeschickt, aber sie hat gesagt, ich müsste erst von dir loskommen."

„Sie hat recht. Und du solltest endlich auch von mir loskommen, denn wir beide sind zu verschieden, um eine gemeinsame Zukunft zu haben."

Sie zögerte, bevor sie weitersprach, offenbar weil sie fürchtete, er könne aus ihren Worten die falschen Schlüsse ziehen.

„Andreas, du bist gegangen, weil du mehr als nur ein sexuelles Abenteuer erwartet hast, *weil du mich liebst*, wie du sagst. Und ich habe dich fortgeschickt, weil ich gesehen habe, dass ich dir nicht geben kann, was du suchst, ... wenn du so willst, *weil auch ich dich liebe*. Ich weiß, es klingt paradox, aber es ist nun einmal so. Ich wollte es dir nicht sagen, um dir keine falschen Hoffnungen zu machen. Glaub mir, es ist gut, dass wir uns getrennt haben. Du würdest mich nur einschränken, und ich würde dein Leben zerstören."

Andreas Stoll senkte die Augen. Er sah ein, dass sie recht hatte, aber ihr plötzliches Geständnis ließ in ihm völlig widerstrebende Gefühle aufkommen.

„Du hast vorhin gesagt, die Liebe im Sinne des Korintherbriefes sei für die meisten Menschen nicht praktikabel, weil wir keine Heiligen sind. Nun praktizieren paradoxerweise gerade wir beide die Liebe so wie Heilige, indem wir nichts voneinander fordern, sondern einander alles vergeben."

„Als Katholik steht dir ein wenig Heiligmässigkeit gut zu Gesicht, und ein wenig Opferbereitschaft passt auch zu einer Marxistin."

„Wir müssen also leiden?" Er stellte die Frage mit einem ironischen Unterton, aber eigentlich war sie todernst gemeint.

„Ich hoffe nicht zu sehr. Andreas, wenn ich dich das nächste Mal wiedersehe, wirst du deinen Weg vielleicht schon gefunden haben, in Beruf und Familie. Du wirst sicher Karriere machen und Frau und Kinder haben. Das spüre ich. Die Erinnerung an unsere Liebesnacht soll dich dabei nicht behindern, sowie sie mich nicht in meinen Leben behindern wird. Trotzdem wird sie für uns beide unvergesslich bleiben. Leb wohl!"

Nach diesen Worten küsste sie ihn keusch auf den Mund, und noch bevor er antworten konnte, war sie verschwunden. Er wollte sie zurückhalten, ihr nachlaufen oder zumindest ein Lebewohl nachrufen, aber stattdessen blieb er noch eine Weile wie angewurzelt stehen, und dann ging er langsam nach Hause, ohne sich umzuschauen.

Fortsetzung des Gesprächs über die Liebe

Mehr als eine Woche war vergangen, seit Andreas Stoll Heidemarie wieder begegnet war. Die Olympischen Spiele waren vorbei, was heiter begonnen hatte, war in gedämpfter Stimmung zu Ende gegangen. Nach dem blutigen Terroranschlag blieb ein Gefühl von Trauer, in das sich Entsetzen, Scham und Ohnmacht mischten. München kehrte nur langsam zum Alltag zurück.

Stoll bereitete sich auf das kommende Wintersemester vor, und fast täglich sah er Karin. Sie arbeiteten zusammen, manchmal aßen sie auch gemeinsam zu Mittag, aber sie blieben auf Distanz. Sie dachten oft an ihre Liebesnacht, aber sie spürten beide, dass Heidemarie zwischen ihnen stand. Stoll fand keine Lösung und keinen Frieden. Eines Tages beschloss er, seinen Beichtvater vom Aschermittwoch aufzusuchen. Er erinnerte sich noch deutlich an den Namen, der in schwarzen gotischen Buchstaben auf dem Beichtstuhl gestanden hatte: *P. Cornelius Meyer OP*.

Als er im Dominikanerkonvent an der Theaterkirche um ein Gespräch mit Pater Cornelius bat, verwies ihn der Pförtner auf die Stunde nach der abendlichen Vesper. Stoll kam zur vereinbarten Zeit zurück und wurde in ein spartanisch eingerichtetes Sprechzimmer geführt, das außer einem schlichten Holzkreuz an der Wand nur eine altmodische Standuhr sowie einen Tisch und vier Stühle enthielt. Stoll wartete stehend und sah den Zeiger der Uhr Minute um Minute vorrücken. Nach etwa zehn Minuten hörte er neben dem monotonen Ticken der Uhr leichte Schritte vom Gang her.

Der eintretende Mönch war groß von Statur, er hatte schwarzes, kurz geschorenes Haar und trug die schwarz-weiße Ordenstracht der Dominikaner. Hinter seinen Brillengläsern war ein fragender Blick zu erkennen. Mit der Hand machte er eine einladende Geste in Richtung Tisch.

„Ich bin Pater Cornelius. Sie wollten mich sprechen?“

„Es geht um meine Beichte.“

„Haben Sie bei mir gebeichtet? Sie werden verstehen, dass ich unbedingt an das Beichtgeheimnis gebunden bin und mit Ihnen nur über das sprechen kann, was Sie mir jetzt sagen. Unser Gespräch wird natürlich auch unter dem Siegel des Beichtgeheimnisses stehen."

„Pater Cornelius, ich habe bei Ihnen im vergangenen Februar gebeichtet, es war am Aschermittwoch, nach einer Liebesnacht mit einer Frau, die keine Bindung wollte. Sie haben mir daraufhin gesagt, dass die Liebe nach Paulus darin besteht, nichts zu fordern und alles zu verzeihen."

„Ich erinnere mich. Ich habe Ihnen auch eine Buße aufgegeben, von der ich annahm, dass sie der Liebe gerecht wird, die Sie für diese Frau empfinden."

Stoll saß dem Dominikaner am Tisch gegenüber. Er betrachtete dessen feingliedrige Hände, die aus den weiten Ärmeln der Kutte herausragten und die Finger ineinander kreuzten. Es fiel ihm auf, dass der Mönch jetzt im Tageslicht das förmliche *Sie* verwendete und nicht das vertraute Du wie in der Dunkelheit des Beichtstuhles. Durch das Fenster fielen die letzten Strahlen der Sonne und zeichneten bizarre Formen auf der gegenüberliegenden Wand.

Stoll berichtete von seinen Gebeten für Heidemarie, von seiner Liebesnacht mit Karin, von seinen Gewissensbissen, von seiner kürzlichen Begegnung mit Heidemarie, von ihrem unerwarteten Geständnis und von seinen Zweifeln.

„Pater, Sie haben mir gesagt, nichts könne mich daran hindern, die Frau, die mich fortgeschickt hat, weiterhin zu lieben."

„So ist es."

„Heißt das, dass ich niemals eine andere Frau werde lieben können?"

„Fragen Sie Ihr Gewissen."

„Wenn ich Heidemarie nicht begegnet wäre, würde ich Karin lieben. Eigentlich glaube ich, dass ich beide liebe. Ist das eine Sünde?"

„Haben Sie beherzigt, was Paulus im ersten Korintherbrief über die Liebe sagt? Die Liebe ist selbstlos, sie fordert nichts und verzeiht alles. Der Heilige Augustinus hat die gesamte Moral unter das einzige Gebot der Liebe gestellt, indem er sagt: *Liebe und dann tue was du willst.* Das ist nur auf den ersten Blick leicht, denn wenn wir lieben, dann können wir nur das wollen, was für den anderen gut ist und nicht das, was uns selbst gut tut." Der Pater nahm seine Brille ab und schwieg einen Augenblick. Er blinzelte, weil ein Sonnenstrahl seine Augen traf. Dann fuhr er fort: „Sehen Sie, ich bin Mönch und habe das dreifache Gelübde der Armut, des Gehorsams und der Keuschheit abgelegt. Mönchisches Leben bedeutet, auf Reichtum, Macht und Sexualität zu verzichten. Dies ist ein Verzicht nicht um des Verzichtes willen, sondern um der Liebe Gottes willen. Denn es heißt im Markus-Evangelium: *Du sollst den Herrn, deinen Gott, lieben, mit deinem ganzen Herzen, mit deiner ganzen Seele und mit deiner ganzen Kraft (Mk, 12, 30)*. Mönchtum ist nicht in erster Linie Askese, sondern die Erfüllung einer Sehnsucht. Nicht jeder ist dazu berufen, nach den evangelischen Räten zu leben, aber zur Liebe sind wir alle berufen."

„Ich fürchte, ich kann diesem hohen Anspruch nicht gerecht werden. Ich stehe zwischen zwei Frauen, beide lieben mich, und ich empfinde auch Liebe für beide."

„Ich habe versucht, Ihnen klarzumachen, dass Liebe nicht Begehren heißt, sondern im Gegenteil Verzicht. Wenn Sie zwei Frauen begehren, betrügen Sie eine oder sogar beide."

„Ich muss also auf die Liebe einer der beiden verzichten?"

„Nicht auf ihre Liebe, aber darauf, sie zu begehren. Lieben Sie sie selbstlos, wie es uns der Apostel Paulus lehrt."

„Selbstlose Liebe klingt sehr gut, aber das ist sehr schwer. Ich weiß nicht, ob ich die Kraft für diese Selbstlosigkeit habe."

„Haben Sie mir nicht erzählt, dass die Frau, die Sie lieben, Sie fortgeschickt hat, *gerade weil sie Sie liebt*? Sie denkt also an Sie und nicht an sich selbst. Bringen Sie die gleiche Liebe auf!"

Andras Stoll schwieg und dachte an Heidemarie. Sie war nicht religiös und führte ein sexuell ausschweifendes Leben, und dennoch war sie zu dieser Liebe fähig, die ihm so schwerfiel. Der Dominikaner erriet seine Gedanken.

„Die Evangelien sind voll mit Beispielen, in denen gerade Sünder zur wahren Liebe fähig sind. Die Gleichnisse Christi sind eine permanente Provokation für uns Christen, denn der große Diskurs Jesu bestand darin, den Pharisäern und Schriftgelehrten vorzuhalten, dass Dirnen und Strauchdiebe noch vor ihnen ins Himmelreich eingehen werden. Es gibt die bewegende Episode der Sünderin, die nur im Lukas-Evangelium berichtet wird. Jesus ist bei einem Pharisäer zum Gastmahl geladen, und eine stadtbekannte Frau mit zweifelhaftem Ruf kommt und salbt Jesus zum Missfallen des Gastgebers die Füße. Jesus lässt die Frau gewähren und vergibt ihr dann ihre Sünden, denn sie hat zwar viel gesündigt, aber auch viel geliebt. *Ihre Sünden sind ihr vergeben*, sagt Jesus zu seinem Gastgeber, *um ihrer großen Liebe willen.* Gott sieht in erster Linie die Reinheit unserer Herzen."

„Die Liebe ist also wichtiger als die Religion?"

„*Gott ist die Liebe*, sagt der Evangelist Johannes. *Und wer in der Liebe bleibt, bleibt in Gott, und Gott bleibt in ihm (1. Joh, 4, 16).* Mit diesen Worten ist die Mitte des christlichen Glaubens beschrieben. Johannes sagt nicht, Gott ist bei den Getauften oder bei den Gerechten, er sagt, Gott ist bei den Liebenden."

„Was kann ich denn tun, um diese Liebe aufzubringen?"

„Hoffen Sie auf die Gnade Gottes!"

„Hoffen? Ist das alles?"

„So wie ein Kind hilflos ist und auf die Liebe seiner Eltern angewiesen ist, so dürfen auch Sie auf die Liebe unseres Himmlischen Vaters vertrauen. Das ist eine solide Basis für die Hoffnung."

„Dann kann ich also nichts weiter tun?"

„Kein Mensch ist vollkommen. Ohne die Gnade Gottes werden Sie nichts erreichen. Beten Sie darum."

„Wenn es mir gelingt, selbstlos zu lieben, ist es dann möglich, zwei Frauen zu lieben?

„Alles ist möglich, wenn es Ihr Gewissen zulässt. Handeln Sie aber nicht nach Ihren eigenen Wünschen, Ihrem Verlangen und Ihrem Begehren, sondern nur nach dem Wohl der von Ihnen geliebten Menschen. Diese Aufgabe ist einfach und schwer zugleich."

„Ich habe verstanden."

„Ich löse Sie von Ihrer Buße. Beten Sie stattdessen um die Gnade der wahren Liebe. Gehen Sie mit Gott."

Als Stoll den Dominikanerkonvent verließ, war die Dämmerung hereingebrochen. Er war in Gedanken versunken, als er die Wohnungstür öffnete. Er sah gerade Frieder von Prausnitz mit einer Teekanne von der Küche in sein Zimmer gehen. Seit Monaten hatte er nicht mehr mit ihm gesprochen, sondern ihm nur einen flüchtigen Gruß zugenickt. Heute lächelte er ihn an.

„Grüß dich, Frieder."

„Servus, Andreas. Du redest wieder mit mir? Möchtest du auf eine Tasse Tee in mein Zimmer kommen?"

Stoll nickte. Als er eintrat, stellte er fest, dass von Prausnitz' Zimmer etwas größer war als seines, es war auch etwas aufwendiger mit Stilmöbeln ausgestattet. In der Mitte stand ein großer Nussbaumtisch, auf dem sich eine Obstschale mit einigen Birnen befand. Prausnitz wies ihn zu einem Sessel und räumte dann Geschirr vom Tisch auf eine kleine Anrichte, es war ein Teller, in dem sich offenbar die Reste seines Abendessens befanden, Ölsardinen, Brot und Tomaten. Dann schenkte er zwei Tassen Tee ein und schob eine Stoll hin.

„Es geht um Heidemarie."

„Das kann ich mir denken. Was möchtest du wissen?"

„Schläfst du mit ihr?"

„Warum willst du das wissen? Hör zu, sie ist Marxistin, sie ist für die freie Liebe. Ich habe schon mit ihr geschlafen, bevor ich dich getroffen habe, und seit du mit ihr geschlafen hast, habe ich auch schon mehrere Nächte mit ihr verbracht."

„Warum wolltest du, dass sie am Faschingsdienstag mit mir schläft?"

„Um ehrlich zu sein, du hast mich beeindruckt. Ich hätte gerne gesehen, dass du bei uns im Spartakus mitmachst. Und dann ist mir bei dem Kulturabend in Schwabing aufgefallen, dass sie dir gefällt. Heidemarie ist nicht prüde, ich dachte, ich tue euch beiden einen Gefallen, wenn ich euch zusammenbringe. Ich hatte ja keine Ahnung, welche Konsequenzen das hat."

„Wieso Konsequenzen?"

„Das weißt du noch nicht, weil du nicht mehr mit mir geredet hast. Sonst hätte ich es dir schon erzählt."

„Was für Konsequenzen?"

„Nur keine Panik. Nichts Schlimmes. Aber du hast Heidemarie den Kopf verdreht, wie ich es nicht für möglich gehalten hätte."

„Was soll das heißen?"

„Damals nach dem Mordfall an der TU, als die Polizei gegen dich ermittelt hat und ich auch vernommen wurde, habe ich die Nacht mit Heidemarie verbracht. Sie war leidenschaftlich wie immer, aber danach hatte sie Tränen in den Augen. Ich wollte wissen, was sie hat, aber sie hat geschwiegen."

„Und dann?"

„Als ich ihr dann erzählte, dass du in Polizeigewahrsam seist, ist sie vollständig ausgerastet, sie wäre beinahe durchgedreht. Sie hat geheult und geschrien wie eine Wahnsinnige. Ich konnte sie kaum beruhigen."

„Und was weiter?"

„Am nächsten Tag, als sie dich entlassen haben, bin ich gleich zu ihr, um ihr zu sagen, dass du wieder frei bist und dass kein Verdacht mehr besteht. Du wolltest sie ja nicht mehr sehen, und mit mir wolltest du auch nicht mehr reden."

„Und jetzt?"

„Na ja, sie hat sich wieder gefangen. Seit sie weiß, dass es dir gut geht, hat sie auch wieder Spaß am Sex, glaube ich. Aber die Leichtigkeit, die Unbeschwertheit ist dahin." Von Prausnitz lächelte. „Eine gestandene Marxistin! Was hast du nur mit ihr gemacht? In einer einzigen Nacht!"

„Gar nichts. Ich habe sie ganz einfach ... geliebt."

Von Prausnitz sagte eine Weile nichts und spielte mit einer Birne, die er aus der Obstschale genommen hatte. Dann stellte er die Frage, über die Stoll die ganze Zeit nachgedacht hatte. „Und wie soll es mit euch beiden weitergehen?"

„Wir werden uns nicht wiedersehen. Heidemarie will es so und ich auch."

„Dann ist es also vorbei? Ich dachte, ihr beide liebt einander."

„Weil wir einander lieben, haben wir uns getrennt."

„Was ist denn das für eine Liebe?"

„Es ist die Liebe, die nichts fordert und alles verzeiht. Paulus, erster Korintherbrief. Ich habe das erst heute begriffen, Heidemarie schon damals am Aschermittwoch."

Stoll stand auf und reichte von Prausnitz die Hand.

„Frieder, verzeih mir, wenn ich dich in den letzten Wochen gemieden habe und nicht mehr mit dir reden wollte. Ich war verletzt und hatte Liebeskummer. Aber das ist heute vorbei. Gute Nacht."

Und er verließ das Zimmer seines Wohnungsnachbarn, ohne seinen Tee angerührt zu haben.

Oberinspektor Kinner nimmt die Ermittlungen wieder auf

Stoll wusste nicht, dass Oberinspektor Kinner gerade zu diesem Zeitpunkt die Ermittlungsakte Scheyerer wieder zur Hand nahm und seinen Assistenten beauftragte, sich bis morgen mit den bisher protokollierten Ermittlungsergebnissen vertraut zu machen. Die Olympischen Spiele waren vorbei, für die Polizei hatten sie wegen des Terroranschlags auf die israelische Mannschaft und des gescheiterten Befreiungsversuches zu einem totalen Fiasko geführt. Vor allem bei der Münchener Stadtpolizei hatte sich Frustration breitgemacht.

„Denken Sie daran, was ich Ihnen sage, Schreiner, unsere Tage als Stadtpolizei sind gezählt, über kurz oder lang werden wir verstaatlicht, ganz gleich wer für die Fehler der letzten Tage verantwortlich ist. Morgen Nachmittag muss ich zu einer Sitzung beim Polizeipräsidenten."

„Geht es da um die Verstaatlichung der Stadtpolizei?"

„Um die Konsequenzen aus dem Olympia-Debakel. Es herrscht Krisenstimmung. Und die möglichen Konsequenzen werden angedacht."

„Wie lange meinen Sie werden wir noch Stadtpolizei sein?"

„Ein, zwei Jahre vielleicht. Aber ich möchte wenigstens noch die hängigen Fälle lösen, vor allem die, bei denen wir gute Chancen haben. Der Eifersuchtsmord, den wir zurzeit bearbeiten, stellt keine allzu großen Anforderungen, weil der Täter geständig ist. Da können wir nebenher auf den Fall Scheyerer zurückkommen."

„Der Giftanschlag an der TU liegt jetzt ein halbes Jahr zurück. Eigentlich hätten wir den Täter längst fassen müssen, weil wir doch seine Fingerabdrücke haben."

„Eigentlich. Haben wir aber nicht, denn für Olympia musste alles zurückstehen! Deshalb hat die Staatsanwaltschaft das Ruhen der Ermittlungen verfügt, außerdem war Staatsanwalt Felgenhauer nicht begeistert von der neuen Richtung unserer Ermittlungen, aber er hat mir zugesagt, dass wir den Fall nach den Olympischen Spielen weiterverfolgen können. Und das tun wir jetzt. Gleich morgen früh fahren wir zur TU und nehmen uns diesen Professor vor, dessen Portrait Scheyerer auf dem Zeitungsausschnitt von 1969 angestrichen hat."

„Hoffentlich ist er nicht auf einem Kongress oder auf Vortragsreise, denn das Wintersemester beginnt ja erst in eineinhalb Monaten."

„Wir werden sehen. Wenn er nicht da ist, können wir ja warten. Wir haben schon so lange gewartet. Schönen Feierabend, Schreiner."

„Guten Abend, Chef, und viele Grüße an Ihre Gattin."

Als sie am nächsten Vormittag zum TU-Gelände unterwegs waren, hatte sich Schreiner bestens vorbereitet und alle bisherigen Erkenntnisse miteinander verglichen. Er war überzeugt, dass der Zeitungsausschnitt, den er im Zimmer von Alfons Scheyerer gefunden hatte, ein Schlüssel zu diesem Verbrechen war, denn das mit Kugelschreiber eingekreiste Portrait des neu berufenen Professors musste eine Bedeutung für den Laboranten gehabt haben. Wenn man diese Hypothese mit der SS-Vergangenheit des Laboranten in Verbindung brachte, dann stellte sich die Frage nach der Vergangenheit dieses Professors. Scheyerer hatte ihn vielleicht wieder erkannt. Schreiner erinnerte sich an die Worte des Benediktiners von St. Ottilien, dass einige SS-Angehörige 1945 untergetaucht seien. Der Oberinspektor hatte während der ganzen Zeit schweigend neben seinem Assistenten gesessen, der heute den Wagen steuerte. Jetzt brach er sein Schweigen und deutete auf das TU-Hauptgebäude, das vor ihnen auftauchte.

„Fahren Sie wie üblich in die Hochschulstraße und parken Sie gegenüber von den chemischen Instituten. Bevor wir zum Institut für Thermodynamik gehen, schauen wir in der Zentralen Verwaltung vorbei. Ich möchte die Personalakte von Professor Glauchau sehen, bevor wir mit ihm sprechen."

„Dann gehen wir am besten in das Büro des Kanzlers. Die Kanzlerin und ihre Mitarbeiter sind sehr entgegenkommend. Vor sechs Monaten war ich ja schon dort wegen der Personalakte von Alfons Scheyerer."

„Sehr gut. Das machen wir."

Nach diesen Worten verfiel Kinner in eine merkwürdige Lethargie und ließ seinen Assistenten alles machen. Sie fuhren an das Pförtnerhaus heran, Schreiner zeigte seinen Ausweis und rief „Polizei", worauf der Pförtner die Schranke hochkurbelte. Schreiner parkte den Wagen und lotste seinen Chef durch den rückwärtigen Eingang in die Immatrikulationshalle, von wo aus sie in die TU-Kanzlei gingen. Sie suchten den zuständigen Sachbearbeiter für Personalangelegenheiten (Abteilung wissenschaftliches Personal), Schreiner zeigte ihm seinen Ausweis und verlangte die Akte von Professor Friedrich Glauchau.

„Wir brauchen eine Fotokopie sämtlicher Unterlagen in dieser Akte. Es handelt sich um polizeiliche Ermittlungen, aber damit keine Missverständnisse aufkommen: Gegen den Professor liegt nichts vor. Und das Ganze ist streng vertraulich. Haben Sie mich verstanden?"

„Selbstverständlich. Wollen Sie mich in die Fotokopierstelle begleiten?"

Schreiner und Kinner gingen mit und sahen zu, wie Lebenslauf, Publikationsliste, beglaubigte Abschriften von Promotionsurkunde, Habilitationsurkunde und Berufungsurkunde sowie die Niederschrift zur Vereidigung von einer wohlbeleibten, aber misslaunigen Angestellten mit schlechtsitzender Perücke abgelichtet wurden. Der Kanzleibeamte sortierte die Originale zusammen und legte sie wieder in seinen Aktendeckel. Die Fotokopien steckte er in einen großen, braunen Umschlag und händigte ihn Schreiner aus.

„Benötigen Sie sonst noch etwas?“

„Nein. Haben Sie vielen Dank.“

Als sie auf die Hochschulstraße traten, öffnete Schreiner den Umschlag, holte den Lebenslauf heraus und las ihn Kinner halblaut vor: „*Prof. Dr. Friedrich Glauchau, geb. 15.12.1912 in Hildesheim, evangelisch, verheiratet, eine Tochter. Ausbildung und Werdegang: Volkschule und Gymnasium in Dresden, Abitur 1931, Studium in Berlin, Dipl.-Ing. (Maschinenbau) 1937, Kriegsdienst von 1939 bis 1945, Kriegsgefangenschaft bis 1946. Rheinisch-Westfälische Technische Hochschule Aachen: Promotion (Dr.-Ing.) 1950, Habilitation (Priv.-Doz.) 1954, Ernennung zum Wissenschaftlichen Rat und Professor 1957, Industrietätigkeit: Forschungsleiter bei Linde 1961. Lehrtätigkeit: Lehrbeauftragter an der Technischen Hochschule München 1963, Ruf an die Technische Hochschule Darmstadt 1965 (abgelehnt), Ruf an die Technische Hochschule München 1969 (angenommen).*“

„Jetzt wissen wir Bescheid. Gehen wir.“

Im Institut für Thermodynamik betraten sie einen brandneuen Gebäudeflügel, in dem der erst 1969 neu geschaffene Lehrstuhl C untergebracht war. Die Architektur dieses Bauwerks war bemüht, Sachlichkeit mit Kühnheit zu verbinden und dabei ihre technische Seite sichtbar werden zu lassen. Leider waren die gewählten Baustoffe Beton, Klinker, Glas, Aluminium, Kunststoff und textile Gewebe weder farblich noch in ihren Materialien aufeinander abgestimmt oder vielmehr bewusst auf schreienden Kontrast angelegt. Außerdem waren diese Baustoffe völlig unterschiedlich gealtert. So strahlte das Treppenhaus jenen merkwürdigen Eindruck aus, den neue Gebäude immer machen, wenn sie gleichzeitig brandneu und doch schon etwas heruntergekommen sind. Blind wirkende Glasflächen, die mit Dutzenden von Anschlägen und Zetteln beklebt waren, und an denen man noch die Reste von abgerissenen Klebefilmstreifen erkennen konnte, verstärkten noch den Eindruck von Vernachlässigung. Aus einem der Gänge hörte man ein leichtes Surren, das von einer Maschine verursacht wurde.

Kinner und Schreiner stiegen in den ersten Stock hinauf und suchten die Büroräume des Lehrstuhls C für Thermodynamik. Am Ende des ersten Ganges rechts fanden sie Dienst- und Vorzimmer von Professor Glauchau. Beide Türen waren geschlossen, und in den Gängen war niemand zu sehen. Was für ein Unterschied zu den chemischen Instituten, dachte Schreiner, in denen ständig Studenten, Assistenten und Laboranten herumliefen.

Kinner klopfte am Vorzimmer und öffnete die Tür, nachdem eine wohlklingende weibliche Stimme „Herein“ gerufen hatte.

Sie traten ein und sahen hinter einem großen Schreibtisch eine elegante Blondine sitzen, die gerade dabei war, sich die Fingernägel zu lackieren. Sie war nicht im mindesten verlegen und lächelte sie gewinnend an. Sie trug ein kurzes, rotes Kleid und auffallenden Goldschmuck, ein mit einem großen Rubin besetztes Collier sowie dazu passende Ohrringe. Der Blick der beiden Beamten fiel auf ihre Hände, die sie leicht in der Luft schüttelte, damit der rote Nagellack trocknete, und sie bemerkten je einen Goldring an den Ringfingern beider Hände. Eine tolle Erscheinung, dachte Schreiner, elegant und sexy. Kinner hingegen war weniger begeistert, denn er hatte einen sehr kritischen Blick. Für ihn war die etwa vierzigjährige Frau viel zu jugendlich gekleidet und zu sehr mit Schmuck behangen. Er fand ihr Make-up zu dick aufgetragen, ihren sonnengebräunten Teint zu unnatürlich, ihren Ausschnitt zu tief und ihr Kleid zu kurz. Verlebt und aufgetakelt, dachte er. Ihr Lächeln erschien ihm außerdem aufgesetzt.

„Was kann ich für Sie tun?“ fragte die Blondine lächelnd.

„Wir möchten Professor Glauchau sprechen“, sagte Kinner.

„Wen darf ich melden?“

„Polizei. Oberinspektor Kinner und Kriminalassistent Schreiner.“

„Polizei?“ Das Lächeln gefror. „In welcher Angelegenheit?“

„Das werden wir dem Professor selber sagen.“

„Warten Sie einen Moment, bitte.“

Die Sekretärin erhob sich von ihrem Drehstuhl und warf den Beamten einen schmollenden Blick zu, der allerdings durch ein verlegenes Lächeln abgemildert wurde. Dann ging sie zu der mit Kunstleder gepolsterten Tür, die ihr Büro von dem ihres Chefs trennte, wobei sie sorgfältig darauf achtete, ihre Finger mit den frischlackierten Nägeln gespreizt zu halten. Sie klopfte und trat dann ein. „Zwei Herren von der Polizei“, hörte man sie sagen, worauf sie wieder herauskam und die beiden Beamten mit einer Geste zum Eintreten aufforderte.

In dem Büro befanden sich außer einem Schreibtisch und einer Sitzgruppe zwei große Tische, die mit Konstruktionszeichnungen, Bauplänen und Berechnungsblättern bedeckt waren. Die Bücherregale an beiden fensterfreien Wänden waren mit Büchern und technischen Zeitschriften überladen, so dass man den Eindruck hatte, einige Schriftstücke würden jeden Augenblick herunterfallen.

Hinter dem Schreibtisch am Fenster saß ein eleganter Mann mit silbergrauem Haar und einer Goldrandbrille, der die beiden Beamten neugierig musterte. Er trug einen dunklen Anzug und einen blaurot gestreiften Querbinder. Er hatte ein scharf geschnittenes Gesicht und lebhafte wasserblaue Augen. Trotz seines Alters wirkte er jugendlich. Schneidig, dachte Kinner, schneidig trotz der Fliege. Kein Gramm Fett zu viel, Typ preußischer Offizier.

„Sie sind von der Polizei? Was kann ich für Sie tun?"

In der höflichen Frage schwang ein besorgter Unterton mit. Kinner stellte sich und seinen Assistenten vor. Dann kam er gleich zur Sache. „Herr Professor, wir ermitteln in der Mordsache Scheyerer. Das ist der Laborant, der im Februar dieses Jahres im chemischen Institut vergiftet wurde."

„Wie kann ich Ihnen da helfen? Ich kannte den Mann nicht."

„Haben Sie ihn nie gesehen?"

„Nein. Ich war auch noch nie in den chemischen Instituten. Ich kenne die Kollegen nur von den Fakultätssitzungen. Wissen Sie, die TU ist ein Riesenbetrieb. Meines Wissens ist auch noch nie ein Chemieprofessor in unserem Institut gewesen. Und von diesem Laboranten habe ich noch nie gehört, von den Pressemeldungen im Frühjahr abgesehen, nachdem er vergiftet worden ist."

Kinner hatte keine Mühe, aus den Worten von Professor Glauchau einen sächsischen Zungenschlag herauszuhören, obwohl die mundartliche Einfärbung nicht sehr deutlich war. Glücklicherweise können Sachsen und Schwaben ihre Herkunft nicht verleugnen, dachte Kinner und erinnerte sich daran, dass sie soeben in der Personalakte gelesen hatten, dass der Professor Kindheit und Jugend in Dresden verbracht hatte.

„Herr Professor, wir sind hier, weil wir in den persönlichen Unterlagen von Alfons Scheyerer einen Zeitungsausschnitt gefunden haben, in dem es um Sie und um Ihren Lehrstuhl geht."

„Um mich?" Das Gesicht des Professors drückte maßloses Staunen aus. Er blinzelte, als Schreiner ihm den Zeitungsausschnitt hinüberreichte. „In der Tat. Das ist eine Pressemitteilung von 1969 über die Einrichtung meines Lehrstuhls und meine Berufung. Wissen Sie, das Institut für Thermodynamik hat eine ehrwürdige Geschichte. Gleich nach der Gründung der TU 1868 – damals hieß sie Königliche Polytechnische Schule – wurde Carl von Linde berufen und 1872 – also genau vor hundert Jahren – zum Ordinarius auf den Lehrstuhl für Theoretische Maschinenlehre ernannt.

Linde ist der Vater der Kältetechnik, sein Name ist untrennbar mit Gasverflüssigung und Kältemaschinen verbunden, und er hat unser Institut nachhaltig geprägt. Linde steht für die enge Verbindung von Hochschulforschung und erfolgreicher industrieller Umsetzung. Der berühmte Lehrstuhl Carl von Lindes heißt heute Lehrstuhl A für Thermodynamik, den hat Ulrich Grigull inne, der seit kurzem Rektor der TU ist. Wegen der Bedeutung der Thermodynamik in München wurden 1969 zwei Parallellehrstühle eingerichtet, der Lehrstuhl B und der Lehrstuhl C für Thermodynamik. Ich wurde trotz meines Alters auf den Lehrstuhl C berufen, weil ich aus der Wirtschaft kam, nämlich von der Linde AG, die heute ein weltweit tätiges Unternehmen ist. Das ist in diesem Zeitungsartikel dargestellt."

„Haben Sie eine Erklärung, wieso sich Alfons Scheyerer diesen Artikel aufgehoben hat?"

„Nein, ich sagte Ihnen schon, dass ich den Laboranten nicht kannte. Möglicherweise hat er sich als TU-Angehöriger für Neuerungen an unserer *Alma Mater* interessiert. Die Umbenennung der Technischen Hochschule München in *Technische Universität München* vor eineinhalb Jahren hat bei den TU-Angehörigen ja auch viel Staub aufgewirbelt."

Schreiner hatte bisher geschwiegen. Jetzt wartete er die Reaktion Kinners nicht ab, sondern deutete auf das Foto Professor Glauchaus in dem Zeitungsausschnitt.

„Ist Ihnen nicht aufgefallen, Herr Professor, dass Ihr Portrait in diesem Artikel mit Kugelschreiber angestrichen ist? Ihr Kopf ist regelrecht umrundet. Demjenigen, der das gemacht hat, und das war vermutlich Alfons Scheyerer, ging es einzig um Ihre Person."

„Ist das so? Das ist zwar bemerkenswert, aber es ist mir unerklärlich. Vermutlich eine Laune, die nichts zu bedeuten hat. Ich selber habe auch die Angewohnheit, bei Telefongesprächen alles Mögliche auf Papier zu kritzeln."

„Wenn ein Mann, der ermordet wird, einen solchen Artikel aus der Zeitung ausschneidet, die Person, um die es dabei geht, mit Kugelschreiber anstreicht und den Ausschnitt über zwei Jahre in seiner Nachttischschublade aufhebt, ist das in der Tat bemerkenswert. Auf jeden Fall ist das eine Spur, der die Polizei nachgehen muss. Deshalb unser Besuch bei Ihnen."

„Leider kann ich Ihnen da gar nicht helfen. Ich kannte den Mann nicht."

„Alfons Scheyerer hatte eine NS-Vergangenheit. Er war bei der SS und gehörte dem Wachpersonal des Konzentrationslagers Dachau an."

Dieser Satz Schreiners schlug ein wie eine Bombe. Kinner, der den Professor genau beobachtete, sah das Entsetzen in seinen Augen. Glauchau erblasste, und seine Hände begannen zu zittern, als Schreiner fortfuhr: „Vielleicht kennen Sie ihn von früher, zur Zeit des Dritten Reiches."

„Was ...? Nein, in dieser Zeit war ich Student in Berlin, und nach meinem Studienabschluss war ich bis Kriegsende Soldat in der Wehrmacht. Ich war an der Front, nicht im Wachdienst, und schon gar nicht in einem KZ."

„Vielen Dank, Herr Professor, das wollten wir nur wissen", fiel Kinner ein und erhob sich. „Sie werden verstehen, dass wir allen Spuren nachgehen müssen. Und es hätte ja sein können, dass Sie Scheyerer früher begegnet sind. Vermutlich hat es mit dem Zeitungsausschnitt keine Bewandtnis."

Schreiner war erstaunt, aber erhob sich wortlos. Er erriet, dass Kinner den Professor nicht verunsichern wollte. Professor Glauchau war inzwischen kreidebleich geworden, und seine Stimme war brüchig, als er sich verabschiedete.

„Es tut mir leid, dass ich Ihnen nicht helfen kann. Ich wünsche Ihnen viel Erfolg bei Ihren Ermittlungen. Guten Tag."

Als er den beiden Beamten die Hand gab, spürten Kinner und Schreiner ein deutliches Zittern. Sie entschuldigten sich für die Störung und gingen, nicht ohne die Sekretärin in rot anzulächeln, Schreiner mit unverhohlener Bewunderung, Kinner mit einem ironischen Unterton.

„Der Mann lügt, Schreiner", sagte Kinner, als sie wieder auf der Straße waren. „Ich bin sicher, Scheyerer hat ihn wiedererkannt. Haben Sie sein Entsetzen bemerkt, als wir auf das Dritte Reich zu sprechen kamen?"

„Glauben Sie, dass Professor Glauchau ein untergetauchter Nazi ist?"

„Das ist gut möglich. Denken Sie nur an seinen Lebenslauf: Studium in den dreißiger Jahren, Promotion und Hochschullehrerlaufbahn aber erst nach dem Krieg. Die Jahre von 1937 bis 1947 fehlen. Da heißt es nur Kriegsdienst und Kriegsgefangenschaft, das ist einerseits verständlich. Aber andererseits war er doch seit 1937 Diplom-Ingenieur, er könnte beispielsweise Konzentrationslager gebaut haben. Und da könnte ihn Scheyerer gesehen haben. Das ist nicht so abwegig wie es scheint, denken Sie nur an Heinrich Lübke."

Lübke war gerade erst im April gestorben, drei Jahre, nachdem er als Bundespräsident zurückgetreten war. War er wirklich KZ-Baumeister gewesen, wie die Zeitschriften Konkret und Stern behauptet hatten, oder war er das Opfer einer aus der DDR gesteuerten Rufmordkampagne geworden?

„Glauben Sie das im Ernst?"

„Es ist vorläufig weniger als eine Vermutung, eine reine Spekulation. Aber so könnte es gewesen sein."

Kinner lenkte seine Schritte in die Hochschulstraße, wo sie ihr Auto geparkt hatten. Doch dann besann er sich eines Besseren.

„Wissen Sie was, Schreiner? Es ist gleich Mittag. Im Frühjahr haben wir doch ganz gut hier um die Ecke gegessen, gut und preiswert. Wollen wir da nicht hingehen und zu Mittag essen? Ich habe unsere Kantine satt."

„Sie meinen das Croatia. Das ist eine gute Idee."

Sie drehten um und gingen die Theresienstraße Richtung Augustenstraße. Der Gedanke an den Balkangrill ließ ihnen beiden das Wasser im Mund zusammenlaufen.

„Und nach dem Essen prüfen Sie gleich Professor Glauchaus Angaben zu seinem Lebenslauf. Kindheit und Jugend in Dresden, da kommen wir nicht heran. Das wäre nicht das erste Mal, dass die deutsche Teilung Ermittlungen im Wege steht. Wenn das nicht in der DDR wäre, hätten wir die Schülerverzeichnisse von Dresdener Schulen und Gymnasien überprüfen können. Aber glücklicherweise ist er in Hildesheim geboren, und das liegt bei uns im Westen. Überprüfen Sie seine Geburtsangaben. Und dann seine Hochschullaufbahn in Aachen. Heute Abend nach meiner Sitzung sehen wir weiter."

Es war kurz nach fünf Uhr, als Kinner in sein Büro zurückkam. Er hatte schon auf Schreiners Frage nach dem Verlauf der Sitzung gewartet und sich überlegt, wie er seinem Assistenten das Wesentliche mit wenigen Worten mitteilen könnte. Zu seinem Erstaunen fragte Schreiner überhaupt nicht nach, sondern platzte schier vor Mitteilungsbedürfnis.

„Wir haben ihn, Chef. Diesmal haben wir ihn."

„Sie reden von Professor Glauchau?"

„Es gibt keinen Professor Glauchau. Der Mann, der sich dafür ausgibt, lebt seit 1947 unter falscher Identität."

„Wie haben Sie das herausgefunden?"

„Nach dem Krieg ist alles stimmig. Doktorarbeit von 1947 bis 1950 an der Rheinisch-Westfälischen Technischen Hochschule Aachen. Das stimmt, und von da an stimmt alles. Ich habe mit der RWTH-Personalstelle in Aachen telefoniert. Glauchau hat seine Promotion an der Fakultät für Maschinenbau gemacht, er hat 1947 angefangen, konnte aber seine Zeugnisse (Abitur, Diplom-Ingenieur) nicht vorlegen, angeblich sind sie im Krieg verlorengegangen. Das ist damals häufig vorgekommen, und wie viele andere hat er 1947 eine Diplom-Ersatzprüfung zum Nachweis der Qualifikation als Ingenieur gemacht, bevor er zur Doktorarbeit zugelassen wurde. Diese Prüfung hat er sehr gut bestanden, und die entsprechende Urkunde ist noch in seiner Personalakte an der RWTH Aachen."

„Außer dass er in Aachen keine Vorkriegsurkunden vorlegen konnte, beweist das noch nicht, dass er nicht Friedrich Glauchau ist."

„Sie haben recht. Aber der springende Punkt ist die Geburtsurkunde, die mit Sicherheit gefälscht ist."

„Sind Sie da sicher?"

„Sie erinnern sich doch, dass Glauchau in seinem eigenen Lebenslauf Hildesheim als Geburtsort angibt. Ich war außerdem drüben auf dem Einwohnermeldeamt, Glauchau ist mit Wohnsitz in München-Neuhausen gemeldet, und auch im Meldeeintrag findet sich die Angabe ‚geboren am 15. Dezember 1912 in Hildesheim'. Ich habe beim Standesamt in Hildesheim angerufen, der Sachbearbeiter hat mich zweimal zurückgerufen. In Hildesheim ist am 15.12.1912 kein Friedrich Glauchau geboren worden."

„Das ist ein Volltreffer. Irrtum ausgeschlossen?"

„Der Sachbearbeiter hat alles überprüft: Es gibt in Hildesheim überhaupt keinen Geburtseintrag auf diesen Namen. Und die Personenstandsregister sind in Hildesheim vollständig vorhanden, im Krieg ist nichts verlorengegangen."

„Sehr gut, Schreiner, sehr gut."

„Ich habe auch nachgeprüft, dass es kein zweites Hildesheim in Deutschland gibt. Wir können deshalb sicher sein: Friedrich Glauchau ist ein erfundener Name. Der Professor hat mit dieser falschen Identität nach dem Krieg Karriere gemacht, aber vorher muss er anders geheißen haben."

„Und das bedeutet, dass er eine NS-Vergangenheit hat. Warum sonst sollte er nach dem Krieg seine Identität wechseln? Und Scheyerer hat ihn wiedererkannt. Und deshalb musste der Laborant sterben."

„Sollen wir ihn festnehmen und seine Fingerabdrücke mit denen des Täters vergleichen?"

„Nicht so schnell, Schreiner. Einen Professor verhaftet man nicht so schnell wie einen Studenten. Ich will mich nicht blamieren, vor allem, weil Staatsanwalt Felgenhauer auf dem rechten Auge blind ist."

„Aber wir wissen doch, dass Glauchau seine Vergangenheit gefälscht hat."

„Ich bin mir ziemlich sicher, dass er ein untergetauchter NS-Funktionär ist, und dass Scheyerer ihn erkannt hat. Aber hat er Scheyerer wirklich umgebracht? Was ist, wenn er die Tat nicht selbst begangen hat? Dann passen die Fingerabdrücke nicht, und wir haben nichts in der Hand, wir kennen nicht einmal seine wahre Identität."

„Dann sollten wir also zuerst seine wahre Identität herausfinden."

„Richtig. Das ist vielleicht gar nicht allzu schwer, obwohl ich noch nicht weiß, wo wir ansetzen müssen. Morgen ist auch noch ein Tag. Denken wir heute Abend darüber nach, und morgen machen wir uns an die Arbeit. Solange uns keine weiteren Verbrechen dazwischenkommen, können wir uns mit Glauchau befassen. Ich möchte wissen, wer er wirklich ist, bevor ich bei Felgenhauer einen Haftbefehl beantrage. Schönen Feierabend, Schreiner."

„Schönen Feierabend, Chef. Bis morgen."

Ermittlungen im deutsch-deutschen Spannungsfeld

Am nächsten Morgen fand Schreiner seinen Chef über einen Autoatlas gebeugt. Kinner lächelte, so als ob er etwas Wesentliches entdeckt hätte. Ganz gegen seine Gewohnheit hatte er seine Krawatte abgelegt und die Ärmel seines weißen Hemdes zurückgestülpt.

„Heute habe ich eine Neuigkeit für Sie, Schreiner. Wir brauchen unbedingt die wahre Identität Professor Glauchaus. Wenn wir seinen richtigen Namen kennen, sollte es möglich sein, seine NS-Vergangenheit mit Hilfe der Zentralstelle der Landesjustizverwaltungen zur Aufklärung von NS-Verbrechen in Ludwigsburg zu rekonstruieren. Nun, seinen richtigen Namen habe ich noch nicht, aber eine Spur."

„Wie sind Sie denn darauf gekommen?"

„Mir ging der falsche Name des Professors gestern Abend nicht mehr aus dem Sinn. Glauchau – irgendwo habe ich das schon gehört. Und heute Morgen ist es mir eingefallen: Das ist eine deutsche Kleinstadt. Ich habe gerade im Autoatlas nachgesehen, Glauchau liegt im Osten, also in der

DDR, südlich der Linie von Leipzig nach Dresden, in der Nähe von Karl-Marx-Stadt, dem früheren Chemnitz. Und Sie haben doch den sächsischen Akzent des Professors bemerkt. Ich bin sicher, er kommt von dort.“

„Sie meinen, er stammt aus Glauchau und hat beim Zusammenbruch des Dritten Reiches 1945 den Namen seiner Heimatstadt angenommen?“

„Eine Vermutung, nicht mehr. Aber es ist eine Spur. Leider können wir sie nicht überprüfen, denn die DDR-Behörden leisten uns keine Amtshilfe.“

„Aber ist das nicht seltsam, den Namen seiner Heimatstadt anzunehmen, wenn man untertauchen will?“

„Ein Profi aus dem Geheimdienstmilieu würde so etwas nicht tun, aber erstens war er wahrscheinlich kein Profi, und zweitens hat er vermutlich die HJ-Agentenspiele verinnerlicht.“

„Die was?“

„Tja, das kennen Sie nicht, Schreiner. Dafür sind Sie zu jung. Ich bin 1940 mit dreizehn Jahren zur Hitlerjugend gekommen. Von der politischen Indoktrinierung abgesehen, die auch stattgefunden hat, war das für uns Lagerfeuerromantik, Wehrsport und Abenteuerspiele. Wir wollten alle Geheimagenten und Spione werden, und wir haben die entsprechenden HJ-Anleitungen dazu verschlungen. Und ich erinnere mich genau daran, was man tun sollte, wenn man eine falsche Identität annehmen wollte.“

„Und was war das?“

„Um sich seine neue Identität gut einprägen zu können und sich in verfänglichen Situationen nicht zu verplappern, sollte man Folgendes beachten: Erstens, den richtigen Vornamen beibehalten. Zweitens, als Nachnahmen nicht irgendetwas erfinden, sondern den Namen seines Dorfes, seiner Stadt, seiner Straße oder sonst eines noch aus der Kindheit geläufigen Begriffes wählen. Drittens, als Geburtstag das richtige Datum bis auf das Geburtsjahr beibehalten, indem man sich um ein bis zwei Jahre jünger oder älter macht, je nachdem.“

„Und Sie glauben, Professor Glauchau hat das so gemacht?“

„Nur eine Vermutung, aber in den dreißiger und vierziger Jahren war das Jugendlichen so geläufig wie Karl-May-Romane. Wenn der Mann, der sich heute Professor Glauchau nennt, beim Zusammenbruch 1945 untergetaucht ist, könnte es sein, dass er nach dieser ihm sicher bekannten HJ-Methode vorgegangen ist. Und wenn das so wäre, dann könnten wir zumindest ausschließen, dass er vorher im Geheimdienst tätig war, denn sonst wäre er professioneller vorgegangen.“

„Eine interessante Hypothese. Wenn Ihre Vermutung stimmt, dann müsste er mit Vornamen Friedrich geheißen haben, aus Glauchau stammen und am 15. Dezember 1910, 1911, 1913 oder 1914 geboren sein."

„Richtig."

„Warum hat er eigentlich Hildesheim als Geburtsort angegeben und nicht eine Stadt, in der alle Personenstandsregister im Krieg vernichtet wurden? Hildesheim war die Schwachstelle in seiner neuen Identität."

„Als er 1945 untertauchen musste, ging alles drunter und drüber. Beim Zusammenbruch funktionierten die Telefonverbindungen nicht mehr. Er konnte nicht feststellen, wo Personenstandsregister verloren waren. Fast hundert deutsche Städte sind dem Bombenkrieg zum Opfer gefallen und fast vollständig oder weitgehend zerstört worden. Ich glaube, er ist davon ausgegangen, dass in den meisten größeren Städten die Behörden in den Innenstädten zerstört waren und damit auch die Akten."

„Er hat nicht mit dem Pflichtbewusstsein deutscher Beamter gerechnet, die die Akten vor dem Bombenkrieg in Sicherheit gebracht haben."

„Hildesheim hat er vermutlich gewählt, weil es weit genug von seiner Heimatstadt weg war und groß genug, um mehrere Schulen zu haben, so dass er nicht in Verlegenheit käme, wenn er eines Tages zufällig jemandem aus Hildesheim begegnen würde."

„Nehmen wir an, Sie haben recht: Dann hätten wir es zu tun mit einem gewissen Friedrich X, geboren am 15.12. zwischen 1910 und 1914 im sächsischen Glauchau, jemand, der mit an Sicherheit grenzender Wahrscheinlichkeit NSDAP-Mitglied war. Reicht das, um ihn zu identifizieren?"

„Ich fürchte, nein. Wir sollten seinen richtigen Nachnamen herausfinden. Herrgott, wenn wir nur in der DDR ermitteln könnten!"

„Glauben Sie, dass wir unter Umständen Amtshilfe bekommen könnten?"

„Keine Chance, die Bundesrepublik erkennt den ostdeutschen Staat ja nicht an. In offiziellen Papieren sprechen wir immer nur von der *sogenannten* Deutschen Demokratischen Republik oder von der DDR in Anführungszeichen."

„Aber die beiden deutschen Regierungen sind doch gerade in entscheidenden Verhandlungen. Noch in diesem Jahr soll ein Grundlagenvertrag zwischen beiden deutschen Staaten ausgehandelt werden. Dann würden doch die Anführungszeichen für DDR und das Beiwort sogenannt entfallen."

„Die DDR soll als Staat anerkannt werden, gleichzeitig soll das Wiedervereinigungsgebot unseres Grundgesetzes nicht berührt werden. Ein Balanceakt, Schreiner! Ich bin mir nicht sicher, ob das klappt. Und selbst wenn, ist an praktische Auswirkungen wie an Amtshilfe erst in einigen Jahren zu denken, denn dazu müssten erst die entsprechenden Folgeverträge geschlossen werden."

„Was halten Sie denn von privaten Ermittlungen in Sachsen?"

„Wie soll denn das gehen? Die DDR lässt Bundesbürger nur für vom Außenwirtschaftsministerium genehmigte Geschäftsreisen oder zu Familienbesuchen einreisen."

„Nun, ich habe Familie in der DDR, und zwar in Sachsen. Mein Onkel lebt in Dresden. Sie wissen doch, ich bin ein Flüchtlingskind. Nach der Vertreibung aus dem Sudetenland ist meine Mutter 1946 mit mir, meiner Schwester und meiner Großmutter nach Freising gekommen, ich war damals vier Jahre alt. Der Bruder meiner Mutter ist nach der Entlassung aus sowjetischer Kriegsgefangenschaft nach Zwickau gegangen, wo seine Frau herstammt, und später ist die Familie nach Dresden gezogen. Ich habe ihn und seine Frau zum letzten Mal 1959 gesehen, als sie uns in Freising besucht haben. Nach dem Mauerbau ging das nicht mehr. Wir schicken jedes Jahr Weihnachtspakete, und meine Mutter hat ihn auch schon mehrmals in Dresden besucht. Ich könnte seine seit Jahren stehende Einladung annehmen und dabei Nachforschungen nach unserem Friedrich X anstellen."

„Sind Sie wahnsinnig, Schreiner? Wenn Sie einen Verwandtenbesuch zu polizeilichen Ermittlungen missbrauchen, ist das illegal. Wenn Sie dabei erwischt werden, dann Gute Nacht! Die DDR ist ein totalitärer Staat und versteht bei so was keinen Spaß."

„Ich sehe da kein Problem, weil ich als Privatmann zu einem Verwandtenbesuch in die DDR fahren kann. Die Behörden brauchen gar nicht zu wissen, dass ich Polizeibeamter bin. Inspektoranwärter bei der Stadtverwaltung München, das ist völlig unverdächtig und nicht einmal gelogen. Da ist es einmal von Vorteil, wenn die Polizei städtisch ist. Und als Privatmann auf der Suche nach meinem 1945 verschollenen Vater kann ich mich doch für jemanden interessieren, der mit Vornamen Friedrich geheißen hat und aus Glauchau stammt. Da ist nichts Illegales dabei, nicht einmal in der DDR."

„Viel zu gefährlich. Ihre Idee ist gut, aber Sie sollten nicht so naiv sein zu glauben, dass Sie auf DDR-Behörden private Nachforschungen anstellen könnten. Die DDR ist ein Obrigkeitsstaat mit einem ausgeklügelten Spitzelwesen und einer hochentwickelten Propagandamaschinerie; wie in allen totalitären Systemen werden die Bürger ständig überwacht. Wenn Sie da als Westdeutscher bei einer Behörde nachfragen, haben Sie sofort die Staatssicherheit auf dem Hals. Und wenn die herausbringen, dass Sie Polizeibeamter sind, bekämen nicht nur Sie, sondern unsere ganze Behörde Probleme. Schlagen Sie sich das aus dem Kopf!"

„Sie haben recht, Chef. Das war eine unrealistische Vorstellung. Wenn wir keine offizielle Amtshilfe bekommen, wäre es gefährlich, in DDR-Behörden inoffiziell nachzuforschen. Das könnte als Spionage ausgelegt werden."

„Gut, dass Sie das einsehen."

„Aber ich habe eine andere Idee: Aus dem Lebenslauf von Professor Glauchau geht hervor, dass er evangelisch ist. Wenn er in Glauchau geboren ist, wird er dort auch getauft worden sein. Und die Taufregister sollten bei den Pfarrämtern vorhanden sein. In einem Taufregister nachzusehen zum Zwecke der Familienforschung, das ist doch unverdächtig, zumal Pfarrämter keine staatlichen Behörden sind und eher in Opposition zum kommunistischen Staat stehen."

„Sicher wäre ich mir da auch nicht. Aber das klingt schon besser, harmloser. Aber Sie müssten sich eine absolut glaubwürdige Geschichte ausdenken, sonst lassen Sie es lieber."

„Sie wissen doch, dass mein Vater in Stalingrad gefallen ist. Ich bin 1942 geboren, ein Kriegskind. Das heißt, ich bin auf einem Heimaturlaub meines Vaters gezeugt worden, denn er ist schon bei Kriegsausbruch 1939 eingezogen worden. Soweit die Tatsachen. Ich behaupte, meine Mutter hätte mir gestanden, dass sie 1941 eine kurze Liebesbeziehung mit einem Mann aus Glauchau gehabt hätte, von dem sie nur den Vornamen und den Geburtstag kenne. Und dieser Mann sei mein leiblicher Vater. Und jetzt sei ich auf der Suche nach ihm."

„Gütiger Himmel, Sie haben Nerven! Klingt überzeugend, das muss ich sagen. Gut, Ihr Vater ist tot, dem tut es nicht mehr weh. Aber was wird Ihre Mutter dazu sagen?"

„Muss sie es denn wissen?"

„Unbedingt, wenn Sie auffliegen, muss Ihre Geschichte absolut wasserdicht sein. Ihre Mutter, Ihre Schwester und Ihr Onkel müssen das bestätigen können."

„Meine Mutter wird entsetzt sein, aber sie wird mitmachen, denn sie schwärmt für solche Sachen, Rollentausch und so – wie beim Ohnsorg-Theater."

„Na, Sie haben Nerven. Sie werden schon sehen, dass Ihre Mutter das keineswegs so lustig finden wird wie ein Volksstück. Was ist mit Ihrer Schwester und mit Ihrem Onkel?"

„Kein Problem bei meiner Schwester. Meinen Onkel hab ich seit Jahren nicht gesehen, aber das ist ein patenter Bursche, und er ist kein Kommunist. Er wird sicher mitmachen. Er muss ja nichts tun, nur im Fall des Falles bestätigen, was er von mir gehört hat."

„Schreiner, überlegen Sie sich das gut. Sie wollen in einem kommunistischen Staat Nachforschungen anstellen, und Sie ziehen Ihre Familie da hinein."

„Es ist ja für einen guten Zweck, und meine erfundene Familiengeschichte wird ja nicht öffentlich. Es ist nicht wirklich gefährlich, und es macht Spaß."

„Spaß?"

„Ja, ein wenig Abenteuer. Außerdem wollte ich meinen Onkel schon seit Jahren besuchen, aber Monika darf mich nicht begleiten, weil wir nicht verheiratet sind, und alleine wollte ich auch nicht fahren. Aber jetzt nehme ich eine Woche Urlaub, fahre nach Dresden zum Verwandtenbesuch und löse ganz nebenbei unseren Fall – wenn ich Glück habe."

„Wie soll das praktisch aussehen?"

„Ich werde noch heute meinem Onkel in Dresden schreiben, er muss eine Aufenthaltsgenehmigung für mich beantragen. Wegen der Zensur kann die Postzustellung etwas länger dauern. Mit vier Wochen Stillstand müssen wir auf jeden Fall rechnen. Ich gehe nicht davon aus, dass ich vor Ende Oktober reisen kann."

Kinner zögerte. Einerseits wurde er von der wachsenden Begeisterung Schreiners mitgerissen, der in seiner eigenen Familiengeschichte einen zufälligen Hebel sah, die Identität Professor Glauchaus herauszufinden. Kinner musste zugeben, dass die Geschichte, die sein Assistent sich ausgedacht hatte, perfekt passte. Andererseits hatte Kinner Bedenken, er fürchtete einen möglichen Skandal, wenn herauskäme, dass die Münchener Polizei Geheimdienst spielen wollte, aber vor allem hatte er Angst um Schreiner. Schließlich lenkte er ein.

„Na gut, schreiben Sie Ihrem Onkel und beantragen Sie eine Woche Urlaub für Allerheiligen. In der Zwischenzeit sprechen Sie mit Ihrer Mutter und mit Ihrer Schwester. Wenn beide zustimmen, versuchen Sie Ihr Glück, aber nur, wenn Sie mir hoch und heilig versprechen, kein Risiko einzugehen."

„Versprochen, Chef."

„Und das heißt, dass Sie bei der geringsten Schwierigkeit die Sache lassen, dann bleibt es bei einem reinen Verwandtenbesuch. In der Zwischenzeit könnten Sie mit dem Bundeszentralarchiv Kontakt aufnehmen. Vielleicht kann man ein NSDAP-Mitglied auch ohne Nachnamen identifizieren, wenn wir ihnen den Vornahmen Friedrich und die vermuteten Geburtsangaben liefern. In diesem Fall bräuchten Sie Ihren Verwandtenbesuch nicht zu Ermittlungen hernehmen."

Schreiner nickte, aber Kinner sah, dass dieser sich in Gedanken schon seine verdeckten Ermittlungen in Glauchau ausmalte. Jagdfieber hatte sich mit Abenteuerlust gepaart. Schreiner setzte sich an seinen Schreibtisch, holte seinen Reisepass heraus und stellte fest, dass er noch zwei Jahre gültig war. Zu seiner Erleichterung sah er auch, dass bei den Standesdaten unter Beruf „Angestellter" gegeben war. Gott sei Dank, dachte er, das ist unverfänglich, als ich den Pass habe ausstellen lassen, war ich noch im Angestelltenverhältnis.

Er suchte aus seiner Schublade neutrales, liniertes Briefpapier und schrieb sofort einen handschriftlichen Brief an seinen Onkel. Er kam auf die seit langem ausstehende Einladung nach Dresden zurück und bat ihn, eine Aufenthaltsgenehmigung für ihn zu beantragen, so bald wie möglich, schrieb er. Er teilte seinem Onkel mit, dass er seit letztem Jahr Inspektoranwärter bei der Münchener Stadtverwaltung sei und dass er bis jetzt an der Vorbereitung und Organisation der Olympischen Spiele beteiligt gewesen sei, weshalb er nicht früher habe kommen können. Jetzt freue er sich aber, seinen Onkel und seine Tante wiederzusehen und Dresden kennenzulernen. Allerheiligen – heuer ein Mittwoch – sei in Bayern Feiertag, und Allerseelen ein halber; deshalb könne er sich am leichtesten in der Woche des ersten Novembers freinehmen, notfalls könne er aber auch später kommen. Er fügte noch ein paar persönliche Worte die Gesundheit seiner Mutter betreffend hinzu und steckte das Briefblatt in einen neutralen weißen Umschlag.

Er schrieb seine Privatanschrift als Absender auf die Umschlagklappe. Die Adresse seines Onkels kannte er auswendig, er schrieb sie deutlich auf die Vorderseite des Briefumschlags und vergaß auch nicht, *DDR* ohne Anführungszeichen vor die Dresdener Postleitzahl zu schreiben. Einem Reflex folgend wollte er den Brief in die Ablage *Postausgang* legen, doch dann besann er sich eines Besseren und steckte ihn in die Innentasche seiner Jacke. Er nahm sich vor, gleich nachher eine Briefmarke zu kaufen und den Brief persönlich in einen Briefkasten zu werfen. Inlandsporto, dachte er, für uns ist die DDR Inland, weshalb die Bundespost nur Inlandsporto verlangt, für die DDR sind wir Ausland, weshalb für den innerdeutschen Handel das DDR-Außenwirtschaftsministerium zuständig ist. Das ist deutsch-deutsche Politik, Innenpolitik oder Außenpolitik, je nach Standort, wir werden ihr ein Schnippchen schlagen.

Noch am gleichen Abend fuhr Schreiner nach Dienstschluss mit dem Zug nach Freising, um seine Mutter aufzusuchen, die sich sehr über den überraschenden Besuch ihres Sohnes freute und ihn bat, zum Abendbrot zu bleiben. Er nahm die Einladung an, denn er hatte schon vom Büro aus seine Freundin angerufen, um ihr zu sagen, dass es heute später werden könne. Beim Abendessen, das aus Schwarzbrot, Schinken, Mettwurst, hartgekochten Eiern und Essiggurken bestand, wozu seine Mutter wie früher Spitzwegerichtee aufbrühte, kam er auf sein Vorhaben zu sprechen.

Seine Mutter war guter Dinge und hörte ihrem Sohn interessiert zu. Sie freute sich vor allem, als sie hörte, dass er endlich seinen Onkel besuchen wollte, und sie dachte bereits an die Sachen, die sie ihm für ihren Bruder und ihre Schwägerin mitgeben würde, außer einigen Kleidungsstücken gewöhnliche Dinge, die in der DDR aber nur schwer zu bekommen waren.

Als sie aber hörte, was genau ihr Sohn vorhatte, war ihre Freude dahin. Schreiner war bestürzt über die heftige Reaktion seiner Mutter; sie war entrüstet über die erfundene Geschichte von ihrer Liebesbeziehung zu einem gewissen Friedrich aus Glauchau, der angeblich der Vater ihres Sohnes sein sollte.

„Wie kannst du mir so etwas antun? Dein Vater ist im Krieg gefallen, und ich war ihm bis heute treu. Jetzt dichtest du mir eine Affäre mit einem anderen Mann an, das ist doch allerhand!"

Schreiner erschrak, er sah ein, dass Kinner recht gehabt hatte, als er sagte, dass seine Mutter das sicherlich nicht so leicht nähme wie er. Aber er wollte nicht aufgeben.

„Aber Mama, es ist doch für einen guten Zweck, und außerdem erfährt es doch kein Mensch. Das ist doch nur eine Geschichte, die ich mir ausgedacht habe, falls es Schwierigkeiten gibt. Wenn alles gut geht, und normalerweise sollte es keine Probleme geben, bleibt es eine ausgedachte Geschichte. Ich will nur, dass du weißt, wie ich mich herausreden werde, wenn die Stasi wissen will, warum ich nach einem Mann aus Glauchau forsche."

Seine Mutter beruhigte sich ein wenig, aber auf ihrem Gesicht konnte er noch immer die Entrüstung ablesen. Ihre Mundwinkel zuckten ein wenig.

„Niemand erfährt davon?"

„Ich muss Onkel Karl und Marianne einweihen."

„Du willst meinem Bruder und meiner Tochter diese Lügengeschichte erzählen?"

„Nicht als wahre Geschichte, sondern so wie dir als eine erfundene Geschichte, die nur dazu dient, mich gegebenenfalls aus der Schlinge zu ziehen. Hör zu, du und Marianne, ihr sollt nur wissen, wie ich mich im Fall eines Falles verteidigen werde. Ihr lebt ja hier in Bayern, ihr braucht nichts zu sagen und nichts zu tun, ihr könnt nicht vernommen oder befragt werden, bis hierher reicht der Arm der Stasi nicht. Aber Onkel Karl kann vernommen werden, ihn muss ich unbedingt einweihen. In diesem Fall müsste er sagen, er wisse von nichts, er habe die Geschichte von der Liebesbeziehung seiner Schwester erst jetzt von seinem Neffen gehört. Du traust deinem Bruder doch?"

„Karl? Selbstverständlich, dem kannst du voll vertrauen. Aber außer Karl und Marianne erfährt niemand davon, wenn du nicht Schwierigkeiten mit der Stasi bekommst?"

„Nun, ich muss diese Geschichte vielleicht in einem Pfarramt erzählen, wenn ich das Taufregister einsehen will, aber natürlich ohne deinen Namen zu nennen. Außerdem kennt dich doch niemand in Glauchau."

„Ich weiß nicht, Gernot. Erstens mag ich nicht, dass du dich in Gefahr bringst. Und zweitens kränkt mich die erfundene Liebesbeziehung doch, und es ist mir gegenüber Marianne und Karl peinlich, auch wenn sie wissen, dass alles erfunden ist. Gibt es denn keine andere Möglichkeit?"

„Ich sehe keine andere. Und es muss dir doch nicht peinlich sein, weil ich Marianne und Onkel Karl doch erzähle, warum ich die Geschichte erfunden habe. Und außerdem hast du dich doch immer über solche Rollenspiele beim Ohnsorg-Theater oder beim Komödienstadel im Fernsehen amüsiert."

„Aber das sind nur Volksstücke, nicht die Wirklichkeit! Du bist Polizist und erfindest so eine Lügengeschichte."

„Aber nur, um der Wahrheit zu dienen. Wir spielen ein wenig Theater, und du wirst sehen, das geht genauso gut wie in einem Volksstück. Wir schlagen der Stasi ein Schnippchen!“

„Ach, Kind! Wenn du wüsstest, wie mir dabei zumute ist. Ich komme mir wie eine Ehebrecherin vor.“

„Aber Mama. Wir spielen doch nur Komödie. Marianne weiß es, und Onkel Karl weiß es auch. Und sonst wird niemand von der Geschichte erfahren, wenn alles gutgeht.“

„Also, meinetwegen. Aber du musst Karl und Marianne unbedingt sagen, wie entsetzt ich war.“

„Klar, Mama, mach ich. Ich habe mir die Geschichte doch so ausgedacht, dass man nichts nachprüfen und mir nichts Gegenteiliges beweisen kann. Außerdem wird die Stasi schon nichts Verdächtiges dabei finden, dass ich von Dresden nach Glauchau fahre und in einem Pfarramt vorstellig werde.“

Schreiner wusste jetzt, dass er gewonnen hatte. Er stand auf und nahm aus dem Küchenschrank die Flasche mit Edelkirsch, die seine Mutter für besondere Anlässe aufhob. Er holte zwei Likörgläser aus Bleikristall aus dem Wohnzimmerschrank, füllte sie und trank seiner widerstrebenden Mutter zu.

„Keine Sorge, Mama. Das geht schon gut, und keiner erfährt etwas.“

„Hoffentlich hast du recht. Es ist schon ein Unglück, dass Deutschland geteilt ist und dass Ostdeutschland kein freies Land ist.“

Wie er erwartet hatte, war es bei seiner Schwester bedeutend einfacher. Als er sie am nächsten Abend in Gauting besuchte, nachdem er an der S-Bahnstation eine Tafel Schweizer Schokolade für seine fünfjährige Nichte gekauft hatte, musste er nicht lange Überzeugungsarbeit leisten. Marianne fand die Geschichte zwar absurd und konnte sehr wohl verstehen, dass ihre Mutter verärgert war, aber sie fand sie gut erfunden und musste am Ende sogar lachen, als Schreiner ihr vom entsetzten Gesichtsausdruck ihrer Mutter erzählte.

Im Gegensatz zu ihrem Bruder hatte Marianne Onkel Karl schon in Dresden besucht, vor sechs Jahren, vor ihrer Heirat, und sie hatte volles Vertrauen zu ihrem Onkel; er würde mitmachen. Gut, dachte Schreiner beim Heimfahren, jetzt bleibt nur noch Onkel Karl, aber erst einmal brauche ich die Aufenthaltsgenehmigung für den Verwandtenbesuch in Dresden.

Die nächsten Wochen vergingen mit Routinearbeit. Vom Bundeszentralarchiv kam die Nachricht, dass es ohne den Familiennamen nicht möglich sei, ein NSDAP-Mitglied zu identifizieren, da alle NS-Akten nach Familiennamen archiviert seien.

Nach drei Wochen erhielt er einen Brief von seinem Onkel, der ihm schrieb, dass er die gewünschte Aufenthaltsgenehmigung für Dresden zum Zwecke des Verwandtenbesuches beantragt habe, und zwar für die Woche vom 29. Oktober bis zum 4. November 1972. Das ist von Sonntag bis Samstag, rechnete Schreiner schnell nach, das sollte passen. Sein Onkel schrieb ihm weiterhin, dass ihm die Aufenthaltsgenehmigung direkt von den Dresdner Behörden zugestellt würde, und dass er sich gleich am ersten Werktag in Dresden anmelden und vor seiner Rückreise wieder abmelden müsse. Er hatte ihm außerdem handschriftlich den Fahrplan des Interzonenzuges von München über Hof nach Dresden notiert und ihn wissen lassen, dass er ihn am Sonntagabend im Dresdener Hauptbahnhof abholen würde.

Um die Zeit des Stillstandes zu überbrücken, hatte sich Schreiner für eine einwöchige Schulung zur Terrorbekämpfung angemeldet, die Mitte Oktober in der Polizeischule Fürstenfeldbruck durchgeführt wurde.

Am vorletzten Tag des Kurses traf der Brief aus Dresden ein. Schreiner fand ihn am Abend nach seiner Rückkehr aus Fürstenfeldbruck in seinem Briefkasten. Er konnte nicht warten, bis er in seiner Wohnung war, sondern riss den Umschlag gleich im Treppenhaus auf. Es war ein behördliches Schreiben und enthielt die Aufenthaltsgenehmigung für den Bezirk Dresden für den Zeitraum vom 29. Oktober bis zum 4. November 1972.

Schreiner jubelte.

Im real existierenden Sozialismus

Durch die blinden Scheiben des Abteilfensters konnte er die in trüben Nebel gehüllte Landschaft kaum erkennen. Was für ein Allerheiligenwetter, dachte er. Gernot Schreiner saß im Interzonenzug von München nach Dresden. Es war Sonntag, der 29. Oktober 1972. In München war er mit einem großen Koffer, der außer seinen persönlichen Sachen auch Kleidung und einen Wecker von seiner Mutter für ihre Verwandten enthielt, in einen Reichsbahnwagen des Interzonenzuges eingestiegen, der zur Hälfte aus Wagen der Bundesbahn und zur Hälfte aus Wagen der Reichsbahn zusammengestellt war. Sonderbar, dachte er, dass ausgerechnet die kommunistische DDR nach ihrer Gründung den Vorkriegsnamen Deutsche Reichsbahn für die Staatsbahnen in der ehemaligen sowjetischen Besatzungszone beibehalten hat, während die Staatsbahnen der drei vereinigten westlichen Besatzungszonen nach Gründung der Bundesrepublik 1949 unter dem Namen Deutsche Bundesbahn zusammengefasst worden waren. Schon von außen waren die Reichsbahnwagen leicht von den Bundesbahnwagen zu unterscheiden, auch ohne dass man auf die Aufschrift *DR* oder *DB* achten musste, denn nur die Bundesbahnwagen hatten sauber geputzte Fensterscheiben, während die Fenster der Reichsbahnwagen infolge langer Vernachlässigung blind geworden waren.

Das Abteil der zweiten Klasse, in dem er saß, unterschied sich in seiner Struktur kaum von einem entsprechenden Abteil in einem DB-Wagen, aber man konnte auf Anhieb die DDR riechen, denn die Kunstlederbezüge der Sitze strömten jenen unangenehmen Plastikgeruch aus, wie er für die sozialistischen Länder typisch war. Das „Land der Plaste und Elaste“, wie sich die DDR fortschrittsgläubig nannte, war an diesem Geruch zu erkennen. Wäre Schreiner nicht Polizist sondern Chemiker gewesen, hätte er gewusst, dass dieser Geruch von monomeren Olefinen herrührte, die die Polymere des Kunstleders ausströmten, weil in den sozialistischen Ländern nur schwach aktive Polymerisationskatalysatoren zur Verfügung standen, und das trotz oder gerade wegen der einseitigen Ausrichtung der DDR-Forschung auf industrielle Anwendungen, mit der die freie Grundlagenforschung zugunsten „gesellschaftlich relevanter“ Forschung eingeschränkt worden war. All das wusste Schreiner nicht, so rümpfte er nur die Nase und sah sich in seinem Abteil um.

Von München bis Regensburg war der Zug gut besetzt, die Reisenden zogen aber die DB-Wagen vor, so dass die Abteile der DR-Wagen nur spärlich belegt waren. Bis Schwandorf war Schreiner allein in seinem Abteil, dann stieg ein älteres Ehepaar zu, das sich ihm gegenübersetzte. Schon an ihrer Kleidung konnte er erkennen, dass es sich um DDR-Bürger auf der Heimreise handelte. Rentner ohne Zweifel, denn die DDR ließ ihre Staatsbürger erst im Rentenalter ausreisen. Die beiden älteren Leute lächelten freundlich, blieben aber schweigsam. In Weiden stiegen die meisten Fahrgäste aus, im Zug blieben nur noch wenige Reisende, die entweder nach Hof, dem letzten westdeutschen Bahnhof vor der Grenze, unterwegs waren oder aber wie Schreiner und seine Abteilnachbarn in die Deutsche Demokratische Republik einreisten. In Weiden öffnete Schreiner das Abteilfenster und sah auf den Bahnsteig hinaus. Es war grau und nieselte. Als der Zug auf den Pfiff des an seiner roten Mütze erkennbaren Fahrdienstleiters hin wieder anfuhr, machte Schreiner eine Bemerkung.

„Der Zug ist fast leer“, sagte er. „Ich habe das Gefühl, dass wir die einzigen Fahrgäste in diesem Wagen sind. Und auch im hinteren Zugteil sind nicht mehr viele Reisende.“

„Das ist immer so“, sagte der Mann ihm gegenüber mit einem Lächeln. „Die Hälfte davon steigt in Hof noch aus. Es würde mich wundern, wenn mehr als zwanzig Personen in die DDR einreisten. Steigen Sie auch in Hof aus?“

„Nein. Ich habe eine Aufenthaltsgenehmigung für die DDR. Ich besuche Verwandte in Dresden.“

„Fahren Sie zum ersten Mal in unser schönes Land?“ fragte der Mann mit einem leicht ironischen Unterton.

„Ja, ich lebe in München, aber ich habe einen Onkel in Dresden, den ich zum letzten Mal 1959 gesehen habe.“

„Tja, die Trennung der Familien, das ist das Problem der deutschen Teilung. Ansonsten könnten wir gut in zwei Staaten leben.“

Schreiner bemerkte, dass die beiden älteren Leute eigentlich recht gesprächig waren, aber ihre Worte sehr sorgfältig wählten. Vermutlich waren sie misstrauisch und befürchteten, von einem Spitzel ausgehorcht zu werden. Nach einigem Zögern sagte die Frau etwas.

„Wir haben unseren Sohn in Schwandorf besucht, er ist Stahlkocher bei der Maxhütte. Er ist nach dem Krieg in die amerikanische Zone gekommen und in Bayern geblieben.“

„Und Sie wohnen in Dresden?“ fragte Schreiner.

„Ja. Und das Gute ist, dass es trotz der deutschen Teilung eine direkte Zugverbindung von Dresden nach Schwandorf gibt“, antwortete der Mann.

„Seit mein Mann im Ruhestand ist, dürfen wir ausreisen“, fügte die Frau hinzu. „Deshalb verbringen wir jetzt zweimal im Jahr eine Woche bei unserem Sohn. Zuvor haben wir ihn viele Jahre nicht gesehen.“ Mit dem Handrücken wischte sie unter ihrer Brille hindurch eine Träne aus dem linken Augenwinkel.

Schreiner fragte nicht nach, um seine Mitreisenden nicht in Verlegenheit zu bringen, aber er hätte gern gewusst, wie die Betroffenen die Ausreisebeschränkungen empfanden. DDR-Bürger durften nur dann ins westliche Ausland – und dazu gehörte nach DDR-Lesart auch die Bundesrepublik – ausreisen, wenn sie zum Reisekader gehörten, und selbst in diesem Fall mussten sie ihre Familie sozusagen als Pfand zurücklassen. Der massenhaften Flucht von DDR-Bürgern Ende der fünfziger Jahre war die DDR-Führung mit dem Bau der Berliner Mauer 1961 und dem festungsmässigen Ausbau der gesamten DDR-Grenzanlagen begegnet. Bei „illegalem Grenzübertritt", wie ein Fluchtversuch beschönigend genannt wurde, bestand Schießbefehl. In Bezug auf DDR-Bürger im Rentenalter dagegen legte das Regime den ganzen Zynismus des sozialistischen Gesellschaftssystems offen, denn Rentner durften ausreisen. Falls sie nicht zurückkamen, sondern in der Bundesrepublik blieben, war die DDR-Rentenkasse ihrer Zahlungsverpflichtungen ledig, weil ihre Rentner als deutsche Staatsbürger, die in Westdeutschland wohnten, den bundesdeutschen Rentenkassen zur Last fielen. So ist der Sozialismus, dachte Schreiner, trotz humanistischer Lippenbekenntnisse gilt der Mensch nur etwas, solange er arbeitet.

Inzwischen hatten sie Hof erreicht. Als der Zug stillstand, öffnete Schreiner das Zugfenster und sah hinaus. In der Tat stiegen die meisten Reisenden aus und verließen den Bahnsteig. „Hier Hof an der Saale", tönte die Lautsprecherdurchsage vom Bahnsteig. „Reisende ohne gültige Einreisepapiere in die Deutsche Demokratische Republik bitte aussteigen. Der Zug fährt in wenigen Minuten weiter. Nächste Station: Grenzbahnhof Gutenfürst." Unwillkürlich griff Schreiner an seine Jackentasche und fühlte, ob sein Pass, seine Aufenthaltsgenehmigung und seine Fahrkarte griffbereit waren.

Als der Pfiff zur Abfahrt ertönte, schob Schreiner das Abteilfenster wieder nach oben, denn der Nieselregen hatte sich verstärkt. Der Schnellzug fuhr mit verminderter Geschwindigkeit, und nach wenigen Kilometern war der Grenzbahnhof Gutenfürst erreicht. Selbst durch die blinden Scheiben und den Nieselregen konnte Schreiner beim Einfahren die Grenzanlagen – Wachtürme, hohe Zäune und Stacheldraht – in der in den Wald geschlagenen Schneise erkennen. Wir fahren über die bestgesicherte Grenze der Welt, dachte er.

„Das ist der Todesstreifen", sagte die Frau, die eine gewisse Beklemmung nicht unterdrücken konnte. Ihr Mann legte ihr beruhigend seine Hand auf den Arm, der leicht zitterte. Auch Schreiner spürte die Beklemmung dieses Ortes.

Der Zug verlangsamte noch einmal seine Geschwindigkeit und kam zum Stehen. Vom Bahnsteig hörte man hektisches Rufen, dann eine Lautsprecherdurchsage. „Hier Gutenfürst, Deutsche Demokratische Republik. Vierzig Minuten Aufenthalt für die Einreiseformalitäten. Die Zoll- und Passkontrolle findet im Zug statt." In diesem Moment hörte man das Stoßen und Schlagen der Waggontüren und Gedränge in den Gängen.

Die Abteiltür wurde aufgerissen, und drei Uniformierte standen davor. Schreiner erkannte in der Uniform des mit einem Gewehr bewaffneten jungen Mannes die der Nationalen Volksarmee. Die anderen beiden Uniformierten waren offenbar Zöllner. Der ältere von beiden wandte sich an Schreiner, nachdem er ihn mit einem geübten Blick von den beiden DDR-Rentnern unterschieden und als Westdeutschen eingestuft hatte.

„Papiere bitte! Sie reisen in die Deutsche Demokratische Republik?"

Schreiner nickte und hielt ihm Pass und Aufenthaltsgenehmigung hin. Der Beamte nahm beides und blickte flüchtig darauf.

„Was ist der Zweck Ihrer Reise?"

„Verwandtenbesuch."

„Nehmen Sie Ihr ganzes Gepäck und folgen Sie mir in das Nachbarabteil!"

Schreiner nahm seinen Koffer und seinen Mantel und ging mit dem Zollbeamten in das leere Abteil neben dem ihren. In der Zwischenzeit wandte sich der zweite Zollbeamte an die beiden DDR-Rentner und kontrollierte ihre Pässe. Der NVA-Soldat mit der Waffe blieb auf dem Gang stehen. Der Beamte schloss die Abteiltür hinter sich und öffnete Schreiners Pass.

„Schreiner, Gernot, aus München. Sie haben eine Aufenthaltsgenehmigung für den Bezirk Dresden. Wie lange werden Sie in Dresden bleiben?"

„Bis zum kommenden Samstag. Bei meinem Onkel."

„Also sieben Tage. Führen Sie imperialistisches Schrifttum mit sich?"

„Wie bitte?"

„Westdeutsche Zeitungen oder Zeitschriften."

„Nein."

„Bitte öffnen Sie Ihren Koffer!"

Schreiner legte seinen Koffer auf die linke Sitzbank und öffnete ihn. Der Beamte nahm sorgfältig alle Kleidungsstücke heraus und stapelte sie auf der gegenüberliegenden Sitzbank.

„Die Damenkleider sind doch nicht für Sie."

„Nein, das ist ein Kostüm, das meiner Mutter zu eng geworden ist. Es ist für meine Tante, ein Geschenk."

Der Beamte nahm den Wecker, zog ihn auf, um seine Funktionstüchtigkeit zu prüfen und öffnete dann Schreiners Toilettentasche. Er faltete eines von Schreiners Taschentüchern auseinander und schüttete den Inhalt des Kulturbeutels darauf, Zahnbürste, Zahnpasta der Marke Ajona, eine Camay-Seife, eine Dose Nivea-Creme, ein Nagel-Necessaire und ein Braun-Elektrorasierer.

„Leeren Sie Ihre Taschen aus! Auch die Manteltaschen!"

Schreiner legte seine Geldbörse, die fast fünfhundert D-Mark enthielt, seine Brieftasche mit dem letzten Schreiben seines Onkels und ein Schlüsselmäppchen mit seinen Wohnungsschlüsseln sowie ein Taschentuch auf die Sitzbank.

„Nehmen Sie die Hände nach oben!"

Der Beamte tastete Schreiner sorgfältig ab und vergaß auch nicht die Socken. Dann überprüfte er Geldbörse, Brieftasche und das Reißverschlussfach des Schlüsselmäppchens und gab sie Schreiner zurück. Er riss aus seinem Block eine Nummer ab und schrieb „sieben Tage" darauf.

„Gehen Sie jetzt in das Bahnhofsgebäude zum Schalter der Staatsbank der DDR und machen Sie Ihren Mindestumtausch für sieben Tage. Dann kommen Sie mit der Quittung wieder zurück. In der Zwischenzeit überprüfen wir Ihren Pass. Sie brauchen nur Ihr Geld und diese Nummer. Ihre übrigen Sachen können Sie hier lassen und nachher wieder einräumen. Es kommt nichts weg. Den Pass bringe ich Ihnen kurz vor der Abfahrt des Zuges. Sie bekommen ihn gegen die Quittung des Mindestumtausches."

Schreiner sah, dass der Beamte seinen Pass in die Jackentasche steckte und in den angrenzenden Wagen weiterging, nachdem er den Abfallbehälter des Abteils geöffnet und überprüft sowie die Kofferablage mit der Hand abgetastet hatte. Im Nebenabteil wurde gerade das Rentnerehepaar von dem zweiten Zöllner abgetastet. Schreiner warf einen bedauernden Blick auf seine auf der Sitzbank ausgebreiteten Sachen und verließ den Zug. Er sah auf die Uhr. Sie hatten noch eine halbe Stunde bis zur Abfahrt.

Auf dem Bahnsteig nieselte es. Schreiner ging bis zu der Stelle, an der man die Geleise überqueren konnte und ging auf das Bahnhofsgebäude zu. Er sah sich um und bemerkte überall Verwahrlosung. Zwischen den Betonschwellen wucherte das Unkraut, die Peitschenmasten der Laternen waren rostig, am Bahnhofsgebäude waren unglaublich hässliche Anbauten aus Beton, Wellblech und Kunststoff angebracht, in denen die Fenster verspiegelt waren.

Vor dem Bahnhof standen mehrere Posten der Nationalen Volksarmee herum, die unschwer an ihren Stahlhelmen zu erkennen waren, deren flache Form an umgedrehte Blechschüsseln erinnerte. Gestaltung und Formgebung sind eben keine sozialistischen Denkkategorien, dachte Schreiner spöttisch.

Die Gesichtslosigkeit des Ortes und die Tristesse der Bauten wurde noch durch das Nieselwetter betont, und die bleierne Atmosphäre wurde durch die schwerbewaffneten Wachposten mit ihren Schäferhunden und die Stacheldrahtverhaue hinter den Geleisen verstärkt.

Schreiner gewahrte mehrere Personen, die aus anderen Wagen ausstiegen und wie er auf das Bahnhofsgebäude zugingen. Jeder hatte einen Laufzettel für den zu tätigenden Mindestumtausch in der Hand – Zwangsumtausch, wie diese Umtauschpflicht in Westdeutschland genannt wurde. Jeder Bundesbürger oder Bürger von Westberlin musste beim Einreisen in die DDR pro Reisetag zwanzig DM in Mark der DDR umtauschen, zum Wechselkurs von 1:1, während der wirkliche Kurs der D-Mark im Vergleich zu dem der DDR-Mark auf den internationalen Devisenmärkten bei 1:4 lag. Hätte Schreiner auf einer Münchener Bank D-Mark in DDR-Mark umgetauscht, hätte er das Vierfache bekommen wie hier. Allerdings war die Einfuhr von Mark der DDR streng verboten, und gerade bei diesem Besuch hütete sich Schreiner, ein Risiko einzugehen. Er würde auch kein Geld bei den zahlreichen Schwarzhändlern umtauschen, die ihn sicherlich in Dresden wie überall in der DDR ansprechen würden. Man konnte ja nie wissen, ob man an einen *agent provocateur* geraten war. Um seine Mission nicht zu gefährden, nahm Schreiner sich vor, sich absolut korrekt zu verhalten, obwohl er sonst in einem kleinen Devisenvergehen nur ein Schnippchen gesehen hätte, das er einem Unrechtssystem geschlagen hätte.

Die Staatsbank der DDR befand sich in einem völlig überheizten barackenartigen Anbau des Bahnhofsgebäudes. Hinter dem mit Resopal und Glas verkleideten Schalter saß eine mürrisch wirkende Frau mittleren Alters, die eine Art Uniform trug. Schreiner war als Erster am Schalter und hielt der Bankangestellten wortlos seinen Laufzettel hin. Die Frau sah ihn an.

„Sieben Tage. Das sind einhundertvierzig Mark."

Schreiner nahm einen Hundertmarkschein und zwei Zwanzigmarkscheine aus seiner Geldbörse und schob sie durch den Schlitz unter der Glasscheibe durch. Die Frau nahm die drei Scheine, prüfte sie gegen das

Licht und sortierte sie in ihren Kassenrollschrank. Dann nahm sie ein Bündel DDR-Banknoten, zählte Schreiner einhundertvierzig Mark hin und schob sie unter dem Schlitz durch. Schreiner nahm die Banknoten, lauter druckfrische Scheine, steckte sie in seine Geldbörse und wollte gehen.

„Halt!!" rief die Frau. „Ihre Quittung."

Schreiner drehte sich um und nahm den Zettel, den der nachfolgende Kunde, offenbar ein westdeutscher Geschäftsmann mit Erfahrung im innerdeutschen Handel, genommen hatte und ihm nun hinhielt.

„Den brauchen Sie, wenn Sie Ihren Pass zurückhaben wollen."

Schreiner bedankte sich, nahm die Quittung und ging zum Zug zurück. Er stieg in den Wagen, in dem sich seine Sachen befanden, und stellte fest, dass die beiden Zöllner nicht mehr da waren. Der NVA-Polizist mit Gewehr stand aber nach wie vor auf dem Gang. Schreiner ging in das Abteil mit seinen Sachen. Alles war noch da, wie er es verlassen hatte. Als Erstes räumte er seinen Kulturbeutel ein, dann packte er die Kleidungsstücke wieder in seinen Koffer, legte den Kulturbeutel und den Wecker darauf und machte den Koffer zu, der sich schwerer schließen ließ als zu Hause; vermutlich hatte er in der Eile etwas weniger sorgfältig gepackt. Dann nahm er Koffer und Mantel und ging wieder in das Abteil nebenan, in dem das Rentnerehepaar saß. Als DDR-Bürger brauchten sie keinen Geldumtausch machen, aber auch sie waren gründlich durchsucht worden. Der Frau war noch das Unbehagen über die unwürdige Behandlung anzumerken, ihr Mann nahm das mit einem gewissen Gleichmut hin. Beide blieben schweigsam.

Durch das Abteilfenster sah Schreiner jetzt mehrere Zollbeamte aus jenem Bahnhofsanbau heraustreten, bei dem die Fenster verspiegelt waren, so dass man zwar herausschauen, aber nicht hineinsehen konnte. Die Beamten kamen zum Zug herüber, und nach wenigen Augenblicken wurde die Abteiltür geöffnet. Der Beamte, der vorhin Schreiner und sein Gepäck durchsucht hatte, trat herein und verlangte Schreiners Quittung zu sehen. Er warf einen kurzen Blick darauf und gab ihm dann seinen Pass und die Aufenthaltsgenehmigung zurück.

„Einhundertvierzig Mark. In Ordnung. Angenehmen Aufenthalt in der DDR." Er sah die beiden Rentner an und nickte. „Gute Reise."

Dann schloss er die Abteiltür und verließ mit dem NVA-Posten den Zug. Nach wenigen Minuten kam der Pfiff zur Abfahrt, und der Zug setzte sich langsam in Bewegung. Der Beamte hatte sich völlig korrekt verhalten, aber seine schneidende Stimme und die frostige Art der Behandlung gehörten zum System der Einschüchterung, mit der die DDR ihre eigenen Bürger ebenso wie westliche Besucher bedachte. Durch die Abteiltür sah Schreiner zwei Männer in grauer Arbeitskleidung den Gang entlang gehen.

„Das ist die Nachhut", sagte der Rentner, als er Schreiners fragenden Blick sah. „Die Abteile sind bereits kontrolliert. Jetzt sind die Toiletten und Vorräume dran. Sie schrauben sogar die Verkleidung ab, wo es möglich ist. In Plauen steigen sie dann aus, und dann ist das wieder ein normaler Zug."

„Aber was suchen sie denn?"

„DDR-Mark zum vierfachen Wert umgetauscht und illegal eingeführt. Manche Reisende verstecken das im Nebenabteil. Sie werden dann zwar nicht erwischt, aber das Geld wird gefunden und beschlagnahmt."

Schreiner wurde nachdenklich und blickte zum Abteilfenster hinaus. Er sah die nebelgraue Landschaft vorbeifliegen, denn der Zug hatte wieder Fahrt aufgenommen. Seine Mitreisenden blieben die ganze Zeit über schweigsam. Bald stiegen noch andere Reisende zu, und das Abteil füllte sich. Dresden Hauptbahnhof war Endstation. Als der Zug dort zum Stehen kam, nahmen alle Reisenden ihr Gepäck und verließen das Abteil. Schreiners Gruß beantworteten sie mit einem Nicken. Nur die beiden Rentner, die schon von Schwandorf aus mitgefahren waren, sagten „Auf Wiedersehen" und „Angenehmen Aufenthalt". Schreiner zog seinen Mantel an, holte seinen Koffer vom Gepäckfach und verließ als Letzter das Abteil.

Als er auf den Bahnsteig trat, sah er seinen Onkel schon von weitem, obwohl es bereits dämmrig geworden war, denn der Bahnsteig war hell erleuchtet. Von den Nebelschwaden, die die Landschaft eingehüllt hatten, war hier kaum etwas zu sehen. Sein Onkel winkte und kam näher.

„Grüß dich, Onkel Karl", sagte Schreiner, indem er seinem Onkel die Hand gab. „Ich freue mich, dich nach so langer Zeit wiederzusehen."

„Gernot, wie lange ist das her? Dreizehn Jahre haben wir uns nicht gesehen." Sein Onkel schüttelte ihm herzlich die Hand. „Es war in Freising 1959. Damals warst du noch ein Halbwüchsiger, jetzt bist du ein Mann. Willkommen in Dresden."

Onkel Karl bestand darauf, den Koffer seines Neffen zu tragen, so dass Schreiner ihn beobachten konnte. Er schien sich in den dreizehn Jahren überhaupt nicht verändert zu haben, obwohl die Tatsache, dass Schreiner all die Jahre bei seiner Mutter immer wieder aktuelle Fotos gesehen hatte, täuschen konnte. Onkel Karl war Ingenieur bei den Dresdener Kamerawerken, die heute *Kombinat VEB Pentacon* hießen, Optik und Fotografie war seine Leidenschaft, deshalb schickte er oft Familienfotos an seine westdeutsche Verwandtschaft. Als Jugendlicher hatte Schreiner seinen Onkel immer bewundert, denn er war ein großer, sportlicher Mann mit wasserblauen Augen und einem kräftigem Bartwuchs, dem auch die tägliche Rasur nicht beikommen konnte. Schon vor dreizehn Jahren war sein Haar leicht ergraut, heute konnte man den intensiveren Grauton vor allem an den Bartstoppeln wahrnehmen. Onkel Karl hatte keinen Mantel an, sondern trug eine Strickweste gegen die Kälte unter einem etwas abgetragenen, dunklen Anzug, der ihm deutlich zu weit war.

„Wir nehmen die Straßenbahn vom Wiener Platz aus, das ist der Platz vor dem Bahnhof. Die Linie 10 nach Striesen fährt direkt in die Borsbergstraße. Das ist sehr praktisch, wir brauchen nicht umzusteigen. Du musst dir den Weg merken, denn du wirst dir die Stadt zumeist alleine anschauen müssen. Weder ich noch Martha haben Urlaub bekommen. Jetzt vor Weihnachten ist die Produktionsschlacht angelaufen, da darf ein Ingenieur nicht einmal einen Tag fehlen."

An der Haltestelle mussten sie einige Minuten warten, bis die Straßenbahn kam. Im diffusen Licht der Straßenlaternen und der Scheinwerfer der wenigen vorbeifahrenden Autos sah man vereinzelte Nebelschwaden. Der Nebel hatte sich also nicht gelichtet, auf dem Bahnsteig war er nur nicht sichtbar gewesen. Sie sprachen über die Familie, denn Onkel Karl wollte gleich wissen, wie es seiner Schwester in Freising und seiner Nichte in Gauting ging. Als die Straßenbahn kam, stiegen sie in den vorderen Wagen und nahmen auf einer Sitzbank Platz. Im Vergleich zu den blauweißen Münchener Straßenbahnen waren diese Wagen weniger bequem und auch weniger gepflegt. Beim Anfahren rumpelte die Straßenbahn stark, die Ausstattung wirkte unförmig und ein wenig verschlissen. Aber sie fährt, dachte Schreiner, und nach wenigen Minuten hatten sie die Borsbergstraße erreicht.

Als sie ausstiegen, stellte Onkel Karl den Koffer an der Haltestelle ab und wartete, bis die anderen ausgestiegenen Fahrgäste gegangen waren. Er deutete auf einen Wohnkomplex schräg gegenüber.

„Hier wohnen wir. In dem fünfstöckigen Wohnhaus da hinten. Wir haben eine Zweiraumwohnung mit Küche und Bad im zweiten Stock. Das sind alles Häuser aus den fünfziger Jahren, moderne Nachkriegsarchitektur."

„Ein schönes Wohnviertel, und leicht zu erreichen", sagte Schreiner.

„Hör mal, Gernot“, sagte Onkel Karl nach einigem Zögern. „Wir werden vor dem Abendessen noch den Hund ausführen und einen kleinen Spaziergang hier im Viertel machen. Dann können wir reden. In unserer Wohnung sollten wir nur unverfängliche Gespräche führen.“

„In eurer Wohnung, unverfängliche Gespräche?“ fragte Schreiner erstaunt.

„Nun, du wirst dir das gar nicht vorstellen können, aber hier bist du nie vor Überwachung sicher. Manche Wohnungen sind verwanzt und werden von der Staatssicherheit abgehört. Du weißt, ich bin nicht SED-Mitglied, aber selbst Parteimitglieder werden oft überwacht. Ich glaube nicht, dass unsere Wohnung abgehört wird, aber da man das nie weiß, sind wir vorsichtig, wie übrigens alle hier. Wir haben gelernt, mit dem System zu leben.“

Schreiner erblasste. Er wusste von den Methoden der Stasi, aber er hätte sich nie träumen lassen, was es heißt, damit zu leben. Er nickte, nahm seinen Koffer, und sie gingen zum Wohnhaus seines Onkels. An der Tür begrüßte sie der Hund, offenbar eine Promenadenmischung aus Dackel und Spitz. Tante Martha hatte sie schon erwartet, sie war sehr herzlich und küsste ihren Neffen, den sie seit dreizehn Jahren nicht mehr gesehen hatte, auf beide Wangen.

Sie zeigte ihm die Wohnung und sagte ihm, dass sie nach dem Abendessen ein Bett für ihn auf dem Wohnzimmersofa richten würde. Die Wohnung war klein, aber ordentlich und nett eingerichtet.

„Mit Gästen ist es ein bisschen eng“, sagte sie. „Aber ansonsten ist die Wohnung ausreichend für uns beide. Wir haben ja keine Kinder. Leider. Nur Wendelin, unseren Hund.“

Schreiner packte seinen Koffer aus und gab seinen Verwandten die Sachen seiner Mutter, Bohnenkaffee, einige Tafeln Schokolade, einen Wecker und ein Tweed-Kostüm, das seine Mutter nur ein paarmal getragen hatte. Er selbst hatte kein Geschenk besorgt, sondern er gab seinem Onkel einen Hundertmarkschein, D-Mark versteht sich, die in der DDR nicht nur den vierfachen Wert hatte, sondern das einzige Zahlungsmittel für Westwaren war.

„Das ist das Kostüm aus englischem Stoff, das deine Mutter bei ihrem letzten Besuch vor zwei Jahren anhatte und das mir so gut gefallen hat“, sagte Tante Martha. „Ich glaube nicht, dass es ihr zu eng geworden ist. Das ist nur ein Vorwand, um es mir zu schenken. Sag ihr vielen Dank. Und den Wecker können wir auch sehr gut gebrauchen.“

Onkel Karl bedankte sich sehr für die hundert Mark und holte die Hundeleine. Wendelin kam schwanzwedelnd angelaufen.

„Komm, Gernot. Wir führen den Hund aus. Inzwischen macht Martha das Abendessen."

Als sie auf der Straße waren und in eine ruhige Seitenstraße mit breitem Gehsteig einbogen, ließ Onkel Karl den Hund von der Leine. Wendelin sprang freudig um sie herum, blieb manchmal etwas zurück, um zu schnüffeln, kam aber immer wieder nachgelaufen. Onkel Karl sah seinen Neffen an.

„Gernot, du bist das erste Mal in der DDR. Vieles muss dir daher sonderbar erscheinen, was bei uns ganz normal ist. Du wirst das in den nächsten Tagen sehen: Vertrauliche Gespräche werden nur im Freien geführt, wo man nicht abgehört werden kann. Für Waren des täglichen Bedarfs musst du vor den Geschäften anstehen, denn überall herrscht Mangel. Und für etwas Besonders – Bückware, wie man hier sagt – brauchst du Westgeld. Und wenn deine Meinung von der herrschenden Ideologie abweicht, behältst du sie besser für dich. Wir leben in einem Land, in dem die Partei alles diktiert."

„Das tut mir leid, Onkel Karl."

„Nun, wir haben uns daran gewöhnt. Jeder hat Arbeit, Wohnung und genug zu essen. Aber die Freiheit fehlt uns. Und dann sind da die kleinen Widrigkeiten des täglichen Lebens. Die Geschichte mit dem Wecker wundert dich vielleicht. Als deine Mutter das letzte Mal hier war, war unser alter Wecker gerade kaputt. Es war noch ein Vorkriegswecker, den wir schon zweimal haben reparieren lassen, aber dann war eine Feder kaputt, und der Uhrmacher bekam keine Ersatzteile mehr. Nun werden in der DDR zwar Wecker hergestellt, ein Teil für den Export, ein Teil für die Binnennachfrage, aber es gibt nie genug. Um einen Wecker kaufen zu können, brauchst du eine offizielle Bescheinigung, dass du Schicht arbeitest. Schichtarbeiter haben beim Weckerkauf Vorrang, sonst musst du fast so lange wie auf ein Auto warten. Deshalb bin ich sehr froh über den Wecker, den deine Mutter dir für uns mitgegeben hat."

Schreiner konnte es nicht glauben: Für einen Wecker nicht nur anstehen müssen, sondern obendrein eine Schichtarbeiterbescheinigung vorweisen müssen! Er hatte wohl von Engpässen in den sozialistischen Ländern gehört, aber er hatte sich nicht vorstellen können, was das im täglichen Leben bedeutete.

„Onkel Karl, ich muss dir etwas gestehen. Ich bin nicht nur zum Verwandtenbesuch hergekommen, ich habe noch einen anderen Grund. Wie du weißt, bin ich bei der Münchener Stadtverwaltung, eigentlich bei der Polizei."

Und er erzählte seinem Onkel von dem Giftanschlag in München und von dem Verdächtigen, der unter falscher Identität als Professor arbeitet, möglicherweise aber eine NS-Vergangenheit hat. Er erzählte von seiner Absicht, in Glauchau das Taufregister einsehen zu wollen, unter dem Vorwand, nach seinem wahren Vater zu suchen, und er berichtete von der Entrüstung seiner Mutter, als sie davon erfuhr. Onkel Karl hörte aufmerksam zu, dann musste er lachen.

„Deine Mutter und ein anderer Mann! Wer deine Mutter kennt, weiß, dass das nicht wahr ist. Aber zum Glück kennt man sie hier ja nicht. Dein Vorhaben ist ein wenig riskant, vor allem, wenn du auf die Idee kommen solltest, bei Behörden nachzuforschen. Bei Pfarrämtern kannst du wahrscheinlich schon nachfragen, aber ich weiß nicht, ob du Erfolg haben wirst."

„Wenn du meinst, dass es zu gefährlich ist, lasse ich es sein."

„Na ja, du suchst ja nur einen Namen, und das nur in einem Taufregister. Das sollte gehen. Hör zu, du hast eine Aufenthaltsgenehmigung zum Verwandtenbesuch im Bezirk Dresden. Du kannst zwar mit dem Zug nach Glauchau fahren, aber du darfst dort nicht übernachten, am Abend musst du auf jeden Fall zurück sein. Und zieh dich unauffälliger an. Am besten, du fährst am Mittwoch."

„Für den Fall, dass etwas schiefgeht, was soll ich sagen?"

„Am besten ist, wenn wir nichts davon wissen. Sag Martha nichts davon. Offiziell weiß ich auch von nichts. Du bist eine Woche bei uns und machst am Mittwoch einen Tagesausflug ins sächsische Umland. Wenn ich befragt würde, wäre ich überrascht, von einer Liebesbeziehung meiner Schwester zu hören, aber möglich wäre es gewesen. Mehr weiß ich nicht."

Die folgenden beiden Tage verbrachte Schreiner mit Besichtigungen in Dresden. Er besichtigte die Ruine der Frauenkirche und das Schloss, die wiederhergestellte Kreuzkirche, die katholische Hofkirche, den Zwinger mit dem Kronentor und dem Nymphenbad, die Brühlsche Terrasse und das Albertinum, das Grüne Gewölbe, den Kulturpalast sowie die zahlreichen Brunnen der Stadt. Eine gewisse Trauer befiel ihn um die unwiederbringliche Pracht Dresdens, die in der Nacht vom 13. auf den 14. Februar 1945 durch einen alliierten Luftangriff zerstört wurde, als er die öden Plattenbauten in der Prager Straße besichtigte. Na ja, dachte er dann, in Frankfurt sieht die Nachkriegsarchitektur auch nicht besser aus, allerdings ist sie nicht so heruntergekommen. Ein Glück, dass München trotz der Kriegswunden die alte Atmosphäre bewahrt hat.

Noch mehr betroffen war er aber über das ständige Anstehen und Warten müssen, vor jedem Museum, vor jedem Restaurant und vor den meisten Geschäften. Vor einem Lebensmittelgeschäft sah er etwa zwanzig Personen in einer Schlange. Er fragte sich, was es wohl dort gäbe und blickte neugierig in das Schaufenster. Überrascht sah er, dass in der verstaubten Auslage nur eine einzige Büchse mit Sardinen lag. Darüber hing ein rotes Plakat, auf dem mit großen schwarzen Buchstaben *Jede Mark für den Aufbau des Sozialismus* geschrieben stand. Was für ein trostloses System, dachte er, leere Parolen statt Waren.

Als er an einer Drogerie vorbeikam, fiel ihm ein, dass er ein Haarshampoo kaufen wollte. Erstaunt stellte er fest, dass das Geschäft verschlossen war, obwohl Verkäufer und Kunden im Ladenraum waren. Er beobachtete das Treiben und sah, wie die Ladentür von innen aufgeschlossen wurde und, nachdem zwei Kunden herausgekommen waren, der Türsteher zwei Finger der rechten Hand hob und zwei wartende Kunden eintreten ließ. Dann schloss er die Tür wieder. Jetzt erst sah Schreiner, dass die vier vor dem Schaufenster stehenden Personen nicht die Auslagen betrachteten, sondern auf Einlass warteten. Schreiner begriff und stellte sich hinten an. Nach einer Weile wurde er eingelassen und von einem Verkäufer in einem weißen Drogistenkittel bedient. Die gesamte Ware befand sich in einem Regal hinter dem Ladentisch. Als er nach einem Haarshampoo fragte, gab ihm der Drogist eine grüne Kunststofftube, die mit einer gelben Schraubkappe verschlossen war.

„Dreißig Pfennige", sagte er, und als er Schreiners fragenden Blick sah, fügte er hinzu: „Das ist das Einzige, was wir haben. Tannennadelduft."

Schreiner bezahlte und verließ die Drogerie. Was für eine Personalverschwendung, dachte er, nicht nur einen Verkäufer für jeden Kunden und für jeden Handgriff, sondern obendrein noch einen Türsteher. Verhältnisse wie in der Nachkriegszeit. Er beobachtete die Frauen, die nach der Arbeit mit Einkaufstaschen und Milchkannen zu Lebensmittelgeschäften und Milchläden eilten, um ihre Einkäufe zu erledigen und dabei noch anstehen mussten.

Am Mittwoch fuhr er zeitig am Morgen mit dem Zug nach Glauchau. Es war der 1. November 1972, Allerheiligen. In München war heute Feiertag, aber hier war ein ganz normaler Werktag. Schreiner trug über seiner westdeutschen Kleidung einen Mantel seines Onkels, der ihn wie einen DDR-Bürger aussehen ließ. Onkel Karl hatte ihm außerdem seine Praktika-Spiegelreflexkamera und eine Landkarte mitgegeben. Im Zug verfolgte er darauf die Bahnlinie, die ihn von Dresden über Freiberg und Karl-Marx-Stadt nach Glauchau brachte. Im Zug waren viele Pendler unterwegs, die von ihrer Nachtschicht in einem Dresdener Werk nach Hause fuhren, aber in Freiberg lichteten sich die Abteile. Der Zug war überheizt, so dass Schreiner nicht nur seinen ostdeutschen Tarnmantel, sondern auch noch seinen Pullover ausziehen musste; trotzdem brach ihm der Schweiß aus. Allerdings beachtete ihn niemand. Der Zug hatte offenbar Verspätung, denn als sie am späten Vormittag in einen Bahnhof einfuhren, glaubte Schreiner, schon in Glauchau zu sein, denn nach Fahrplan hätten sie bereits da sein müssen. Aber die Schilder auf dem Bahnsteig zeigten *Lichtenstein* an, und Schreiner setzte sich wieder auf seinen Platz. Seltsamer Name, dachte er, erinnert an das Fürstentum Liechtenstein, allerdings fehlt das „e“. Kurze Zeit später fuhr der Zug dann wirklich in den Bahnhof Glauchau ein, und Schreiner beeilte sich auszusteigen.

Am Bahnhofsplatz ging er Richtung Stadtmitte. Die Stadtkirche St. Georg sei Richtung Schloss am Kirchplatz, wurde ihm gesagt. Das Wetter hatte sich gebessert, es nieselte nicht mehr wie in den Tagen zuvor. Durch die trübe Novemberstimmung brachen von Zeit zu Zeit einige Sonnenstrahlen. Allerdings verursachte der Rauch, der aus den Häusern aufstieg und sich in die Straßen niederdrückte, ein stechendes Gefühl im Hals. So muss es im Ruhrgebiet vor zehn Jahren gewesen sein, dachte Schreiner. In der Leipziger Straße fiel ihm auf, dass nur wenige Autos unterwegs waren. Ein alter Opel – Vorkriegsmodell – und ein Wartburg waren am Straßenrand abgestellt, ein Trabant fuhr an ihm vorbei. Man konnte diesen Wagen nicht nur am charakteristischen Knattern, sondern auch an dem unangenehmen Geruch erkennen, den die Auspuffgase verbreiteten. Die gefeierte sozialistische Innovation auf dem Automarkt, dachte Schreiner spöttisch, aber dann bedachte er, mit welchen Schwierigkeiten Ingenieure und Konstrukteure in diesem Land zu kämpfen hatten. Auf alles warten und immer nur mit unzulänglichem oder minderwertigem Material auskommen müssen, wie soll man da etwas Besseres auf den Markt bringen?

Vor einem Gasthaus blieb er stehen, Bratengeruch stieg ihm in die Nase. Er blickte auf die Uhr. Halb zwölf, sagte er sich, ich sollte gleich etwas essen, denn in der Mittagszeit kann ich sonst auch nichts ausrichten. Er betrat die Gaststube und sah eine verschlafen wirkende wasserstoffblonde Bedienung hinter dem Schanktisch. Ein großer Tisch war besetzt, Arbeiter, die Bier tranken und offenbar auf das Mittagessen warteten. Er zog seinen Mantel aus, setzte sich an einen freien kleinen Tisch und gab der Bedienung ein Zeichen. Die Blondine aber war mit Bierzapfen beschäftigt und kümmerte sich nicht um ihn. Nach etwa fünf Minuten brachte sie acht Gläser Bier an den Arbeitertisch und räumte im Gegenzug die leergetrunkenen Gläser ab. Dann spülte sie in aller Ruhe die abservierten Gläser, stellte sie auf das Abtropffach und kam endlich zu Schreiner herüber.

„Ein Bier, bitte", sagte Schreiner mit einem gewinnenden Lächeln. „Und ich möchte zu Mittag essen. Was haben Sie denn?"

Die Blondine musterte ihn. An seinen sorgfältig polierten Lederschuhen, seiner modischen dunklen Flanellhose und dem marineblauen Pullover aus feinster Merinowolle erkannte sie den Westdeutschen.

„Mittagstisch gibt es erst um zwölf."

„Ich warte, es sind ja nur noch zwanzig Minuten. Bringen Sie mir derweil das Bier. Haben Sie vielleicht Brezen?"

„Bretzeln meinen Sie? Tut mir leid. Schwarzbrot können Sie haben."

„Gut. Und die Speisekarte, bitte, oder ich nehme einfach, was Sie haben."

Die Bedienung brachte ihm ein frischgezapftes Bier, eine Scheibe Brot auf einem kleinen, etwas ramponierten Teller und die Speisekarte, die sich in einer schmuddeligen Kunstledermappe befand und wenig einladend aussah.

„Was ist denn das Tagesgericht?"

„Als Suppe Soljanka. Dann Schweinebraten mit grünen Thüringer Klößen."

„Das nehme ich. Und noch ein Bier."

Schreiner war erstaunt, wie gut das Schwarzbrot, das Bier und auch das Mittagessen trotz der lieblosen Aufmachung schmeckten. Er hatte gerade seine Soljanka gegessen und seinen Schweinebraten serviert bekommen, als sich der Gastraum mit Gästen füllte. Als er zahlen wollte, musste er wegen des Andrangs fast zehn Minuten warten, bevor die Bedienung an seinen Tisch kam.

„Soljanka und Schweinebraten. Eine Mark vierzig. Zwei Bier achtzig Pfennige. Das macht zwei zwanzig."

Schreiner zahlte und ließ dreißig Pfennig Trinkgeld auf dem Tisch. Dann zog er seinen Mantel an, nahm seinen Fotoapparat, grüßte und ging. Auf der Straße wandte er sich Richtung Schloss und erreichte in wenigen Minuten den Kirchplatz mit der Stadtkirche St. Georg. Der Platz vor der Kirche war mit großen, unebenen Kopfsteinen gepflastert, von denen der eine oder andere fehlte. An einigen Stellen wuchsen Grasbüschel, an anderen Stellen waren die Lücken unsauber mit Teer gefüllt worden. Der Ort wirkte düster und verlassen. Schreiner ging um die Kirche herum, alle Türen waren verschlossen, und nirgends war ein Hinweis oder Anschlag zu sehen.

In der Nähe sah er einen alten Mann mit einem Reisigbesen den Eingang zu einem Haus fegen. Er lief auf ihn zu und fragte nach dem Pfarrhof.

„Möchten Sie die Stadtkirche sehen? Die berühmte Silbermannorgel? Die Kirche ist leider geschlossen, aber man kann den Schlüssel bekommen."

„Nein, ich möchte in den Pfarrhof, das Taufregister einsehen."

„Die Pfarrstelle ist nicht besetzt, und der Pfarrhof steht zurzeit leer." Der alte Mann musterte durch seine dicken Brillengläser den Fremden, in dem er trotz des Mantels einen Westdeutschen erkannte. Dann seufzte er. „Sie sehen ja, wie alles verkommt. Es ist eigentlich eine Schande."

„Aber wie kann man das Taufregister einsehen?"

„Keine Ahnung. Das wird schon im Pfarrhof sein. Wenden Sie sich doch an den Gemeindevorsteher von St. Georg."

„Wo finde ich den?"

Der alte Mann stellte seinen Reisigbesen ab, nahm Schreiner am Ellbogen und führte ihn auf die andere Seite des Platzes. Dann deutete er mit der rechten Hand auf ein Haus.

„Er wohnt dort drüben. Sehen sie diese krumme Straße? Sie heißt *Am Graben*. Dort vorne das gelbe Haus, das Sie von hier aus sehen."

Schreiner bedankte sich und ging zu dem Haus hinüber, das ihm der alte Mann gezeigt hatte. Im fiel auf, dass es gepflegter war als die Nachbarhäuser, zwar war auch hier der Verputz schadhaft, aber die Fenster waren geputzt. An der Klingel stand kein Name. Schreiner läutete.

Nach einiger Zeit wurde die Haustür geöffnet, und eine ältere Frau sah ihn fragend an. Sie trug eine Wickelschürze mit verwaschenem Blumenmuster und hatte ihr Haar zu einem grauen Schopf aufgesteckt.

„Ja, bitte. Was wollen Sie?"

„Ich suche den Gemeindevorsteher von St. Georg."

„Was wollen Sie von ihm?"

„Ich möchte das Taufregister einsehen."

„Das Taufregister? Das ist im Pfarrhof. Da müssen Sie bis Abend warten. Mein Sohn ist auf Arbeit."

„Bis zum Abend? Das geht nicht. Ich bin aus Westdeutschland und muss abends zu meinen Verwandten nach Dresden zurückfahren."

„Kommen Sie herein."

Sie bat ihn in einen engen Hausflur, in dem eine kleine Anrichte mit einer Gießkanne für Zimmerpflanzen stand und mehrere Paar Schuhe am Boden aufgereiht waren.

„Mein Sohn hat den Schlüssel zum Pfarrhof. Ich kann ihn holen, er ist in der Küche, aber ich weiß nicht, ob ich das darf."

„Ich bitte Sie sehr darum. Ich würde mich auch erkenntlich zeigen."

Schreiner zog einen Zwanzigmarkschein aus seiner Geldbörse und legte ihn auf die Anrichte. Die Frau sah das Westgeld sehnsüchtig an, zögerte aber dennoch. Schreiner erzählte seine Geschichte, wonach er auf der Suche nach seinem leiblichen Vater sei, der aus Glauchau stamme und von dem seine Mutter nur den Vornamen und den Geburtstag wisse. Er wunderte sich selbst, wie leicht ihm diese Lügengeschichte über die Lippen kam, vor allem weil er den Gewissenskonflikt dieser Frau sah. Sie zögerte immer noch, aber dann ließ sie sich erweichen. Sie holte den Schlüssel zum Pfarrhof, zog Schuhe und eine Jacke an und fragte ihn nach den Einzelheiten.

„Mein leiblicher Vater", sagte Schreiner, „muss Friedrich geheißen haben und am 15. Dezember geboren sein, zwischen 1910 und 1914. Ich nehme an, dass er einige Wochen nach der Geburt hier in Glauchau getauft worden ist."

„Sie haben Glück. Standesämter gibt es in Deutschland erst seit 1875. Davor wurden die Personenstandsdaten nur in den Tauf- und Sterberegistern der Pfarrämter erfasst. Deshalb wurden alle Register vor 1900 auf amtliche Weisung aus den Pfarrämtern geholt und bei den Gemeindebehörden archiviert. Ab 1900 ist aber noch alles im Pfarramt vorhanden. Kommen Sie, gehen wir hinüber!"

Schreiner staunte. Die Mutter des Gemeindevorstehers war keineswegs eine ahnungslose ältere Frau, sie war offenbar genauestens in die Pfarrangelegenheiten eingeweiht.

Sie gingen zum Pfarrhof, der in einem stattlichen, aber stark verwahrlosten Haus untergebracht war. Die Frau schloss auf und führte ihn hinein. Es roch muffig, wie in Räumen, die lange nicht mehr benutzt wurden. Die Frau nahm den zweiten Schlüssel am Schlüsselring und sperrte die Tür zum Pfarrbüro auf, dann ging sie zum Fenster und öffnete es, um zu lüften. An der Wand gegenüber befanden sich zwei große Rollschränke. Sie öffnete einen von ihnen und holte die Taufbücher für die Jahre 1910 bis 1914 heraus. Sie legte sie auf den Schreibtisch, der trotz des Verfalls des Hauses sorgfältig abgestaubt war.

„Nehmen Sie Platz, das ist der Stuhl des Pfarrers."

Schreiner setzte sich und prüfte alle handschriftlichen Einträge, wobei er sich anfangs wegen der deutschen Schrift schwer tat. Die Mutter des Gemeindevorstehers setzte sich daneben und ging ebenfalls sämtliche Einträge durch. Sie fanden aber keinen männlichen Täufling, der an einem 15. Dezember im Zeitraum zwischen 1910 und 1914 geboren war und Friedrich hieß. Zur Sicherheit überprüften sie auch noch die Taufregister von 1908 bis 1910 und 1915 bis 1918, ohne Erfolg. Es gab in diesen zehn Jahren überhaupt nur drei männliche Täuflinge, die an einem 15. Dezember geboren waren, ohne allerdings Friedrich zu heißen, und sechzehn Personen, die auf den Namen Friedrich getauft wurden, ohne allerdings an einem 15. Dezember geboren zu sein. Kinners Annahmen stimmen nicht, dachte Schreiner, oder aber unser Professor ist überhaupt nicht getauft worden oder in einer der umliegenden Pfarrkirchen. Es ist aussichtslos. Um aber nichts zu übersehen, wollte er die drei an einem 15. Dezember geborenen und die sechzehn auf den Namen Friedrich getauften Personen festhalten.

„Sagen Sie, gibt es hier ein Fotokopiergerät?" fragte er die überraschte Frau, die ebenso eifrig wie er in den Taufregistern gesucht und sich als große Hilfe erwiesen hatte.

„Ein Fotokopiergerät bei uns? Sie machen Witze. Da müssten Sie schon zur Stasi gehen, das sind die Einzigen, die fotokopieren können."

„Dann muss ich mir die neunzehn Einträge abschreiben."

„Können Sie nicht fotografieren? Sie haben doch einen Fotoapparat."

Schreiner nahm die Praktika seines Onkels zur Hand, die einzige ostdeutsche Spiegelreflexkamera, die sich auch auf dem westdeutschen Markt sehen lassen konnte. Sein Onkel hatte ihm glücklicherweise einen ORWO-Schwarzweißfilm mit vierundzwanzig Aufnahmen eingelegt.

„Sie haben recht. Das sollte gehen, wenn wir die Taufbücher auf den Tisch beim Fenster legen. Da ist es hell genug, ich habe nämlich kein Blitzgerät.“

Schreiner machte die Aufnahmen, spulte dann sofort den Film zurück, nahm in heraus und legte eine neue Filmspule ein, die ihm Onkel Karl mitgegeben hatte. Den Film mit den Aufnahmen steckte er in die Innentasche seines Mantels. Es sah auf die Uhr.

„Ich muss zum Zug. Er geht in einer Dreiviertelstunde. Haben Sie vielen Dank, Sie haben mir sehr geholfen, auch wenn ich nichts gefunden habe.“

Er gab der Frau die Hand und steckte ihr nochmals einen Zwanzigmarkschein zu, wohl wissend, dass er diese Ausgaben aus eigener Tasche bezahlen musste und dafür keine Kostenerstattung beantragen konnte.

Er gelangte ohne Probleme zum Bahnhof und zurück nach Dresden. Die restlichen Tage verliefen ruhig und ohne Überraschungen. Onkel Karl, Tante Martha und der Hund Wendelin wuchsen ihm ans Herz. Am Freitag stand er noch einmal vor dem Einwohnermeldeamt an, um sich abzumelden. Das letzte Mal stundenlang anstehen, dachte er. Am Samstag trat er die Heimreise nach München an, enttäuscht vom Misserfolg seiner Mission, befriedigt über die erneuerte Verwandtschaftsbeziehung, reicher an Erfahrungen, aber mit Trauer im Herzen über die deutsche Teilung und ihre Folgen.

Ende einer deutschen Karriere

Als Schreiner am nächsten Montag sein Büro betrat und Kinner begrüßte, war ihm die Enttäuschung deutlich anzusehen. Kinner stand auf, ging um seinen Schreibtisch herum und gab seinem Assistenten jovial die Hand.

„Na, wie war's im Osten, Schreiner, in der DDR? Haben Sie gefunden, wonach wir gesucht haben?“

„Leider nicht. Misserfolg auf der ganzen Linie, Chef.“

„Konnten Sie das Taufregister von Glauchau nicht einsehen?“

„Doch, das hat geklappt. Aber entweder stimmt Ihre Theorie nicht, oder Professor Glauchau ist überhaupt nicht oder aber in einer anderen Gemeinde getauft worden. Es gibt niemanden, der in Glauchau zwischen

1908 und 1918 an einem 15. Dezember geboren und auf den Namen Friedrich getauft wurde."

„Wirklich niemand?"

„Es gibt zwischen 1908 und 1918 sechzehn Mal den Namen Friedrich und drei Geburten an einem 15. Dezember, aber keine Überschneidung. Die neunzehn Einträge habe ich zur Sicherheit fotografiert. Den Film habe ich schon ins Labor zum Entwickeln gegeben, aber ich glaube nicht, dass das was bringt."

„Schade. Machen Sie sich nichts draus, Schreiner. Man kann nicht jede Schlacht gewinnen. Gehen wir anders vor, und zwar systematisch! Versuchen Sie, über die Bezugspersonen an Professor Glauchau heranzukommen! Das ist klassische Polizeistrategie."

„Welche Bezugspersonen?"

„Na, an erster Stelle die Ehefrau. Wenn Glauchau seine Identität geändert hat, gibt es eine gewisse Chance, dass seine Ehefrau davon weiß. Überprüfen Sie ihre Personalien!"

Schreiner ging auf das Einwohnermeldeamt hinüber und suchte die Eintragungen von Prof. Dr. Friedrich Glauchau und seiner Ehefrau heraus. *Elfriede Glauchau, geborene Witt, verwitwete Lohr*, las er da, *geboren am 23. April 1911 in Lichtenstein.* Dieser Eintrag elektrisierte ihn. Lichtenstein war doch der Ort, der ihm auf der Bahnfahrt ganz in der Nähe von Glauchau aufgefallen war. Es gab also doch eine Beziehung dorthin. Er machte sich eine Kopie und begab sich sofort ins Standesamt, um die Personenstandsdaten der Familie Glauchau einzusehen.

Noch vor dem Mittagessen kam er zurück und traf Oberinspektor Kinner in seinem Büro. Der war gerade im Begriff zu gehen, setzte sich aber sofort wieder an seinen Schreibtisch, als er den triumphierenden Gesichtsausdruck seines Assistenten sah.

„Na, was gibt's? Haben Sie etwas gefunden?"

„In der Tat, Chef. Diesmal hat es geklappt. Und Sie hatten recht."

„Erzählen Sie!"

„Professor Glauchaus Ehefrau heißt Elfriede, sie ist am 23. April 1911 in Lichtenstein in Sachsen geboren, das ist im Kreis Glauchau. Sie ist eine geborene Witt und war in erster Ehe mit einem gewissen Friedrich Lohr verheiratet. Dieser Friedrich Lohr wurde am 15. Dezember 1910 ebenfalls in Lichtenstein geboren und ist am 19. April 1945 in Berlin umgekommen. Die Witwe hat ihn 1946 hier in München für tot erklären lassen und dann den Ingenieur Friedrich Glauchau geheiratet. Aus der ersten Ehe ist eine Tochter da.“

„Jetzt hat sich der Kreis geschlossen. Es ist sonnenklar: Friedrich Glauchau ist in Wirklichkeit Friedrich Lohr, der in den letzten Kriegstagen keineswegs umgekommen ist, sondern überlebt hat. Er hat eine neue Identität angenommen, hat Frau und Tochter wiedergefunden und seine Frau noch einmal geheiratet, nachdem sie Friedrich Lohr für tot erklären lassen hatte.“

„Alles passt, genauso wie Sie es vorher gesagt haben: Er hat seinen Vornamen sowie seinen Geburtstag beibehalten, und sich nur um zwei Jahre jünger gemacht. Und als Familiennamen hat er den Namen seiner Kreisstadt angenommen, genau nach der HJ-Anleitung. Ich bin sicher, dass ich ihn im Taufregister der Kirchgemeinde Lichtenstein gefunden hätte, wenn ich dort statt in Glauchau ermittelt hätte. Jetzt ist alles stimmig.“

„Ja, aber die Frage bleibt: Warum hat er seine Identität gewechselt? Offenbar muss Friedrich Lohr eine NS-Vergangenheit gehabt haben. Das werden wir herausfinden. Gleich heute Nachmittag sollten Sie bei der Ludwigsburger Zentralstelle nachfragen, ob etwas gegen Friedrich Lohr vorliegt. Aber jetzt gehen wir erst einmal Mittagessen. Diesen Erfolg feiern wir. Ich lade Sie ins Croatia ein, Sie wissen schon, der Balkangrill bei der TU.“

Nach dem Mittagessen machte sich Schreiner an die telefonischen Nachforschungen in Ludwigsburg. Der Sachbearbeiter wurde sofort fündig, als Schreiner den Namen Friedrich Lohr nannte.

„Da haben wir eine Akte unter SS. Ich werde Ihnen eine Kopie zuschicken. Lohr war mit dem Bau und der technischen Planung von Konzentrationslagern beschäftigt, allerdings liegen keine Anzeigen über Straftaten vor. Die wichtigsten Eintragungen aus seiner Akte kann ich Ihnen gleich vorlesen.“

„Bitte langsam, ich werde mir alles notieren!“

„Friedrich Lohr, geboren am 15.12.1910 in Lichtenstein (Sachsen), gottgläubig, Maschinenbaustudium in Dresden, Dipl.-Ing. 1937, seit 1933 bei der SA, seit 1937 bei der NSDAP und der SS (letzter Dienstgrad Hauptsturmführer), Abteilungsleiter im Persönlichen Stab des Reichsführers SS, verheiratet mit Elfriede Lohr, geborene Witt, seit 31.3.1936. Eine Tochter, Sigrun, geboren am 14.6.1937. Friedrich Lohr ist offenbar ge-

storben am 19.4.1945 in Berlin (für tot erklärt in München 1946 durch Ehefrau Elfriede Lohr).“

Schreiner musste sich zusammenreißen, um ruhig zu bleiben. Er machte dem Sachbearbeiter in Ludwigsburg die entsprechenden Angaben zum Versand auf dem Dienstweg und hängte ein. Oberinspektor Kinner war gerade nicht im Dienstzimmer, weil er noch in einer anderen Ermittlung tätig war, in die er Schreiner noch gar nicht eingeweiht hatte. Als Kinner zurückkam, fand er den von Schreiner mitgeschriebenen Lebenslauf von Friedrich Lohr auf seinem Schreibtisch.

„Gute Arbeit, Schreiner, jetzt haben wir ihn. Scheyerer hat ihn offenbar wiedererkannt. Ich gehe gleich zur Staatsanwaltschaft, um einen Haftbefehl ausstellen zu lassen. Wegen der sichergestellten Fingerabdrücke können wir ihm den Mord an Scheyerer leicht nachweisen, wenn er es denn gewesen ist. Und wenn nicht, haben wir zumindest einen NS-Täter überführt.“

„Diesmal kann uns Felgenhauer nicht vorwerfen, wir würden einen prominenten Professor leichtfertig verhaften.“

„Machen wir jetzt Schluss, Schreiner, denn heute haben wir einen Abendeinsatz. Wir treffen uns nach dem Abendessen hier und nehmen Professor Glauchau bei ihm zu Hause fest. Lassen wir ihn auch noch zu Abend essen. Sagen wir, um zwanzig Uhr dreißig hier. Ich bringe den Haftbefehl mit.“

Pünktlich zur vereinbarten Zeit kam Schreiner ins Büro. Er fand Kinner schon mit Mantel und Hut, im Begriff zu gehen. Der Oberinspektor schwenkte ein Schriftstück und lächelte Schreiner an.

„Das ist der Haftbefehl. Der Staatsanwalt war nicht erbaut, er konnte sich der Macht des Faktischen aber nicht entziehen. Wir müssen in die Nymphenburger Straße. Ich nehme an, der Professor wohnt vornehm.“

„Der Wagen steht bereit.“

Als sie in der Nähe des Hauses parkten, in dem Professor Glauchau wohnte, waren sie enttäuscht. Es war zwar ein vornehm wirkendes Gebäude aus der Gründerzeit, aber es war ein Mehrfamilienhaus und keineswegs eine der teuren Villen, die es in diesem Viertel auch gab. Seit zwei Stunden war es dunkel, und der Peitschenmast der Straßenlaterne vor dem Haus warf einen Schatten auf den im Lichtkegel liegenden Hauseingang, zu dem drei in Granit gearbeitete Stufen hinaufführten, die zu beiden Seiten von einer geschwungenen Steinmauer und einer Granitkugel begrenzt waren. Schreiner sah auf die Namensschilder an der Klingelanlage.

„Professor Glauchau wohnt im ersten Stock. Ich läute einmal."

Nach kurzer Zeit hörten sie den elektrischen Türsummer, und sie konnten die Eingangstür öffnen. Sie traten in das Treppenhaus, das einen durchaus vornehmen Eindruck machte, und gingen die geschwungene Eichenholztreppe hinauf. An der doppelflügeligen Tür wartete eine elegante, aber etwas streng wirkende Dame mit graumeliertem Haar, die eine Lesehalbbrille auf der Nase trug und die Besucher darüber hinweg fragend anblickte.

„Ja bitte?"

„Sind Sie Frau Elfriede Glauchau?" fragte Kinner, und als die Frau nickte, fügte er hinzu: „Wir möchten Ihren Mann sprechen, Professor Glauchau."

„Um diese Uhrzeit? Wer sind Sie überhaupt?"

„Polizei. Oberinspektor Kinner und Kriminalassistent Schreiner."

Beide zeigten ihren Dienstausweis. Kinner bemerkte, dass Frau Glauchau erblasste, als sie zurücktrat, um die Beamten hereinzulassen. Die Wohnung machte einen sehr gediegenen Eindruck, die Einrichtung zeugte von gutem Geschmack, auch wenn nichts besonders teuer oder erlesen wirkte. Im Wohnzimmer saß Professor Glauchau in einem Ledersessel und las im Licht einer Stehlampe. Er war tadellos gekleidet, schwarze Lederschuhe, graue Hose, weißes Hemd und rotblauer Querbinder, nur statt einer Jacke trug er eine dunkelbaue Strickweste, vermutlich das einzige Zugeständnis an seine Freizeit. Als er die Beamten bemerkte, stand er sofort auf und ging ihnen entgegen.

„Herr Schreiner, wenn ich mich recht erinnere, und Herr ...?"

„Kinner. Oberinspektor Kinner."

„Was gibt es?"

„Herr Professor, wir haben einen Haftbefehl gegen Sie. Wir verdächtigen Sie des Mordes an Alfons Scheyerer."

„Ich habe Ihnen schon einmal gesagt, dass ich mit diesem Verbrechen nichts zu tun habe. Ich kannte das Opfer nicht einmal."

„Wir haben Grund zu der Annahme, dass Sie in Wirklichkeit Friedrich Lohr sind, SS-Hauptsturmführer, und dass Sie im Dritten Reich mit dem Bau von Konzentrationslagern beschäftig waren."

Professor Glauchau erbleichte. Er fasste sich mit der Hand an die Schläfe und ließ sich schweratmend in seinen Sessel fallen.

„Sie haben es also herausgefunden?“

„Sie geben zu, Friedrich Lohr zu sein?“

„Ja, ich bin Friedrich Lohr.“

„Und Sie haben Alfons Scheyerer getötet?“

„Was ...? Nein, damit habe ich nichts zu tun.“

„Aber Sie kannten ihn?“

„Nein, ich habe ihn wirklich nicht gekannt, nicht einmal bewusst gesehen.“

„Und wie erklären Sie sich dann, dass er den Zeitungsausschnitt mit Ihrem Foto aufgehoben hat?“

„Vermutlich hat er mich wiedererkannt. Es stimmt, ich war mit technischen Fragen von Konzentrationslagern beschäftigt und habe Dachau zweimal inspiziert. Wenn er dort Wärter gewesen ist, wird er mich gesehen haben, aber ich habe ihn nie kennengelernt. Zwanzig Jahre später wird er mich in dem Zeitungsartikel anlässlich meiner Berufung an die TU wiedererkannt haben. Aber das kann ich nur vermuten, denn er hat sich bei mir nicht gemeldet.“

„Soll das heißen, dass Sie nie mit ihm gesprochen haben, seit Sie an der TU sind? Und am Faschingswochenende waren Sie nicht bei ihm im Anorganisch-chemischen Institut?“

„Nein. Ich habe Ihnen schon einmal gesagt, dass ich noch nie in den Chemischen Instituten gewesen bin. Ich habe auch als Friedrich Lohr während des Krieges nicht mit ihm gesprochen. Ich konnte doch bei einer dreitägigen Inspektion in Dachau nicht jeden Wärter treffen. Und in meiner neuen Identität habe ich ihn nie getroffen. Ich kann mich gar nicht erinnern, ihn je gesehen zu haben.“

„Er hat nicht mit Ihnen Kontakt aufgenommen, um Ihnen zu sagen, dass er Sie wiedererkannt hat?“

„Nein.“

Inzwischen war Frau Glauchau, die zunächst an der Wohnzimmertür stehengeblieben war, nähergekommen, um sich auf das große Sofa zu setzen. Jetzt sahen die beiden Beamten, dass unter dem Tisch ein Schäferhund lag, der sich langsam erhob und seiner Besitzerin die leicht zitternde Hand ableckte.

„Es ist aus, Elfriede. Sie wissen alles“, sagte der Professor, „und obendrein werde ich noch eines Mordes verdächtigt, den ich nicht begangen habe.“

„Was willst du tun?“

„Tun? Nichts. Mitgehen, schließlich bin ich verhaftet."

„Bitte packen Sie einige notwendige Sachen ein", sagte Kinner. „Zahnbürste, Unterwäsche, Socken, Hemden und so."

„Elfriede, bist du so gut?" sagte der Professor lächelnd. „Meinen kleinen Reisekoffer, wie für eine kurze Dienstreise."

Frau Glauchau erhob sich zögernd und verließ das Wohnzimmer, der Hund folgte ihr, wobei er ein Winseln vernehmen ließ.

„Keine Sorge, Hasso", sagte der Professor zu seinem Hund gewandt. „Ich werde schon wiederkommen." Und zu den Beamten gewandt, fuhr er fort: „Ich habe volles Vertrauen, dass Sie meine Unschuld in diesem Mordfall herausfinden werden. Und was die andere Sache betrifft, so habe ich mich immer vor diesem Augenblick gefürchtet, aber jetzt bin ich erleichtert. Es ist nicht leicht, mit einer falschen Identität zu leben."

„Sie sind erleichtert?"

„Ja, es klingt seltsam, nicht wahr? Meine ganze Karriere baut auf meiner neuen Identität auf, ich habe aus meinem alten Leben nichts herübergerettet als meine Frau, meine Tochter und ein paar hundert Mark. Ich bin heute überzeugter Demokrat und praktizierender Christ. Ich blicke mit Abscheu auf den Nationalsozialismus zurück, den Rassismus und die Kriegsverbrechen. Und doch bin ich dabei gewesen. Ich kann es selbst nicht begreifen. Aber Sie dürfen mir glauben, dass ich an dieser gespaltenen Identität gelitten habe, von meinen Gewissensbissen ganz zu schweigen."

An der Wohnzimmertür erschien jetzt der Hund, gefolgt von Frau Glauchau, die einen kleinen Handkoffer im Flur abstellte. Sie war kreidebleich und kaum eines Wortes fähig.

„Ich habe dir einen Schal eingepackt. Du bekommst doch so leicht Halsschmerzen."

„Vielen Dank, meine Liebe. Jetzt heißt es wieder einmal Abschied nehmen. Ich hoffe, nur für ein paar Tage."

Der Professor erhob sich, küsste seine Frau auf die Stirn und streichelte seinem Schäferhund über den Kopf, wobei dieser einen klagenden Laut ausstieß.

„Gehen wir!" sagte er, indem er zur Tür ging, seinen Mantel und Hut von der Garderobe und dann den kleinen Handkoffer nahm. „Alles Gute, meine Liebe. Verständige bitte morgen meine Sekretärin."

Sie gingen zu dritt die Treppe hinunter, stiegen in das bereitstehende Auto und fuhren schweigend ins Präsidium, wo Schreiner zunächst den

Handkoffer kontrollierte und dann den Professor in eine Zelle einweisen ließ.

In dieser Nacht schlief Kinner schlecht. Die Verhaftung des Professors hatte ihm zugesetzt. Am Morgen wachte er mit der Befürchtung auf, Friedrich Lohr *alias* Glauchau könnte sich in der Zelle das Leben genommen haben. Er kam deshalb eine halbe Stunde früher als gewöhnlich ins Büro, erfuhr aber dann zu seiner Erleichterung, dass Professor Glauchau gerade erkennungsdienstlich behandelt werde. Er gab Anweisung, ihn danach sofort in einen Vernehmungsraum zu bringen, und wartete nur noch, bis sein Assistent eintraf, bevor sie beide zur Einvernahme des Professors hinuntergingen.

Der Professor war bereits im Vernehmungsraum, wie immer sorgfältig gekleidet, mit der gleichen Strickweste, die er schon gestern getragen hatte. Nur sein Hemdkragen war offen; man hatte ihm den Querbinder abgenommen. Er setzte sich wieder hin, nachdem er sich beim Eintreten der Beamten höflich erhoben hatte. Immer formvollendet, dachte Kinner.

„Herr Professor“, begann Kinner, „lassen wir es bei dieser Anrede, denn Sie führen zwar den Namen *Glauchau* zu Unrecht, aber nicht Ihren Titel.“

Der Professor lächelte müde.

„Darauf kommt es jetzt nicht mehr an. Außerdem könnte er mir aberkannt werden. Ich habe ihn zwar genau wie meinen Doktortitel als Friedrich Glauchau rechtmäßig erworben, aber ich habe bei meiner Ernennung eine falsche Identität angegeben.“

Das Feststellen der Personalien und der Standesdaten dauerte wegen der falschen Identität des Professors länger als gewöhnlich, aber schließlich hatten sie den Lebenslauf von Friedrich Glauchau mit dem des Friedrich Lohr in Einklang gebracht und alle Unstimmigkeiten beseitigt.

„Herr Professor, Sie halten weiterhin aufrecht, dass Sie mit dem Mord an Alfons Scheyerer nichts zu tun haben, dass Sie ihn nicht einmal kannten?“

„Das ist richtig.“

„Wenn das nicht stimmt, werden wir das schnell herausfinden.“

„Ich habe heute Nacht nachgedacht. Ich kann es gar nicht gewesen sein. Sie haben gestern das Faschingswochenende erwähnt, an dem der Giftmord stattgefunden haben soll. Ich war in der ganzen Faschingszeit nicht in München, sondern auf Vortragsreise in den Vereinigten Staaten.“

„Können Sie das beweisen?“

„Natürlich. In den USA gibt es Dutzende Zeugen. Übrigens hat mir der Techniker heute Morgen bei der Abnahme meiner Fingerabdrücke gesagt, dass die Fingerspuren des Täters vorlägen, womit man ihn eindeutig identifizieren könne. Sie werden sehen, dass ich es nicht war."

„Auf Scheyerers Zuckerdose haben wir Fingerabdrücke gefunden, die sich auch auf der Chemikalienflasche befinden, die das Gift enthielt. Das sind zweifelsfrei die des Täters."

„Dann bin ich beruhigt. Meine Fingerabdrücke können es nicht sein. Das werden Sie noch schneller feststellen als mein Alibi in den USA."

„Wenn das stimmt, werden wir den Verdacht fallen lassen, zumindest was den Mord an Alfons Scheyerer betrifft."

„Liegt denn etwas gegen den SS-Hauptsturmführer Friedrich Lohr vor?"

„Nein, bis jetzt nicht. Aber das könnte sich ändern, wenn bekannt wird, dass er noch lebt. Bis jetzt sind diejenigen, die etwas gegen Sie vorbringen könnten, ja davon ausgegangen, dass Sie tot sind."

„Das stimmt. Aber ich glaube nicht, dass jemand gegen mich Strafanzeige stellen wird. Ich war SS-Mitglied, stimmt, und ich habe Konzentrationslager ausgebaut und umgebaut, stimmt auch. Aber ich habe niemals jemanden umgebracht oder auch nur geschlagen oder gequält. Ich war ein Technokrat, sonst nichts." Als er Kinners Gesichtsausdruck sah, fuhr er fort: „Glauben Sie nicht, dass ich mich selbst deshalb freispreche. Ich war Teil eines unmenschlichen Systems, ich habe mitgemacht."

„Erzählen Sie von Ihrer Rolle im Persönlichen Stab des Reichsführers SS!"

„Ich war nie persönlich an einem Verbrechen beteiligt, weder am Völkermord noch jemals an einem Mord oder einer Misshandlung. Ich habe nicht einmal etwas gesehen, denn ich habe weggeschaut. Aber ich habe alles gewusst: die unmenschliche Behandlung in den Lagern, Folter, Menschenversuche, Mord bis hin zum systematischen Ausrotten ganzer Völker. Auch über die Endlösung der Judenfrage in Europa nach der Wannsee-Konferenz von 1942 war ich im Bilde. Ich war zwar nur mit Logistik und technischen Fragen beschäftigt, aber durch mein Wissen war ich in dieses verbrecherische System eingebunden. Ich habe geschwiegen, und ich habe mitgemacht. Diese Schuld belastet mich sehr, selbst wenn mich kein Gericht dafür verurteilen sollte."

„Wie ich sehe, sind Sie kein skrupelloser Mensch. Wie ist es denn möglich, dass sich jemand wie Sie mit einem solchen System einlässt?"

„In kleinen Schritten, Herr Kinner, in kleinen Schritten. Da merken Sie das Verbrechen nicht, so kann man sein Gewissen überlisten. Als junger Mann war ich ein unpolitischer Mensch, naiv und orientierungslos, nach meinem Studium arbeitslos. Ich habe mich für den Nationalsozialismus begeistert, als nach der Schande des Versailler Vertrages und dem wirtschaftlichen Niedergang durch Hitler plötzlich Hoffnung aufkam. Ich sah damals nicht nur eine wirtschaftliche Perspektive, sondern auch das Wiedererlangen nationaler Größe und Ehre. Ich war Diplom-Ingenieur und machte bald Karriere in der SS. Zuerst habe ich die verbrecherische Seite der nationalsozialistischen Ideologie nicht gesehen und Berichten von Verbrechen nicht geglaubt, später wollte ich das nicht sehen, noch später habe ich es geleugnet. Da war ich bereits Teil des Systems."

„Aber Sie waren doch so nahe an den Geschehnissen in den Konzentrationslagern. Wie kann man denn da wegsehen?" sagte Schreiner.

„Waren Sie schon einmal im Schlachthof oder auf einer Hühnerfarm, Herr Schreiner? Wenn Sie sehen könnten, wie Tiere mit industrieller Perfektion getötet werden, würden Sie wahrscheinlich Vegetarier werden. So wissen Sie es zwar, aber Sie müssen es nicht sehen, deshalb können Sie sich Schinken und Bratwürste schmecken lassen. Genau so war es im SS-Führungsstab. Ich konnte mir sagen, im KZ würden Staatsfeinde, Verbrecher und Asoziale sowie jüdische Schmarotzer und Profiteure ihrer gerechten Strafe zugeführt, solange ich diese Menschen nicht sehen musste und solange ich nur mit Akten zu tun hatte. Ein grausames Zu-Tode-Quälen liest sich in den Akten ganz harmlos als ungeklärter Todesfall. *Ausrottung der jüdische Rasse* wurde verharmlosend mit *Endlösung der Judenfrage* umschrieben, so schockiert es das Gewissen nicht."

In diesem Moment kam ein uniformierter Polizeibeamter herein und brachte Kinner eine Akte. Der Oberinspektor öffnete sie und fand einen Bericht über die Auswertung der Fingerabdrücke sowie die Vergrößerung der Fingerspuren des Täters und des Verdächtigen. Kinner las den Bericht und schloss die Akte.

„Herr Professor, der Verdacht bezüglich der Ermordung des Laboranten Alfons Scheyerer besteht nicht mehr. Ihre Fingerabdrücke sind nicht mit denen des Täters identisch."

„Ich habe es Ihnen ja gesagt. Was passiert jetzt?"

„Ich lasse Sie vorläufig in Ihre Zelle zurückbringen und informiere den Staatsanwalt. Wegen Ihrer falschen Identität wird sicher ein Verfahren wegen Betrugs gegen Sie eingeleitet werden. Ob Sie wegen Ihrer SS-Vergangenheit belangt werden, kann ich nicht sagen."

Der Professor erhob sich und nickte den beiden Beamten grüßend zu. Er besaß das Feingefühl, ihnen nicht die Hand zu geben. Ein uniformierter Polizist brachte ihn in die Zelle zurück, nachdem er auf ein Kopfschütteln Kinners hin darauf verzichtet hatte, dem Untersuchungshäftling Handschellen anzulegen.

Schreiner und Kinner gingen schweigsam in ihr Dienstzimmer zurück. Kinner setzte sich an seinen Schreibtisch, dachte eine Weile nach und wählte dann die Nummer von Staatsanwalt Felgenhauer. Da niemand abnahm, wählte er die Nummer des Vorzimmers und erfuhr, dass der Staatsanwalt bei Gericht war, dass er aber am Nachmittag zurückrufen werde.

Als am frühen Nachmittag das Telefon klingelte, war Felgenhauer am Apparat.

„Herr Staatsanwalt, Professor Glauchau hat zugegeben, der ehemalige SS-Hauptsturmführer Friedrich Lohr zu sein. Den Mord an Scheyerer streitet er aber ab, und seine Fingerabdrücke sind tatsächlich nicht mit denen des Täters identisch. Außerdem war er zur Tatzeit offenbar in den USA, das prüfen wir noch. Aber er kommt ziemlich sicher als Täter nicht in Frage. Wir müssen den Verdacht fallen lassen."

„Dann setzen Sie ihn umgehend auf freien Fuß!"

„Und wegen seiner NS-Vergangenheit?"

„Sie haben mir doch gesagt, dass es in Ludwigsburg eine Akte über ihn gibt, aber dass er nicht in der Kriegsverbrecherkartei geführt wird, und Anzeigen gegen ihn liegen auch nicht vor."

„Das könnte allerdings noch kommen, wenn bekannt wird, dass Friedrich Lohr noch am Leben ist."

„Wir müssen auf alle Fälle ein Verfahren wegen Betrugs gegen ihn eröffnen, da kümmere ich mich gleich darum. Er wird sicher aus dem Beamtenverhältnis entlassen. Und das wird öffentlich, denn die Presse wird sich darauf stürzen; eventuell bekommen wir dann auch noch weitere Strafanzeigen. Aber momentan sehe ich keinen Grund, ihn festzuhalten."

„Ich sehe zwar keine Verdunkelungsgefahr mehr, aber im Prinzip besteht schon Fluchtgefahr, obwohl ich den Eindruck hatte, dass er reuig ist und erleichtert darüber, dass er nicht mehr mit einer falschen Identität leben muss."

„Na, sehen Sie. Er kann doch in seinem Alter nicht noch einmal untertauchen. Lassen Sie ihn frei, ich möchte eine richterliche Anordnung vermeiden."

„Gut, ich werde ihn entlassen, so wie ich von Ihnen die Aufhebung des Haftbefehls bekomme."

„Die bekommen Sie umgehend. Ich lasse sie Ihnen gleich mit Boten zustellen. Guten Tag."

Kinner legte auf und sah seinen Assistenten an, der damit beschäftigt war, für ein aktuelles Ermittlungsverfahren eine Starnberger Autonummer in der entsprechenden Liste nachzusehen, der aber mit einem Ohr das Telefongespräch mitverfolgt hatte.

„Sie haben es gehört, Schreiner? Ich bereite alles zur Entlassung vor, es bleibt nichts anderes übrig. Das war unser letzter Verdächtiger."

„Ja, aber er war es nicht. Das ist doch sicher. Was wird jetzt mit ihm?"

„Keine Ahnung. Die Staatsanwaltschaft wird ihn wegen des Verdachts des Betrugs anklagen, und er ist geständig. Er wird ein mildes Urteil kriegen, aber er wird vermutlich aus dem Beamtenverhältnis entlassen werden, da hat Felgenhauer vermutlich recht. Und dass heißt, er verliert die Pensionsansprüche, das ist schon hart für einen Professor, im Alter ohne Einkommen dazustehen."

„Eigentlich tut er mir leid. Wie kommt das, Chef, dass wir manchmal mehr Mitleid mit den Tätern haben als mit den Opfern?"

„Er hat es doch selbst gesagt: Wir sehen die Opfer nicht, sie sind für uns nur eine abstrakte Größe. Und hier sitzt ein Schreibtischtäter vor uns, gebildet, höflich und charmant, keine brutale Bestie, wie man sich einen Schwerkriminellen vorstellt. Und er ist kein fanatischer Ideologe, sondern ein reuiger Sünder. Wir neigen dazu, solchen Menschen zu vergeben."

„Es heißt doch in der Bibel: *Mein ist die Rache, spricht der Herr.* Ist diese Neigung auf unser christliches Erbe zurückzuführen, das uns immer Vergebung predigt, oder ist das nur allzu menschlich?"

„Ich weiß es nicht, Schreiner. Unsere Aufgabe ist es ja nicht, zu richten oder zu vergeben, sondern einen Täter zu überführen."

„Was ist eigentlich in Bezug auf mögliche Straftaten Friedrich Lohrs im Dritten Reich? Wir können ihm doch nicht einfach glauben, was er sagt?"

„Nein, aber wir können in dieser Sache nicht ermitteln. Das ist Aufgabe der Zentralstelle der Landesjustizverwaltungen zur Aufklärung von NS-Verbrechen in Ludwigsburg. Sie haben ja mit dem dortigen Sachbearbeiter telefoniert. Zurzeit liegen keine Anzeigen gegen ihn vor. Wenn er aber erst wegen Betrugs angeklagt wird, wird sich die Presse auf ihn stürzen. Ein TU-Professor mit falscher Identität und NS-Vergangenheit! Das geht durch alle Medien. Wenn es irgendwelche Opfer gibt, werden sie Anzeige erstatten."

„Dann könnte es ja zu einer Anzeigenflut kommen."

„Ich glaube eher nicht daran."

„Warum?"

„Weil er ein Schreibtischtäter ist. Seine Opfer haben ihn nie gesehen, sie haben nur die brutalen Schergen gekannt, von denen sie gequält wurden."

„Das wäre sehr einfach."

„Aber so ist das Leben. Außerdem zeigt er Einsicht und Reue, damit geben sich die meisten Opfer zufrieden."

„Dann wird er mit einer Verurteilung wegen Betrugs davonkommen?"

„Vermutlich. Aber das soll nicht unsere Sorge sein. Wir haben den Giftanschlag an der TU aufzuklären. Und die NS-Fährte hat sich als falsch erwiesen."

„Wir haben keine andere heiße Spur mehr. Die Ermittlungen haben sonst nichts ergeben. Dabei sah es so gut aus. Wir haben doch immerhin die Fingerabdrücke des Täters."

„Da müssen wir wieder ansetzen. Verdammt, Schreiner, wir hätten damals gleich allen TU-Angehörigen und Studenten im Bereich der Chemie die Fingerabdrücke abnehmen sollen. Das sind mehrere Hundert Personen, das wäre ein Riesenaufwand gewesen, nur wegen Olympia haben wir das nicht gemacht."

„Und wenn wir das jetzt machen?"

„Schwierig, Schreiner. Für solche großangelegten Aktionen besteht ein halbes Jahr später keine Akzeptanz mehr, so was geht nur unmittelbar nach einem Verbrechen. Außerdem ist das organisatorisch viel schwieriger. Das neue Wintersemester hat angefangen, jetzt sind ganz andere Studenten in diesem Praktikum. Von denen im letzten Jahr werden die meisten jetzt wohl in einem anderen Praktikum sein, einige werden die Prüfungen nicht bestanden haben und etwas ganz anderes machen. Die Durchfallquote in der Chemie beträgt über fünfzig Prozent, hat mir dieser Assistent erzählt, dieser Dr. Schmidt. Von den Assistenten werden auch schon einige promoviert sein und inzwischen in der Industrie oder im Ausland arbeiten. Das sind alles Komplikationen. Nein, der Staatsanwalt wird einer breiten Ermittlung nicht mehr zustimmen."

„Was können wir dann überhaupt noch machen?"

„Die Fingerabdrücke der restlichen festangestellten Mitarbeiter nehmen. Bis jetzt haben wir nur den Materialverwalter, den Glasbläser und die Sekretärin. Aber vielleicht war es ein Mitarbeiter der mechanischen Werkstätten."

„Und wenn das auch nichts bringt?"

„Dann, Schreiner, ... dann sehe ich schwarz."

Überraschende Aufklärung

Viele Jahre später war Kriminalhauptkommissar Gernot Schreiner mit seinem Dienstwagen unterwegs. Als er den Mittleren Ring verließ und die Fürstenrieder Straße überquerte, war er heilfroh, dem Verkehrstau entkommen zu sein. Obwohl der Berufsverkehr bereits abgeebbt war, war er auf den letzten Kilometern nur schleppend vorangekommen. An diesem Vormittag war es angenehm kühl, nach einer Hitzewelle und einigen Regentagen im August zeichnete sich für den September ein milder Altweibersommer ab. Trotz des sonnigen Wetters war die morgendliche Frische noch zu spüren, und in München herrschte eine heitere Stimmung.

Heute Morgen hatte er die Kopie eines auf den 23. Juli 2001 datierten handschriftlichen Briefes erhalten, die ihm zusammen mit einer Passauer Ermittlungsakte von der Staatsanwaltschaft mit einem förmlichen Anschreiben „zur Kenntnisnahme" zugestellt worden war. Als er begriffen hatte, um was es sich handelte, war er so heftig aufgesprungen, dass sein Schreibtischstuhl zurückrollte und an einen Aktenschrank stieß. Gütiger Himmel, war es ihm durch den Kopf geschossen, das ist doch nicht möglich! Nachdem er die beiliegende Akte überflogen und sich telefonisch mit dem zuständigen Passauer Polizeibeamten in Verbindung gesetzt hatte, hatte er sich sogleich aufgemacht, um seinen früheren Vorgesetzten Hans Kinner aufzusuchen, der seinen Lebensabend in einem Wohnstift im Süden Münchens verbrachte.

Mit einer gewissen Wehmut dachte er an seinen Mentor, der ihm in den siebziger Jahren die praktische Polizeiarbeit beigebracht hatte, kurz vor der Verstaatlichung der Münchener Stadtpolizei. Wie lange war das jetzt her? Dreißig Jahre, es erschien ihm kaum glaubhaft, dabei war er selbst schon seit zwanzig Jahren Kriminalhauptkommissar und ging auf den Ruhestand zu. Hans Kinner war nach seiner Pensionierung in den achtziger Jahren noch öfter in seine alte Dienststelle gekommen. Nach der Wiedervereinigung hatte er sich noch ehrenamtlich am Aufbau der Polizeistrukturen in den neuen Bundesländern beteiligt und sogar ein Jahr in Leipzig verbracht. Aber nach dem Tod seiner Frau hatte er sich überraschend in ein Wohnstift zurückgezogen und war nicht mehr in die Dienststelle gekommen. Schreiner hatte ihn seitdem einmal besucht, und er hatte den Eindruck gewonnen, dass Kinner nur schwer über den Tod seiner Frau hinweggekommen war. Altwerden ist nichts für Feiglinge, hatte ihm Kinner damals gesagt, ein Satz, an den er oft denken musste.

Als Schreiner auf den großen Parkplatz des Wohnstifts fuhr, kam er an einem Garten vorbei, in dem die Zwetschgenbäume prall voller Obst standen. Da er ein Liebhaber von Zwetschgenkuchen war, dachte er mit Freude an die gute Obsternte, gleichzeitig sagte er sich, dass jetzt plötzlich der Herbst da sei. Der Herbst als Jahreszeit, und auch der Herbst des Lebens. Herbst – Zeit der Ernte, Zeit der Fülle, ging ihm durch den Kopf, dennoch fühlte er eine unbestimmte Trauer in sich aufsteigen.

Schreiner stellte sein Fahrzeug ab und meldete sich dann beim Empfang an. Die Empfangsdame rief über das Haustelefon an, sagte einige Worte, und lächelte Schreiner dann betont freundlich zu.

„Herr Kinner ist in seiner Wohnung. Er erwartet Sie."

Schreiner nahm den Zettel mit dem Lageplan, auf dem die Empfangsdame Stockwerk und Appartementnummer vermerkt hatte und fuhr mit dem Aufzug in den dritten Stock. In diesem Bereich wohnten vermutlich nur rüstige Ruheständler, die sich selbst versorgen konnten, denn es waren ihm keine gebrechlichen Personen begegnet. Trotzdem war der Geruch von Alter und Tod auch in diesen Gängen zu spüren; vielleicht war er heute aber auch nur empfänglicher für diese Stimmungen. Er spürte sein Herz klopfen, als er vor Kinners Tür stand und auf den Klingelknopf drückte.

Er hörte ein Geräusch, wie wenn sich jemand von einem Sessel erhebt, und dann ging die Tür auf. Kinner stand vor ihm, rank und schlank wie früher, ein wenig gebückt vielleicht, das Haar aber deutlich ergraut. Seine Gesichtszüge waren ausgeprägter, wirkten aber nicht gealtert. Er war wie immer einfach aber sorgfältig gekleidet, allerdings trug er keine Krawatte. Er lächelte.

„Schreiner, was für eine nette Überraschung!"

Um ein Haar hätte Schreiner *Wie geht es Ihnen, Chef?* gesagt, doch dann besann er sich und ergriff die ausgestreckte Hand mit beiden Händen, wobei er seine Linke beinahe zärtlich über Kinners Handrücken streichen ließ.

„Ich hoffe, es geht Ihnen gut, Herr Kinner."

„Wie Sie sehen, ich bin gesund. Es fehlt mir an nichts. Nur dass ich meine Frau vermisse. Aber ich will nicht klagen, denn sie hat ja immerhin die Goldene Hochzeit noch erlebt. Mehr als fünfzig gemeinsame Jahre, das ist mehr als man erwarten darf. Und wie geht es Ihnen? Sie haben doch auch nicht mehr lange bis zur Pensionierung?"

„Ich könnte tatsächlich schon in den Ruhestand gehen. Es ist nicht mehr so wie zu Ihrer Zeit, heute gehen die meisten schon mit sechzig Jahren, aber ich will bis fünfundsechzig durchhalten, denn ich fühle mich kerngesund. Außerdem hat der Beruf nichts von seiner Faszination verloren. Aber ich bin natürlich nicht mehr im Außendienst."

Er verschwieg seinem früheren Vorgesetzten geflissentlich, dass er Angst vor dem Ruhestand hatte, weil sein Beruf sein einziger Lebensinhalt war. Ohne Familie und ohne Aufgabe schien ihm das Alter öde und trostlos, und er versuchte, diesen Lebensabschnitt so weit wie möglich hinauszuschieben.

Kinner führte seinen früheren Mitarbeiter in sein Wohnzimmer, das etwas altmodisch wirkte, aber peinlich sauber aufgeräumt war. Auf dem Tisch lag eine aufgeschlagene Zeitung. Schreiner nahm auf dem Sofa Platz, das er noch aus Kinners Wohnung kannte. Kinner ging in seine kleine Küche, öffnete den Kühlschrank und kam mit einer Flasche Champagner zurück. Er nahm zwei Sektkelche aus dem Wohnzimmerschrank und stellte sie auf den Tisch.

„Sie machen mir doch die Freude, Schreiner? Ich habe die Flasche seit meinem vierundsiebzigsten Geburtstag im Kühlschrank und warte auf eine Gelegenheit, sie aufzumachen, und jetzt ist sie da."

„Echter Champagner? Das ist jetzt der Vorteil von Europa, im Gegensatz zu früher können wir den heute überall kaufen, allerdings ist er immer noch teuer, so wie es sich für etwas Edles gehört."

„Ein Geschenk von meiner Tochter, allerdings konnte sie nicht selbst kommen, aber zu meinem fünfundsiebzigsten Geburtstag wird sie mit der ganzen Familie herüberkommen."

Kinners Tochter hatte ihrem Vater vor fünfundzwanzig Jahren einige Sorgen bereitet, Schreiner hatte es am Rande mitbekommen, obwohl

Kinner fast nie darüber gesprochen hatte. Sie hatte mit Mühe und Not ihr Abitur geschafft und dann Theaterwissenschaften studiert, ohne einen Abschluss zu machen. Dann hatte sie einen amerikanischen Soldaten geheiratet und war mit ihm nach Kalifornien gegangen, wo sie eine gutgehende Artischockenfarm betrieben.

„Sie vermissen Ihre Tochter sehr?"

„Ja, sie ist ja sehr weit weg. Ich war erst vor einem Vierteljahr drüben. Mein Enkel geht schon auf die *High School*. Ohne meine Familie wäre ich vermutlich nie in die Staaten gereist. Und so komme ich auch noch im Alter herum."

Er holte eine gerahmte Fotografie, die einen kräftigen Mann, eine blonde Frau und einen Halbwüchsigen vor einem Landhaus zeigte, vom Sideboard und hielt sie Schreiner hin. Dabei unterdrückte er einen traurigen Tonfall.

„Sie erinnern sich noch an Elisabeth? Damals war sie ein ziemliches Luder und wusste nicht, was sie wollte. Erst als sie John kennenlernte, hat sich das geändert. Jetzt ist sie Bäuerin und bodenständig, denkt nur an Arbeit und Familie. Wer hätte das gedacht? Allerdings lebt sie auf der anderen Seite der Welt. Gut, dass das Telefonieren heute billig ist."

„Na ja, sie ist einen ungewöhnlichen Weg gegangen, aber sie hat ihren Weg gemacht."

„Das ist richtig, und das Wichtigste für mich ist, dass sie glücklich ist. Aber seit meine Frau tot ist, fühle ich die Einsamkeit stärker. Am Grab meiner Frau denke ich oft, dass nach uns niemand mehr hier in München sein wird. Meine Familie lebt in den Staaten weiter, ein sonderbares Gefühl ist das. Unser Grab hier wird einmal verwaisen, irgendwie belastet mich das, obwohl das einem Toten ja nichts mehr ausmacht."

Schreiner schwieg. Er fühlte die Einsamkeit auch in seinem Leben. Er hatte nie geheiratet und seine Unabhängigkeit behalten wollen. Die Frau, mit der er jetzt zusammenlebte, die Fünfte in Folge, machte ihn nicht glücklich, obwohl er nicht sagen könnte, warum.

Kinner machte die Metallfolie und den Korkendraht der Flasche ab und drehte fest am Korken, der sich unter der Drehbewegung langsam durch den Flaschenhals hob. Es gab einen trockenen Knall, und Kinner füllte die beiden Gläser mit der schaumigen Flüssigkeit.

„Sie hatten übrigens recht, damals. Ich hätte 1972 Monika heiraten sollen. Sie war meine große Liebe, aber ich habe das damals nicht gesehen.

Jetzt ist es zu spät, und ich fühle mich einsam, obwohl ich nicht alleine lebe."

„Vor Einsamkeit im Alter sind wir alle nicht gefeit, Schreiner. Sie sehen ja, dass ich auch einsam bin, auch wenn ich hier einige gute Bekannte gefunden habe, mit denen ich viel Zeit in Gesprächen verbringe."

„Aber Sie haben Ihre Erinnerungen, ein Leben voller Erinnerungen. Ein Leben mit Familie. Sie sind viel besser dran als ich. Solange ich noch voll im Beruf stehe, merke ich es nicht, aber mir wird angst vor der Pensionierung."

„Vielleicht finden Sie noch im Alter die große Liebe. Trinken wir darauf."

„Auf Ihre Gesundheit!"

Beide hoben ihr Glas, stießen an und tranken. Eine Zeitlang hingen sie ihren Gedanken nach und schwiegen. Schreiner sah Kinner lange an und brach dann das Schweigen.

„Erinnern Sie sich noch an den Giftanschlag in der Technischen Universität 1972, im Anorganisch-chemischen Institut? Ich habe damals doch auch den Institutsdirektor befragt, Professor Fischer, der ein Jahr später den Nobelpreis bekommen hat. Das habe ich nicht vergessen. Es kommt nicht oft vor, dass man mit solchen Leuten spricht."

„Natürlich. Das war kurz vor den Olympischen Spielen, wir waren überfordert. Und danach haben wir Professor Glauchau enttarnt, obwohl er mit dem Anschlag nichts zu tun hatte."

„Wissen Sie eigentlich, was aus ihm geworden ist?"

„Nach seiner Entlassung aus dem Staatsdienst ist er mit seiner Frau in die USA gegangen, irgendeine Spitzenuniversität, deren Name mir entfallen ist, hat ihn angestellt, das stand damals in der Süddeutschen Zeitung. Das war noch in den siebziger Jahren. Was weiter aus ihm geworden ist, weiß ich nicht. Wenn er noch lebt, müsste er über neunzig sein. Warum fragen Sie?"

„Nur so, es hat mich plötzlich interessiert, ich habe seit Jahren nicht mehr an ihn gedacht. Was übrigens den Giftanschlag anbelangt, der Fall ist gelöst."

Schreiner ließ diesen Satz fast beiläufig fallen, wusste er doch, welche Wirkung er auslösen würde. Tatsächlich war Kinner wie vom Donner gerührt.

„Was sagen Sie da? Seit wann?"

„Seit heute Morgen. Ich bin gleich zu Ihnen gefahren, um es Ihnen mitzuteilen."

„Und wer war's?"

„Einer der Studenten. Ich habe heute Morgen eine Kopie dieses Briefes von der Staatsanwaltschaft München zugestellt bekommen, die ihn von der Staatsanwaltschaft Passau erhalten hat. Der Fall ist abgeschlossen."

Und er reichte Kinner die Kopie. Kinner setzte seine Brille auf und las.

„Ich habe beschlossen, meinem Leben freiwillig ein Ende zu setzen. Ich habe fast dreißig Jahre mit einer Schuld gelebt, die ich nur schwer ertragen konnte. Durch meine Schuld ist 1972 in München der Laborant Alfred Scheyerer umgekommen. Ich habe ihn am Rosenmontag 1972 vergiftet, obwohl das nicht meine Absicht war. Ich war damals Student an der Technischen Universität München und habe im anorganisch-chemischen Grundpraktikum gearbeitet. Scheyerer, den wir Cerberus nannten, war ein griesgrämiger Mensch, von dem ich mich ungerecht behandelt fühlte, weil er mir wiederholt wegen angeblich mangelnder Ordnung Laborstrafen angehängt hat. Am Vormittag des Rosenmontags 1972 habe ich als Einziger im Praktikum gearbeitet, die anderen Studenten waren in der Vorlesung. Als ich zur Toilette ging, fand ich die Tür zur Säurekammer offen stehen, Cerberus war nicht da. Aus Neugierde trat ich ein und sah mir die verschiedenen Vorratsflaschen der Chemikalien an. Da fiel mein Blick auf die Thalliumsulfatflasche. Erst am Vortag hatte ich zufällig im Cotton-Wilkinson gelesen, dass Thalliumsalze zu Haarausfall führten, wobei als Quelle sonderbarerweise ein Agatha-Christi-Roman angegeben war. Mir kam die Idee, Cerberus einen derben Streich zu spielen. Ich nahm das Glas, das ihm als Zuckerdose diente und neben einer Thermosflasche auf dem Tisch stand, und schüttete die Hälfte des Zuckers in den Ausguss. Dann füllte ich die fehlende Menge mit Thalliumsulfat auf, stellte Zuckerdose und Chemikalienflasche wieder an ihren Platz zurück und verließ die Säurekammer, ohne von jemandem bemerkt worden zu sein. Ich glaube, dass zu dieser Zeit ein Weißwurstessen der Angestellten zur Feier des Rosenmontags stattfand. Am Aschermittwoch wurde Cerberus dann ins Krankenhaus eingeliefert, wo er einige Tage darauf eines grauenhaften Todes starb. Ich war feige und habe mich nicht gestellt, aber ich habe mein ganzes Leben unter dieser Schuld gelitten und nichts mehr auf die Beine gebracht. Es war nicht meine Absicht, Cerberus zu töten, denn ich wusste nicht, wie giftig Thalliumsalze wirklich sind. Ich war naiv und leichtsinnig und wollte dem Laboranten nur einen Denkzettel verpassen.

Ich habe mir vorgestellt, wie er kahlköpfig ins Labor hereinkäme, und wie wir Studenten uns kaputtlachen würden. Als er starb, konnte ich keinem mehr in die Augen schauen und habe mein Studium abgebrochen. Heute weiß ich, dass man seiner Schuld nicht ausweichen kann, und ich ziehe die Konsequenzen. Es tut mir leid, was ich angerichtet habe. Passau, den 23. Juli 2001, Hans Krieger."

Kinner las den Brief zweimal. Dann sah er Schreiner an.

„Wir hätten damals doch die Fingerabdrücke aller Chemiestudenten nehmen sollen, dann hätten wir ihn gehabt."

„Wenn die Olympischen Spiele nicht gewesen wären, hätten wir das auch gemacht. Der Staatsanwalt, wie hieß er doch ...?"

„Felgenhauer."

„Richtig, Felgenhauer. Der Staatsanwalt hat doch einer so umfassenden Ermittlung im Vorfeld der Olympischen Spiele nicht zugestimmt."

„Das Leben geht oft seltsame Wege. Dass sich der Fall nun aufgeklärt hat, verdanken wir den Gewissensbissen des Täters. Er wollte seine Schuld nicht mit ins Grab nehmen."

„Er ist uns entwischt, und er ist immerhin fast dreißig Jahre straflos davongekommen."

„Aber was für dreißig Jahre! Ich glaube ihm aufs Wort, dass er genug gestraft war. Er schreibt ja, dass ihn die Schuld so gequält hat, dass er nichts Vernünftiges mehr aus seinem Leben machen konnte."

„Sie meinen, es wäre für ihn besser gewesen, wenn wir ihn gefasst hätten?"

„Zweifellos. Er hätte seine Schuld gesühnt und wäre danach mit sich im Reinen gewesen."

„Was hätte er denn für eine Strafe bekommen?"

„Ich weiß es nicht. Es war ja kein Mordversuch, sondern nur grober Unfug mit Todesfolge. Er wäre vermutlich sogar mit einer Bewährungsstrafe davongekommen. Aber er hätte sicher unter der Schande gelitten. In jedem Fall wäre das besser gewesen als so, wo er nicht die Möglichkeit zur Sühne hatte. Letztlich hat ihn das so belastet, dass er nicht mehr leben wollte. Und schließlich hat er noch die Notwendigkeit verspürt, seine Schuld zu offenbaren."

„Dann ist es doppelt tragisch, dass wir ihn nicht gefasst haben."

„Wir waren so nahe dran. Ohne Olympia hätten wir sicher die Fingerabdrücke aller Studenten genommen. Ironischerweise ist er damit ein spätes Opfer der Olympischen Spiele geworden."

„Manchmal spürt man in unserem Beruf eben die Tragik des Lebens durchschimmern. Normalerweise geht das in der täglichen Routine unter, aber heute habe ich dieses Gefühl."

„Sie haben recht, Schreiner. Aber reden wir nicht mehr davon. Trinken wir noch ein Glas, trinken wir auf das Leben!"

„Auf das Leben?"

„Ja, je älter man wird, desto mehr schätzt man das Leben an sich, nicht das eigene Leben, das wird immer weniger wichtig, es ist ein Geschenk auf Zeit, kostbar zwar, aber eigentlich nicht notwendig."

„Und das Leben an sich?"

„Ich meine das Überleben der Menschheit. Das klingt vielleicht pathetisch, aber die Natur hat alles so eingerichtet, dass es nicht auf das Überleben des Einzelnen, sondern auf das Überleben der Art ankommt. Wir sollten uns daher selber nicht so wichtig nehmen."

„Trinken wir also auf das Leben! Und was es für uns noch bereithält."

„Zum Wohl, Schreiner."

Nachspiel am Genfer See

Andreas Stoll räumte das Manuskript einer Veröffentlichung sowie sein Vorlesungsmanuskript in seine Aktentasche, schaltete seinen Computer aus, nahm seinen Übergangsmantel aus seinem Schrank und verließ sein Dienstzimmer. Auf dem Gang zwischen den Büroräumen und den Forschungslaboratorien begegnete ihm der Concierge, mit dem er einige Worte wechselte. Er erklärte ihm, dass er wegen einer dringenden Besorgung in die Stadt gehen, aber in spätestens zwei Stunden zurück sein wolle.

„Oui, Monsieur", antwortete der Concierge. „A tout à l'heure."

Stoll ging zu Fuß vom *Quai Ernest-Ansermet* die *Rue des Bains* Richtung Stadtmitte. Auf der Höhe des *Cimetière de Plainpalais* hörte er plötzlich seinen Namen rufen.

„Stoll! Andreas Stoll! Bist du's wirklich?"

Als er sich umdrehte, blickte er in ein bekanntes Gesicht, das er aber im Augenblick nicht zuordnen konnte. Sein Gegenüber war braun gebrannt, hatte eine markante Nase und einen schütteren grauen Haarkranz. Der Mann musste sein verblüfftes Gesicht richtig interpretiert haben, denn er fuhr fort: „Ich bin's. Max Penninger. Erinnerst du dich nicht? Wir waren zusammen im anorganisch-chemischen Grundpraktikum in München."

„Penninger! Natürlich, jetzt erkenne ich dich. Ich glaube, wir haben uns seit fünfundzwanzig Jahren nicht mehr gesehen. Du hast dich etwas verändert."

„Das Alter macht vor uns allen nicht Halt. Erinnerst du dich an meine blonden Haare? Jetzt bin ich schon seit zehn Jahren praktisch kahl. Aber du hast dich gut gehalten. Ein paar Pfunde zugelegt, das volle Haar leicht ergraut, aber sonst ganz der Alte."

„Dass wir uns zufällig in Genf begegnen? Was machst du hier?"

„Ich nehme an einem Kongress teil. Heute Nachmittag habe ich die Stadt besichtigt. Ich war gerade auf diesem alten Friedhof, wo ich das Grab von Humphrey Davy gesucht habe. Und ich hab es gefunden, obwohl die Aufschrift kaum mehr leserlich ist."

„Und was machst du eigentlich beruflich?"

„Weißt du, dass ich nach der Promotion in München geblieben bin? Zuerst beim Deutschen Patentamt und dann beim Europäischen Patentamt. Und jetzt haben wir einen Kongress hier."

Er hielt Stoll ein Faltblatt hin, auf dem der Genfer Innenstadtplan abgedruckt war. *Second European Congress on Patent Laws and Intellectual Property Protection Geneva 2003* las er.

„Und du, Stoll? Was führt dich nach Genf?"

„Ich lebe hier. Schon seit fünfzehn Jahren."

„Und was machst du hier? Bist du etwa in der Parfümerie tätig, oder bist du gar Professor an der Genfer Universität?"

„Ja, ich habe hier einen Lehrstuhl für makromolekulare Chemie. Schon seit fünfzehn Jahren."

„Mensch, Stoll. Nach so langer Zeit. Und da laufen wir uns hier über den Weg. Sag mal, bist du noch mit Karin zusammen?"

„Natürlich, sie ist meine Frau."

„Das weiß ich doch. Ich erinnere mich noch an eure Hochzeit. Gleich nach dem Vordiplom. Und danach haben wir uns aus den Augen verloren, weil ihr beide schneller wart als ich. Ihr habt beide in organischer Chemie promoviert und ich in Biochemie bei Simon auf dem Südgelände. Wenn ich dich nach Karin gefragt habe, dann deswegen, weil es heute selten ist, dass ein Kollege nach zwei Jahrzehnten noch mit der gleichen Frau verheiratet ist. Schau mich an, ich bin zweimal geschieden."

„Das tut mir leid."

„Na ja, so ist das Leben. Vieles beginnt hoffnungsvoll, aber niemand weiß, was das Schicksal für uns bereit hält. Aber ich will nicht klagen. Ich bin geschieden und kahlköpfig, aber sonst geht es mir gut.“

„Sag einmal, wie lange bist du in Genf? Ich möchte dich gerne zum Abendessen einladen. Karin würde sich sicher freuen. Passt es dir morgen Abend?“

„Das passt sogar ausgezeichnet. Übermorgen ist das Kongress-Dinner geplant, und heute Abend ist nach dem freien Nachmittag ein Orgelkonzert für die Kongressteilnehmer in der *Cathédrale St-Pierre*, aber morgen Abend bin ich frei. Und ich freue mich.“

Stoll gab seinem Studienfreund seine Karte und erklärte ihm, wie er mit öffentlichen Verkehrsmitteln den Weg zu seinem Haus finden könne. Dann verabschiedete er sich herzlich und eilte ins Institut zurück, ohne seine Besorgungen gemacht zu haben.

Als Max Penninger am nächsten Abend mit einem Strauß gelber Rosen an seiner Wohnung läutete, gab es ein fröhliches Wiedersehen mit Karin. Penninger küsste sie sogar auf die Wange, was er früher nie gemacht hatte.

„Mensch, Karin, du bist noch schöner geworden als vor fünfundzwanzig Jahren.“

„Du meinst, ich habe meine scheußliche Brille nicht mehr.“

„Richtig, die Brille. Die war wirklich schrecklich. Deswegen haben sie dich doch Brillenschlange genannt. Nur Andreas nicht, und ich auch nicht.“

Penninger trug einen eleganten grauen Anzug, ein rosafarbenes Hemd und eine etwas schreiende Krawatte. Er war blendend aufgelegt und erging sich in Komplimenten, zuerst über Karins Aussehen, dann über Stolls Karriere, und schließlich über ihre Wohnung.

„Ganz herrschaftlich wohnt ihr hier. Mit Blick auf den Genfer See und die Alpenkette. Diese herrliche Landschaft! Kann man sich etwas Schöneres vorstellen?“

Das Abendessen verlief in einer sehr guten Stimmung. Karin hatte eine ausgezeichnete Speisenfolge vorbereitet. Es gab geröstete Blutwurst auf einem Bett von Nüsslisalat, dann in Butter gebratene Eglifilets mit gedünsteten Fenchelknollen, danach Rohmilchkäse aus dem Jura und zum Abschluss eine Rahmwähe mit Mandeln. Stoll hatte die Weine dazu ausgesucht: zunächst einen Oeil-de-Perdrix aus Neuchâtel, danach einen Aigle-les-Murailles, dann einen Pinot noir aus dem Wallis, worauf ein edelsüßer Flétri aus Auvernier folgte. Das Gespräch verlief in angenehmen Bahnen, über dies und das, sowie über Kommilitonen, Assistenten und Professoren von einst. Beim Kaffee im Salon wechselte Penninger dann das Thema.

„Habt ihr eigentlich Kinder?"

Stoll nickte, und Karin erzählte von ihren beiden Söhnen, die bereits erwachsen waren und jetzt im Ausland studierten, Jura der eine und Medizin der andere.

„Und keiner von beiden Chemie? Wo beide Eltern Chemiker sind! Das ist doch ungewöhnlich."

„Gerade weil beide Eltern Chemiker sind", wandte Stoll ein. „Oder wolltest du den gleichen Beruf ergreifen wie dein Vater?"

„Du hast recht, das wäre nichts gewesen. Ein Sohn muss sich auf einem anderen Feld bewähren, wenn er aus dem Schatten des Vaters treten will. Ihr seid zu beneiden, ihr beiden. Nichts ist so wichtig wie Familie. Glücklich ist, wer Kinder hat. Ich selber habe leider keine."

„Und warum nicht?"

„Ich bin zweimal geschieden. Wir haben immer nur an uns selber gedacht, meine beiden Frauen und ich. Selbstverwirklichung. Jetzt bin ich über fünfzig und allein, und jetzt wird mir klar, was ich versäumt habe im Leben."

„Na ja, es stimmt schon, dass Kinder ein großes Glück bedeuten", sagte Stoll, „aber sie bringen auch Sorgen."

Er dachte an die Jahre der Adoleszenz seiner Söhne, in denen Karin und er viele schlaflose Nächte verbracht hatten. Gelitten habe ich wie ein Hund, dachte er, weil er über Jahre hinweg namenlose Ängste ausgestanden hatte, aber er sagte davon nichts.

„Mitunter können Kinder ganz schön nerven", fügte er dann unverbindlich hinzu, froh darüber, dass diese schwierige Zeit vorbei war.

Penninger verstand das nicht und lamentierte weiter über sein verpfuschtes Familienleben. „Früher haben junge Leute einfach Kinder bekommen, und sie haben trotzdem Erfolg im Beruf gehabt. Unsere Eltern haben ihr Leben gemeistert, trotz Krieg, Kinder und Beruf. Und wir heute, was machen wir? Zuerst wollen wir unser Leben genießen und Spaß haben; da ist keine Zeit für Kinder. Dann wollen wir Karriere machen und uns selbst verwirklichen; da ist wieder keine Zeit für Kinder. Und plötzlich stellt man fest, dass man zu alt geworden ist für Kinder. Die Ehe geht in Brüche, und wir werden einsam. Früher waren Kinder einfach da, und man ist mit ihnen gewachsen, das war auch gut für die Karriere, und es war auch gut für die Ehe."

„Man möchte fast meinen, du seist unglücklich“, sagte Karin.

„Ehrlich gesagt, das bin ich auch.“ Penninger machte ein betrübtes Gesicht. „Na ja, meist kann ich das verdrängen, aber wenn ich eine glückliche Familie wie euch sehe, kommt es in mir hoch. An meinem fünfzigsten Geburtstag habe ich zweihundert Gäste eingeladen, alles Freunde und Kollegen, und es war ein rauschendes Fest, aber als die Gäste fort waren, war ich allein. Meine zweite Frau hatte mich gerade verlassen, im Jahr zuvor hatte ich meine Eltern verloren, und dann ist auch noch mein Hund gestorben. In dieser Nacht habe ich zum ersten Mal die Schrecken der Einsamkeit im Alter gespürt, und ich hab geheult wie ein Kind.“

„Tröste dich“, sagte Karin. „Kinder sind auch nicht immer da, wenn man sie braucht.“

„Aber zu wissen, dass du ein Kind hast, dass es nach dir weitergeht, das nimmt dir diese quälende Einsamkeit. Wenn ich einen Sohn hätte, dann würde ich ihm das als wichtigste Lehre mitgeben: *Familie ist wichtiger als Karriere.*“

„Wenn du einen Sohn hättest, könntest du ihm diese Lehre zwar mitgeben“, sagte Stoll, „aber vermutlich würde er nicht auf dich hören.“

„Weißt du, mir hat niemand gesagt, dass es in einer Beziehung darauf ankommt, nicht zu sehr an sich selbst zu denken. Ich wollte, mein Vater hätte mir das vor dreißig Jahren gesagt.“

„Quatsch. Du hättest nicht auf ihn gehört. Das sind doch alte Lebensweisheiten, die wir ständig gehört haben. Wenn man jung ist, nimmt man die Lebenserfahrung Älterer nicht ernst.“

Max Penninger nahm noch einen Schluck von dem ausgezeichneten Cognac, er bekam einen schweren Blick, blieb aber völlig nüchtern.

„Man sollte noch einmal von vorne anfangen können, eine neue Beziehung, Glück, Kinder, Liebe ... Stoll, weißt du eigentlich, was Liebe ist?“

„Die Liebe ist selbstlos“, sagte Stoll ohne nachzudenken. „Sie fordert nichts und verzeiht alles. So steht es im ersten Korintherbrief des Apostels Paulus.“

Karin lächelte, als Andreas dieses ihr wohlbekannte Zitat gebrauchte. Penninger sagte einen Augenblick nichts, dann nickte er.

„Kennst du das Neue Testament auswendig?“

„Nein“, sagte Stoll. „Das hat mir vor vielen Jahren ein Dominikanermönch in der Beichte erklärt. Ich habe eine ganze Weile gebraucht, um zu begreifen, was das heißt, und deshalb habe ich es mir gemerkt. Übrigens, diese Beichte, das war in der Theatinerkirche in München am Aschermittwoch 1972. Den Tag werde ich nie vergessen, das war der Tag, an dem Cerberus vergiftet wurde."

„Natürlich, du bist doch damals in Verdacht gekommen, nur weil du ein paar Tage vorher eine Chemikalie von ihm geholt hattest."

„Ja, die Polizei hat mich festgenommen. Ich war vierundzwanzig Stunden in der Ettstraße, bevor sie den Verdacht fallen ließen. Es ist eigentlich unglaublich, dass sie den Täter bis heute nicht gefasst haben."

„Wie? ... Sag bloß, du weißt nicht, dass der Fall geklärt ist?"

„Was?" Stoll sprang vom Sofa auf. „Ich habe keine Ahnung."

„Das ging doch durch alle Zeitungen. Ach so, ihr lest hier die Münchner Presse ja nicht. Es war vor zwei Jahren, 2001. Ich weiß es noch genau, denn es war ein paar Tage vor meinem fünfzigsten Geburtstag."

„Und wer war der Mörder?"

„Mord war es nicht, eher grober Unfug mit Todesfolge. Es war einer von uns. Es war Hans, Hans Krieger. Erinnerst du dich an ihn? Er war doch in unserer Laboreinheit."

„Hans Krieger? Du machst Witze." Karin legte vor Entsetzen die Hand vor den Mund.

„Er wollte Cerberus nur einen derben Streich spielen. Es war doch Fasching. Und er hatte im Cotton-Wilkinson gelesen, dass Thalliumverbindungen giftig sind und zu Haarausfall führen. Er hatte sich über Cerberus geärgert und wollte, dass ihm die Haare ausfallen. Aber er wollte ihn nicht umbringen. So steht es in seinem Abschiedsbrief."

„Hans Krieger ist tot?"

„Ja, er hat sich das Leben genommen. Erschossen, mit dem ererbten Jagdgewehr seines Vaters. Und vorher hat er den Giftanschlag in einem Abschiedsbrief gestanden, nach fast dreißig Jahren. Ich war erschüttert, als ich das gelesen habe."

„Jetzt erinnere ich mich", sagte Stoll. „Das erklärt Einiges. Krieger hat das anorganische Grundpraktikum nicht zu Ende gemacht und sein Studium im Sommersemester 1972 abgebrochen, angeblich um in die Firma seines Vaters einzusteigen. Vermutlich hat er es im Labor nicht mehr ausgehalten."

Sie schwiegen für einen Moment, so als ob sie alle drei ein Totengedächtnis für Hans Krieger abhielten. Nach einer Weile stand Karin auf, wischte sich einige Tränen aus den Augen und ging in die Küche, um Tee zu machen. Sie saßen dann noch eine Weile, aber das Gespräch war abgerissen. Zu sehr waren Karin und Andreas von dieser Neuigkeit entsetzt.

Max verabschiedete sich bald und gab ihnen seine Adresse mit der dringenden Bitte, ihn bald einmal in München zu besuchen.

Nachdem Max Penninger gegangen war, saß Andreas Stoll noch lange im Wohnzimmer und hing seinen Gedanken nach. Nach einiger Zeit kam Karin, die inzwischen in der Küche aufgeräumt hatte, zu seinem Sessel und streichelte seinen Kopf.

„Du denkst an die Ereignisse von damals?“ fragte sie.

Stoll nickte. „Den Beginn der Fastenzeit 1972 werde ich nie vergessen. Alle diese Ereignisse waren immer da, sie sind irgendwie unauslöschlich, aber sie waren wie hinter einem Schleier verborgen. Heute hat Max diesen Schleier gelüftet, und ich bin wie in einer Zeitreise zurückgefallen. Ich sehe alles vor mir, als wenn es gestern gewesen wäre.“

„Dass wir keine Ahnung hatten, dass sich der Fall inzwischen geklärt hat!“

„Hans Krieger, der lustige Krieger, wer hätte das gedacht? Und all die Jahre hat er mit dieser Schuld gelebt, dabei hat er bloß einen derben Scherz machen wollen. Mein Gott, wie muss er gelitten haben, dass er sich nach fast dreißig Jahren umbringt.“

„Erinnerst du dich noch an Eva, die auch mit uns studiert hat? Ihren Nachnamen habe ich vergessen. Sie hat sich doch nach dem Vordiplom umgebracht, mit Zyankali vergiftet. Und wir haben alle nichts mitbekommen. Sie war einsam und unglücklich, wir sind mit ihr in den Vorlesungen gesessen und haben nichts gemerkt. Wir waren alle mit unseren eigenen Problemen beschäftigt, und wir waren nicht sensibel genug damals, wir waren jung und unerfahren.“

Stoll nahm Karins Arm und zog sie zu sich hinunter, bis sie sich auf die breite Armlehne des Sessels setzte und ihre Arme um seinen Kopf schlug. Eine Weile verblieben sie so, dann richtete sich Karin auf.

„Weißt du eigentlich, was aus Heidemarie geworden ist?“

„Nein, ich habe sie seit unserer Begegnung nach der Antiterror-Demonstration während der Olympischen Spiele nicht mehr gesehen, und ich habe auch nichts mehr von ihr gehört.“

Dann hatte er eine Idee. Er stand auf und ging zu seinem Schreibtisch im Arbeitszimmer. Er schaltete den Computer ein und rief die Internetseite der Universität Genf auf. Er sah Karin, die ihm gefolgt war, an und lächelte.

„Vielleicht finden wir sie im Internet. Heute ist das sehr einfach. Dass ich bisher noch nicht daran gedacht habe!“

Er gab den Namen *Heidemarie Zenger* in die Suchmaschine ein und fand eine ganz Reihe von Internetseiten. Die erste war die des Europäischen Parlaments. Er öffnete die Seite und fand unter *Abgeordnete* den Eintrag *Heidemarie ZENGER-GRAF, Mitglied des Europäischen Parlaments, Fraktion der Grünen/Freie Europäische Allianz, Deutschland, Bündnis 90/Die Grünen, geboren am 7.8.1949 in Memmingen.*

Links war ein Portrait eingeblendet, das die Abgeordnete darstellte, offenbar ein ganz neues Foto, auf dem sie ihr blondes Haar ganz kurz geschnitten trug. Aber Stoll erkannte sie sofort. Unter Lebenslauf las er: *Mitglied des MSB Spartakus 1971 bis 1973 (Austritt), Studium der Anglistik und Romanistik, LMU München, Promotion zum Dr. phil. 1977, Mitglied der Grünen seit 1976, Studiendirektorin a. D., verheiratet, zwei Kinder.*

Karin betrachtete das Foto der Frau, die sie nie gesehen hatte und die doch über all die Jahre in ihrem Leben präsent war.

„Eine schöne Frau“, sagte sie.

Stoll blickte lange Zeit auf dieses Portrait, er sah die blaugrünen Augen, die ihn bezaubert hatten, er sah die sinnlichen Lippen, die ihn vor dreißig Jahren leidenschaftlich geküsst hatten.

„Sieh an“, sagte er dann versonnen, „verheiratet, zwei Kinder. Eigentlich ganz bürgerlich.“